草狗的青春

刘书宏 ——

著

南方出版传媒

花城出版社

中国·广州

图书在版编目（ＣＩＰ）数据

草狗的青春 / 刘书宏著. -- 广州 ： 花城出版社，
2018.6
ISBN 978-7-5360-8555-8

Ⅰ. ①草… Ⅱ. ①刘… Ⅲ. ①长篇小说－中国－当代
Ⅳ. ①I247.5

中国版本图书馆CIP数据核字(2018)第075497号

出 版 人：詹秀敏
策划编辑：林宋瑜
责任编辑：刘玮婷　揭莉琳　林　菁
技术编辑：薛伟民　凌春梅
封面绘画：庄晶晶
装帧设计：夏藝堂

书　　名	草狗的青春 CAO GOU DE QING CHUN
出版发行	花城出版社 （广州市环市东路水荫路11号）
经　　销	全国新华书店
印　　刷	广东新华印刷有限公司 （广东省佛山市南海区盐步河东中心路23号）
开　　本	880毫米×1230毫米　32开
印　　张	10.125　1插页
字　　数	270,000字
版　　次	2018年6月第1版　2018年6月第1次印刷
定　　价	45.00元

如发现印装质量问题，请直接与印刷厂联系调换。
购书热线：020－37604658　37602954
花城出版社网站：http://www.fcph.com.cn

有的蝴蝶一生只活几天，甚至几个小时，然后就死去。在这短短的时间里也许它们想的是怎么活下去，爱情，也许是它们的事业，也许它们什么也没想，就死去了。

我们，能活在这个世界上的时间是两万多天。如果你已经二十多岁或者三十多岁的话，理论上剩下的时间也就只有一万多天了。我们用这两万多天做了一些事情——把人比喻成什么更合适呢？草吧，一茬一茬地——在我们的土地上、城市里、乡村里、家里、居委会、法院、洗手间、厨房，相亲相爱、赴汤蹈火、相互抛弃、相互背叛、相互思念，直到离去，成为尘土和草。

在农村，把那些不值钱的狗称为草狗，因为草很贱，所以用来形容更贱的狗。

在尘土和草上，草狗们追逐游戏，悲欢离合。

谨以此长篇小说，献给散落在中国无数中小城镇里还有繁华都市里那些如草狗一样的青春。

目　录

上　部

1

　　424地质队五分队，1983年前，在长水河边的一个小城市的郊区圈了一块地，盖了三座楼房，四大排平房，一排活动房，用两米多高的围墙圈起来，猫着五百多户人家。

　　田园这个小伙子就住在这个楼房中最后一排的一楼，最拐角的那一间。田园是地质矿产部下属的江南地质矿产局下属的424地质队下属的五分队的一个老地质工人的儿子。他爹老田有着三十五年的工龄，干了三十五年的钻探工，一辈子，从南到北，再从北到南地往地球上钻洞，最后在江南的长水河边的美丽小城退休。

　　地质队分配了一套三室一厅、使用面积六十多平方米的房子给老田，又自家圈了个大院，足有两百平方米。老田共有五个孩子，田园行最小，小名田五子，上面四个都已成家，都有孩子，大多做了地质工人或地质队的临时工。老田退休多年，带着田园和老伴将自家的院里种上了葡萄，开辟出了菜地，圈养了不少鸡。院里最珍贵的是十棵水杉树，是刚搬来的那一年老田亲手种下的，这十棵水杉树正如老田计划的那样，在田园快要成家的年纪成材，正好可以打一套家具。

田园的家郁郁葱葱的，进屋要经过葡萄架，穿过两排水杉树，还有菜地。田园的妈妈就在菜地里收拾着菜秧子和土坷垃，还有喂鸡和几只兔子。

老田在院子的角落搭了个棚子，里面堆放着杂物，还有几棵屡次搬家都带着的好木料，也是用来给田园结婚时打家具的，那些木料存了十多年，是当年他在大山里钻井时利用职权之便，用地质队的车运出来的，在当时是被禁止的事情。好在地质队在哪里人缘都还行，总是给人打井出水，谁都网开一面，很多老地质工人当年都用运输钻杆和钻机的解放汽车从大山里运出了一些便宜木头，存着给儿子娶媳妇用。

424地质队几千户人家，大概有十个八个考上大学的孩子，五分队是个分支机构，几百户人家，摊上一个，是大专，一个机电专业的学校。考大学这个事情，虽然是件极光彩的事情，但地质队的孩子们普遍在这方面能力较差，尽管老田在田园小时候也使用了一些笤帚抽屁股之类的手段，希望他能考上大学，但最终未遂。

其中一个重要的原因是老田并未真正期待过让自己的儿子考大学，他很现实地希望田园能当一个钳工，因为钳工是万能工种，在老田看来，一个好的钳工在任何工厂都不会吃瘪的；第二个原因是田园的妈妈是后妈，老人家在田园高考前大概是预感到这个孩子就考不上，语重心长地跟田园说过这样的话："儿啊，没文化苦啊，你现在不懂，但将来懂了就晚了呀，怪我不是你的亲妈，怕闲话不敢下重手打你。"

这样的话，田园的妈妈从小说到大。田园的耳朵都已经听出茧子来了。

对于考大学，田园并不能理解妈妈说的那是一件多么重要的事情，但田园中学的美术老师让田园觉得挺神气，那个老师姓马，叫马冬，留着长发，身边总有很多漂亮的女老师和女学生，那都是他的大学同学和同学的学生。马冬画了很多肖像油画，不少都是田园在他的画室里见过的那些漂亮的女老师，其中一个后来嫁给了马冬。

草狗的青春

在田园眼里，马冬是最好的画家，画什么像什么。马冬也挺喜欢眉清目秀的田园，曾经跟田园详细讲述了如何做一个画家，这个过程是，先考取美术院校，毕业之后就成为一个画家了。

田园跟着马冬零零碎碎地从初中学到高中。当然是收费的。马冬毕业于一个师范大学的美术系，家在农村，因为日常靠教些孩子画画，日子就过得比别人好得多了，能经常带着漂亮的女同学外出写生，去风景优美的地方，等等。对田园来说，那是多么风光的生活啊。

田园的第一次高考，未果。他爹老田排除了田园的妈妈的干扰，以田园的妈妈没有文化为理由，当机立断，给田园报名参加了当年的城市待业青年招工考试补习班。这个班几百个人，补习了三个月，然后参加当年的招工考试。田园参加了考试，可以选择那个城市里最好的工厂之一，一家大型炼铜厂，炼铜的工厂。

这个城市里，有三家工厂很厉害，效益很好，是大家共同追求的理想工作。第一是发电厂，可惜，那一年招工没有发电厂；第二是卷烟厂，那一年招工也没有卷烟厂；第三是炼铜厂。就是那一年，美国发动了海湾战争并风卷残云地打败了占领科威特的伊拉克。田园在所有考试成绩中，以倒数第三的身份，有幸成为炼铜厂的一个工人，能够和工厂里的工人们一起每天掐着手指头盘算着以美国为首的多国部队到底会在哪一天向萨达姆开火。

田园进了口碑很好的炼铜厂，让他爹老田长舒了一口气。之后，邻居家就有来给撮合介绍对象的了。但都因为对方没有工作，被田园的妈妈回绝。因为，一个炼铜厂的工人身份在相亲这样的交易中是个极其重要的砝码，是很让人仰望的。对田园来说，前途还很远大，可以选择的空间很宽广。

当年，那个城市，只要说自己是炼铜厂的，那搞对象就十有八九成功了。谁家都愿意把闺女嫁给在炼铜厂工作、收入不错的小伙子。那是一个效益不错的工厂，每个月最高的连工资带奖金竟然可以拿到八百多块钱，少的也有三四百块钱。刚进厂每月就能拿一百八，海湾战争结束之后，田园的月薪就三百多了，比同期进厂的工人要多不少，因为田园的工种叫打钩工，和老版人民币五元钱上的那个工人工种一样，非常艰苦，也有危险。这个工作是将重五六十公斤一根的铜锭——粗细和人的大腿差不多，长度一米多——用炉子加热，烧红后，通过轨道，经过巨大的轧辊，一道一道地轧成筷子那么粗细的盘条。经常会有工伤事故，一般是烫伤；还有，铜在加热和轧制过程中会产生大量的氧化铜粉，令皮肤过敏。但这已经不重要了。这个稳定并且收入不错的工作已经很让周围的人羡慕，对于地质队的广大干部群众和家属们来说，这绝对是一支上上签。

那一年，田园十九岁。

2

炼铜厂位于长水河边，属于远郊区，这里有三家大工厂，一家是船舶配件厂，一家是造纸厂，一家是冶炼加工铜料的炼铜厂，每个厂几千人，加上一些小配套厂，工人应该有两三万了，加上家属，就形成了一个生活区。一条狭长的，摆满各种小摊的道路连接着三个大工厂和生活区。

田园的家在小城的另一个方向的角落，厂里有班车，每天骑自行车十五分钟，到了班车站，把车存在一个储蓄所的门前，或者停在楼道里。四路车上有一个长得很漂亮的售票员，总坐就认识了。车上总是很拥挤，但田园练就了一身挤车的好本领，可以在任何条件下挤上拥挤的汽车，长达数周的枯燥的乘坐四路车的经历，让田园的眼睛和四路车上这个漂亮的售票员的眼睛总是不经意地对上，两人在一起话不多，渐渐地，这个漂亮的女售票员允许田园和她挤在售票员的座位上了。

其实，售票员中漂亮的有的是，小城里女孩子大多都很漂亮，也不大化妆，只是开口就说脏话，全车的乘客就在几个售票员和乘客的半真半假的咒骂声中打发掉一个个漫长车程。

田园认识的四路车售票员圆脸，是唯一不大说脏话的售票员。田园只知道她叫小小六，别的售票员都叫她小小六，他们的相识很单纯，互相点个头说个话什么的，没有谁会想到往更深处发展。偶尔田园下班，会希望正好赶上的就是小小六的那班车，就站在路边的站牌下翘首张望远来的是不是她的那班车。

认识售票员小小六让田园脸上很有光，她毕竟是一个有特权的人，可以让田园乘坐四路车不买票，还能在拥挤不堪的车上和她分享售票员专用座位。这事令一车下班回家的人都很羡慕，让田园在工友们面前有了一点光彩。

当然，认识一个小小六并不能改变十九岁的田园在工厂里的生活，一年后，找到一份好工作的喜悦便被急于换一个更轻松的工种的想法所取代了。

在工厂，没有人脉是很吃瘪的，工种会分到最差，会被班长分配最累的工作，会被工段长安排最脏的活，会被扣钱，其实都迟到了，或者都出次品了，但被扣钱的就是那个没有关系的。所以，田园光认识一个四路车的售票员丝毫也改善不了自己的处境。

工厂以及生活区有很多名人，这些名人中包括车间主任、分厂厂长、党委书记，最大的是总厂领导，还有一些名人就是生活区和工厂里著名的混得好的人物，有的有工作，有的没有工作，有的做生意，有的什么也不干。他们比普通人受到更多的尊重，甚至影响到工厂里工种的挑选，舒服活和脏活累活的分配。但认识这些人，是很不容易的事情，一般是靠亲属关系、同事关系等等。

一进工厂，田园也希望能像少数几个有路子的工友一样，先下车间，然后迅速地调到干净的办公大楼里工作，或者做个轻松的车间检验员、管模具的模具工、仓库保管员。田园只能老实地干他的打钩工，那个工作很多人都不想干，因为会有经常性的烫伤，工作现场会有通红的铜条满地乱窜，烫伤的位置大多在腿肚子上，偶尔也会在手腕上。烫伤没关系，主要就是难好，要烂上一段时间才能痊愈。车间里弥漫的氧化铜粉在高温的作用下和人体接触，让人很不舒服。

虽然烫伤不是总有，但烂裤裆很麻烦，一到夏天，睾囊整个就是烂的，还不能挠，越挠越痒，挠烂了更麻烦，工厂的医务室有一种特效药专门治这个，一个很小的药瓶，里面有黑色的药水，很灵验，直接抹在睾囊上，缺点是太疼，当时就烧得满地打滚，但很有效果，基本上第二天就结痂了，黑色的痂，也不痒了，再过几天痂会自动脱落，又露出鲜红的肉色出来。

田园很想给自己换个工种，哪怕去隔壁车间干个拉丝工也行。只要不和高温的大铜锭子打交道，这也是个力气活儿，破机器经常卡壳，一卡壳就得用铁钩子清理那些重达几十公斤的铜锭、铜条，因为热，只能用钩子，吃奶的劲都使出来，感觉有干不完的活。听老师傅说，那个大轧机是一九三几年德国人造的，早就该淘汰了，居然也就使到现在，而且一九五几年开始这台机器诞生了很多市级劳模。有一个劳模被称为"裙子劳模"，当时他非常努力地工作，有一天累得恍惚了，竟然一屁股坐在了通红的盘条上，顺着大铁板往下滑行了五六米，腚几乎就烤熟了，后来治好了，恢复期间，只能趴着睡，大半年不能躺着睡觉。出门还不能穿裤子，在家里憋急了，就穿上他老婆的裙子出来了。于是就得了这么个外号。

换工种的想法越来越强烈，可是一个流动地质队的家属不可能拥有这样的关系和门路。田园的爸爸老田想了很多方法，刨根问底地找到了一个当年北京地矿部培训时的工友，遗憾的是，确实找到了那个老工友，只是那个老工友已经患了老年痴呆症，他的老婆健在，她的哥哥确实也做过这个厂的党委书记，只是她的哥哥早就在武斗那年给斗死了。

此事到此为止了，当然，打钩工的生活也不是一无是处，还是有一些乐趣的，但田园还是想找到一个机会，能够调换一个工种，因为工段长太黑了。四路车上的小小六那天给田园塞了张电影票，田园就想请假，跟工段长老武说："段长，这两天天太热了，你看蛋子都烂了，想请一天假，就一天。回来我把一号位的四十根废盘条全都给你清干净。"

说着田园一把拉开宽大的油腻腻的帆布工作裤，露出家底。老武探头一看，说："没事，还早呢，烂不坏。"

田园心想真倒霉，要是再烂一点就好了，就能和小小六看那场电影了。

田园胡思乱想着。盘条班的女工友鼻梁上长满雀斑的美美调走了，调到了油制气车间，那绝对是个美差，什么活都不用干，就是三班倒看着那些仪表就行。美美能调走是她新搞了一个对象，快要订婚了，她的对象是模具车间的，也是干轻松活儿，修修模具，一点重活也没有，模具坏了就修，没坏就没什么事，就能穿得干干净净地上街溜达。

问题的根本在于美美的男朋友的哥哥是这一带混得很好的一个人物，生活常识里管这样的人叫著名的流氓，香港管这样的人叫老大，或者大哥。当然这些词都不准确，这样的人因为很勇敢，很仗义，不怕坐牢，敢打架，所以就有了很高的知名度，有了知名度就可以影响很多的事情，也很受人尊重。

美美对象的哥哥的外号叫疤子，绝对是在这一带混得很有成就的一个人，看在他的面子上，工段长还有车间主任将美美从对女孩子来说绝对是累得冒烟的盘条班调到了油制气车间。疤子拥有如此的能量，大家有一个普遍比较认同的说法，是一次菜市场里的斗殴事件，疤子动用了木棒和军刺等武器，那一次伤了四个，死了一个，死的那个是奔逃时被过往的汽车撞死的。疤子在那次战役中一举成名。代价是五年的大狱和他额头上那条著名的疤痕。

美美和田园一起进的厂，之前美美还经常帮田园刷饭盒，田园也经常帮美美干点她干不动的活。所以疤子决定在自己的亲弟弟生日的那一天开一个舞会，邀请了这三个工厂以及生活区里很多重要的人物，一是表示自己的弟弟和未来弟妹是有背景的，是不能轻易欺负的，二是也通过这个舞会让大家再次了解一下这个赫赫有名的疤子路子有多野。

那一年很兴跳舞。

田园有幸被邀请参加这个舞会，当然是美美邀请的。那一天，田园很兴奋，竟然可以参加疤子的舞会，据说，疤子会邀请很多厉害的人物到场，田园看着美美脸上距离自己很近的那些雀斑，觉得每一个都像星星那样可亲可爱，恨不得上去就狠狠地亲一口。当然，这只是个想法，田园是绝对不会做那样找死的事情的。田园对着美美脸上的可爱的雀斑郑重地说："美美，你放心，就是旷工我也会去的。"

那次舞会，竟然真的改变了田园的命运。当然不是换个工种，而成了田园日后幸福和痛苦并存的草狗人生的起点。

3

舞会的那天是个周日，赶上田园中班。工厂中的三班倒是两个早班，即早上七点到下午三点有人接班，然后是两个中班，即下午三点到晚上十一点下班，然后是两个夜班，夜班是晚上十一点到早上七点，然后休息两天，雷打不动。这样，三个班轮流上，停人不停机器。因为是参加著名的疤子举办的舞会，工段长破例准了田园两个小时的假。

田园每个月会拿到三百五十块钱，一百块钱交给家里，一百块钱由工商银行强制储蓄，直接扣除，年底再连本带利地发回来，这样，每个月就有一百五十元钱由自己支配。田园不太乱花钱，这些钱买烟抽是一笔开支，如果抽一元一盒当地产的烟，就宽松一些，抽别的烟就不够了，但偶尔要买一盒好烟，装在身上，见到工段长、班长什么的递上一根。

那个年代的小城，香烟还是社交工具，不是不良嗜好，而是身份和地位的象征。所以大家都很拮据，想办法攒钱。

工人们有一些攒钱的办法，工厂定期会发劳保手套和劳保皮鞋，这些帆布手套每个月有定量，因为手里都是油污，所以一副手套最多能用一周，如果不经心的话一天就完蛋了，工人们在长期的生产劳动中总结了一套节约手套的方法，戴一副新的，然后拣一副旧的，新的在里面，旧的在外边，尽量手不要沾油污，小心地用，这样每个月省下一些新手套。皮鞋是六个月一双，基本上攒不下来，总是被烫坏，而且长期在高温环境下，很快就变形了。要及时换，否则会摔跤，屁股坐上热盘条可不是闹着玩的。虽然万一攒下来能卖不少钱，但还是极少有人能沾上这个便宜。

田园将工具箱里攒了三个月的手套都取出来，然后换成现钱，加上身上节余的现金，一共是十二块钱，买一盒软包装的红塔山烟，口袋里还有六块钱。这就能很体面地参加舞会了。

舞会的现场设在船舶配件厂子弟学校的一间教室里，周日学校放假，疤子就凭着自己的威望很容易将这间教室征用一天。田园到的时候，疤子已经到了，围着一圈人，看了看半生半熟的田园，有的人微微点了点头，有的人没有表情。

美美上前打招呼，把田园拉到人群中间，介绍给大哥疤子说："他是田园，我跟你们说过的。"

田园立刻豪爽地从怀里掏出那盒红塔山香烟，熟练地挑开盖，并用余光观察他们的烟，发现了有人手里是硬盒的红塔山香烟，田园很后悔，早知道就应该买硬盒的了，硬盒的比软盒的贵。

围在疤子周围的那些人接过了田园的烟，点上，对田园有了表情，表示认可了认识田园的这个事实，这已经很让田园满意了。并且学着他们的样子坐在桌子上，叼着卷烟。田园没敢多说话，一是不知道说什么好，二是因为自己说普通话，原因是地质队广大干部家属都是移民，后来来到这个小城市，所以都说各自的方言，或者说普通话，生活久了才开始改成当地的方言，田园还没有彻底学会如这个小城里的人们一样像雨点一样快速地说话，所以在疤子和他的伙伴们面前，田园懂得自己不要太另类，说出明显不一样的口音来，让人家嘲笑。

教室里的课桌已经围成一圈，中间是舞池，大家就斜坐在桌子上大声地聊。疤子周围围了很多人。田园知趣地在最外围。

围着疤子的人中有一个是船舶配件厂保卫科的科员，这可是了不得的人物，因为炼铜厂总是会发生偷铜事件，船舶配件也会发生一些盗窃和治安案件，保卫科的人绝对都是举足轻重的人物，真没有想到，能在这里遇到保卫科的人。田园心里这样想。

认识疤子是一件多么荣光的事情啊。可是疤子从没正眼看过田园。但田园却是认真地听着疤子说的每一句话，其中这句让田园印象非常深刻，疤子说："什么叫真混得好，真混得好就是不动嘴，直接动手，打架要直接上手，不要给对手留机会。最好是一下解决问题。"

田园想，时间长了，一定会和疤子说上话的。田园暗下决心。

正想着，又进来一个人，田园认识，比田园早一年进厂，这人叫马红卫。瘦高个子，是拉丝车间的。虽然没有打架的战绩，但却因一件小事而闻名全厂，成为知名人物。他的事迹是有一天跑到女工会主席郭主席办公室里，那天正好她的办公室里有很多人，厂长、车间主任、工段长还有班长们正在商量事情。马红卫推门而入，所有人都看着这个冒失的小子，当时他歪戴着一顶呢子帽，工会郭主席站起来问："你干什么？"

马红卫说："郭主席，我来领避孕套。"

一屋子人面面相觑，不知道如何回答，看着工会主席，郭主席脸上哆嗦，说："你、你、你、又没结婚，要什么避孕套？"

马红卫说："没结婚怎么了，就只许你们用？"

郭主席大怒："你这个流氓，我这里没有避孕套。要、要，回家找你妈要去。"

马红卫就说："你怎么骂人呢？我就找你要，你是工会主席，有的是避孕套，凭什么找我妈要，你们看，是她先骂的我……"

众人将马红卫劝开，从此这个家伙一举成名，代价是得罪了工会主席。但工会主席的一句"你这个流氓"基本上就奠定了马红卫在炼铜厂的社会地位。很多人高看他一眼。所以，他成为疤子的客人也是理所当然。

在马红卫之后进来的是个比马红卫要厉害得多的人物，薛贵，他是厂足球队的，和田园一同进的工厂，当初田园的考试成绩是倒数第三，薛贵是倒数第一。这个薛贵天生一副好身板，个子中等，胳膊腿硬实得什么时候看着都跟牛犊子一样。他的好身板带来不一般的好体力，他在拉棒车间，一根根重达一百多斤的粗铜棍，完全是靠人力抬来抬去，一道道地通过模具，先刨，再拉，这样的强体力活，一天干下来，胳膊腿就都不是自己的了。而薛贵作为劳动主力已经升为一个小组的班长，无论是产量还是质量都远远超过别的班组，别人干完了八个小时的体力活，累得牛喘甚至连洗澡的力气都没了，薛贵却从工具箱里拿出他的球衣和大裤衩换上，穿上球鞋，连歇都不歇一下，直接就去训练和踢球去了，像牛一样连跑带踢地来个全场一点问题都没有。连很多有经验的老师傅都说，这好体格，难得。

薛贵进来，认识田园，先奔田园跟前打个招呼，田园从桌子上跳下来，递上一根烟，薛贵接过来，没让田园点上，自己夹到耳朵边，然后就带着风声地将水泥地面踩得咚咚响地走到疤子跟前，和疤子握手寒暄。

薛贵之后，是全场最光彩的人物，栗大哥。栗大哥熟识这一代所有工厂的领导，是他们家里的常客，栗大哥平时大家就叫他栗哥，大事小事绝对通吃，而且栗哥自己也不用上班，虽然经常见到他，但对田园和众多工人弟兄们来说，栗哥绝对是个可望而不可即的大佬级人物。虽然经常能在工厂里和生活区见到栗哥，或者看到和工段长级别以上的领导们从小饭馆或大饭馆里满脸通红地出来，但对田园来说，绝对不可能也没有任何关系和机会结识栗哥，其实，只要栗哥的一句话，田园就可以如愿调进模具班，甚至是最舒服的成品库当一个保管员。只是栗哥不可能也没有任何道理为一个刚进厂一年的小不点田园说上一句话。

疤子的社会能量只是栗哥的十分之一。栗哥有一手绝活，是做人造大理石，这项技术是用水泥、507胶水还有绿色的氧化铜粉在水泥地上铺开，再打上格子，用棉纱铺在上面，利用棉纱的纹路，印制出大理石的纹路来。这样，制作出的地面，非常像大理石，除此之外，栗哥还有一手绝活，是铺木地板。因为这个手艺，全厂所有的干部都请栗哥给自己家做仿大理石地面，铺木地板。栗哥不光活好，而且分文不取。厂里的大干部小干部因此都买栗哥的账，栗哥可以随便出入领导的家里。而且除了铺设仿大理石地面和铺制木地板这样的绝活，栗哥还能把领导们的家装修得跟宾馆一样。

眼前的栗哥不由得让田园对他肃然起敬，以至于都忘记了这场舞会其实疤子才是真正的主人。田园心想，要是能跟栗哥学会做仿大理石地面的技术该有多好，就能把地质队大院里那个家的地面全都做成暗绿色的仿大理石地面了。

田园就这样看着栗哥走到人群中，和疤子握手，和在场的很多人握手，他一副很结实的身板，就是头发有点脏，不像疤子整天把头梳理得光溜溜的。栗哥没什么表情，很忙碌，接受了疤子递过来的一根烟，由疤子给点上，和疤子说了几句话，然后跟疤子周围的人抱了抱拳，说："不好意思，我有点事情，今天不能陪大家跳舞了，没办法，张书记昨天就催了，今天一定要去，所以来一下，表示一下……"

疤子和周围的人绝对是毕恭毕敬的样子，连说："哪里哪里，栗哥来了就已经很给面子了，我们都知道栗哥忙，以后有什么事情，包在弟兄们身上……"

疤子把胸脯拍得咚咚的，和众人围着将栗哥送出教室的门，一定是将栗哥送出很远，穿过学校的操场，送出学校的大门，再送到马路边的菜市场，门口是一个肉摊，然后是一个馄饨铺子，然后是邮局，接着是个小书店，然后是储蓄所，然后是一个叫"香格里拉大酒店"的小饭馆，然后是一排卖菜的……疤子和栗哥走在菜市场里，一定有很多人看见，多风光啊。

田园就这样联想着，不知道自己什么时候也能像疤子那样和栗哥成为朋友。

舞曲响起了，依稀记得美美和她已经正式确定关系的男朋友，就是疤子的弟弟说了几句话，有掌声，有让美美和疤子的弟弟一定放心，以后一定关照，还有生日快乐的祝福声。第一支舞曲是生日快乐歌，田园放眼望去，教室里很多人，在中间起舞，男的多，女的少，于是就有男的和男的抱在一起跳，手里拿着烟卷，然后大声地笑，互相推着，开心地玩耍。女孩子们有的认识，是车间的工友，有的不认识，大概是别的厂的。教室里满满地缭绕着烟雾。

田园狠狠地咽了一口烟，非常感慨，先是感慨自己不会跳舞，然后是感慨又该上班去了，工段长只给了两个小时的假，迟到要扣钱的，上次扣了整整三十块钱的奖金，让田园想起那个瘪脸的工段长就来气。

田园看看旁边的一个人手腕上的电子表，还有三十分钟，走到工

草狗的青春

厂要二十分钟，搭个熟人的自行车需要十五分钟，大概还能待上十几分钟。

田园多想再待上一会儿，这一天太难忘了，竟然如此近距离地接触了这样的人物，竟然有机会和疤子还有栗哥有一点点的交往，仅仅是把这个事实告诉车间的工友，田园以后就好混得多了。

门开了，真正的人物出场了，一张影响了田园一生的面孔出现了，她是李梅香，在另外一个女孩子的带领下，悄悄进了教室，坐在了角落里，就坐在了田园身后的椅子上。田园赶紧从桌子上跳下来，担心挡了这个女孩子的视线。田园坐在李梅香的旁边，互相点了点头，然后观看热闹的舞池。李梅香的同学就是这个教室的老师。那一天，正好在师范学校教舞蹈的李梅香坐了一个多小时的车从市区来她家借一盒台湾歌手唱的流行歌曲磁带。这盘磁带正好借给了疤子的弟弟办舞会用。加上听说办舞会，梅香跟着她的同学来了，就坐在了田园的旁边，认识了田园。

从此改变了田园的一生。

田园近距离地偷偷看李梅香，忽然间理解了美术老师马冬为什么要给自己的老婆还有自己的那么多大学女同学画像了。一个男人看到漂亮的面孔时，最大的冲动就是想将这个美丽的瞬间占为己有，收藏起来，有机会再炫耀炫耀。占有的最好方法就是画下来。

田园看着李梅香的侧脸，浮想联翩。李梅香忽然回过头来，对着田园问："这是谁办的舞会？"李梅香的眼神很清澈，没有一丝杂质，让田园觉得自己如此联想真的是很邪恶。他竭力藏起自己的慌乱，赶紧说："是疤子为他弟弟过生日举办的生日舞会，美美是疤子的弟弟的女朋友，美美和我是一个厂的，一个车间的，一个工段的，以前是，但现在已经不是了，她调到油制气车间了，很好的工种……"

李梅香诧异地看着田园，说："你不是本地人？"

田园从她的眼神里感到了她很在意自己，顿时一阵狂喜，心想，本来让自己很吃瘪的地质队腔的普通话口音明显地让她更感兴趣，就不用找机会套话说了，直接就可以说话，认识这个女孩子了。

田园说："我家在地质队，还没彻底学会当地的话，不过，会学会的。"李梅香就笑了，说："我在上课时说普通话，平时都说当地话，不过，去北京的时候也说普通话。"

田园说："你去过北京？"

李梅香说："是啊，我姨妈在北京，学校放假的时候就去。"

田园说："我爸也去过北京，不过那是一九五几年的事情……"

李梅香抿嘴笑了笑："你真逗，一九五几年。"

田园不知道哪里来的勇气，站起来拉起李梅香的手，就走到了舞池了，田园学着像别人那样一手搂住李梅香的腰，一手搂着她的胳膊。

田园随着音乐摇摆，然后告诉李梅香："其实我根本就不会跳舞。"

李梅香笑了笑："我也看出来你不会跳舞，你是炼铜厂的吗？"

田园说："是的。打钩工。"

李梅香说："那是什么工种呀？"

田园腾出一只手从裤兜里掏里面的六元钱，摸出那张老版的五元人民币，将那个著名的工人头像那一面举在李梅香的面前，说："就跟他一样。"

李梅香乐了，说："你真逗。"

田园说："真的。"

李梅香说："你叫什么？"

田园说："我叫田园，稻田的田，家园的园。"

李梅香说："我叫李梅香，梅花的梅，梅花香的香。"

十九岁的李梅香在田园看来如此美丽，美丽是可以感染人的，整个教室里跳舞的人都注意到了这个最不起眼的小子居然搂着一个如此漂亮的女孩子在跳舞。而且这个小子其实根本就不会跳舞，而且看样子他们还谈得很开心。

田园觉得心情无比开朗，脸上很有光彩。

那天，田园和李梅香互留了联系方式，李梅香家住沿江路铁道边火柴厂宿舍二栋501，位置在过了铁路，进第二个巷子口，巷子口上有一个傻子卖馄饨，然后进了巷子第三个口左转，往里走二十米，看到一棵大树，右转，有一个院子，里面有两栋楼，第二栋就是，也可以不进院子，直接在围墙边冲着五楼的窗户喊一声，就行。

4

　　田园歪戴着帽子骑着一辆26寸的自行车像鱼一样穿行在长水河边的农贸市场里，前面是一座桥，桥横跨的是长水河的一个支流，桥的两边很陡，骑车的都得推上去，再从桥上溜下来。田园猫了猫腰，屁股撅得老高，猛踩几下就窜上了这座好几十岁的老桥，再从桥上猛溜下来。没有人会让一下什么的，因为这样的小痞子有的是。他们都是这样骑车，和窜行在这条路上的十路公交车一样，横冲直撞，但从不会碰着人，只是经常会发出巨大的刹车声。

　　田园的车闸很灵，身手也很敏捷，从桥上冲下来就到了火柴厂，沿着火柴厂的围墙，闻着堆放在围墙里的大木头散发的浓烈的木头味，过了一片平房，就到了铁路，过了铁路，就是火柴厂的宿舍，在巷子口看到了李梅香说的一个馄饨摊，摊主的儿子是个傻子，常年就坐在小棚子下面看路上的人，看铁路上奔行而去的车窗里那些陌生的、永远不会再重复的面孔。

　　田园按照李梅香留下的联系方法，在小巷子里找到了那棵大树，找到了宿舍的大门，找到了围墙，找到了五楼的那扇窗户。

　　他一脚蹬着围墙，一脚还踩着自行车的脚踏板，屁股依然坐在自行车座上，仰天对那扇窗户喊："李梅香——"

　　"李梅香——"

　　喊第二声，窗户开了，出来一个中年妇女的脸，接着是李梅香，中年妇女缩了回去，那是梅香的妈妈。

　　李梅香刚洗完澡，还在擦着头发。她对下面说："田园——"

　　田园从怀里摸出个海鸥照相机，仰天说："我去拍照，你去吗？"

李梅香："去哪儿拍，拍什么？"

田园说："长水河、船。"

李梅香说："你等等，我换衣服就下来。"

田园的姐夫是一个船员，一般半个月下一次船。田园的姐夫上高中的时候买了一台海鸥牌照相机，梦想过成为一个摄影师，还订阅了一年的《摄影画报》，那个年代成为一个摄影师对很多人来说只是一个梦想罢了。这个梦想破灭了之后，这架当年花费了一笔巨款的照相机在他认识了田园的姐姐之后，发挥了一些作用，他带田园的姐姐跑了一趟船，从长水河出发到上海，再一直拍到四川，全是在船上和码头上的黑白照片。婚后，姐夫和姐姐生了一个儿子，学走路的时候有一天生生推倒了田园家里一台落地式电风扇，摔坏了不能用了，田园的妈妈还有老田都反复强调，小孩子摔坏东西是正常的，没关系，但大度的姐夫还是觉得应该赔偿，于是就把这架早就不用的海鸥牌135照相机送给了田园。

姐姐的那些记录了整个长水河的黑白照片很打动田园，于是就买了些黑白的胶卷，把自己的床底下做成了一个暗室，两面床单一放下，靠墙的那面就装了个小红灯。几个脸盆就能冲洗照片。

田园想了很多找李梅香的理由，最后觉得这个最好，因为有了姐夫的成功先例，再加上把她拍在自己的相机里确实是再好不过的事情了。当然前提是她肯和他一起去河边拍照。

傍晚，在五楼窗户里的李梅香很愉快地答应了。

拍照时，田园确定李梅香是个很好的女孩子。大方，热情，而且真的那样漂亮。

长水河上的太阳还剩半个的时候，田园说拍好了。李梅香问什么时候能洗出来，是不是要送到照相馆冲洗，然后过几天才能看到。田园说如果你想快点看到的话，一会儿回家就能洗出来。

李梅香说："真的呀？"

田园故作无所谓的样子说："小事。"话这样说着，他的心里却是一阵狂喜。李梅香挨自己这么近，因为她也比较激动，甚至扯了一下田园的胳膊。这让田园的心里就像是喝了一碗刚出锅的鸡汤。

田园说："你真的想今天就看到吗？"

李梅香说："真的。"

田园像憋足劲的火车骑车把李梅香送回家，又飞一样地骑回家，钻进床底洗照片，又飞一样地去接李梅香。

两个人就着夏夜的月光在长水河边一边看那些黑白照片，一边互相谈论对方的家庭，生活习惯，工作状况，亲属状况，在学校里的要好的同学以及父母的情趣喜好，等等。

天快亮的时候，还谈了一些理想。

李梅香的理想是做一个真正的舞蹈演员。田园的理想是将自己家的屋子的地面都做成仿大理石地面，能够调到分厂的保卫科或者总厂的宣传科做一个科员，从此不用干体力活；然后攒钱买一辆正牌的不是分厂造的那种上海凤凰牌28寸的墨绿色的自行车；给客厅做一个隔断，用磨砂玻璃做隔断。这一切都要自己动手做，买一个彩色电视机，买一块真正的纯羊毛地毯，放在卧室中间；还有做一套自己真正喜欢的家具，买一套质地好的窗帘、一套带转角的沙发；还有，买一架更好的照相机和三脚架。

还希望能生一个女儿。

5

田园和李梅香交往持续了将近两年，这两年里田园一直未能如愿换一个轻松的工种。因为李梅香的缘故，田园也没有把精力放在通过美美来接近疤子、栗哥这样的人物上。

同一班组的十多个人都混了七八年了也没能换个轻松的工作。

也是，都干轻松的，那重活谁干呢？还有同班组一个工友的妈妈是一个附属医院的大夫，据说给不少班组长级别的人看过病，还经常给人搞病假条，这样的门路都没能让他调走。还有爸妈都是教授的，也照样干着打钩工。

田园大多数时间都和李梅香在一起。工厂里很少有人知道田园和李梅香的事情，只有四路车上的圆脸姑娘小小六看出来了。她不经意地问："是不是有女朋友了？看你整天红光满面的，身上还有香味。"

田园皱皱鼻子："怎么会有香味呢？"

小小六扭头看车窗外，也没给田园让座，说："我从来不抹香水。"

田园说："我最近也没用香皂呀？"

每天下班后的第一件事情是洗澡，二十多人一个班组都挤在一个大水泥池子里洗，水跟鱼汤一样，工厂专门发有当地产的"铁锚"牌大肥皂，跟竖着切开的半块砖头那样大，土黄色的，一般是劈两半用，不使劲掰不开。田园的工具箱里有一块力士香皂，那是去年工商银行的储蓄年终抽奖的时候中的奖，说是中奖率百分之百，所以大家一人最次也能摸到两块香皂，运气最好的是一个电饭锅。

田园中的两块香气扑鼻的香皂，一块在家里，一块放在工具箱，但轻易不用。一是不经用，二是很多工友在一个池子里，你用一下，他用一下，也不好意思说，消耗太大，所以还是要用"铁锚"牌大肥皂，那家伙劲大，也经使，尤其是去掉身上的油污和汗渍显得很有力道。缺点是用完了之后，身上不太得劲，皮肤干紧干紧的。

香皂只在有重要的事情时用。小小六说田园身上有香味的那天，田园并没有用那块宝贵的力士香皂。

他想，香味也许不一定来自香皂，也有可能来自内心。

两年中，地质队大院里还发生了一些事情。地质队和田园同龄的孩子们大多数都搞上对象了，而且这些女孩子经常会来地质队小住些日子。地质队家属们在一起谈论最多的是退休工资政策，然后就是这一拨到了婚嫁年龄的小青年的爱情和婚事。

地质队的广大干部群众家属们会聚集在传达室里面打扑克或者麻将，就有一些话题是议论一下这些对象的相貌、家境和工作什么的。最漂亮的是李梅香，但家境一般，工作是老师，还行，比较稳定，是个上上签，其次是崔工家的老三崔三子的女朋友。崔三子比田园大两岁，属于命超级好的那种，高中没毕业就去当兵了，结果遇到大裁军，枪还没怎么摸着就直接退伍了，分配进地质队当了正式工，这绝对是一件祖坟冒烟的事情。

在地质队，正式工才是真正的工人，虽然正式工也不够用，但名额有限，所以地质队高中毕业了的孩子除了极少数的读书天才考上大学以外，绝大多数都和父亲一样上了钻机，钻机都在野外，往地下几百米几百米地打洞，打地下水，这些苦力一样的地质队子弟虽然干着和正式工一样的工作，但却被称为待业青年。

运气好得一塌糊涂的崔三子没当待业青年去野外钻机上往地球上钻眼，是因为他当了兵，而且当了几个月就退伍下来，虽然是裁军下来，但待遇不变，所以他爹老崔逢人就说邓小平好，是他老人家在全世界面前庄严宣布，中国要大裁军，而且真的裁了。

崔三子一回来就被安排了正式工作，成了地质队最后一个家属成为正式工的人。之后又一件幸运的事情降临了，崔三子做阑尾手术，结果不知道什么缘分，被参与手术的护士看上了，百般地关照他，他出院了，那个护士也跟着出院了。那个护士的母亲在那家医院药房工作，父亲是劳动局的一个副处长。这个级别绝对是让地质队无限仰慕的高度。崔三子的爱情经历在地质队有好几个版本，在打麻将和扑克牌时传来传去。

那一年，地质队至少有十个适龄青年都搞来了女朋友。条件各有千秋，被作为谈资在口头流传。

地质队各家家境都差不多。像田园他爹老田这样适龄青年的父亲们都已经光荣退休。住房一样大，儿女一样多，月入七百多块退休工资，唯一的差别就是评上工程师级别的工资会多一百多块。所以，大多数退休人员在退休前都会设法搞到一个工程师的职称，没评上的就只能拼工龄。但怎么拼也不如多个工程师的头衔。除此之外，大家要是攀比什么的话就是相互间比较一下儿女们的婚事了。

这些鸡毛蒜皮的小事情在两年中不太重要，但确实是大家生活的一部分，所以就絮絮叨叨地表达出来。但两年间发生了最重要的两件事情：第一，有一天深夜，地质队被警察和武警战士荷枪实弹地包围了，围得水泄不通，然后冲进去抓走了一个人。转天大家才知道，是另一个地质队的家属王大辉在举国严厉打击刑事犯罪活动期间漏网，来到这里找亲戚避风头，结果被擒。

田园认识王大辉，老田没调到424地质队的时候，他们曾经是邻居。

王大辉是435地质队青年中老大级的人物，极有影响力和号召力。1962年出生，他混事的时候，田园还穿着开裆裤。王大辉被擒的当天，进424地质队大门的时候正好碰上田园，王大辉还摸了摸田园的头，说："园园，都长这么高了呀！"

田园说："大辉哥，好多年没看到你了呀。"

田园当时还想，这个在地质队系统里赫赫有名的大辉哥要是在炼铜厂一带混那该有多好，就该有人罩着自己了，也许就能换个工种了吧。

陪着王大辉进了大门的亲戚使劲扯了一下王大辉的胳膊，匆匆进了大门。当晚，涉及数起案件的王大辉被捕，后被判处死刑，缓期两年执行。

第二件大事，是地质队要进行房改，所谓房改就是原来房子是公家的，现在不是公家的了，要变成私人的，但私人要拿出一笔钱买下来。

6

房改，在地质队大队部和各分队部的办公平房里经过了长达数月的讨论和争吵，最终达成了一个结论，根据工龄估算各家房子的价格，依照政策，公家出一部分，个人出一部分。

老田家的房子总共要支付给公家一万零七百块钱。

田园上班一年多，通过工商银行的集中储蓄，积攒下了两千多块钱，过年花费一部分，平时和朋友聚会花费一部分，还有购买了一些普通水泥和白水泥、膨胀螺丝、507胶水、玻璃、颜料等等材料，用于装修自家房间花费了总共一千元。老田共有五千元积蓄，本来有六千五百元积蓄，但两年来共接济陕西老家的亲戚们花费了一千五百元。这样，买下这个房子的产权还缺五千七百块。

老田的老伴没有工作，是老田的二婚媳妇。

除了田园在身边，老田的四个孩子都分别在不同的地质队，分散在不同的城市和乡村。老田决定找这四个儿女借钱，凑够这五千七百块。

老田希望自己能死在自己家的床上，希望房子能留给田园，希望田园能像他的哥哥姐姐们一样，生一个孩子。

借钱的任务交给了田园，田园有两个哥哥在外地，两个姐姐在本市，最小的姐姐刚结婚，小姐夫是地质队第三产业塑料厂的工人，每个月只有两百块钱，还不能按时发出来。这家伙爱喝酒，刚结婚的时候还看不出来，挺老实的一个人，结了婚、生了孩子以后就经常喝酒打老婆，为此惊动过队领导甚至派出所，田园的两个哥哥都曾经为此专门从外地赶回来，先是从精神上给予了一定的教育，然后在肉体上也给予了一些比较深刻的教诲，情况有点好转。

小姐姐在地质队的三产皮鞋厂，专门生产地质队的劳保皮鞋，效益一般，他们肯定是拿不出钱的。田园上学的时候经常找小姐姐，要点零花钱，小姐姐有不少工友都是纳劳保皮鞋的，田园还见过小姐姐的皮鞋师傅，那个师傅叫汪洋，是附近农村的皮鞋匠的儿子，又在南方的工厂学了些手艺，是皮鞋厂的技术大梁。他长得很有型，要不是农村户口的话，应该是很招女孩子喜欢的那种，因为汪洋平时很关照田园的小姐姐，田园还为他画过一幅肖像，把这个只会埋头做皮鞋的鞋匠给美坏了，一个劲地说，真像，真像。

小姐姐和小姐夫两口子周末带着孩子在娘家大吃了一顿，谁也没提买房子钱不够的事情，临走时，田园的妈妈先给了孩子五十块钱，嘱咐给孩子多买点好吃的。

田园的另一个姐姐在纺织厂，三班倒，每个月有三百多的收入，姐夫姓董，是船员，就是送给田园海鸥相机的那个，有点积蓄。田园三班倒到休息日的时候，骑车到长水河边的船运宿舍找到姐夫。船运宿舍是一九五几年盖的老楼。姐夫刚下船，买了些菜留田园吃饭。

吃饭时，田园说："爸要买房子。"

姐夫搓着手说："多少？"

姐姐有些紧张地看看田园，又看看丈夫。

田园说："爸说最好两千，爸拿工资按月还。"

姐夫起身从柜子里掏出来五百块钱，数了数，交给田园。

姐夫说："船运也在房改，两千实在拿不出来，这五百你先交给爸。"

田园接过钱，数了数，小心地在怀里装好。

出门时，姐姐弯腰帮田园换下拖鞋，穿上来的时候穿的鞋，站起来一个劲地检查田园装钱的口袋，捂了又捂，扯了又扯。

田园戴着帽子骑车像一条鱼一样在船运老旧的楼房空挡里穿行，田园的姐姐站在二楼的水泥栏杆后面，一直目送田园消失在远处的一栋老楼的拐角处。

田园的大哥是个下放知青，返城和没返城一样，就近在位于山区的358地质队做了一名勘探测量工，满山地跑，然后娶了个当地的村办茶场场长的女儿，茶场效益不好，场长比较会经营，承包了茶场里的一口大鱼塘。

田园的大哥很遗憾自己是个男的，要是女的就可以在三年前退休或者办理病退，这样就可以每月很稳当地拿到八百多的退休工资。没退休，依然要满山跑着勘探和测量，不能帮老丈人和老婆养鱼，还被拖欠工资，一拖欠就是一年，甚至更长。

不过，要是一补工资就能补上好几千块。大哥是全家里过得最好的一个，主要靠的是那口大鱼塘，而不是补发的工资，儿子上高中了，补发的工资计划是用于儿子上大学用的。

田园乘坐长途公共汽车在大山里转了一整天。傍晚的时候看到了那口大鱼塘，还有大哥大嫂家所在的茶场，满山碧绿的茶树。茶场和地质队大院紧挨着，地质队一排排的平房正升起炊烟。成片的燕子正在飞回各自屋檐下的巢，和平房、炊烟、茶树一起在夕阳下安安静静地等待田园的到来。

就在前两天，山脚下的这个地质队和田园的大哥还迎接过田园的小姐姐和小姐夫，小两口带着孩子从这里借走了三千块钱。用途是小姐夫家买房子。

大哥和大嫂给了田园五百块钱，让田园给老田带个口信，钱都买了饲料和鱼苗了，等这拨鱼长大了，几千块钱不成问题。

大哥说："别让爸着急，过几个月就好了。"

临行时，田园带了几十斤各种各样的鱼，有五条一斤以上的活蹦乱跳的大鲫鱼装在一个铁皮桶里，还有半条五斤多重的腌好的咸鱼，十斤晒干的小刀鱼，还有几条一斤以上的腌好的粘胡子鱼。田园就上路了。

大哥大嫂将田园一直送到车站，帮着田园把死的和活的鱼还有田园自己都在车上安顿好。

江北。

去江北田园的二哥家可以坐火车，也可以坐汽车，但都要过长水河轮渡。从大哥家里回来之后又经过六天的三班倒之后，田园踏着轮渡，渡过滚滚的长水河，乘上了北上的列车。

二哥是个退伍军人，分配在当地的一家化肥厂保卫科。二嫂是一名地质队员，她父亲也和老田做过同事，三年前眼疾手快没有贪图在岗时多拿的那点补贴而光荣退休，结果让很多人羡慕得一塌糊涂。多少人都认为退休会少拿钱，却万万没想到，工资发放上绝对先保证退休人员工资的政策出台，而且严格执行。退休的能按时拿着工资，在岗的拿不着工资，先是发百分之五十，然后是百分之三十，最后就一拖了之了，不知道什么时候才能再发得出来。地质队那些没有退休的人连肠子都悔青了。

二嫂不光有这样的后眼，而且在家庭外交上和改善生活水平上也有过人之处，二哥参军前她就跟二哥搞对象，二哥当兵时，二嫂曾多次去部队探望，经过仔细的分析和研究，认为升迁无望，当即决定让二哥退伍，二嫂动用了所有能动用的关系没让二哥进地质队，而是进了当时效益不错的化肥厂，甚至是最轻松的保卫科。二嫂能有这样大的道行，并不是二嫂家里有什么背景，而是二嫂行事泼辣，酒量大，舍得送礼，行事如男人，说一不二。为此上上下下都很买二嫂的账。

田园二嫂还有个长处是打麻将和扑克，在麻将和扑克盛行的地质队家属当中，二嫂的麻将绝对是超级水平，而且赢多输少。有不服气的，和二嫂家住一排房子的胖子家的老婆和二嫂是同学，因为父亲的工作被兄长顶替，她一直没有工作，嫁给地质队员胖子以后，平时没事就在地质队大门口卖茶叶蛋，很羡慕二嫂在地质队的声望以及良好的人脉，也羡慕二嫂的男人能在化肥厂有一份做保卫科干事的工作，而且二嫂还放出风去，二哥就快要提保卫科科长了。这个大家都相信，因为田园的二哥在部队的一个战友复员回到地方上分配到当地公安局，已经在田园二哥二嫂家吃了好几顿饭了。

田园到了二哥家，光二嫂在家，二嫂去地质队的行政办公室给化肥厂打了个电话，二哥骑着他那辆二手的上海产的"幸福250"摩托车就赶了回来。

吃饭的时候，二哥给了八百块钱，二哥二嫂都说了很多话，大致的意思是地质队也靠不住，化肥厂也靠不住，现在靠得住的是分配到公安局的战友的关系，其实将来最靠得住的是钱。因为这里也在搞房改，虽然二哥二嫂都拿得出来，但买了房子之后不能光啃墙皮过日子呀。

二嫂说化肥厂也已经好几个月没发出工资了。二嫂在谋划举家调离江北，回江南和父母在一起生活。

7

离老田的目标还差三千九百块。家里还有五百块钱国库券，没到期，不过马路上有浙江人摆摊卖各种塑料用具，可以用国库券购买，还可以把国库券兑换成现金，只是五百换五百。但顾不上那么多了。这样还差三千四百块。

晚饭时，田园说："爸，要不我问问梅香，看她能不能帮得上。"

没等老田开口，田园的妈妈说："那哪行，这事情要是找人家开口，将来你怎么过？"说着老太太从裤兜里摸出一把钥匙，小心地打开家里的大衣柜的锁，从里面拽出一个皮箱子，箱子打开，找到一个木头盒子，田园小时候见过这个木头盒子，里面放的是家里的存折、国库券以及毛主席像章，还有哥哥姐姐的小学毕业证、写有他们出生年月日的纸条以及家里的老照片什么的。

田园的妈妈从盒子里小心地拿出一个纸包，打开纸包，里面是一个金戒指还有一对金耳环，田园接过来一看，戒指的里面印着"昭和××年"字样，××看不清楚了，老太太说，这是老货，是她娘留下来的，几个哥哥姐姐结婚的时候都不知道，要是知道了，不够分的。

老太太说："这个就先卖了吧，本来想留着你结婚给儿媳妇的，没关系，先把房子买下来，以后有钱了，再买新的，算妈偏心，你们弟兄五个都不是我亲生的，但你是我从那么点开始一把屎一把尿地带大的，我和你爸都老了，留着也没有用。给了你就踏实了。将来你和你老婆也能对我们俩好一点。"

地质队有个黄金鉴定的三产，是地质队所有第三产业中生意最红火的买卖，专门给别人鉴定黄金含量，到底是三个九还是四个九，很权威。远近的城市居民和农村村民都上这里来鉴定。这里顺便也收购和加工。

田园妈妈的一个金戒指和一对金耳环经过鉴定是三个九的成色，以每克83.8元卖出，共计得款九百八十三元。

这样老田的购房款还缺两千四百元，当月发工资七百元，菜就吃院子里种的，米、油、炒菜用的作料上个月还有富余，这样最多再有一千八百元或者一千七百元就解决大问题了。

地质队对于交房款有期限，年内交齐的，是这个价，过了年以后政策有变化，但肯定不是这个价了，要涨，涨多少，要等明年的政策。

老田很着急，几夜睡不着觉。有心大的毛病，牵扯得肺也有些肿大，腿也肿了，夜里只能半躺着睡，心里憋得难受。

8

和老田一起着急的还有很多人，地质队临街的传达室被一个工程师的老婆以500元的价格买下来，与另一个工程师的老婆合伙开了个小卖部，为了多赚一些钱买房子以及补贴家用，可是干了一个月就闹了大矛盾，散伙了。在一个傍晚，两个工程师的老婆在群众的眼皮子底下大打出手。两个工程师的儿子们也纷纷出手。其中一个工程师的儿子在体格上略胜一筹，且当时正好从老家来了个亲戚，从人手上又多出一个，在拉扯和撕打中略占上风。

派出所来了人，作罢，调解的结果是，自家看自家的伤。

散伙后，两个工程师的老婆向大家细数了对方家的不是之后，其中一个在原来的传达室对面又搭建了一个和传达室一样的棚子，也开成小卖部，这样地质队门口就有两个小卖部了。加上附近居民和村民们开的小卖部，渐渐形成一个简陋的商圈。虽然顾客不多，但大家的信心所在来自一个传说，紧挨着地质队的旁边将修建一条环路，这条路将直通南部的旅游风景区而成为一条主要的交通要道，到时卖不了多少东西的小卖部就可以把东西卖给过往的旅人了。

只是，这个传说太遥远了，就跟那一年来自上海和深圳的股票传说一样，也在这个长水河边的小城市掀起了轩然大波，有一天传说工人文化宫要出售股票的认购证，买到了认购证就可以购买到股票，于是人们疯狂地去那里排队，等待购买一个从未见过的东西。传说中，那个东西可以让人发财。

田园也骑着车去了，看到排着长长队伍的人，听到各种各样的议论。大家将所有操上海口音的人团团围住，相信这些来自上海的人能给大家带来真正的财路。

上海口音的人没有带来财路，认购证和神秘的股票也没有改变什么，几天以后就平息了。那一次，田园在人群中意外地结识了一个口若悬河的人。这个人叫马有财，非常能说，把股市、中国、政治、经济在人群中用江南方言彻底阐述了一遍。

股票的事情很快就平息了，小城市里既没有卖认购证更没有卖股票。田园在那次对话中结识的这个马有财不是别人，是炼铜厂一个赫赫有名的人物，他有一个外号叫"瓦文萨"。他进厂很早，很擅长演讲，起初是关于正式工和合同制工人的身份的质疑，别人议论议论就得了，但他却跑到厂车上演讲，在食堂演讲，讲各种道理，讲工厂以及社会上的种种不公正和不合理。

尤其是讲到开职代会的事情，职代会说是工人选的，其实都是上面任命的，谁还真的跟选票较真啊，发到手也不要，反正就两个名字，工段长都给你填好了。马有财就在各种场合演讲、抨击。

他的名气比疤子、栗哥等人要大得多，只是没有什么实际的用途，在广大工人的眼里他只是个小丑，寂寞的时候耍一耍挺好玩，在厂领导的眼里既不能把他送到派出所关起来，也不能把他开除。因此厂领导对他基本比较客气，曾经把他调到最苦的电解车间还有田园所在的轧机车间，但没多久工段长和车间主任就强烈要求把他调走，有他在就没法干活了。没处安排，暂时又不能开除，只好让他在厂里四处游荡，发基本工资，没有奖金。他也乐得自在。工人戏称他是"炼铜厂的瓦文萨"。

不知道为什么，他特别没有女人缘，全厂乃至四周乡邻当中没有一个女人愿意接近他，更不用说喜欢他了。所以他就成了这一带著名的大龄青年。

和马有财的相识没有能给田园指出一条赚够买房款的道路，倒是传达室改小卖部的事件引发了地质队一场赚钱的热浪。

首先，大虎哥将地质队食堂的三轮车强行占为己有，当然不是霸占，而是白天食堂用，给那些单身的地质队员采买粮食和蔬菜，晚上，大虎哥就把三轮车蹬到火车站拉客，一般都是拉到江边码头，一个人上半夜五角，后半夜一元，来回地拉，三轮车最多能坐六个人，一个单趟能赚六块钱。要是遇到胆小的，言语里说点狠的，还能宰出个十块八块的。

让地质队干部群众比较愤怒的是三轮车的维修费大虎从来没付

过，都是食堂付，但埋怨归埋怨，从未有人当面提出。大虎哥的拳头向来都很硬。

已经退休的地质队员老申在大门口的传达室的屋檐下摆了一个修补皮鞋和箱包的小摊，生意不错，两个小卖部的老板为他算了一笔账，一天至少能修五双皮鞋，一双少的五毛钱，多的能收四块钱，修拉链还有箱包，一天下来，生意好时能赚二十多块钱，少的也能赚到十块钱。

这个事实，让很多人难以平静。老申爱吃鸡，从他摆摊修皮鞋之后，每天能赚上一盒烟钱和晚餐时的酒钱，还时不时能到地质队外边一家私人承包的养鸡场买只活鸡。

老申买活鸡有一手，他不划价，在鸡笼子旁转转，装着摸摸鸡的胖瘦。伸手时暗下重手，将鸡头捏个严重脑震荡和脑损伤，鸡立刻就显得萎靡的样子。老申就对鸡场的老大说，哎呀，你看，我好不容易选了一只鸡，但好像没精神啊，别是有病了吧。鸡场的老板最忌讳鸡生病，也不愿意细瞧真假，就说，那你就买走吧，便宜，便宜。

老田在一次晚饭时替老申算了一笔账，如果这样干下去的话，老申老两口加两个儿子每个月只花老申摆摊的钱就够了，工资全都可以存起来，存上三年，两个儿子结婚的钱差不多就够了。

老田计划在门口摆个修自行车的摊。老田下定了决心，不管老伴的阻拦，也不管田园的反对。他先将自家的自行车拆了，又装上，然后又改装了一个三轮车，可以盛放工具和零件，又将自家院子里收藏的木料找出几棵最次的，准备在大门口搭个专修自行车的棚子。

第二天，在老田准备外出上街购买一些修理自行车的专用工具的时候，崔三子他爸已经在传达室的旁边紧挨着传达室又接了个小棚子，带着老伴和刚高中毕业没事干的小儿子每天早上炸油条和煎锅贴。

地质队员老李的老婆早晨三点起床过轮渡到长水河对岸批发了五十斤辣椒、青菜等，早晨六点回来，在地质队大门外的菜市场摆了一个摊。

住在第一排楼的地质工人许工程师的老婆在菜市场外边摆了一个

卖袜子、裤衩、手绢还有毛巾等用品的小摊。老许有四个儿子，老大是老师，老二正蹲大狱，老三是地质队工作多年的待业青年，老四上高中了。

田园家楼上的魏氏兄弟，魏老大和魏老二都在地质队的皮鞋厂工作，兄弟二人掌握了一套做皮鞋的手艺，干脆把自己家整成了皮鞋作坊，家里堆满了鞋模子、皮革、胶水、鞋样子等，老大从皮鞋厂辞了职，业务范围是为别人定做皮鞋。定做一双皮鞋，价格从二十到三十不等。

田园的儿时玩伴二歪的爸爸退了休好几年了，一不做二不休干脆买了一辆二手的机动三轮车上街拉客了。只是那辆三轮买得太便宜了，几乎每个早班田园都会在班车站附近看见二歪的爸爸裹着棉大衣跟个大黑兔子一样蹲在路边修三轮，修得满手满脸都是黑油，棉大衣上也是黑油，冲田园一笑就像非洲人一样露出雪白的大白牙。其实那牙上因为抽烟全是烟垢，被脸上的黑油一衬，完全看不出黄来。

只要班车还没来，田园就上前搭把手。

二歪的爸爸就问："园园，你们家的房钱还没有凑够吧。"

田园说："叔，还没。"

二歪的爸爸说："你都有工作了，我们家二歪还晃荡着。"

田园说："您也别着急，二歪能找到工作的。"

二歪的爸爸说："找到个屁，那个家伙，蹲大狱的料。"

田园看着破车和满地的黑油说："叔怎么不买辆新车啊？"

二歪的爸爸说："买新车干吗，我自己能修……"

班车来了，田园告别二歪的爸爸，搓着满手的黑油上了班车。心里装的全是那一千多元的购房款。

挣钱这个想法，在地质队内外如火如荼地发展起来，也在人们的心里焦急地膨胀起来。

9

田园家里还欠缺的一千多块购房款，离最后期限还有不到一个

28/29

月。老田家的烦恼没有人告诉李梅香，但梅香还是有些察觉。她问田母："阿姨，听说地质队都在买房子，是吗？"

田园的妈妈说："没事，把这房子买下来，有了产权，给你们结婚用。"

李梅香小心地问："是不是钱不够呀？"

田园的妈妈说："够了，够了。不够也不是你们操心的事情。"

田园扭头看了一眼李梅香，梅香没再多问，低头整理田园亲手做的小木头框，一摞一摞的。田园也没敢多说话，他和梅香一起，把以前拍的照片挑出好的那些来全都装进小木框里，然后挂满一面墙。

那是一些很精致的小木框，木料用的是老田从山里带出来的，田园利用工休时间，一点点制作、打磨出来的。

老田的修车铺子顺利地搭建起来，开张的第一天收入五块钱，去掉一块钱的辐条和黄油成本，还落下四块钱，这让老田觉得心里有点根，找了个本子，开始一笔笔地记录每天的收入和支出。

午饭时，田园的妈妈把饭送到修车铺子里。一家三口就在小棚子里支张小桌。田园低头吃饭没说话，老田也闷头吃饭。妈妈说，孩子别着急，买房子肯定会有办法。

老田说："不就是一千多块钱吗，活人还能让尿憋死？"

田园埋头吃饭："我不着急。"

老田说："咱家没凑齐，别人家也凑不齐。"

田园想接一句，棚子外边有人叫他。

田园端着饭碗出去一看，是大蔡和阿麦各跨在一辆自行车上在外边叫他。

大蔡和阿麦是田园的同学，两人是考美术院校的老油条。尤其是大蔡，从年龄上是最后一年有资格高考了，再考不上，用他自己的话说就跳长水河了。三人在学校时很要好，只是因为要闭门复习高考，两人很少外出。

所以看见他们俩，田园很意外。

10

田园、大蔡、阿麦读了三年高中的中学围墙紧邻公路，拆了，改建成了一排门脸房，公路是通向南部山区的国道。门脸房都一样大，里外已经摆满了建材、化工商品。马冬身上沾满了各种颜色，腰里别着BB机站在门脸房的前面，灰头土脸地指挥着一群泥瓦工在墙上刷浆。

马冬看见田园，亲热地拍他的脸。

马冬找来过去的学生田园、大蔡、阿麦，让他们在刷好的墙面上根据店主的要求用红漆写上店名。比如"永建化工商店、光明建材商店、春梅糖烟酒食品店……"

还有一个"拉斯维加斯台球城"，是马冬自己开的，店里只能摆一张台球桌，剩下的都摆在公路边上，热热闹闹地围着附近小青年和学生打台球。

算上马冬的台球城，一共二十间门脸房，店名加上"欢迎光临"这样的字样，大致一共二百个字。马冬说："一块五一个字。"

田园说："写什么字体？"

马冬说："圆头体，横平竖直地好写。'拉斯维加斯台球城'写成行楷，别的全都写成圆头体。"

田园看了看长长的门脸房，心算，这两百多个字写完了，竟然能赚三百块钱，顶一个月工资了。

马冬把铅笔、尺、油漆桶、排刷放到田园的面前："用尺打好格子，慢慢就不要打格子了，拿铅笔画个印就行，字的大小、间距尽量靠目测，先画个结构出来，然后拿笔刷，这样写得就快，还有，尽量用大刷子，别用小排笔，一横就是一横，一竖就是一竖，要快还要写得正。"

说完，马冬腰间的BB机响了，低头看了看，抬头说："这个干好了，就带你们去画酒广告去。"

阿麦问："要是有生僻的字不熟悉结构怎么办？是不是得有本字

典？"

马冬推起一辆小木兰摩托，踩着了，从前车筐里拿出了张报纸，团起来，扔过来，阿麦接着。马冬说："记住，到哪里都带份报纸，上面什么字、字体、偏旁都有。"

阿麦、田园和大蔡连连点头。

田园拎起一个油漆桶，问阿麦："你是不是有个大爷在太平间看夜？"

阿麦说："是啊。干吗？"

田园说："他跟医院的医生、护士什么的一定挺熟。"

阿麦说："那当然。"

田园说："让他帮我弄个病假条吧，今天的中班我就不去上了。"

11

田园混了两个中班的病假，和阿麦、大蔡一起花了四天的时间，写完了二百多个一尺见方的美术字。写到最后一个字的时候，马冬骑着他的小木兰摩托车来了，看了看墙上的字，点了点头，说："有进步。"

马冬停好自己的小摩托，数了三百块钱给田园。他顾不上多说什么，低头看看腰里的BB机，匆忙地进了自己的"拉斯维加斯台球城"，几个刷浆的工人跟着也进去了。

田园和阿麦、大蔡换下了身上满是油漆的衣服。推起自行车要走的时候，一个操着浙江口音的中年人撵上来，问："你们有传呼号吗？"

田园看着他腰间挂着的BB机，看看阿麦又看看大蔡，冲浙江人摇了摇头。

浙江人有点失望，回头指了指身后的一个卖塑料管材的商店说："哦，没事，这是我的店，我看你们字写得不错，回头再开店了就找你们。"

田园说："你找马老师不就行了吗？他有BB机。"

浙江人俯过脑袋："他一个字收六块钱，刷浆还另收钱。你们不是一块五一个吗？我给你们两块一个字。"

12

地质队的购房款果然如老田分析的那样，因为大多数人家都不能如期交纳，延期了。但贴出的通知延期只延一个月，就是春节前。

老田知道这是最后期限。白天在田园和李梅香面前甚至老伴面前都显得很镇静，但晚上却失魂落魄，这一千多块钱，哪里能搞来呢？真是一千元难倒英雄汉啊，老田想起了不辞而别的前妻，想起了陕西老家的那些亲人，想起了将五个孩子一个个养大的那些事情，想起了生田园的时候，早产，地质队的医生来家里接生，孩子出来以后就是不哭，打屁股也不哭，怎么就是不哭，脸憋得都紫了，要死了，田园的生母把孩子一把抱过来，叫一声："儿啊，你要吓死你妈妈啊。"田园"哇"的一声就哭了出来，没事了。

还想起田园的小姐姐得了脑膜炎，当时在野外，老田和前妻背着孩子步行一夜去最近的县医院，结果大夫说没救了。前妻硬是不信，非要将孩子带回来，回家就把孩子揣在怀里捂，捂啊捂，就捂醒过来了，就好了，不也就长大了吗？不也成家了吗？

老田的前妻不辞而别之后，和现在的老伴一起带这五个孩子，有一次两口子轮流背着爬树摔断了腿的老二去县医院看病。老二打上石膏，住下了。老田一路小跑着回来看剩下的四个。一到家，老大正在井边玩，老田上前一把揪住。老田心里知道，倘使再晚一步就没有老大了，怕一岁的田园乱爬，就拿绳子给拴在床上，田园就在床上拉屎撒尿一天一夜，老田进屋时，小田园糊得满脸是屎。

当年真担心哪天会从树上掉下来不是摔断腿而是摔死的老二不也成人了吗？不也当兵回来了成家立业了吗？还混进了保卫科，成为一个保卫干事。

还有，因为现在的老伴中年时长期生病，加上一岁到八岁时的田园也整天跟着生病，就跟长在地质队的小医务室里一样。老田曾经一度认为这个孩子养不大了。

但田园不也长大了吗？不也仪表堂堂的像个人了吗？不也有工作了吗？不也搞对象了吗？顺利的话明年结婚，后年就能像他的哥哥姐姐们一样有孩子了。

半夜，睡不着的老田想到这里，心里略略舒服了一些，甚至有一点快乐。但猛地又想起了那一千块钱，老田就落下眼泪来。

老田发觉眼角的眼泪，赶紧擦。心想，这是怎么了，不就是一千块钱吗？天无绝人之路。一定是的。

老田想起了七八岁时目睹的抗日战争，日本人那么凶不也投降了吗？蒋介石那么多美式装备的正规国军不也被打败了吗？想起了那么多运动，每一次都心想过不去了，但最后不都过来了吗？也不是每一个人都要跳楼喝药。老田还想起了一辈子搞钻探，多少地方最初都说打不出水，最后不也一个个地把水打出来了吗？想起了1960年，一天就吃一个馒头不也胜利地完成了上级交给的钻探任务了吗？想起了钻头掉进了几百米深的钻孔里，看着是那么难捞，不也都能一个个地用各种办法给捞上来吗？想起了铁人王进喜，想起了那么多感人的革命者和他们的英雄事迹。

上天把人逼到绝路的时候，就是生路的开始。世界上没有过不去的坎。

这是老田用大半辈子总结出来的经验。

13

海莉是田园的初中同学，父亲是上海人，和老田曾经在野外一起工作过，并且做过长达四年的邻居。第一年，海莉曾经还住在田园的家里，那是因为海莉的父亲搞调动，想调回上海，孩子就先调过来读书，暂时借宿在田园家里。

海莉学习很差，什么都搞不懂，尤其是初中读地理的时候，时差就是搞不懂，她总也想不明白为什么地球这样转呀转，然后太阳照呀照的，怎么时间就不一样了呢？

初中毕业后，海莉读了职业高中，毕业时，她曾和田园一起回校取毕业照片。在操场上遇到了教导主任，教导主任的儿子也和田园是同学，教导主任给他高度近视的儿子的选择是初三留一级，好好补习功课，来年考重点高中。

他问田园："你怎么不再读一年，好好考个重点高中？"

田园不知道说什么好，拘谨地和海莉低头认错。

教导主任接着又问海莉："你上职业高中是你自己的意思吗？"

海莉说："是我爸的意思。"

田园赶紧也说："我上普通高中也是我爸的意思。要不是我的分够上普通高中，我爸也让我去上职业高中，我爸想让我当一个钳工。但是我妈希望让我考大学。"

教导主任说："那你自己呢？"

田园说："我无所谓。"

教导主任认真地看了看田园和海莉，充满怜爱地深深地叹了口气，留下一句："孩子，你们还小，不懂啊……"

教导主任就走了。

田园和海莉也像鸟出笼那样飞快地跑掉。

海莉非常熟悉田园家，田园家院门旁的墙洞里有个抹布，抹布下面藏着院门的钥匙，这样的秘密海莉都知道。

海莉和田园高中一年级时，海莉的父亲想调回上海的梦想破灭了，只能调到另一个城市的地质队，海莉跟田园就此分手，两个相处了四年对彼此都有深深好感的好朋友都觉得有很多话要说，但年纪小，也不知道说什么，也不知道还能做些什么。

海莉走了，调到另一个城市的中学继续读书，两人再没有见过面。通过几封信，每回都说自己很好。就此作罢。后来听说海莉高中毕业后进了一家机械厂，机械厂倒闭后，海莉去温州做生意了。

就在老田在深夜里为了一千多块钱的购房款胡思乱想并流泪之后的第二天早上，海莉来了。

老田和老伴当时正在大门口修自行车，海莉自己从田园家的院墙上的小洞里找到钥匙，开了门，穿过小院，进屋，一直到田园的房间里。

田园刚下夜班，正在蒙头大睡，丝毫也不知道海莉就站在自己的身边。海莉替田园掖了掖被子。然后在田园的书桌上和衣柜里翻了个遍；在书桌的抽屉里看到田园的劣质卷烟，在墙上看到了李梅香的黑白照片，在画板上看到了李梅香的素描头像，在一个抽屉里看到了摆放得整整齐齐的李梅香的衣服，海莉一件件地拿起来仔细看了看，还在自己身上比了比。

趁田园还在熟睡，海莉去了一趟门口的小卖部，买了两条好烟，放进田园的抽屉里，将半条劣质香烟揉碎了，丢进马桶里，拉把手，要冲，马桶是坏的，地质队家家很少用马桶那样浪费地冲水，而是在旁边放一个大缸或者大塑料桶，接些洗衣服剩下的水，再冲马桶。而且，那些楼都已经很多年了，当年配的马桶大多都使坏了。没有谁家真的用马桶水箱里的干净的水直接哗啦一声冲大便。

海莉拿起塑料水瓢，舀起满满一瓢水，把卷烟渣子全都冲了下去。又拧开自来水，接了满满一瓢干净水，再冲了一遍，这才回到田园的卧室。

窗外，是一棵栀子树，一人多高了，海莉想，当年还是个小苗呢，几年一过竟然长这么高了。

门开了，李梅香推门进来。

看见海莉，又看看还在熟睡的田园，李梅香愣了好一会儿，才说："你……是谁？"

14

晚饭时，老田和老伴特意早早地收摊，买了不少生熟菜，荤素搭配。

梅香吃饭时不大说话，低头吃，显然和平时不一样。海莉像小时候那样给老田夹菜，田园的妈妈立刻眼疾手快拦住，连说不用，小心地侧目看看梅香。

老田对海莉问长问短，大致问你爸爸怎么样了，你妈妈怎么样了，你爸的工资是多少了，住在哪里了，你弟弟怎么样了，你哥怎么样了，等等。

田园的妈妈像踩地雷阵一样看了看海莉又看了看李梅香。

海莉刚放下碗，田园的妈妈就说："海莉，不早了，吃完饭早点回去吧。"田园想说句话，忍住了。海莉也没生气，放下饭碗，拿出镜子补了点口红，收拾好自己的小包，站起来："正好，我还有点事情，田叔，阿姨，我先走了，拜——"

海莉回头冲田园招了招手，也冲梅香招了招手。田园站起来，说："我送送你。"

海莉说："不用了。"

梅香低着头吃饭。田园犹豫了一下，还是跟着海莉出去了，回过头说了一句："我马上就回来。"

刚出了地质队的大门口，身后传来一阵剧烈的脚步声，田园和海莉回头一看，是魏老大和魏老二的姐姐，一边跑一边脱衣服，魏老大和魏老二和他妈妈还有他爸爸举着衣服在后面追。魏氏兄弟看见田园在前面，喊了一嗓子："园子，快拦住她——"田园爹着头皮，双臂张开将路拦住，魏老大和魏老二的姐姐都脱得差不多了，停在田园面前，伸出兰花指，照着田园的腮帮子就是一抹，然后深情地看着田园，吓得海莉紧紧拉着田园的胳膊。田园扭着头躲，却不敢闪开路，怕她跑掉。

魏老大最先跑到前面，给他的花痴姐姐披上件大衣。接着魏老二他们的妈妈、爸爸都跑了上来，一家人将她团团围住，抬起来往家里走。

魏家的这个女儿25岁，曾经是地质队皮鞋厂的工人，和田园的小姐姐在一个班组，后来上班时晕倒了，经查是一种先天性的疑难病，多少多少人当中才有一个。也能治，但要根治的价钱抵得上半栋宿舍楼了，她不是正式工人，不享受公费医疗，所以，当时给她的打击不小。地质队曾经组织过党员、团员青年捐款，捐了一万多，交给医院治了一段时间，就不了了之了。

后来，她在一次秘密恋爱中又受了刺激，就不太正常了。先是少言寡语，后来发展到不能上班，只能在家里待着。最后成了花痴，一看不住就脱衣服出来飞奔，魏家一直就想找到那个压垮她精神的最后一根稻草的究竟是谁，但一直没有找到，直到她去世，都没有人知道那个人到底是谁。

海莉说："她病得这么重了。"

田园说："是啊，不过，她妈妈平时都看得挺紧的，今天没看住。"

走了十分钟，到了公路边的长途站牌前。

海莉看着过往的车，笑着说："你的梅香今天吃醋了。"

田园说："没有，只是第一次见面，不熟悉，熟悉了就好了……"

海莉说："你跟小时候一样，说谎都说不圆。她和我谁漂亮？"

田园说："这个，没有可比性。"

海莉说："好了，不为难你了。"

田园岔开话题说："对了，你在温州做什么生意？"

海莉说："服装生意。"

田园说着眼睛看着前面的车："哦，知道了。"

远处隐约来了一辆长途客车。

海莉说："以后别抽那么差的烟，对身体不好。"

田园点头，看着远处的车越来越近。

海莉又说："以后别让田叔叔修自行车了，他身体本来就不好。靠修车怎么能赚够买房的钱呢？"

田园问："你怎么知道？"

海莉说："笨，地质队都在买房，我不也是地质队家属吗？"

田园说："那你们家的买了吗？"

海莉说："买了。"

田园回到家。

梅香坐在卧室里的沙发上看一本舞蹈教材。田园进门，她头也没抬依然在看。桌子上放着一摞钱。田园诧异地看看梅香，拿起来数了数，整三千。

田园不知所措地站在那里。

梅香说："是她留给你的，她还动了我的抽屉，动了我的东西。"

田园尴尬地说："海莉她爸跟我爸是同事……"

"她叫吴海莉，你倒海莉海莉地叫得亲热，你从来都没叫过我梅香，老是李梅香李梅香的……"梅香放下教材，低头哭。

梅香指着桌上的香烟和钱说："她凭什么给你买烟？凭什么给你钱？"

田园说："等我有钱了，就把烟还有钱都还给她。一定。"

15

老田用厚厚一摞现金，一万多块，毫厘不差，从大队部的行政办公室换回两个鲜红的大本子，一本是房产证，一本是土地使用证，里面盖着鲜红的大公章，本子上写着老田的大名"田富贵"。老田让田园看了一眼，然后小心地锁进了自家柜子里的那个木盒里面，用一层牛皮纸包好。

老田的话应验了，世界上没有过不去的坎。

海莉留下的三千块钱，老田用了一千多，剩下一千多老田让抓紧还给人家海莉。用掉的那部分钱回头就按月从工资里省下来，也会以最快的时间还给她。

田园揣着一千多块钱还有两条红塔山香烟去了海莉父母所在的另一个城市的地质队。找到海莉的家，却找不到海莉家的人了，地质队已经物是人非。岁数小的，田园不认识，岁数大的，不是在野外就是外出做买卖去了，都找不到了。仔细一问，大致是海莉的父母退休后就回了上海，海莉的哥哥外出做生意了，弟弟在上海读书。

田园唯一知道关于海莉的信息就是去温州做服装生意。那时候很多人都从温州、义乌等地批发服装鞋帽等回到各自的城市里卖。做服装生意是不少有钱人的身份符号。

田园、阿麦、大蔡写完了那两百多个美术字，一人分到手一百元。田园因为请了两个中班的假，虽然夜班的时候拿到了托阿麦的大爷开来的病假条交给了工段长，但工段长依然扣了他当月的奖金三十元，并要求写检查，写一张至少《人民日报》那么大的检查，贴在岗位上。

田园的心都碎了。写检查不要紧，从来没有被扣过这么多钱啊。三十元其中十五元是奖金，十五元是超产奖。就算扣也不能都给扣了吧。扣一半还不行吗？多写一张检查贴出来还不行吗？何况那个第三人民医院的病假条也是真的呀。

这个姓武的工段长正因为产量屡次上不去，盘条的规格最近也控制得不好，总挨上司数落。

这个田园像个跟屁虫一样跟在他身后磨了半天了。从班前会就开始磨，都快到中午了，依然还在磨。一张病假条事小，要是都拿病假条来，那以后还怎么干？三个班组都在比产量，厂长们看的就是产量，以此来评价三个工段长的工作成绩。上个月就落后了，这个月眼看着还要落后。最近一个厂长去青岛，竟然没有像往常那样带着他，令他心情很糟糕。

武段长一时怒从心头起，恶向胆边生，回手就是一记直拳，田园压根儿也没有想到这记直拳，正好还觑着脸往上贴。这一拳正打中面门，田园仰天就觉得鼻子一热，哗哗地流出了鼻血。

工友们都围了上来，武段长也顿时后悔失手，赶紧扶起田园送到厂医务室。略做处理，没什么大事，鼻子里塞个棉团就行了。

挨一拳事小，但在那样一个小城市里，那样一个时代，那样一个环境中，对田园来说绝对是个天大的灾难，自己在工厂里的地位彻底完蛋，让本来就很没有希望的未来都显得很渺茫和窝囊。工友们都在翘首等待这件事情的处理结果。

在工厂，这个结果对田园来说，最好的通常有如下几个：一是田园与他单挑独斗，找回点面子；二是在工厂里或者外边找到有身份的，混得好的出面，在武段长下班的路上将其痛打一顿；三是武段长迫于一个知名人物的压力，道歉，摆一桌，请这些知名人物吃饭。

否则，田园就再也抬不起头了，简直没法在这个厂里混了。从此就将落一个窝囊废的名声，永无出头之日，变成谁都可以欺负的角色。

单挑独斗是没戏的，武段长膀大腰圆的，一百八十多斤，据说上学时还练过拳击，还有他在仓库做保管员的老婆，也一样虎背熊腰的，三岁的儿子名字叫"武啸天"。田园才一百一十来斤，瘦长的小白脸，怎么算计肯定都干不过他们的。找有身份的，田园只是参加过疤子为他弟弟举办的舞会，一面之交，疤子肯定不会为田园出面。

田园想到了白大侠。

白大侠姓白，但长得却不白，黑得厉害，不是一般的那种黑，基本上属于毁了容的那种，是胎记覆盖了大半个脸。但没有人轻易叫他黑子什么的，一是因为已经有叫黑子的了，而且他虽然脸黑，但身上都干干净净的。加上他忌讳，由于这一张大黑脸，使得白大侠天生的恶相。他自己曾经跟田园说过，这长相叫老虎不吃人，但恶相难看，所以特别适合习武，电影上那些小白脸都会武功，那是胡扯。

真正的武师都应该是这个长相。

叫大侠是因为他说他自己自幼习武，师从很多著名的武师。所以工厂里大家就叫他白大侠，大侠日常的身手确实很有武师的做派，一招一式的煞是好看，尤其是在打钩的时候，别人都是勾、拉、拖、拽的姿势，但在大侠手里，却变成了一个个的武术动作，踢腿，金鸡独立，黑虎掏心，海底捞月。各种姿势摆出来的时候，嘴里还嘿哈嘿哈地发出武侠电影里才有的龙吟虎啸的声音。

大侠最大的理想是做一名真正的除恶扬善的警察，但目前最现实的理想是荣升到保卫科做一名打击偷盗铜料的犯罪分子的保卫干事。那样就可以不当打钩工了。依他的身手，抓几个坏分子绝对是小菜一碟。

但不知道为什么，大侠干了五年打钩工，有着这么好的身手，却没能调进保卫科。

田园在工序的第一道，大侠在第三道，两人岗位只有三米远。每到夜班，田园就是大侠最忠实的观众。大侠确实有些道行，比如说很多冷却了的盘条，田园使出吃奶的劲都勾不动的时候，大侠一出手，一声吼，一运气，两个人一使劲，就勾动了。

工作间隙，白大侠跟田园讲了非常多的武术常识，比如螳螂拳和太极拳的区别，摔跤和柔道还有跆拳道的区别，梅花拳有什么优势和缺点。大侠认为武当派才是花拳绣腿，真正的功夫其实在峨眉派，少林派以前行，但现在已经很衰败了。

田园问大侠，要是两个人面对面地打架，要注意什么。大侠告诉田园，第一要出手快，要迅速，要打击他的面部，就是鼻梁处，这样会让对方短暂地视线模糊，让对方在第一时间丧失战斗力，然后就要出腿了，不能用扫堂腿，要用海底捞月这一招。田园问什么叫海底捞月，大侠说，就是踢他的蛋子，要准要狠，就将对方制服了。大侠说他中学的时候经常出手伤人，那时候年纪小，不懂得武德，现在年纪大了，绝不会轻易出手伤人。

大侠说自己会轻功。这一点田园半信半疑，信的地方在于白大侠是烫伤最少的一个，大侠说，这是他的功夫能使自己在通红的盘条到来之前，迅速发功，跃起来，毫发不伤，像田园这样不会轻功的就只能被烫伤啦。

这个解释勉强能通，但疑惑的地方在于他要是真的会轻功或者那么多的武功，为什么还和自己一样做个打钩工呢？为什么一下班就捧着一本武侠小说恨不得把脑袋都埋进去呢？这一点白大侠的解释是，真人不露相，露相不真人。到了该露相的时候自然会露出来的。

大侠自己说得夸张了一些，但平时工友们、班组长也的确让他三分。还有一个重要的证据可以证明大侠确实是有些功夫的，就是他这么丑的人居然也娶到了媳妇，而且老婆虽然长相平平，但没有任何相貌和身体上的缺陷。老婆给他生了个女儿，大侠给起了个那个年代所能想到的最浪漫和温存的名字叫白梦露。田园想，如果没有一定的功夫，这么丑怎么就能讨到老婆？

田园和众多工友也都基本认可白大侠确实有一些体能、搏击上的过人之处。

大侠曾经多次在漫长而艰苦的夜班劳动间歇主动提出过，一旦田园遇大事就包在大侠身上，大侠一定会出手相助。

16

其实，田园和武段长在工厂里算是关系比较要好的了。但这种关系很微妙，是那种只有在工厂里的这种上下级之间才可能存在的微妙关系。

在整个工厂里，武段长虽然贵为工段长，却没有什么朋友，一同进工厂时交下的朋友，最后都和他反目为仇，原因是他六亲不认，按照工友们的说法，他有过多次忘恩负义的不良记录，比如以前和谁谁比较好，别人曾经在精神上和物质上都给予了他很多无私的帮助，但他一升了官就把别人忘了，多次断然拒绝曾经最好的朋友调动工种的要求。

这个人只认产量和质量，全部身心都扑在工作上。他从普通工人升到班长，再升到工段长，再升就该是车间主任了。

作为一个工段长，他是很合格的，从二十来岁进厂，到三十多岁，十来年和那台老掉牙的大轧机摸爬滚打，对机器亲得不行。每天开机干活到机器收工，由于那台机器实在年头太长，产量和质量非常不稳定，除了细心，还得靠运气。有的时候运气好了，机器连着几天产量居高不下，运气不好，怎么收拾就是卡壳。一个班下来，没加工出多少盘条来。

武段长每天中午照例是不吃饭的，因为没有时间吃。在机器上忙个不停，殚精竭虑，抢时间，抢质量。

工人们最大的期盼是机器卡壳，这样保全工就上了，修一个小时就能休息一个小时，修两个小时就能休息两个小时。上岗前，田园和白大侠等人先祈祷一声，保佑今天机器坏。坏，坏，坏！武段长就会倒过来祈祷，保佑机器今天不出毛病，多出产量。

最高纪录，一个班八个小时，共加工出一千五百多捆盘条，这个纪录就是武段长创造的。工友们管他叫"武疯子"。当然，当面是绝对不能叫，只能背后叫。工段长的权力很大，可以扣奖金、超产奖、准病、事假等等，是绝对不能轻易得罪的。

"武疯子"上班就检查机器，当然没有时间做这些小事情，也没有时间去食堂吃饭，中午饭就省了。几年下来，就得了严重的胃病。曾经有一段时间盛传他得了胃癌，让工友们好一阵兴奋，后来发现只是普通的胃下垂，治好了。

为了工作而长期顾不上吃午饭的事实确实是"武疯子"升官的重大资本。加上确实只有他能管得住工人，而且出产量，出质量。

厂领导因此非常器重他。工人们却都恨他不死，但也不得不承认他是车间主任的候选人，甚至将来有可能是主抓生产的分厂厂长。只是，像"武疯子"这样的人并不只有他一个，而是有很多，所以当上车间主任乃至分厂厂长光靠因工作而得了胃病这样的资本是远远不够的。

"武疯子"在拳击小工人田园事件之前，田园经常给他去食堂打饭，还经常给他做饭。因为这个，田园还得罪了很多工友。因为众多工友都已经形成了默契，大家会相互之间捎带一份饭或者谁忙不过来帮着给做一盒饭，甚至还互相吃对方家里带的饭，但绝对不会给"武疯子"带饭。给他带饭就相当于巴结领导，而脱离群众。

在田园看来，得罪了众多工友，但毕竟巴结上了工段长，这还是合算的。

两人因为这个有过一些比较深刻的交往和谈心。甚至，田园还应邀去"武疯子"家里吃过一顿饭。"武疯子"家住长水河边，房子是很老的房子，大概得有一百多年历史的老宅子。

那一顿饭田园是坐在床上吃的。"武疯子"中午不吃饭，晚上却要喝下整整一瓶白酒。人一喝酒就会多话，而且会显得比不喝酒时要仗义，况且是工段长请自己吃饭，而且是在家里吃饭，这让田园受宠若惊，饭间拍着胸脯说，以后会天天帮工段长买饭、做饭，为了工段长的身体，田园还反复谄媚地劝告工段长，说长期中午不吃饭对胃是不好的，是会得胃病死掉的。你要是有个三长两短的，我怎么办，车间怎么办，工厂怎么办？

草狗的青春

田园边吹捧边表态，为了车间、工厂，还有中国的冶炼工业，一定要为工段长带好饭、做好饭。

工段长欣然接受了田园打下的口头保票，兴奋之余跟田园讲了很多他从一个普通工人升为工段长，并且有可能升车间主任甚至更高职位的心得。

酒精烧红了他的脸，他打着猛烈的酒嗝对着田园的脸说："小子，你知道我为什么这么玩命干吗？"

田园一个劲地摇头，做聆听状。

"武疯子"认真地说："在工厂，要当劳模，然后就能上去，中国有很多著名的领导人都是劳模出身……"

然后"武疯子"一个个地数着那些平时在中央电视台《新闻联播》和《人民日报》上才能听到和看到的赫赫有名的名字。

喝高了的"武疯子"在倾诉了自己的崇高理想之后，又细致地讲述了他的工段长身份拥有多么灿烂的前程以及他现在良好的感觉。

他说："你个小狗日的，你没住过宾馆吧？没坐过小车吧？没见过什么叫旅游胜地吧？没见过什么叫真正的豪华宾馆吧，没出过远门吧？"

田园老实地说："没有。"

"武疯子"向田园讲述了和厂领导出差的经历，坐小车，住宾馆，在饭店里吃饭，那是真正的大饭店呀，在青岛住的那个宾馆，那叫高级，咱这小城市哪有？那宾馆门前的路上都不让汽车鸣喇叭。你说，那是多高级的宾馆？

"武疯子"喝高兴了，将一瓶白酒都喝下肚子，说："你哥哥我就差飞机没坐过了，上次差一点就坐上了，结果，有事耽误了。"

从"武疯子"家里出来，面对着滚滚的长水河，田园拿起块石头，远远地扔进河水里，酒精的兴奋和在工段长家里吃了饭的事实让田园觉得未来真的很光明，要好好地给工段长带饭、做饭，好好干，自己就真的有前途了。

而如今，理想和现实总是有着这样大的差距。

田园和"武疯子"之间却成了仇家。这一拳将田园的梦想彻底击碎了，除了白大侠之外，很多工友都对这个事件表达了自己的看法，比较主流的意见是，田园是活该，大家都不搭理他，都不帮他买饭，偏偏你给他买。巴结吧你，这下你该倒霉了吧。

田园认为只有白大侠能帮助自己了。田园花了十七块五毛钱在"香格里拉大酒店"请白大侠吃了一顿饭，共计有三个菜，一瓶白酒，一碗汤，还有两碗平时下夜班时一直不舍得买一碗吃的蛋炒饭，还有一盒香烟。

大侠吃完了饭，抹抹嘴，一只脚踩上凳子，说："田园，你想怎样。说出来，这事我管定了。"

田园说："在车间门口把'武疯子'痛打一顿。"

大侠拍了拍胸脯说："没问题，包在我身上了。"

17

田园在愤怒中等待了三天，这三天，很多工友都悄悄地关切地问过田园。田园说，我不会放过"武疯子"的。这三天，白大侠行踪也显得比日常诡秘，不大和别人说话，也不和田园说话，一见到田园就显出一副坦然的样子。

"武疯子"的这一拳全厂都是知道的，厂虽然大，但经不住大多数人都有迫切地希望发生点什么的生活态度，以此来调剂艰苦和枯燥的劳动生活。而且大家以此来判断一个人的能力和在工厂里的地位。不幸的是，这期间还发生了一件让田园更加蒙羞的事情。

下班坐班车，因为一辆班车上总是要坐很多人，累了一天了，谁都希望坐着，冬天希望能坐在靠阳的一面，夏天希望能坐在背阳的一面，可是班车上总是挤着满满的人。为了解决班车少人多的拥挤现象，很多班次上下班的时间故意错开，好让有的班次的人去挤公共汽车，厂里给交通补助，有的人为了省下交通补助，也为了上下班方便，干脆就在工厂附近租房住。工厂也在旁边盖了不少的宿舍楼，尽管这样，班车发车时依然还是跟罐头一样。

同时发车有五六辆车。

一辆车有司机一名，开关车门的工人大嫂一名，提前占座是不可能的，因为司机和大嫂都有很多熟人，他们会在早上就把一个东西交给大嫂或者司机，大嫂和司机在班车从车库里开出来的时候，就把这些东西放到座位上，意味着这个座位是有主人的，无论你来得多早，都不可以坐在上面。

第三天下班时，田园的车间因为机器故障提前半个小时下了班。正好赶上班车，上了班车，很多人站着，快要发车了，竟然还有一个座位是空的，田园仔细看了看，上面什么也没放，既没有饭盒，也没有一本书，也没有个报纸什么的，总之什么都没有。他看了看四周，心想，真是好运气，竟然可以坐着班车回家。

田园一屁股坐在上面。

开关车门的大嫂和司机一起怒吼起来。

"小狗日的，也不看看那是谁的座位，你就坐。"

田园站起来，全车站着的和坐着的人都看着他。

田园说："这上面确实什么都没有啊。"

司机疯了一样从驾驶座位上跑过来，弯腰从椅垫和靠背的夹缝里摸出一支圆珠笔，举到田园的眼皮子底下："看见没有，这是什么？"

一车人哄然大笑。

田园恨不得找个地缝钻进去。

车下又上来一个人，是栗哥，这个座位是司机专门为著名的栗哥留着的，田园却不识相地坐了上去。

司机发动汽车的时候，念叨着："妈的，也不看看自己是谁，是座位你就敢坐，怪不得武段长一拳打你个小狗日的满地找牙……"

田园在众人的注视下，如坐针毡，心都要碎了。心里想，就要好了，就要好了。白大侠会教训"武疯子"的。一教训完他，一切就都好了。

终于等到了第四天，田园所在的车间里来了许多的总厂领导，都穿得干干净净的，一大堆人背着手视察这台破机器，"武疯子"满头大汗指挥着机器。年底了，各车间、分厂都要报产值，顺便抓安全。

产值是要报给市里来的人的。据说，厂领导陪同的是市领导，那样一大堆人，田园只认识分厂厂长，还有主抓安全保卫的分厂书记，还有工会主席、车间主任，还有那个恨得牙痒的工段长。

白大侠打钩的姿势在这么多领导面前显得格外轻盈和飘逸，武术动作显得更加利索和干净，废弃的铜条以最迅速、快捷的手法和速度被清理干净。火红的铜条蛇一样地穿梭在轨道里，在工人们手里的钩子和夹子里，在大轧滚中由粗变细，最后被卷成一捆捆盘条，经过冷却，用人工小推车推到车间外的广场上去。

看着白大侠在众多领导面前矫健的姿势，田园当时忽然明白了一个道理，绝对指不上白大侠将"武疯子"痛打一顿来挽回自己在这个工厂最后的一点颜面了。白大侠根本就没有武功，只是个武侠小说发烧友。

田园想，只能靠自己，他萌发了很多念头，很多跟电影里的血腥镜头一样，总之就是用武力教训"武疯子"，以此来告诉大家，我田园绝对不是个孬种，是不可以随便就给一个直拳打到满脸是血，是不可欺负的。

田园的脑海里依次想过了很多歹毒的想法，想得手脚都开始发抖，想立刻就实施。田园又想起了李梅香，想起了自己家的小院，想起了被判死缓的王大辉。甚至想到了如果打伤了"武疯子"，自己会不会被判刑，那父亲和母亲还有李梅香还有哥哥姐姐该有多么伤心啊。王大辉的母亲就是因为王大辉坐大狱而整天哭，最后哭瞎了眼睛。想到这里，田园竟然有点想落泪的感觉。

而且，田园知道了，自己根本就不是武段长的对手。

在田园满脑子胡思乱想的时候，厂领导们要走了，正要开始往车间外退，忽然就听"轰隆"一声巨响。田园的第一个念头就是第一道轧滚之间的连接套筒蹦了。这是常事，但看见白大侠脸色大变，竟然真的像会轻功一样往车间外飞奔。车间里乱作一团，所有有经验和没有经验的人都在往后退，在躲闪。

"武疯子"连蹦带跳地过来，像战士掩护首长那样掩护着领导出了车间大门，领导们就拥在车间的大门处往里张望。

一根报废的盘条被清理出来正在卷扬机上卷，卷利索了，就由田园和白大侠将其用专用的小推车从卷扬机上挑下来，然后再推到车间外边，将场地清理出来。但多年不遇的事情发生了，废弃的盘条的一头都已经发黑，竟然鬼使神差地轧进了轧滚，平时火红的都需要专门的喂条工专门往里塞才能进得去，今天却自己卷了进去。卷扬机在使劲，轧滚在使劲，两头一绷劲，发出了巨大的声响。固定卷扬机的底座被掀起来，发出可怕的嘎嘎声，那边的喂条工脸色惨白，立刻跳离岗位。

　　这可能会有两个结果，一个是因为拉力太大，导致轧滚之间的连接套筒爆裂，电机空转，轧滚就停下来，没什么大事了。还有一个可能就是卷扬机拽不过轧滚，卷扬机的电机烧掉，最多卷扬机被卷过去砸在轧滚上，因为轧滚边的喂条工已经跳开，就不会有大事发生了。

　　但这两个结果迟迟没有出现，"武疯子"跳在了场地中间，高喊："赶紧给老子把卷扬机给关掉，妈的加热班别再往前推锭子了……"

　　"武疯子"声嘶力竭的叫喊，只是让加热班停止了往前推新的热锭子，但刚才推出来的，还在一道道地来，打钩的白大侠已经跳跑了，不知道跳到什么地方去了。田园一个人也没有能力将一百多斤的通红的铜锭子拦住，只能任它从轨道上过去，满地火红的盘条，越积越多。

　　人根本就过不去，卷扬机还在嘎嘎地响，要是以往套筒早就爆了，但今天套筒就跟约好的一样，就是不爆。地上已经满是火热的盘条。这时候机器不停，打钩工轻易是不会跳进去的。被勒着脚脖子那绝对不是闹着玩的。

　　"武疯子"高喊一声："田园，你妈的愣着干什么，快去把卷扬机关掉。"田园条件反射地举着钩子跳过去。"武疯子"也快速地从满地乱窜的火热的盘条中连蹦带跳地跳过去，冲进电机班，狂喊关掉主电机。田园也跟猴子一样连蹦带跳地，像跳傣族人的竹竿舞那样，躲避着火红的盘条跳到了卷扬机边。

　　离卷扬机还有一米多，田园一钩子敲在开关上，关掉了卷扬机。

"轰隆"一声，卷扬机被没有停下的轧滚掀了起来，固定卷扬机的大铁扦子被从混凝土里拔出来。卷扬机上还套着一根铜条，就是这根铜条拉着卷扬机往轧滚上撞。田园一闪，差点就被撞着。

在卷扬机被轧滚猛拉的瞬间，紧紧驳在卷扬机上的铜条松了一下，田园一钩子将铜条拉下来，卷扬机停了下来。

几乎同时，大电机也停了，惯性拉着乱七八糟的铜条又走了一截。一切终于平静下来。

领导们又都进来了，"武疯子"高喊着各班组的人出来清理现场。

卷扬机歪斜着。

武疯子喊："白大侠呢，妈的白大侠呢，跑得倒挺快……老子饶不了你妈的……快啊，快拿大锤来，把卷扬机固定好，耽误什么都不能耽误了今天的产量……还有……注意安全……"

那边有人拎着大铁锤过来了。领导们重新进了车间，围着满地的废盘条和掀起的卷扬机，向"武疯子"指示，一定要尽快恢复生产。"武疯子"跟电影里的战士向首长立正保证完成任务的那个表情，向领导们点了点头，然后转身冲进现场。

武疯子扶着铁扦子，对拿大锤的人声嘶力竭地喊："砸！快点！"

拿大锤的往手心里吐了口唾沫，刚要把大锤举起来。人群外边忽然传来了白大侠的声音。

"且慢——"

大家往后一看，白大侠慢悠悠地过来，目不斜视，径直走到"武疯子"跟前，低头用极其冷漠的目光看了看正扶着钢扦的"武疯子"。"武疯子"也很意外，看着白大侠。众多领导也不知道怎么回事，都盯着白大侠。

白大侠四下里看看，表情淡然，高深莫测。

白大侠慢慢抬起右臂，运气，脱掉手套，露出肉掌，横空划过，仿佛全身的力量和气脉都运到了自己的掌上，对着钢扦连续比画了好几下，嘴里做着深呼吸。大家终于明白了，白大侠要在众多工友和厂领导的面前，将几十磅大锤才能砸进混凝土的钢钎用自己的肉掌砸进去。

一时间，"武疯子"、田园、工友们、厂领导都惊呆了。现场顿时鸦雀无声，连空气都凝固了一般。

18

白大侠根本就不可能用一只肉掌将钢钎砸进混凝土的地面，他只是做了个姿势，沉吟了片刻，引起了众人的关注，众人关注了之后，白大侠就很满足了。

他运足了气，正要向下砸的那一瞬间，忽然就停了下来，也不运气了，也不深呼吸了，抖抖手，说："今天不宜动气。"

手一背，转身走了。

"哈——"大家哄堂大笑，领导们和工友们全都笑得乐开了花，笑到前仰后合。

这是一种幽默，是一种只有在工厂车间里才有的调剂艰苦劳动的幽默，调剂同事关系的幽默，调剂上下级关系的幽默。田园看着"武疯子"笑得像花一样的面孔，恨不得立刻就用钩子砸过去，顺手也把白大侠的还在装着一本正经的面孔也给砸碎。

"武疯子"一边笑，一边说："别笑了，别笑了，赶紧干活，开机器，清理现场。田园，你妈的还不赶紧拿小车去推废盘条？大头，你妈的，还不砸钢钎？白大侠又不是女的，你光看着他干什么……"

卷扬机很快就固定好了，领导们全都走了，地上滚烫的废盘条用钩子勾过来，挂在卷扬机上，卷成卷，再用杠杆一样的小车挑着推出去。

白大侠明显在躲避田园的目光，田园一车又一车地推废盘条，"武疯了"还在使劲地喊："快快快……"

机器又开了，继续发出巨大的轰鸣声，工人们又回到了岗位上，火红的铜条又开始在轨道里蛇一样地飞奔。

地上的废盘条足足清理了半个小时，这半个小时田园的脑子里一直都是些稀奇古怪的念头。田园想到了同归于尽，想到了今天下班以后，谁还能给自己挽回一点面子呢，哪怕"武疯子"跟自己道个歉，哪怕有谁出面，不用痛打他一顿，给自己一个面子、一个台阶。

这样就行，就算是有了一点面子，自己还能在这个工厂里混。

田园边想边麻木地、快速地清理现场的废铜条，他恨死了这些废条，恨死了这个车间，要是有炸药就把它炸掉，恨死了白大侠，恨不得拿着炸药和"武疯子"还有白大侠、还有这个破机器一起粉身碎骨。

田园收拾到最后一捆盘条的时候，已经不觉得累了。工厂就是这样，老工人会用最省力气的方法和节奏将最累的活干完。而新工人却不懂得这个，总是把力气耗到极限。田园独自清理完现场，手和胳膊都已经不是自己的了。他推着杠杆车迷糊着将最后一捆卷好的废盘条往下拽。拽不下来。

通常，遇到拽不下来的情况，轻点卷扬机的开关，让废盘条绕一点角度，就出来了。这是一个默契，从未出过任何岔子。

田园依稀看到了白大侠躲闪自己的眼神，白大侠鬼使神差地手不听使唤，本来只是轻点一下开关，却猛地扭了一下。卷扬机猛转一圈。

田园的杠杆车还在里面，整个车被扭了一个三百六十度。如果田园不是干了半个小时重体力活的话，完全可以眼疾手快倒跳出去，放弃杠杆车，这样就可以不伤毫发，但那天，田园就被杠杆车举起来，再重重地摔在地上，脚先落地，接着脑袋重重地摔在地上。

摔倒的过程，田园都记得很清楚，他记得自己的头摔在地上，记得周围的惊呼声，还听见周围人喊他的名字，记得周围有纷乱的脚步声，记得有救护车的声音。田园想，要睁开眼完全可以睁得开的，他就是不想睁；要是动一下，也是能动得了的，但是不想动。

田园想，就这样就解脱了。好了，永远不要起来了，终于解脱了，"武疯子"、白大侠，被扣的奖金还有那一记重拳以及拳头下的鼻血，还有根本无法挽回的面子，还有班车上司机的咒骂，还有一车人的嘲笑声。

草狗的青春

只要不醒来，就全都解决了。消失了。没有了。

田园想着想着就快乐地沉睡过去。

19

厂医务室处理不了这样大的工伤事故，经过简单的处理，很快叫
来了救护车，把田园送进了市第一人民医院。通知田园家属的时候领
导们犯了难，就知道这个小子叫田园，却没有一个工友知道他家住哪
里，从哪里来，是什么政治面貌。于是领导指示立刻叫来行政科的干
部，查底档。

查到田园家的详细住址的时候，已经是深夜。工厂派的小车开到
大地质队大门口，工会的几个人下来，找田园家。到了田园家，老田
开的门，来人一说来处，老田当时就站不住了。田园的妈妈也摇晃
了，院里院外地已经围了很多人。

老田和老伴被人扶上床坐好。

工会的人一个劲地安慰。说了很多歉意的话，还说了很多一定会
竭尽全力抢救和治疗田园，就算是有什么后果，有工厂，有组织，有
领导，请二老放心，希望二老能保重身体这样的话。老田瞪圆了眼珠
子，几乎就要崩溃，说了一句："相信组织，一切听领导安排。"话
音刚落就犯了心脏病。老田的老伴赶紧找来速效救心丸，抱着老田对
身边的人喊："去，把楼上的大虎给我叫来。"

大虎被叫下来，在乱作一团的人群中说："阿姨，要我做什么尽
管说。"

田园的妈妈镇定起来："你腿脚快，马上去把园园的姐夫找来，
直接去医院，有什么事情你全权处理。"

田园的妈妈嘱咐地质队行政科的人："连夜打电话通知田园的哥
哥们，让他们马上回来。"

行政科的人说："那边电话机边都没人了。看来得明天了。"

田园的妈妈说："他哥哥在保卫科，现在打也许能找到。"

行政科的人匆忙跑去打电话："好的好的。"

田园的姐夫、姐姐和大虎赶到医院的时候，工会的人已经在医院忙前忙后地将所有的手续都办理完毕，例行性检查都已经做完了。基本结论也已经出来，脑震荡，右腿脚腕处骨折，脚面骨裂，只是人还在昏迷当中。

　　打石膏的地方在八楼。电梯恰好坏了，正在抢修。从船舶配件厂宿舍赶来的田园的大姐夫，二话没说，背起田园就往上爬，大虎给举着输液的瓶子，在后面跟着。

　　田园跟做了个梦一样，忽然就听见有人在自己面前喘息。睁开眼，发现自己趴在姐夫的后背上，姐夫的后背很宽大，也很暖和，而且姐夫总是显得这样强壮，家里卫生间的大水缸就是姐夫一个人搬进去的，盖院子里放杂物的小屋大姐夫也是主力，砌院墙也是主力，挖鱼池子也是重要劳动力。

　　姐夫一米八的个子，身强体壮，忠厚老实，在船上也是任劳任怨做船上最基层船员的工作。

　　田园趴在姐夫的背上随着姐夫爬楼梯的节奏，一会儿有意识，一会儿又彻底睡着，后来又呕吐，吐了姐夫一身。

　　姐夫什么都不顾，一边像牛一样地喘气一边说："园园，你醒啦，没事了，一会儿就到了……"

　　那一夜，田园睡得非常踏实。其间发生了几件事情，田园事后都记不太清楚了。第一件是田园在姐夫背上一边吐一边掉眼泪，把姐夫身上弄得一塌糊涂；第二件事情是田园的二哥托一个战友连夜开车赶来。

　　田园握着哥哥的手，睡梦中一直在哭泣，哭得像个孩子一样。

　　第二天中午，田园苏醒过来。除了小姐夫找不着人，还有大哥大嫂在赶来的路上，全家包括李梅香都在身边。

　　厂领导指示，先治好病，养好病，休息好了以后再说。休假期间除了奖金没有，工资照发。

　　这个结果很令田园一家满意。

　　很多相识的工友都来家里看望，对工人们来说，有再大的过节和问题，但对于婚丧嫁娶和重大工伤事故这样的人生大事，大家都会不计前嫌地表示出关切来。

这一点，让田园和他一家人都很感动，大家都是结伴商量好班次，然后集体凑份子带来了很多的水果、补品等慰问品。

只有一个人例外，就是马有财，他是独自来的，带了很多水果、奶粉、麦乳精。田园和马有财进行了一段对于人的性格和社会环境的比较深刻的对话。

田园问："我认为白大侠应该多少是有点功夫的，原因就是他能娶到老婆，我才相信他的。"

马有财说："你傻啊，这两者根本没有关联性……"

田园很愿意和马有财谈话，能长见识并且能学到很多东西，只是不喜欢他的不知道从哪里学来的官腔。

田园打断他："你说'武疯子'是个什么样的人？"

马有财说："一个内心非常孤独的人……"

20

田园从春节一直休息到夏天。所谓伤筋动骨一百天，其实，要不了一百天，一个二十多岁的小伙子一个多月就休息得和以前一样了。

只是抓着这难得的休息时间，田园好好地休息起来。其间和阿麦、大蔡在马冬的带领下为一个幼儿园绘制了大型"亚非拉和中国儿童"主题壁画一幅，为幼儿园围墙还有园里所有能画上画的地方画上了幸福的儿童、狗熊、狮子、大象等卡通形象。还有各种各样的招牌。有写在墙上的，有写在木板上的，还有用硬塑料雕刻的字样。

还有在公路边农村厕所土墙上刷了不少补血的广告。

马冬的拉斯维加斯台球城转手了，开了一个专门做各种工艺美术字的作坊，还买了一个气泵，那一年，很多人家都开始讲究装修，房间内最高档的是贴墙纸，其次就是用气泵往墙上均匀地喷一种专用涂料，涂料产自上海，那绝对是一个很时髦的家庭装修。

马冬的木兰小摩托换成了一辆125摩托，很威风的样子。

半个春天和半个夏天下来，田园共分到手一千块钱，加上春节前工商银行储蓄的一千块钱，还有半年多的工资，田园已经略有积蓄了。

大蔡和阿麦开始高考的最后冲刺。

田园开始筹备自己的婚事，婚事的基本条件是要一台24寸彩色电视机，进口的要四千多，国产的便宜一些，有的工友竟然会花一万块买一台进口的，很令人羡慕。还有家庭装修一般请人或者自己动手干，大致需要两到三千块，家具已经有了木料，只需要支付木匠的工钱就可以了，在八百块左右。沙发，那种比较流行的转角沙发已经广泛地出现在工厂、宾馆的接待室里了，一般买一套需要三百到四百元左右。

双卡录音机一台，冰箱一台（最好是双开门的），洗衣机一台。

婚礼用金，主要用于从各机关单位托关系开出的领导的小汽车接新娘，但要给司机一个红包。还有婚礼的宴席钱，少的两三万，多的还得多。田园算了一笔账，自己的婚礼大概需要一万五千块。算是最寒酸的了。梅香说，婚礼的形式并不重要，重要的是两个人未来的生活还有两个人是否能够一直相爱。不过，梅香还说，虽然自己不在乎这个婚礼，但很多亲戚朋友、同学都很在意这个婚礼。电视机最好是进口的，否则会很丢面子。

还有，有的人家的陪嫁真的是很了不起，竟然陪嫁了一辆木兰摩托车，非常有面子。

田园想缓一缓再结婚，毕竟刚买完房子。只是梅香有些着急了。因为梅香的同学中有的就结婚了，每参加一次婚礼回来，两人就会探讨一次婚礼的细节。

当然，探讨中就会有一些争吵。

梅香说："学校最近盖教师宿舍，我的工龄不够，但我的大学老师的爱人和学校主管行政的副校长是同学，我想争取一下。"

田园不知道说什么好，大片大片的雪花落在两人的头上、身上，在大年初一的路灯下，雪花显得格外清晰，人在那样一个时候，心情就格外不一样。

就这样，从春天到夏天，田园对生活有了一些新的认识和要求。

草狗的青春

21

田园的大哥托人捎来一条大鱼，这条鱼立起来到田园的脖子那么高，按照大哥的说法，这条鱼得长很多年才能成这么大，是条鲤鱼。清塘的时候逮着的，算是条鱼精，这么大，每一次清塘都能逃脱，确实很不容易。

大鱼拿回来，田园的妈妈不让动。她说："园园和梅香不是要送礼吗？这条鱼送礼多好。"

傍晚，吃了晚饭，田园骑着自行车，梅香搂着那条跟她差不多长的大鲤鱼，田园的妈妈在鲤鱼的外边包了不少报纸，只留出鱼脑袋和尾巴。

老太太说："得包着点，不然腥气沾在身上，而且路上看着也不好看。"

田园骑车驮着梅香还有一条跟人差不多高的大鲤鱼，走街串巷，好在天黑，没人太注意。到了梅香大学老师的家门口，那是一排教师宿舍楼，楼下乱七八糟放满了自行车。家家的窗户都亮着灯，闪烁着电视剧的光和声音。

楼洞黑乎乎的，像张巨大的嘴。

梅香坐在自行车后座上抱着鱼，因为着力都在她长期跳舞蹈的腿和自行车的后座上，勉强还不觉得费劲。但自己抱着它进楼洞再上楼确实显得很吃力。

田园要帮她。梅香不让，咬牙抱着那条大鱼进了漆黑的楼洞不见了，像是被一张大嘴吃掉一样。

田园坐在自行车的后座上，没事倒自行车的链条，滋啦啦地听响玩。

半个小时以后，梅香从楼洞里出来，带着笑容。

田园说："有门吗？"

梅香说："老师说了，会帮咱们想办法的。"

春天过后，到了夏天，工会领导来得更勤了。说是来看望，但言外之意就是都歇了这么久了，该上班去了吧。半年了，怎么也该休息好了吧，能上班了吧。

田园知道扛不过去了。他觉得上班倒也没什么，休息日的时候依然可以跟着马冬去农村厕所的土墙上画广告，只是觉得很难面对那个大工厂，自己的问题并没有因为一次工伤事故而解决。

田园一想起来还要去那里上班，就头皮发炸！

但令田园万万没有想到的是，他的好运气来了。他的从江北回来的二哥经过几番调动，进了派出所，辖区就包括田园所在工厂。

他的二哥就像秋风扫落叶一样替他扫平了所有工作和生活上的障碍，让田园一夜之间活得比疤子，甚至比栗哥还要风光和滋润。

22

老田的二儿子在老田的二儿媳妇的精心策划下，通过战友的关系，将户口从一个城市调到这个城市，孩子的学籍以及档案和人事、组织关系也顺利地调过来。将老二的工作从一个化肥厂保卫科调到田园所在城市的船舶配件厂的保卫科。然后通过战友，顺利地借调到派出所，当上了一名协警。

田园的二嫂调进了一家电子元件厂，刚进厂报到，厂子就倒闭了。这一点是二嫂万万没有想到的，是整个全家大调动策划中最失败的一个环节。

好在二嫂很乐观，觉得只要有人在，就总会有办法。

大调动的代价是二哥二嫂家没有买房子，将所有的钱都用在了调动上。刚过来只能暂时租借地质队外的村民的房子。如此大的一个调动是很费钱的，但二嫂依然觉得值。二嫂有二嫂的打算。

事实证明，二嫂确实是英明的。

最先享受因为二嫂的英明而换取的成果的就是田园。

田园休病假期间，二哥通过战友的关系加上二哥二嫂为人豪爽，很快就和派出所、分局的同事们打成一片。

田园所在的工厂广大干部群众都酷爱打麻将，不光是田园所在的工厂，整个工厂的工人家属都以此为最重大的业余生活。下了班就是打麻将，夜里几乎家家有搓麻声。打麻将不能干打，当然要有点赌注什么的。

有输赢几毛几毛的，还有几块几块的，还有的就是成百上千，甚至过万的，几成社会公害。派出所有抓赌的任务，狠刹赌博歪风。

在抓赌的过程中，和田园有关、无关的班组长、工段长、工会领导等等纷纷落网，但基本上都获得了宽大处理。

当然，宽大了也是有回报的，这个回报就是二十三岁的田园获得了一份最最美好的工作。

看大门。

而且还补发了因病假而被扣除的三十块钱奖金和超产奖。

看大门绝对是一份非常幸福和快乐的工作，不用干体力活，只需要在传达室里坐着，看着眼前来来往往的人。能干上这份工作的一般都是受照顾的老同志，比如年轻时有突出贡献但岁数大了身体不好了，就照顾在传达室里看大门；还有家里确实有很特殊的硬关系，也可以看大门。

但这个名额太少了。一个几千人的工厂，大门小门加起来就四五个，一个大门三班倒，最多四五个人，全厂这样轻松的工种只有二十个人。能比这更舒服的工作，除了行政大楼里的干部们之外，就绝对没有了。

对田园来说，这简直就是一步登天了。

传达室的工作确实很悠闲。在这里，人的视觉、听觉还有生活态度和方式都发生了根本的变化。首先，田园开始有时间听音乐和广播，以前从不注意的东西都开始清晰起来，人的精神面貌也开始改变。

四路车上的小小六也看到了这个变化，说："你最近很得意啊。"

车间里的广大干部群众因为他二哥在派出所工作，更因为赌博而被宽大处理的缘故对田园都是一副前所未有的和善态度，甚至在夜班的时候，不少被宽大处理过的人例如疤子的弟弟也会经常来传达室，递根烟，然后嘘寒问暖。

田园用给工友们画肖像来打发夜班里的一个又一个漫漫长夜。

工友们拿到肖像都说真像，真像，确实很像。后来有人说为什么肖像上都是线条，不如街上画遗像的画得像，于是田园就把笔道全都改成了用炭粉擦。

工友们就说，确实像，真像，太像了。

那天来个退休老工人在传达室门口晒太阳顺便找老工友聊天，非要让田园给画一张，画完了，大家都说像，结果电炉班的有个班长开玩笑说，这下好，遗像都准备好了。

气得那老工人从地上捡起半块砖就要砸他。

没过一个礼拜，那老工人真的就死了。田园画的"遗像"还真的就用上了。从那以后，再也没有人敢让田园画像了。

无聊的田园就自己画着玩，画了一条大鱼精，被人捉住，晒成咸鱼，后来又复活翻身的壁画故事。

田园计划将这个壁画画在自己未来装修的家里，这样不仅可以省下贴墙纸的钱，而且还可以让家和自己的爱情显得更有意思。

梅香看了草稿，非常非常高兴。

看大门的工作确实很轻松，但却付出了一个不小的代价，马冬在公路边农村厕所土墙上画广告画的活儿越画越远，经常要吃住在公路边的村民家里，然后再坐长途汽车往下一站去画，马冬有正常的教学工作，不能整天泡在上面，于是这项工作就归阿麦和大蔡了。田园失去了一个赚外快的机会。

阿麦和大蔡在马冬的指导下备考。马冬鼓励他们好好准备，文化课和专业课都不能耽误，不过也要做好一个思想准备，一个字。

阿麦和大蔡还有田园都问："什么字？"

马冬说："钱。"

阿麦和大蔡一边复习一边出没在公路边的乡村，在临公路的土墙上刷广告。邀田园一起去，但田园觉得自己实在不能为了赚那点钱而放弃轻松舒适的看大门工作。而且自己有了梅香，就要结婚了，实在犯不上耗尽精力去考那个大学。

草狗的青春

只是，这个舒适的工作并没有真如田园事先想的那样，是一个可以让自己一生幸福的事业，没多久，田园就在岗位上闯了个祸。

23

轻松而快乐的看大门工作很快便被寂寞取代，班次依然是三班倒，这期间，田园学会了修理传达室的电风扇，学会了和工友们喝酒。白天总是有人来坐着聊天，说车间里的趣事，说谁家发生点什么了，说谁家的婚事如何体面和如何的不体面，说谁谁的生活作风问题发展到什么地步了。

时间过得很快。

只是漫漫长夜难熬啊，一个人不是随便躺下就能睡着的。传达室没有报纸，报纸都送到行政办公楼里了。只有包东西的旧报纸，田园就把这些旧报纸看了一遍又一遍，总画画也没有意思，能认识的人都画了一遍，实在想不起来再画点什么。工厂里有个老图书馆，可以借到很多的武侠小说来看。很多工友都是以此来打发自己的劳动间歇的多余时间。

而有的工友就用喝酒来打发时间，田园的上一个班是个老工人，再干一年就退休了。夜班就是喝酒，一喝一瓶，天就亮了。每次交接班的时候，传达室里就充满了酒精味，得开窗户散上好一会儿。中午的时候或者晚饭的时候车间里有的工人就会拎着酒瓶子借传达室的宝地喝上一会儿。

田园偶尔也喝过几回，太难喝了，喝醉了也格外难受。

也有特殊情趣的，比如管材车间有个工友酷爱挤别人脸上、鼻子上毛孔里的油脂和污垢，而且有一手绝活，随手掏出一块手绢，瞅你片刻，你要是同意了，然后他就下手，三下五除二，你刚觉得疼的时候，他已经把你毛孔里的东西给挤了出来，你一看，真的是很细小的脂肪粒，用火一烧，刺啦啦地响。

他跟田园说，每当自己看着那些小脂肪粒从人的毛孔里挤出来的时候，心里不知道有多快乐。只是，不是谁都愿意让他挤的，挤一次图个新鲜，还能老让你挤？于是他就经常哀求别人，给我挤一下吧，就挤几个，不挤多。

田园既不想喝酒也不想看武侠小说，更没有挤别人脸上毛孔里的脂肪粒的癖好。他终于找到了一个打发漫漫长夜的方法——打电话。每个传达室，各个班组都有一个黑色的分机电话，拨号的那种，一拨下去就呼啦啦地回来。田园将这部电话拆了装，装了拆，很快就成了一个老式拨号电话的结构专家，甚至田园曾经从夜班的一开始就拆它，然后临睡觉前再装上。如此反复几次，一个大夜班就打发过去了。

电话的真正功能不是拆着玩的，而是让人与人之间通过它远距离地交流。只是在工厂里，跟谁交流啊，这个电话只是个分机，只是用于工厂与工厂各班组之间的联络。对于田园来说，没有太大的意义。

有一天，田园接到了一个特殊的电话，是油制气班的美美打来的。她也值夜班，在那个快乐而舒适的工作岗位上，为了打发她的漫漫长夜不知道动了哪根神经，给田园打了一个电话。

美美和疤子的弟弟分手了，很失落，很伤感。

美美在电话里和田园说了很多伤心的话，大部分跟当时的流行歌曲一样，大致是不在乎天长地久，只在乎曾经拥有，还有这不过是一场游戏一场梦，梦醒时分，人的情感是那样脆弱，等等。

百无聊赖的田园就像听收音机那样听美美在长夜里的深情倾诉，电话这个东西很神奇，一打两三个小时，时间过得飞快，直到电话手柄还有耳朵和着人的呼吸都发烫了，换个耳朵还是烫，才觉得该撂了，天也该亮了。

接到那个惹了祸的电话是在后半夜，电话铃响了，田园心想，美美昨天不是说今天和别人换了一个班吗？不应该在这个时候来电话呀。

正想着，田园接起了电话，电话那头传来一个恶狠狠的男声："你是谁？"田园说："我姓田，叫田园。"

对方答话："就是你个小狗日的缠着美美啊，告诉你，美美是我的女朋友，你要是再敢打她的主意，小心我废了你！"

田园心想，美美过去的男朋友是疤子的弟弟，他的声音自己是听得出来的。再说了，从没听美美说起自己有了新男朋友，田园说："你是美美的男朋友，我还是美美的舅舅呢！"

对方说："那好，狗日的你等着，马上让你知道江南五兄弟的厉害。"然后吧嗒撂下电话。

田园差点乐出来，什么破玩意儿。就"江南五兄弟"，又是一拨看武侠小说发了疯的小青年。

第二天去食堂吃饭，田园遭遇了"江南五兄弟"。

24

"江南五兄弟"以前叫"七刀下江南"，曾经是这个小城里另一个街区治安较差的学校里的小混混组织，一般就是打打架，斗斗殴，在女同学面前要要威风。叫"七刀下江南"是因为每次出去的时候每人都揣一把菜刀，后来嫌不好看，就学着香港电视剧里揣着一把西瓜刀。其中一个在高中毕业那年因为在长水河的运输船上游泳顺便偷西瓜，结果掉进河里淹死了。还有一个因为在一次街头大排档的斗殴中被鱼叉给扎死了。

剩下的五个被学校和派出所处理过多次，都因为未满十八岁，也没有犯过什么大事，就勉强长大成人，上了职业高中，进了工厂，但威名却是不小。据说许多街区都很认可这"江南五兄弟"。他们最大的来头是四号码头的三胡子。

四号码头的三胡子常年在长水河里漂着，靠收那些运沙船和挖沙船老大们的钱过日子。他是水上分局的常客，屡次被打击，放出来别的什么也干不了了，接着还靠这个活着。累计加起来有十年大狱的历史。这个人物对疤子来说绝对是老大级的。要是排名气，疤子根本就排不上号。

"七刀下江南"从小就是邻居，在学校里依然很要好，他们当中一个被鱼叉扎死的那个是三胡子的亲弟弟。据说，三胡子一直很关照这五个小兄弟。这个城市里开三轮车，摆摊的，混点事情的，对三胡子这个名字是绝不陌生的。知道他长年在船上混，是个对所有小混混拥有绝对号召力的人物，只是大家很少看到他。

五个小兄弟中的一个看上了美美。但美美正在失恋中，根本就没想到要跟他好。但这个一脸青春痘找过田园借火管田园叫老同志的小青年却一厢情愿地死缠着人家，上班只要有空就去美美的岗位上泡，给美美买好吃的，跟美美说好听的，给美美送《一场游戏一场梦》和《其实你不懂我的心》这样的流行曲磁带。

说得最多的无非就是要罩着美美，会在精神上和物质上尤其是在社会地位上给予美美最高规格的关照。只要跟这五个兄弟沾上关系，那以后绝对就很吃得开，疤子和他弟弟算什么呀。

遗憾的是美美并不领情，尤其讨厌他的一脸青春痘。没事就抠啊抠，抠得一个个都发炎了。美美一想起来就恶心。

一脸青春痘的那个想尽一切办法要赢得美美的心，要为美美创造一切获得他人更多尊重的机会，同时也为了获得美美的尊重，巴不得赶紧找一个敌人。为了达到这个目的，青春痘不分白天黑夜地关注着美美的行踪。结果发现美美在半夜里和田园长时间地通电话。

本来想打通这个电话看是谁想坏了自己的好事，但没想到这小子居然就自称是美美的舅舅。真是找打。这真是一个发泄对美美的爱的最好机会。

传达室有一个机动换班的人，这个人身体不好，年轻时为工厂做过很多贡献，岁数大了就有一个最轻松的工作，每天中饭和晚饭时专门来换当班的吃饭，一次一个小时。田园有的时候在传达室里自己用电炉子做饭吃，有的时候就去食堂。

那一天，田园拿着饭盒去了食堂。

他买了四两白米饭、一块二毛钱的青菜炒肉片、一份清炒豆芽菜，坐在大圆桌子边，埋头吃。正吃着，一只手搭上田园的肩膀，田园一回头，那只手揪住田园的头发，说："听说你是美美的舅舅呀——"

田园仰着脖子一看，正是那个青春痘，满脸发了炎的疙瘩在田园面前晃动着。田园用余光看，四周还站了四个人。

青春痘的呼吸直接喷在田园的脸上，捏着拳头，还带着明显青春气息的脸扭曲着。

青春痘满脸狰狞地说："你狗日的也不睁开你的狗眼看看我们'江南五兄弟'是谁。"

25

田园看着那张狰狞的青春面孔，脸下部那张蠕动个不停的嘴，嘴上毛茸茸的小胡子随着嘴巴的蠕动而蠕动着。田园顿时想起了武侠小说里的那些人物，想把他们一个个地都打趴下。

但是，田园还是害怕了，五个人围过来，每个人都充满了邪恶的怒气。周围的人都闪开了，等待一场群殴。

这一刻，田园忽然间明白了很多道理，懂得了暴力会给人带来的尊严，他们五个人要获得的就是这个尊严。他们在田园身上得到了彻底的满足。

他们把田园的饭盒砸了，用手指猛戳田园的脑袋，说了很多威胁的话，表示不会放过田园。大概是因为食堂人太多了，他们也是初来的缘故，没有动手，放过了田园。

惊魂未定的田园回到值班室，用本来是装雀巢咖啡的玻璃瓶哆哆嗦嗦地给自己沏上一杯茶，然后把盖儿拧紧，放到桌子上，等凉一点再喝，心里想静怎么都静不下来，脑子里反复想着如果自己刚才动手了，会怎么样。

门外忽然响起了脚步声，抬头一看，"江南五兄弟"跑过来了，田园赶紧把门关上，插上插销。五个人在外边一脚便将门踹开，冲进来。

这五个学校刚出来的小混混被刚才的尊严感爽了一把，感觉不过瘾。等田园走了，几个人膨胀了一会儿，决定不能这么便宜他。

五个人说笑着，又追过来，冲进传达室，将田园堵在传达室里暴打一顿。田园想从窗户处跳出去，结果被人一把将脚脖子拽住，田园踹了两脚，经不住五个人的力气，被生生拽下来围在墙角处，一顿拳打脚踢。

雨点般的拳脚下，田园依稀看到了几张年轻而狰狞的面孔。

田园想，你们几个小王八蛋能耐吧，等着吧，冲进传达室殴打保卫工人是什么后果。

田园想着，就不觉得身上挨的拳头和脚有多疼，只是觉得脑子有点蒙，估计是这五个人打累了，拳头的密度小了，他放下一直抱着自己脑袋的双手。抬头一看，不看不要紧，五兄弟当中体格最好的那个顺手操起桌子上田园刚沏好的茶猛地砸过来，正砸在田园的脑门上，茶杯掉在地上，摔碎了。

万幸，没把脑袋打破，只是打出了个老大的包，跟寿星佬一样。别的地方就是眼睛有点睁不开了，嘴巴也出血了，牙齿也出血了，鼻子也出血了。

外边已经有人在围观，田园猛地站起来，操起传达室的木头椅子。几个人一看也吓了一跳，拔腿就往外边跑，田园追了出去。五个人分不同方向跑，田园抢起椅子砸向跑在最后边的那一个，就是拿茶杯砸自己的那个，没砸着。

几个小混混还是比较有斗殴经验的，打赢了就跑，眨眼就都没影了。

只剩下田园鼻青眼肿地站在厂大门口，向围观的人反复念叨："我在岗位上好好的，他们来打我，我这是工伤……"

26

处理田园在岗位上被殴打事件的最高领导是一个分厂的分管安全保卫的书记，辅助他处理这一事件的还有分厂保卫科科长、副科长，总厂的一个保卫干事，参与并提出处理意见和方法的有分厂的一名厂长。

工会应该也派一名干部参与处理的，但分厂的工会主席借故请假了。

当然，在向领导陈述事情经过时，田园隐瞒了半夜电话中的语言冲突事件。

田园只一口咬定，不认识这几个人，他们冲进来就殴打。

"我是在工作岗位上被打的！"

田园这样反复地强调。

领导让鼻青脸肿的田园先回家。说是要仔细调查，让田园养好伤，然后再来上班，听取处理意见。

经过了一周的调查，田园本来想用这一周的时间找马冬干点活赚些钱，但像熊猫一样青肿的眼睛实在让他不好意思出门。尤其是额头上的那个大包，太大了，都发紫，迟迟没有消下去。

田园索性在家里画了七天的画。梅香下班回来，看见田园的样子，问怎么了。

田园说是撞的。

梅香就哭了。

梅香说："我知道不是撞的，我知道你是跟人打架了。"

田园说："就是撞的。"

梅香说："你这个人说谎都说不圆，头上能撞个包，还能把你的眼睛也撞青了呀。还有你身上这么多青一块紫一块的。"

一周后，田园上班了。

既没有人告诉他调查结果，也没有人跟他讲处理意见，实在忍不住，田园就离开岗位，进了行政大楼的办公室，本来田园想发作，但看见走廊里铺的红地毯就莫名其妙地觉得自己真的是那样卑微，这样卑微的人怎么可以在有红地毯的地方放肆呢？

主管安全保卫的书记冷漠地答复了田园。

这个答复是，找不到那五个人，保卫科调查了，但全厂这么好几千人，你又说不清楚，我们怎么才能把这五个人找到呢？

田园说："那五个人叫'江南五兄弟'，是谁都知道的呀。"

书记不耐烦地说："什么'江南五兄弟'，我还有工作，你走吧，告诉你，找不到你说的那五个人。"

田园从书记的桌子上抽过一张信纸，从笔筒里抽出一支圆珠笔，就在书记的桌子上哗哗哗地画了起来。

画完了，举起来给书记看。

就是用茶杯砸田园脑袋的那个人，田园对他的印象太深了。

书记一拍桌子："放肆，没家教的东西。就算是找到那几个人，也是小流氓打架，放你七天假就够便宜你的了。"

隔壁办公室有人出来往里张望，想看看是谁惹书记发这么大火。

田园灰溜溜地离开了办公室。

田园又挨个儿找了那些参与处理这次打架事件的领导们，大家都推脱说忙，或者说改天再说，或者说书记已经答复了，书记的答复就是最后的处理意见。

还有的说，田园你等等吧。

田园独自坐在传达室里，看着窗外的天空，心里思绪万千。

马有财忽然像个幽灵一样地进来了，坐在田园的旁边，说："没用吧，其实，一出事的时候我就知道处理结果就会是这样。"

田园说："你怎么知道会是这样？"

马有财说："你看过《教父》这部电影吗？"

田园说："没看过。"

马有财说："因为你没有看过，所以我就没法跟你解释我为什么知道这个处理结果。你知道吗？这个社会依靠的是一个平衡，无论是谁都不能打破这个平衡。"

田园说："你说，这个'江南五兄弟'真的就那么厉害，在岗位上把别人打了，这么大的书记却不敢管？"

马有财说："不是书记不敢管，而是不能管。"

田园说："那为什么？"

马有财说："要不说你嫩呢，你想，书记家就住在这里，凭什么为了你去得罪那几个小流氓？而且那几个小流氓跟大流氓三胡子关系还很好。书记在工厂是书记，出了工厂门也是人，人家要是往他家里飞个砖头，往他脑袋上飞个砖头，他敢保证他这辈子就不走夜路？还有，他还有个儿子正在上初中，那几个小流氓收拾不了书记，还能收拾不了他儿子？在放学路上把他儿子暴打一顿，他找谁去？"

田园："那我就没办法了吗？"

马有财坚定地摇头："没有办法。除非你也用暴力，除非你彻底成为一个比他们还要流氓的流氓。"

田园说："工厂里真的就没有公理吗？"

马有财说："有权利才有公理，有权利才有正义。你有吗？"

田园说："我咽不下这口气。"

马有财说："没关系，一开始都说咽不下，最后都咽下了。"

田园说："我去找我哥。"

田园出了工厂大门，正好一辆拉大粪的拖拉机在前面慢吞吞地开，田园招招手，攀上拖拉机，一手抓着拖拉机的车厢扶手，脚踩在拖拉机驾驶员旁边的铁架子上。

田园在拖拉机巨大的嘈杂声中，从裤兜里掏出一支烟来，替驾驶员夹在他的耳朵上。

27

田园在派出所隔壁简陋的小饭馆的一个小单间里找到了他二哥，正和一大桌子人吃饭。

因为工作忙，二哥几乎就住在派出所，很长时间也没有见到田园，见到他在门口，觉得很意外，赶紧叫他："园园啊，你怎么来了？怎么了？眼睛也青了，脑袋上还有这么大个包？"

田园一听就哭了，抹着眼泪断断续续地讲述了一下事情的经过。

二哥和干警们听完就笑了。

门口传来汽车的引擎和刹车声，跟着咚咚的脚步声进来，是一个穿便衣的警察，裤子还能看出是警察的裤子——绿色的警裤，中间有一条红线，穿着一双大胶鞋，胶鞋上沾满了泥巴，一米八的大个子，四十岁，体重足有一百八十斤左右。他好像是感冒了，鼻子有点不太通气，说话显得更嗡嗡的。进门说了句真倒霉，就从桌子上为自己盛了一碗饭，夹上菜，低头吃起来。

他边吃边说："跑了一晚上加一个上午，周围的几个村子都跑遍了，也没逮到那些个偷鸡贼。"

副所长扒拉完饭，喝下碗里最后一口汤站起来，对田园的二哥还有刚进来的那个警察说："这事小田去不方便，大福，下午你带小田的弟弟去趟他们厂，顺便问问那个初一的学生给北京的领导写信的事情，还有炼铜厂厕所里找到的藏着五十公斤铜锭子的事情。回来再睡觉吧，把这几件事办了，再查偷鸡的事情。"

叫大福的警察点着头答应下来，问田园："小鬼，咋回事？"

大家吃完了饭，伸伸懒腰站起来，要出去，大福一边吃饭一边对站起来的同事说："顺子，你先回所里，给他们厂保卫科打个电话，让他们先把人找着，说我一会儿就到。"

叫顺子的警察说："好。"

大福扒拉下碗里的饭，又给自己盛了口汤，喝下去，又喝一口，在嘴里漱了漱，闭上眼睛，嗓子咕咚一下，咽下去，闭着眼睛，安静了几秒钟，又揉了揉眼睛，忽然猛地睁开，说："小鬼，吃饱了没？"

田园说："吃饱了。"

大福说："吃饱了，那咱就走。"

大福一扒拉田园的脑袋，田园跟着就出去了，外边有一辆警用的三轮摩托车，田园在边斗那里坐好了。大福一脚把车踩着。一挂上挡，一拧油门手把，车窜出去，咚咚地向田园的工厂方向奔去。

28

路上，田园问大福："大福哥，你听说过三胡子吗？"

大福说："认识啊。"

田园说："听说他是混得最好的人。"

大福往车外吐了口唾沫："呸，那个狗屎，以前我在别的所的时候，就教育过他好几回，就是不学好，弟弟打架让人给轧死了，把他妈给活活气死了。去年，他爸也死了。"

田园问："他很凶吗？"

大福："凶？早晚不是让别人打死，就是被枪毙。"

田园不知道说什么好了。

大福叹了口气："他爸他妈都是个好人，怎么摊上这么个缺德儿子？"

厂保卫科科长已经在大门口等着了。

大福与科长握了握手。科长说："那五个人有三个今天上班，已经找来了。还有两个不是他们的班，等一上班就把他们找来。"

大福说："好啊，人呢？走，看看去。"

科长说："人在夜班的保卫室里。"

十来平方米的小平房里，三个殴打田园的小青年正半靠在墙上抽烟，一见有人来了，赶紧把烟掐了，蹲在墙角。

从这里可以看见行政楼保卫科的窗户，科长冲窗户招招手，立刻出来几名保卫干事。科长指指屋里的那几个人问田园："是他们吧。"

田园仔细看了看，说："是，就是。"

大福说："看仔细了。"

田园说："就是，没错，烧成灰我都认识。"

大福点了点头。

田园说："拿杯子砸我脑袋的那个人没在。你看，把我脑袋砸了这么大个包。"

大福乐了，说，"这个包是不小，没事，过几天就下去了。"

科长说："那两个明天一上班，就把他们逮来。"

田园冲小黑屋里看了看，三个小青年三双惊恐万状的眼睛闪动着，让田园心里莫名的不是滋味，想起小时候见过的杀狗时狗那惊恐而绝望的眼神。他心里竟然有了一丝同情，甚至想告诉大福，算了，放了他们吧。

可是田园一想起他们殴打自己的时候那张狂、狰狞的眼神就放弃了这个想法，觉得他们还是应该受到惩罚。

几个保卫干事打开小黑屋的门，进去了，隐约听见里面噼里啪啦拳头和脚撞击人体发出的沉闷的声响。大福搂着田园说："咱先走。"

田园想回头，大福拦着没让。

在保卫科抽了一根烟的工夫，几个保卫干事领着三个人进来了，进门挨个儿站着。田园一看，三个人浑身上下全是脚印，尤其是眼神，实在是格外可怜。

田园实在无法把现在的这个惊恐、乞求的眼神和他们殴打别人时那个张狂的眼神联系起来。

科长说："回去好好上班，明天那两个来了，你们五个过去到人家的岗位上道歉。不学好，刚进厂就打架。你们几个还挺凶啊。"

大福拉起田园："走。"

大福跟科长握了握手，寒暄几句，带着田园出来了。

大福骑着摩托车载着田园先去了食堂，转了一圈，又去了图书馆门口，又去了澡堂子，又去了生产防暑降温用的冰棍和汽水的车间。凡是人多的地方，都转了一圈。田园一路上收获了无数羡慕的眼光。

乖乖，这是多大的来头啊。

田园问大福："'江南五兄弟'算是这一带厉害的流氓吗？"

大福："什么，'江南五兄弟'？"

田园说："是啊，就是打我的那五个人，连书记都害怕他们，不愿意处理他们，怕他们报复。"

大福停下车，看着田园，乐了。正好因为感冒，一个大鼻涕泡就出来了，大福用手指头抹下来在满是黄泥的胶鞋上蹭蹭，笑坏了的样子："园园，你真够乐的，你还相信这个啊，什么'江南五兄弟'，你以为是武侠小说啊。哈哈……"

田园也乐了。

前面走过来一个人，一看见警用摩托车和车上的大福，转身就走。

大福咳嗽一声。

那个人停下来，转过身。是疤子。

疤子缩手缩脚地走过来，站在大福面前，啪地立正："报告政府，我早就想看您去，跟您汇报思想。就是这两天手头有点事情……这个，这个……"

疤子从兜里掏出一盒三五香烟，抽出一根递过来，递到大福的面前。大福推开烟，一把拿过疤子的整盒烟，看了看，又扔还给他。疤子接过烟，递给田园一根，还冲田园点了点头，说："呦，园哥啊。"

田园不知道说什么好，做什么好，就扭头看大福。

大福从自己怀里掏出一根烟，疤子眼疾手快地就拿出打火机要点。大福说："站好了。"疤子立刻知趣地收起打火机，立正，敬了个礼，学着香港电视剧里的情节，大声地喊道："YES，阿瑟。"

过往的几个女工看见都笑了，疤子冲女工们挤了挤眼，也冲田园来了个幽默的鬼脸。

田园也乐了。

大福没乐，板着脸："疤子，你抽三五了，一天到晚也没个工作，还抽三五，哪来的钱，是不是偷鸡了？"

疤子说："福爷，我知道您在诈我，我知道附近村里连着好几天丢了鸡，您正为这事操心呢。"

大福说："少贫嘴，最近你周围有谁手头忽然有钱了，或者去市场卖鸡了？"

疤子俯到大福的耳朵边，神秘地四下转了转眼珠，悄悄说了两句。

田园隐约听见："……一次就输了一千多块……很阔……"

大福点了点头。问："有人往厕所里藏铜了，你知道吗？"

疤子立刻摇头："福爷，这可是要蹲大狱的事情，我可不知道，我疤子就是穷疯了，也不敢干这样的事情。"

大福指了指田园："五个人打他一个的事情你知道了吗？"

疤子说："听说了，福爷您发话吧，我去弄死那五个狗日的去。"

大福不耐烦地说："少贫嘴。我估计那两个小狗日的明天不敢来上班了。回头你给他们带个话，让他们早点自己去保卫科报到。"

疤子又立正："YES，阿瑟。放心吧，福爷。"

大福说："还有，去把鬼五子找到，让他明天一早上我那里报到。我有事情找他。"

疤子说："没问题。我马上就给你找。"

大福抬脚踹疤子，疤子撅起屁股又缩回去，做了个很戏剧，跟小品一样的滑稽动作，又引发了远处看热闹的几个女工的笑声。

大福说："滚。"

疤子立正："遵命，阿瑟，我马上就滚。"

大福依然面无表情，踩着摩托，一溜烟带着田园走了。

田园问大福："鬼五子是谁？"

大福说："是和疤子一起混的小混混，这家伙长期勒索一个中学生，让人家每周给他买一盒好烟，那个中学生被欺负得不行了，不敢跟别人说，就每天给北京写信，一连写了七封，让我们北京的领导替他做主。"

田园问："信就转到你这里了？"

大福说："你真逗，这样的信邮递员直接就递到派出所了。"

田园问："你怎么处理鬼五子？"

大福扭头看看田园："你问得还挺细。要是没别的事，就不能拘留他，也不能怎么他，揍他一顿，让他把敲诈别人的钱都还了。"

田园："他要是还背着你敲诈那个中学生怎么办？"

大福说："他敢，揍不死他。"

田园回头，疤子在远处向大福的背影行了个军礼，高声喊："嘿——"

远处观望的女工们一直在笑。

后来，田园慢慢就理解了。疤子能跟大福对话本身就是一种光荣和荣耀，他和大福能开玩笑的事实可以让他在工厂的地位陡升，能获得更多的尊重，他的幽默能使他获得更多的女工对他的青睐，更有力地证明他是一个当之无愧的人物。

当天晚上，在疤子的努力下，找到了那两个已经吓得屁滚尿流的小流氓。两人第二天老老实实地去保卫科报了到。挨了一顿暴打，然后五个人一起去传达室向田园道了歉。

田园再次看到了乞求和值得怜悯的眼神。但已经引不起田园的同情了。田园知道，这是对他，如果是别人，他们的眼神依然会是张狂和凶恶的。而且这次事件并没有打击他们的张狂，反而增加了他们欺负别人的资本，因为一个派出所出面打击过的人，这本身就很光荣，就是日后威风的资本。

出了一口恶气的田园并没有觉得多么荣耀，并没有如原先想的那样在工厂里终于可以光彩地工作、学习和生活了。美美还因为这个事情开始疏远他了。

田园也因为这一系列的事情，备感失落。

29

田园跟传达室的班长打了个招呼，说自己脑袋疼，上次的工伤复发了，要得精神病了。班长说，请，请，快请，回家好好休息，什么时候休息好了，什么时候来，想休息多久就休息多久。

这是田园认为做了将近三年的工人最大的收获了。可以回家不用上班，每个月还能拿到三百多块钱。真是快意人生啊！快意人生啊！

田园一边这样想，而另一边却又觉出了茫然。

阿麦和大蔡考完了试，也画完了那些广告画，两人一共收入了一千块钱，这可是笔不小的财富，乱七八糟地花了二百块，在手里节余了八百块。

田园也想去赚这份钱，可是哪里能有那样多的活儿呢？马冬也没有活儿了，老老实实地白天上课，晚上办美术培训班，辅导那些想考美术院校的中学生。美术课本来就少，不上课的时候就待在自己的美术刻字店里。

没有活儿干，田园、阿麦、大蔡骑着自行车开始满街乱窜。

高考的最后结果出来了。阿麦和大蔡可以上一个自费的师范美术专业。这个消息让阿麦和大蔡以及他们的父母高兴得简直就要跳了起来。真是祖坟冒烟，这是多么美妙的消息啊。

只是，还有最后一个小小的障碍，因为名额有限，必须要挤掉另两个名额，马冬找到了一个他的同学，要求对阿麦和大蔡网开一面。

同学确实给了面子。但是有一个小小的惯例。

马冬让阿麦和大蔡准备两千块钱，给老师送去。

而此时，大蔡和阿麦手头只有八百块钱。田园的工资是每个月要交给家里的，有一些节余但都在父母手里，是绝对一分钱也拿不到的。老田和老伴正在一分分地给田园攒结婚的钱。

田园能支配的只有每个月老田给的二百块钱。

马冬有一天问起来，去了没有。

阿麦和大蔡托词说没时间去，准备这就去。马冬一惊，差点就跳起来了，说："你们这两个小兔崽子，老子给你们费了那么大的劲，你们自己倒不把自己的事情当事情办，还想不想好了？滚，快滚，马上就去办。"

发怒了的马冬又想起来什么，说："是不是钱不够，早说啊！"

马冬从口袋里掏出四百块，又从他的美术刻字店装营业款的小木头盒子里把当天的营业款都拿出来，一共凑够了六百多块。

马冬说："给快去把事情办了，这是我预先支付给你们的工钱。以后给我干活还，钱要是还不够，马上想办法，回家要，去地里挖，总之今天必须把这件事情办了。你们真行，还想不想上大学了？错过了这次机会你就一辈子没有机会了。你们以为能跟田园一样有个在派出所工作的哥哥啊，不用上班泡病假拿工资，那也是摔一次工伤摔出来的，你能保证你就摔到正好？真要是摔傻了呢……你们要是上不了大学，死得比猪还惨……"

晃荡了好几天的阿麦和大蔡被马冬的这一番话惊醒了，禁不住打了个冷战。心想光到处溜达了，正事都没办。

马冬拿起自己店里的公用电话，拨了个传呼号。一会儿电话回过来。马冬满脸笑容说："喂，章老师吗？对，对，是我，我的两个学生的事情，他们这两天给我干活了，是、是，马上就去。马上，真是谢谢你，是、是，我知道，人家也盯着这个事情，是、是……您放心……多谢，多谢……"

马冬放下电话说："明天就去，人家拿钱也是要上下打点的。还愣着干什么？傻子呀，还不快滚……"

田园、阿麦、大蔡一溜烟地从马冬的美术刻字店里出来。

一口气骑到江边，在防洪墙旁边数了手里的钱，一共一千六百四十块，还差三百六十块了。大蔡的父亲是下放知青，当年和另一个知识女青年爱得死去活来，就扎根农村，在山区里种地，不再回来了，种地能有几个钱？所以从小把大蔡送到城市的奶奶跟前，户口跟着奶奶，算是个城里人了。大蔡就在奶奶面前一天天地长大，奶奶在学校门口夏天卖雪糕，冬天卖瓜子，大蔡是无论如何也不愿意找奶奶伸手要这份钱的。

　　阿麦的爸妈都在纺织厂，一个已经裁下来了，另一个也不能按时拿着工资了，手头有点积蓄，但交学费还不够。阿麦也难以张口。

　　这三百六十块钱……

　　大蔡、阿麦和田园骑车在路上越骑越没有精神，越骑越沮丧。田园想起了梅香，在街头给梅香打了个电话，梅香说存折都是定期的，是准备结婚用的。如果田园一定要用的话，可以先借给一百块钱。

　　这样就还差二百六十块。

　　路过大蔡舅舅的汽水摊，舅妈给了五十块钱，这样就还差二百一十块钱。

　　阿麦的大姐夫在储蓄所工作，路过的时候，阿麦进去了，过了一会儿拿出了八十块钱。还差一百三十块钱。

　　路过第三人民医院的时候，门口有很多农民模样的人在排队。大蔡灵机一动："哎，咱们卖血不就有了吗？三个人一人卖一点，就足够了，听说血很值钱。"

　　田园心里想，卖血会不会很疼？但又不好意思说。

　　三个人骑车就奔向医院的血站。

30

　　献血站门口排队的都是农民模样的人，一看就知道是让生活逼迫到极限的那种装扮和表情。

　　三个穿着干净且整齐的小青年探头探脑的样子，引来排队等着卖血的农民们异样的目光。玻璃门后面有几个穿白大褂的人也立刻对田园、阿麦、大蔡报以警觉的目光。

一个穿白大褂的大夫模样的中年男子出来了，看着田园，田园上前间："卖血是在这里吗？"

白大褂上下打量着三个人。

田园又问："我们卖血。卖多少血能换一百三十块？"

中年男人没说话，关了玻璃门，里面好几个白大褂正聚在一起翘首看着外边。

又出来一个中年男人，说："你们要找事，就别在这里。这是医院。"

田园红着脸说："我们……"

出来一个中年大夫，很和蔼的样子，拥着田园，又拉起阿麦的手，往后推："这里有什么好玩的，卖血的都是农民，哪里有你们这些小青年卖血的？"

大蔡说："大夫，真的，真的，我们真的是来卖血的。"

大夫一边推一边说："别逗了。上别的地方玩去吧，去看电影，去打台球，去公园什么的不比在这里好玩？走吧，走吧……"

田园他们几个被推下了人行便道，回头远远地看见玻璃门里的大夫们都松了口气，开始了正常的工作。

排队等着卖血的衣着寒酸的农民投来了善意的嘲笑。

血站的大夫们以为田园、阿麦、大蔡是附近无所事事的小痞子，闲着难受来寻衅滋事来了。这样的事情在当年的小城里很常见，小青年们大多没有什么事情，没工作的就打打架，找找事，发泄发泄自己每天像滔滔江水一样泛滥的青春荷尔蒙。很普遍。

也是，田园他们穿得干干净净的样子，说卖血，谁也不会相信啊。

三个人坐在长水河边的防洪墙上看着滚滚的河水，实在想不出来如何再能搞出点钱来。

田园想起了大虎哥的三轮车。

"有了。"田园说。

田园问："你们谁会骑三轮车？"

大蔡和阿麦摇头。

田园说："没关系。二歪说他会骑。"

吃完晚饭，田园上楼找到了大虎哥，说借用一下他的三轮车。大虎说："你会骑吗？别把我的车给碰坏了。我晚上还指望它拉客赚钱呢？"

田园给大虎哥留下两盒烟，说："我用一下，保证不把你的车碰坏。"

大虎说："我记得你不会骑三轮车的，三轮车、自行车看似一样，其实劲是反的，自行车是顺着劲找方向，三轮车是反着劲找方向。你懂吗？"

田园说："我是不会。二歪不是会吗？"

大虎说："二歪那个大傻子、大骗子，他什么时候跟你说过真话？"

大虎说着把钥匙给了田园，说："告诉二歪，让他小心点骑，别碰了我的车，要不然我扒他的皮。"

月黑风高的那个夜晚，田园、阿麦、大蔡还有临时以一盒烟招募来的二歪将地质队冬天取暖用的铁皮炉子和烟囱用一辆三轮车足足拉了四趟，卖给了三里铺的一个物资回收站。

收获比预想的要多得多，在铁皮炉子里，还找到了一个"大炮弹"。这个"大炮弹"其实是地质队在流动水中搞测量时用于固定浮标的铅垂。

这个铅垂足足卖了九十块钱，加上那些铁皮炉子，一共得赃款三百四十七元七角五分。

这大大超出了田园的期望值。

只是回来的时候发生了一件意外的事情。

31

前三趟，因为比较重，田园、阿麦、大蔡、二歪四个人是推着三轮去的，整个搬运和装卸铁皮炉子的过程，二歪是绝对的主力，他的一身蛮力发挥得淋漓尽致。到了运输的时候，二歪说太沉，骑不动，田园觉得有道理，一车一车地推了。虽然慢一点，但是很安全，传达室已经改成了小卖部，大家都在忙着自己的事情，哪有闲工夫注意冬天才用的炉子啊，再说，就是看见了，谁也不愿意得罪这几个小子，尤其是二歪，著名的愣头青，小伙子哪都好，就是脑子有点梗，爱吹牛，酷爱足球，但人很仗义，给盒烟什么都敢干。大家都不愿意惹他。

那个晚上，魏家的花痴女儿目睹了田园他们几个的盗窃行为，她夜里睡不着觉，站在阳台上看着满天的星光，沉浸在自己的世界里。忽然看见楼下几个小毛贼在偷地质队的铁皮炉子，就静静地看。当然，也许还有很多人都目睹了，但是都没有吭声。

地质队的宿舍楼里很多人家都亮着灯，不时传出麻将牌的哗哗声。

阿麦说："田园，你看楼上有个人在看我们。"

田园一抬头，看见她，说："没事，她是个花痴，没关系的。"

将一三轮车铁皮炉子推出地质队大门的时候，田园又回头看了一眼楼上的她，她很安静，不像白天那样痴癫的样子了，安静地看着田园他们几个。

田园想，也许她沉浸的世界是个不需要钱的世界，是个不需要考大学的世界，是个不需要卖血的世界，不需要暴力的世界，没有特权的世界，没有等级的世界。至少是个不需要偷铁皮炉子的世界。

田园胡思乱想着率领三个人将铁皮炉子分四趟顺利地运到了三里铺子的物资回收站，这原来是个村集体企业，后来个人承包了。白天已经说好了，所以晚上收购站的站长特意留守，等着这一笔不小的生意。

过磅，讨价还价。田园终于拿到手三百多块钱。出了门，四个人一阵狂喜，天啊，太顺利了，明天就可以拿这钱办大事了。

四个人在街边的大排档吃了夜宵，共计花费二十三块五角。

二歪吃得高兴，拍着胸脯说："园哥，你看得起我，这样的好事带着我，以后有什么事情尽管说。"

草狗的青春

田园听着也高兴，伸手从兜里又掏出十块钱塞到二歪兜里，二歪感动得不知道说什么好了，一个劲地说："园哥，你可真够意思。兄弟我要为你两肋插刀。"

这个初中毕业以后就一直没有找到工作的二歪，是多么想找个人能够带他玩啊。那天晚上他真的是有找到归宿的感觉。

没有待过业的人是很难有这样的体会的。所谓待业就是在家里待着等待就业，地质队的"三产"不少，可惜效益都差，安排没事干的正式工人还来不及呢，哪里有机会轮到二歪这样的愣头青呢。

拿到田园额外给的十块钱，把二歪给激动坏了。回去的时候，他把三轮推上一个坡，非要让田园、阿麦、大蔡三个人坐好。

二歪说："园哥，你这么看得起我，你就坐一回我给你骑的车，否则你就是看不起我。"

田园看盛情难却，就坐好了。

二歪猫腰使劲，车就冲坡下去了，路的两边是菜地。田园看着车猛地不带拐弯地直奔菜地去了，本能地起身，惊呼："二歪你根本就不会骑三轮。"

二歪也是一声惊呼："啊——"

田园、大蔡、阿麦在三轮车冲下路边的菜地的最后一瞬间跳下了三轮，车重重地撞在了路边的一棵小树上，停下来，歪倒。

田园亲眼看着二歪就像一颗出膛的炮弹那样呈抛物线状，在强大的惯性的作用下飞了出去，直扎进菜地里的一个粪坑。说那是粪坑，其实是粪水和雨水的结合体，是江南菜农用来浇水施肥的一个简易的农业设施。不深，一般半人深。

二歪一脑袋扎进去，只露出两条腿在外边。

田园急疯了，心想："坏了，要是出了人命，那这辈子可就完蛋了。"

好在二歪的脚猛蹬了几下，自己就摸着坑沿挣扎着爬了出来。站在粪坑边，顶着一脑袋的菜叶、卫生纸、粪渣子在满天的星空下，对田园说："园哥，我……我……我真的会骑三轮。"

田园看二歪没死，赶紧看歪倒在路边的三轮车。

田园难过地想：明天我怎么跟大虎哥交代？

32

钱真的是个好东西，不光可以让阿麦和大蔡读大学，还能顺手修好大虎哥的三轮车，换了几截链条，飞轮处又换了几个磨损的铁丸，上了新的黄油，还换了几根辐条，轮子重新矫正，动手的是老田，材料是田园按照老田的吩咐去买来的，没花几个钱。

田园又给大虎哥买了一盒烟，大虎哥也挺满意，令田园对钱又有了新的认识。

对于大蔡来说，他的感触比田园要深得多，这个考了多年大学的高考老油条实在难以控制自己的情绪。所以在送钱的时候，他格外细致。

他说，钱不能就这样给章老师送去，应该包在烟里。

田园问："为什么？"

大蔡说："你懂什么？"

阿麦说："其实大蔡也是听别人说的。"

阿麦还是不放心把钱藏进香烟里，说："那要是章老师不知道里面是钱，然后点了抽了，钱不就烧了？或者他又把这条烟就当一条烟给别人送去了，那怎么办呀？"

大蔡说："这个世界上有几个你那么笨的？我们去他家里，就说是马老师让去的，走的时候把那条烟往人家桌子上一放，人家就什么都明白了。"

三个人就在田园的家里，将一条"阿诗玛"牌香烟用壁纸刀小心地切开缝。那一年除了画壁画，田园、阿麦和大蔡还有一个小活儿，就是用壁纸刀将及时贴刻成字，贴在小饭馆的玻璃窗上，一般就是鱼头或者大肉大虾的卡通图案，文字就是生猛海鲜、川鲁大菜、江南小炒等等的美术字。虽然干一次赚的钱一般只够吃顿夜宵，但却锻炼出了一手使用壁纸刀的好手艺，这手艺使到最后，甚至能将一张A4的打印纸的局部剖出两层来，让观看者目瞪口呆。

一条"阿诗玛"香烟被小心地从原包装处打开，然后将里面的香烟一盒盒地取出来，再将它一盒盒打开，取出里面的香烟，再将钱整整齐齐地叠好，用胶水小心地从原包装处封上，再装回整条，将整条封上。

做得滴水不漏，非常精致。

大蔡长吁一口气，坐直了，举着壁纸刀说："我，我要是上不了大学，那就没有天理了啊。"

那天，马冬事先给打好电话，田园、阿麦和大蔡三个人骑着各自的自行车去找章老师，路上暴雨，大蔡就把那条烟揣在怀里，好在事先有准备，在烟的外边又裹了一层报纸，报纸外边又裹了一层塑料袋。

去的时候，章老师出门了。邻居说带着老婆孩子一起走的。

大蔡、阿麦和田园就在宿舍楼下等，三个人揪绿化带里的树叶子玩，玩法是口里念念有词"一二三四五，上山打老虎，老虎不吃食，一枪打倒蒋介石"。念一个字就揪一片叶子，然后就三个人轮番地指，揪到最后一个叶子指到谁，那两个人就在他的脑袋上各敲一个板栗，板栗是把食指弯曲，然后重重地砸在脑壳上。被砸的通常会眼冒金星，泪水横流。

正闹着，忽然听见楼里谁家放一首歌，从来没听过，是最新的歌曲，那时候，依照田园和大蔡还有阿麦的年龄，正好是能听得懂什么歌能流行，什么歌不能流行的年龄。听着听着，就觉得这首歌真的是太好听了，太好听了。那吉他声，那磁性沙哑的嗓音，那境界，绝对不愧为流行歌曲。

听得三个人莫名其妙地互相对视着，竟久久地说不出话来。

那首歌是《同桌的你》。

大蔡和阿麦听着听着就发愣了，田园看见大蔡的眼角竟然有了眼泪。

三个人正发愣的时候，传来了咚咚的摩托车的声音掩盖了歌曲声。章老师骑着他的摩托车，车后带着一个长头发的漂亮老婆，两个人中间还夹着一个孩子。

章老师四十多岁，是二婚，现在的这个老婆也是个女老师，比原先的那个老婆漂亮一百倍。据说曾经是他的女学生，学画画的。

对田园、阿麦和大蔡来说，章老师的家事只是略有耳闻，对他们并不重要。重要的是章老师如今的现状是那个小城市里最高的人生境界，拥有一辆野狼摩托，还拥有一番非常光明和远大的美术事业。

三个人进了章老师的家，谁也没有敢多说话，章老师家非常漂亮，田园第一次看见了木头墙裙，地脚线，真正的实木地板，木头吊顶的天花板，漂亮的吊灯，壁灯，章老师自己亲手画的装饰画，每个房间的门都装着毛玻璃，玻璃上有花纹和图案，客厅里的茶几、沙发都是田园第一次见到。墙上还挂着一些少数民族的饰品。沙发都很低，光线也比较暗，人坐在里面备感亲切和舒适。

只是当时的心情比较紧张，就没有了亲切和舒适的感觉。

章老师很热情，问了很多，画了多久呀，基础怎么样呀，考试考得怎么样啊，等等。年轻漂亮的章师母还给每人倒了一杯茶，很漂亮的玻璃杯，里面悬着很高级的根根绿茶。

田园、阿麦和大蔡拘谨地说了几句话之后，就将那条美丽的阿诗玛香烟以及香烟里藏着的两千块钱放在了章老师家客厅的桌子上，也把希望放在了章老师家的桌子上。

匆匆地离开了章老师的家。

33

阿麦和大蔡终于如愿被南部的一家师范专科学校的美术专业录取了，成为一名梦寐以求的大学生。尽管对大蔡这个年龄来说，来得晚了一些，但毕竟真的成功了。

美中不足的是这个学校和这个专业的学费较高，足够阿麦和大蔡全家以及亲戚朋友们喝上一壶的。

开学时，除了带着自己的被子和行李以外，还要各自带上三千多块钱的各项费用。

这笔钱，阿麦家里亲戚多一些，提前就凑够了。只是把各家亲戚朋友还有自己家的老底给搜刮得很干净。除了留点生活费还有正常的支出以外，家里能有的流动资金全都揣进了阿麦的口袋。

大蔡就没有阿麦走运了，他除了一个在学校门口摆小摊的奶奶还有一个舅舅是摆香烟和汽水的小摊的，最多也就能给他个千儿八百的。

大蔡一边高兴自己能够上大学，另一边又比较沮丧，去了山区种地的父母家两趟，第一趟给了五百块钱，第二趟给了六百块钱，大蔡实在不想去第三趟了。因为第二趟的钱是找别人借的，只是父母没说。但大蔡心里很清楚，借钱比挣钱都难。种地的能拿出一千一百块就已经到极限了。

田园知道大蔡心情不好。基本上说话办事都不太刺激他。而且田园自己也有了心思，他和李梅香都不再像以前那样经常谈起结婚的事情了。

田园觉得有些不爽，因为热恋中谈论未来的家庭是一件多么愉悦的事情呀。而且两个相爱的人天天在一起，不谈这个就像吃饺子却没有馅那样尴尬。

田园知道，有一个迫切要谈论的话题比未来的婚姻和家庭更现实，那就是钱。

在阿麦和大蔡去学校报到的半个月期间，发生了一些事情，给田园的生活带来了很大的转机。

老田的修车铺子经常关门。原因是附近许多使用地下水的企业和单位出了水泵掉进深井之类的故障，就来找老田，老田悄悄地趁黑让人家把自己接走，当然人家单位来的车不能停在地质队的大门口，而是停得老远，老田神不知鬼不觉地步行两站地，上了人家的车，到了那里，人家通常管吃管住，好吃好喝地招待着。

老田现场组织人家单位的机械维修和保全工，焊制他干了一辈子地质工作发明的土工具，将几十米乃至几百米深处的井下的水泵或者异物捞上来。

完事，人家给好几百块钱，还用车送回来，依然是送到离地质队两站地的地方，老田再走回来。这期间，有人问，田园的妈妈嘴是绝对紧的，就说老田去看大儿子去了。

老田在一天天地积攒着田园结婚的钱。

传说小城市里要举行一个盛大的文化节，说是"文化搭台，经济唱戏"。从马冬那里传出一个见解就是，这个文化节会发生很多美术、装饰方面的业务，能有大的油水可捞。再有就是为了迎接这个文化节，梅香所在的学校要组织文艺汇演，选拔出优秀文艺人才，在文化节上亮相。

这个文化节有文艺演出，市领导会出席，有电视转播，据说还有国际友人会来。

对田园来说，那个还比较遥远，目前看不见也摸不着，眼下最现实的一件事情，是马冬给田园、阿麦、大蔡找了个百货大楼做美术字的活儿。

马冬把这个活儿搞到手都是经过了好几道了。只是当时田园他们并不太理解。田园算了算，这个活儿干完，不光是大蔡的学费有了着落，自己也会赚上一笔。

通过同学的同学的转手，马冬将百货大楼所有指示牌的活儿拿下。但材料费是第一承包商的，第一承包商只支付给马冬美工的工钱。

马冬实在喜欢他的三个学生，实在不忍心看着他们三个到处找钱的可怜劲，尤其是大蔡，于是就决定将这个活全部交给他们几个干，所有属于马冬的设备尤其是锯字机还有各种普通电钻和冲击电钻等等全都白使。

干活期间，大蔡自己还接了一个活儿，是一个鞋店老板开的十来平方米的小鞋店，让大蔡包工包料，连设计带干活，大蔡算了一笔账，干完了能赚四百块。

只是，那个鞋店老板拿到大蔡给画的草图就自己找了几个人干了。大蔡还找到一个工人文化宫画电影海报的活，说是原来的那个美工病了。临时找人画，结果是个假生意，或者就是那个美工病又好了。总之，害得大蔡还白送给介绍人一盒香烟。

大蔡只好老老实实地回到百货大楼的工地上安装美术字了。

草狗的青春

临近开学的时候，田园他们几个该干的活都干完了。分钱的时候，马冬一分钱没要，而且也没扣除上次送礼当工钱先支出的六百多块。马冬说，哪能钱带个正好，到了学校不还得用钱吗。田园留了三百块，剩下的全都给了大蔡，让他当学费。大蔡很感动，要请大家吃饭，尤其是要感谢马冬，说是给你做了这么多年学生，要去读大学了，怎么也得请老师吃顿饭吧。马冬说那就去他们家里吃饭吧，买菜的钱由大蔡出。

那是一次里程碑式的晚餐。

马冬以一个小城市美术老师多年来的见闻，对这个城市乃至中国经济改革和发展方向，还有这个小城市乃至中国美术走向和意识形态的发展，在饭间进行了充分的阐述，将田园、阿麦、大蔡的人生观和价值观进行了一次彻底的颠覆。

34

马冬家住在一个老式的宿舍楼里，只有一间房子，在一楼，别人家楼外边都搭着一个小棚子，当厨房用，马冬却没有，常年在外边凑合一顿，或者就是有各种各样的吃请。那时候，一个头脑活络的中学美术老师不光拥有别人没有的BB机，也开始有了很多很多的应酬。

他老婆叫许咏梅，学的纺织工艺专业，毕业以后去了深圳。两人的算盘是，做教师，虽然收入低一些，但是有保障，但两个人都做教师总觉得有点亏待自己的青春，所以，一个去南方闯荡，一个在小城里留守，万一哪片云彩下雨了，就都能受益，或者也能理解成鸡蛋不放在一个篮子里，万一哪个篮子倒了，打碎的也是一个，多少还能剩下一个。

这是马冬对中国经济发展走向的理解和他的对策。

四个人吃了一顿很丰盛的晚餐。席间，马冬常常仰望墙上挂着的许咏梅的油画像。

田园问："干吗要分开，回来不行吗？你的生意做得又挺好的。"

马冬说："我这个生意算什么？你没去过深圳，那才是真正的生意……"

田园说："我觉得章老师的生意就很大了。"

马冬放下筷子说："你说说看，在你眼里的人生最高物质境界是什么？"

田园说："像章老师那样，野狼摩托车，还有装修好的房子，还有他的那份好工作，还有拥有很多的钱。"

马冬说："拥有很多钱是对的，不过，你们见识少，告诉你们吧，那是……"

马冬说着四下环顾一下。

田园、大蔡、阿麦着急地说："那是什么？马老师你快说啊。"

马冬咳了咳嗓子说："是桑塔纳和大哥大。"

田园说："桑塔纳和大哥大。"

马冬说："对，没错，桑塔纳和大哥大。"

大蔡说："桑塔纳要多少钱？大哥大多少钱？"

马冬说："不懂了吧？大哥大不贵，但得两万多，桑塔纳就贵了，得二十多万。"

田园听完吓了一跳："哎呀，二十多万，我们地质队的宿舍楼，一个门洞是六层，对门加起来是十二户，一户一万是十二万，一个楼两个门洞就是二十四户，就是二十四万，天啊，一个桑塔纳值一整栋楼啊。一个大哥大也值两户啊。"

马冬说："那是。"

阿麦、大蔡、田园顿时对马冬肃然起敬。

这种敬意保持了几分钟，田园问："马老师那你什么时候能有大哥大和桑塔纳？"

马冬从沉思中清醒过来，叹了口气，说："还要看情况，看发展啊。当然靠我的小美术刻字店肯定是不行，靠写几个美术字，画点广告画肯定也不行，要有大工程，大的装饰工程。"

田园说："你是说像百货大楼那样的装饰工程吗？"

马冬说："到底是上过班的，看得明白，没错，就得是那样的工程。"

阿麦说："百货大楼的工程你不也做了吗，怎么没赚到钱呢？"

马冬说："那你就不懂了，这个年头要有关系，给两个学生找点门路算什么啊？真正的门路要是能拿到百货大楼的工程，那本事就得通天了。咱们还早着呢。咱们最多能给人家写几个美术字。要是人家也会写，这几个字人家也都自己写了。知道什么叫吃肉的和喝汤的吗？这个世界就是有人吃肉，有人喝汤，有人啃骨头，还有人啃剩下的骨头，人多啊，所以就有人啃第二遍、第三遍、第四遍，直到啃得骨头渣子都没了。"

田园说："那得什么样的关系才能吃上肉？"

马冬说："那得贵人相助啊，也不见得要人人都吃上肉，有根骨头就不错了，咱们就这样干下去，自然就会有更多的机会，你想，南方都开始发展经济了。经济是什么？经济就是活越来越多，钱越来越好赚，逐渐就会影响到我们这里来的。"

田园说："我们这样干一定会发财的对吗？"

马冬说："别着急，改革开放就是很多人都可以拥有更多的机会。"

田园说："是说我们很快就有很多的机会吗？"

马冬说："马上会有一个大的市场，是家庭装修，我在中央电视台的电视节目里看到一个消息，说是中国的家庭装修市场如果换算成钱的话铺在地上有二尺厚。"

田园说："真的？"

马冬说："我们这里还得等一等，现在大家都没有房子，装修什么？有房子的不都是自己家找个亲戚朋友干了就算了，谁花钱请我们干？"

田园说："那现在我们有什么机会吗？"

马冬说："问得好，有个好消息，这个城市马上要搞一个服装城，还要搞文化节，有外国人来，还有电视转播，还有文艺大汇演。"

田园说："这跟我们有什么关系？"

马冬说："一办文化节就有很多美术字要做，还有很多装饰用的车辆，景点都需要赶，活就多了，教育系统的文艺大汇演，有舞台要做啊。我正在活动，发动我的所有同学和所有关系，尽可能多地拿下这些活来，咱们会大大赚上一笔的。"

阿麦、大蔡、田园都高兴了，都兴奋了，马冬也很兴奋。

那餐饭，田园多年后一直记得挺清楚，后来大蔡哭了，说这些年考大学真的不容易，说爸爸妈妈和奶奶真不容易，说真的是非常感激马老师，拍胸脯说将来大学毕业了一定好好报答马老师，说放假回来给马老师白干，不要工钱，还说了很多很多，一边说一边还往桌子上甩鼻涕和眼泪，搞得菜都没法吃了。

35

田园和梅香在私下里也探讨过这个文化节的重要性，因为多少也听说过一些俄罗斯的事情，说是那里发生了天翻地覆的变化，俄罗斯人很喜欢中国的小商品，俄罗斯人都穷极了。有很多中国人乘坐国际专列到那里淘金，他们被称为国际倒爷。

当然，这只是田园和梅香两个人的私下讨论，并不能对文化节产生什么影响，要是有什么影响的话，那就是文化节对他们的命运会产生巨大的影响。

起初学校觉得应该自己布置文艺汇演的舞台，学校就有美术老师，但是最后觉得这个演出非常重要，加上马冬的私下努力还有梅香的举荐，也许还有那条大鱼的面子，经过几轮讨论，田园有幸获得了梅香学校里文艺汇演的舞台美术的活儿。

这个活儿是画幕布，在演出的时候根据舞蹈的情节翻转。校领导反复强调，这个非常重要，一定要画好，绝不能有一点闪失，一定要让领导满意。

梅香也反复地告诉田园，一定要画好啊，如果她的节目能够在汇演中获得好评，就有可能上文化节，就有可能在很多领导前表演，还能上电视啊。

田园咬牙切齿地想，一定要画好，一定要画好。

阿麦、大蔡背着被子和钱去学校报到之后，田园就一头扎进了师范学校的小礼堂，先用透明的塑料片在上面用钢笔绘了一个草稿轮廓，然后梅香从学校借出了一个幻灯机，将草稿的轮廓通过投影投在拼接好的舞台背景布上，然后绘下来，这个过程很容易。但着色就不容易了，主要是距离的问题，着一点颜色，就得从梯子上下来，走到礼堂的尽头仔细看看，找找问题和色差。

这个工作要是阿麦和大蔡在就好了，那就轻松多了，马冬在设计文化节的街景，那些街景要作为著名景点设计，也是非常重要，根本就顾不上田园这边。

这个布景要经过很多人的检验，都检验得麻木了，小城里多年没有过如此重大的事件，所以关心的人就很多。也就是一遍一遍地改呗，在对舞台布景提出意见的过程中，田园忽然想起了这样一个有意思的感觉，每一个人都会对舞台布景、舞蹈、音乐、歌曲提出自己的意见和看法，每一个人在那一瞬间都是艺术家。

小礼堂经常会来人彩排，工作人员和学校的老师们对田园都很客气。

每天梅香下班都会到小礼堂，陪着田园，帮田园做点事情，给田园送吃的。别人问梅香这个小伙子是谁呀，梅香就告诉别人这是我的男朋友。

人家就会问，你男朋友是哪个学校毕业的，画得挺好的呀。

梅香起先说，他是自学的。人家先是不相信，后来相信了。田园就明显地感到别人对他的态度有些异样，小礼堂的工作人员还有彩排的老师们，本来舞台背景很多问题都会征求田园的意见，现在就不征求了。就好像客人进饭馆吃饭，起先认为厨子是一级大厨，后来才知道其实菜是伙计做的，就不平衡了，甚至反映到校领导那里。

田园灵机一动就将马冬请来，在小礼堂转了几圈，传递给师范学校和这次文艺汇演有关的干部群众一个信息，这些幕布背景都是美术老师马冬创作的，田园只是打个下手。

这样，此事才有所平息。

不过田园不太在乎，田园在乎的是全部工作结束以后，会得到一千五百块钱，马冬五百，田园实际落下一千。

马冬告诉田园，不管别人提什么意见，一定要忍得住，跟谁置气，不能跟钱置气，做这个舞台设计不是最终目的，赚下的这一千来块钱很重要，更重要的是文化节期间那些更大的美术工程。

田园心里都很清楚，只是非常不满意这期间发生的一件令他非常别扭的事情。

师范学校的一个音乐老师一直在追求李梅香，而且是全校皆知。这个人经常给李梅香写情诗，甚至还在梅香值班住校的时候在她宿舍外唱《莫斯科郊外的晚上》等歌曲，最令广大师生念念不忘的是他曾手拿玫瑰在学校食堂外边等梅香吃完饭，李梅香一言不发匆忙离去的时候，他竟然在众人的注视下半跪下来。

梅香后来到校领导那里反映，说他影响了自己的工作，校领导也很为难，找音乐老师谈话，对方说这是自己的权利。

后来校领导以破坏学校绿化为名在全校大会上批评了这个音乐老师。原因是当时小城里根本就没有卖玫瑰花的花店，他手里拿的那些玫瑰花全是在学校苗圃里摘的。校领导就这个机会，全校通报批评了他，还扣了工资。

但依然没有制止住他为了满足自己的权利却忽视了别人权利的行为，只是不再摘学校花圃里的玫瑰花而已。

为此，田园心里很不是滋味。尽管梅香反复和田园解释，但后来发生的事情依然给他们的心里投下了阴影。

36

田园干活期间，音乐老师多次去小礼堂，有的时候是彩排。他有两个节目，一个是他的女学生的独唱《小城故事》，一个是有他参与表演的话剧《哈姆雷特》的片段。

田园起先不觉得他有多讨厌，因为从未看过话剧的缘故，对他彩排时用嗡嗡的嗓子并且伴随着他的动作手势大声朗诵台词的样子觉得很新鲜。

　　要不是他总缠着李梅香，田园会觉得他挺可爱的。至少他能在别人的嘲弄下旁若无人地坚持把自己的话剧表演完。

　　那个小城市里，从未有人表演过话剧，也没有人在舞台上见过真正的话剧。

　　后来，他说要跟田园谈谈，那天田园站在大梯子上正在做收尾工作，他站在下面，说："田先生，我要和你谈谈。"

　　在这之前，从未有人称呼过田园为"田先生"。

　　田园头也没回，自顾自地干自己的活。

　　音乐老师就在下边开始他的独白，他说："你不回应我也没有关系，但这并不能否定我对梅香的爱，我爱她，只有我才能给她真正的幸福，她是人民教师，她有舞蹈天赋，我知道你们之间感情很好，但这肯定是暂时的，你是一个工人，你没有接受过任何系统的高等教育，将来你们在一起是不会幸福的。很多婚姻和家庭的悲剧都是来自双方情趣和社会地位的差距……"

　　田园从梯子上下来，没理他，转身就走，下了舞台。

　　他站在舞台上用只有话剧中才能听到的嗓音大声地说："我爱李梅香，这是你无法回避的事实。早晚你还是要面对的。"

　　田园的脑子都大了，嗡嗡的，旁边有几个女生掩着嘴偷偷地笑。

　　他接着说："我们在一个学校，多年的同事，我们有着共同的情趣，共同的艺术事业，共同的爱好，你只是个插曲，所有的女人都喜欢小流氓，但这是暂时的，我有耐心等她。"

　　田园站在大门口，停下来，本来就想出去了，不想再看见这个让他讨厌的神经病。但又实在忍不住了，回过头来，音乐老师依然在这个破烂的小礼堂里的破烂的舞台上喋喋不休。田园大脑充血，发热，他说的话基本都听不清楚了。

　　田园气坏了，想让这个讨厌的家伙立刻就消失。他想这样依然不够，于是顺手拎起一把小礼堂的陈旧的椅子，礼堂里的几个小女生立刻吓坏了，惊叫了一声就跑了出去。

　　这个被单相思折磨得语无伦次的音乐老师一动不动，竟然闭上眼晴说："早晚有一天梅香会知道，用暴力解决情感问题的人是多么无知、粗鲁而野蛮的人啊，你们大家看，这个愚昧的人，能给李梅香带来幸福吗？"

田园被他说蒙了。

音乐老师又睁开眼，说："田先生，我要跟你决斗！"

在田园快要发疯了，不知道该怎么办的时候，校保卫科的人跑进来，劝开了。

37

师范学校的外边有一座小山，是很多小学校春游首选的地方，上面有个革命烈士纪念碑。

这座山可以远远地看到长水河，后来成为一个非常重要的旅游景点。

就在这座山上，梅香非常痛苦地大哭了一场，后来累了，就不哭了。他俩都呆呆地坐着，一直坐着，坐着，看着远处滚滚的长水河，想着各自的心事。直到天黑，依然坐着。

后来梅香说："园园，我们结婚吧。"

说完梅香就又哭了，说："我不要单位的房子了，也不要彩电、冰箱、洗衣机，我不要那个盛大的婚礼，我只要我们能够在一起。"

田园说："梅香，你要的我都给你，我都要给你。而且我还要和你旅行结婚。"

梅香说："去哪里旅行结婚？"

田园说："去北京，去伟大首都北京，去我们伟大祖国的政治经济文化的中心旅行结婚，我要在天安门前和你肩并肩地照相，站在毛主席像前，我要带你去长城，去故宫，去天坛，我要在天安门广场上高喊你的名字……"

李梅香很感动，生平没听过这样认真的话。

远处滚滚的长水河无声地向前流淌。

梅香说："园园，我们有多少钱就办多少事，好吗？"

田园说："再多赚一点，等文化节一结束，我们就有钱了，就可以结婚了。"

梅香说："我不想等文化节结束，我想我们快点结婚，我担心……"

田园说："担心什么？"

梅香说："我担心有一天找不到你了。如果我们去北京旅行结婚，你到哪里都一定要拉着我，不要撒手啊。"

田园笑着说："怎么会撒手？"

梅香说："人家怕嘛，我们都没有BB机，万一走丢了呢？"

田园说："如果走丢了，要是上午我就十点整在金水桥上站着，你就能看见我了，下午我就在人民大会堂正门的第十三级台阶上等你。"

38

马冬列了一份清单，详细计算了文化节期间能有哪些活儿可以干，哪些钱可以赚，等等。田园想，这笔钱赚到了手头就宽裕多了。马冬还带来了一个更好的消息。小城中的一个大学校园有一排临街的围墙就要拆掉，建成门面房，然后向社会公开招租，会建成饭店、鞋帽、时装等商店，这排围墙非常长，要是全部建成门面房，那该有多少活儿啊。马冬早早地就开始活动了。

他计划承揽至少五间以上的店铺内外的装修，让田园准备人手。大干一场。

田园将地质队无所事事的二歪等一干人召集起来，组建了草台班子装修队伍。

其间，田园曾经托派出所的大福找到了炼铜厂的栗哥，系统地请教了如何制作仿大理石地面，制作墙裙，吊石膏天花板的工艺和技术。栗哥很仗义，竹筒倒豆子，手把手地交代清楚。甚至还告诉田园，做仿大理石地面很快就要淘汰，铝合金门窗会成为主流，厂里有个大领导家里就拆了一面墙，做成了铝合金的隔断，非常漂亮。

栗哥毫无保留地将这些技术、工艺要求告诉了田园。二歪、魏老二还为栗哥都打了下手。

田园请栗哥吃了顿饭。

吃饭的时候，田园讲述了当初刚进厂时对栗哥的看法，说看栗哥这样忠厚，根本就不是当初想的那样是个黑老大。

栗哥愣了，他从来也没有想过人家会把他当成黑老大。栗哥说，哪里有什么黑老大，只不过是靠手艺和力气吃饭，领导和同事们尊重自己，就是很好的生活了。

田园还和栗哥探讨了疤子和三胡子的人生轨迹。栗哥告诉田园，疤子没有工作，又想吃好的，又想穿好的，还想别人看得起他，还想娶漂亮老婆，所以他就当混子混事呗。三胡子以前和疤子一样打架什么的，也是为了让别人看得起他，你没钱、没权、没地位，你要是再不打架，谁会看得起你呢？打架打好了就有钱、有权、有地位了。不过三胡子现在早就不打架了，在船上站船头，给运沙的老板们干事。

三胡子总算懂事了，他现在知道赚钱了，不再打架了，不再混了。

田园问栗哥，这算黑社会吗？

栗哥笑了，说："小田，你是电视剧看多了，哪有什么黑社会，大家都在外边混，有的有工作，有的没工作，有的有权利，有的没权利，这么多人在一起，就有一定的规则。当初人家都欺负你，都是一个过程。时间一长就好了，都是这样过来的。"

田园鼓足了干劲，要通过文化节还有马冬的店铺装修活儿赚够自己的结婚钱。要带梅香去北京旅行结婚，要买彩电、冰箱、洗衣机、装修好自己家的房子，生一个女儿。田园想还是计划生育好，生一个就不用操心，生多了是养不起。

田园想，真的是只生一个好，万一自己要是像崔三子或者魏老大魏老二那样家里还有两个同龄的已到婚龄的青年，那该怎么办呀。

崔三子家总是打架，魏氏兄弟也总是打架，兄弟俩为了房子，还有结婚的钱还有他们姐姐的陪嫁问题以及姐夫的问题，争论不休，就动手了，去年过年把锅都给砸了。老田夫妻以及众多邻居都去劝过，只是劝了这家还有那家。

田园想着就觉得自己真的是很幸福，比上不足，比下有余。

39

马冬说的贵人相助的那个贵人出现了。

小礼堂里的舞台布景彻底完工以后，前前后后来了很多检查工作的人，其中田园印象最深刻的是一个叫李山的人。这个人搞团的工作，整个文化节动用了很多部门，当然少不了团的工作。他比田园大三岁，是团市委的一个普通工作人员，那天和文化局、旅游局等部门的人一起来小礼堂看舞台布置情况，回去好跟领导做汇报。

校领导陪着在小礼堂里四处转转，其实这么小的礼堂哪有什么可以转的，站在门口就把什么都看清楚了，彩排的时候，依然是三个节目，女声独唱《小城故事》，还有话剧片断《哈姆雷特》，还有梅香的舞蹈，除了梅香的舞蹈以外，《小城故事》和话剧都让田园听得恶心了。田园心想，亏了他们不是真正的演员，要是真正的演员那该多辛苦啊，真是哪一行都不容易，还得这样一遍一遍地唱，一遍一遍地练。

领导们普遍赞扬梅香的舞蹈不错，也赞扬田园的布景做得好。领导要接见工作人员。田园过去以后，吓了一跳，原来是电视台的人在录像。天啊，真的是电视台，就是平时在小城新闻里看到的那个漂亮的女播音员。

田园顿时觉得手脚都不知道怎么放了，浑身像针刺一样不自在。尤其是当黑洞洞的镜头还有被刺眼的摄像照明灯照射的时候，田园就蒙了，简直就不知道自己身在何处，连校领导介绍田园工作很卖力这样的话，田园都听不大清楚了。

田园只觉得发蒙，如在云雾里一般。

田园想，真的，真的我要上电视了吗？

其实田园不知道，摄像机根本就没有拍他。人家是拍领导视察工作的情景。二歪、魏老二当时也在小礼堂，呆呆地站在礼堂的角落里，二歪都惊呆了，他怎么也没有想到和他住在一个大院里的园哥竟然混得如此牛，竟然和这么多领导握手，竟然还被拍进电视，园哥简直太了不起了。二歪心想，跟定园哥了。

领导们很快就被校领导簇拥着走了。最后有一个人没有走，他还在和李梅香说话，就是李山。说着说着，最惊人的一幕出现了。

李山忽然从拎着的黑皮包里拿出一个黑乎乎的家伙，半个砖头那么大，他一手端着，一手开始拨号，拨了一会儿，举在耳边，说："喂——"

二歪脱口而出："乖乖，是大哥大。"

说完了，二歪竟然半天都合不上嘴，二歪和魏老二这两个地质队员的子女在这之前只在录像厅里看过的香港电视剧里见过这个东西，这次是真的在眼前见到了，都看直了眼。

这个团市委的工作人员拿着电话，大声地吼了很多关于钱、领导、演出、合同、生意的事情，让所有人都目瞪口呆，其实他说什么都不重要，他拿出这个大哥大本身就已经证明了他是一个绝对了不起的人物，他说的那些了不起的词，根本就没有必要。

此时，他已经成为田园和他的伙伴们还有小礼堂里所有的工作人员、老师学生们心目中的偶像。

他手拿的是一个真正的大哥大啊。

梅香和他谈得很多，后来梅香把他正式介绍给田园。田园也为认识了这样一个了不起的人物感到庆幸。

当时说了很多话，田园都不太记得了，但记得最清楚的是，李山对文化节的美术工程包括舞台美术还有街景的事情，对百货大楼装修工程方面的事情，还有城中大学围墙改门脸的装修事宜，都表示自己很清楚，自己正在做这方面的工作。

他对田园和梅香说："以后有什么需要帮助的，尽管说话。"

田园觉得未来真是太光明了。二歪、魏老二也觉得很光明，越发地崇拜他们的园哥。园哥竟然认识这样的大人物啊。

事后，田园领着二歪等人守着电视机看了半个月的小城电视新闻，二歪还告诉了他爸。他爸说，放屁，就你还能上电视！

当然，二歪他爸说得有道理，并不是谁都能上电视的。眼睛都快瞅瞎了也没在电视上看到自己的影子，舞台、文化节，还有彩排的舞蹈等等都没有看到。不过，这已经不重要了，对田园他们几个人来说，能感受到光明就已经足够了。

40

李山成了田园家的常客，成了田园的好朋友也成了李梅香的好朋友，经常出入田园家里，甚至还经常用一辆桑塔纳轿车去学校接梅香下班。当然，那辆车并不是他的，而是他的一个同学的，这个同学是发电厂一个领导的司机。大哥大也不是李山的，是他的另一个同学的，当然也不是他的另一个同学自己的，而是那个同学给领导当秘书，大哥大有的时候就放在他的同学那里，有时候领导开会或者休息什么的，李山就乘机将这个移动电话借出来，嘚瑟嘚瑟。

梅香和李山还是校友，小城市里有一个赫赫有名的重点中学，有点门路的家长都会把孩子送到里面读书，那些没有门路但孩子学习成绩格外优秀的也有一部分在里面读书，那里的高考升学率很高，甚至可以理解成只要进了这所重点中学，就是半个大学生了。

李山的父亲是海关的一个副处级干部，母亲是税务局的副处级干部。他毕业于这个城市那个最厉害的重点中学，自幼品学兼优，他说从一年级开始他就当班长，后来当少先队员的时候是大队长，中学是班干部，大学是团干部，而且还是校学生会的骨干，总之，有很好的官职潜力。在省城本科大学毕业以后就分回了小城市，搞团的工作，虽然工作时间不长，但人脉很厉害，是个升职的好苗子，是被重点培养的对象。

他说他的同学全都有好的去处，大多数都考上了大学，最不济的也上了司法专科学校，毕业后都由家里设法分配到小城的公检法系统。在这个城市里，这个人脉是一笔巨大的资源。

田园完全能够理解李山的能量，他能借到大哥大使，还有能趁领导不在的时候借出一辆桑塔纳来，这本身就已经非常强大了。要知道，一个小城市效益最好的工厂领导的司机该有多么大的能量啊。

田园曾经亲眼看见过那辆桑塔纳的后备厢里永远装着好酒、好烟，司机曾经开车带着田园、李山、梅香去过一些当时小城里唯一的高级饭馆，当然不是去吃饭，只是去找个人，从小车里出来的时候，田园明显感觉到别人投来羡慕的目光。

田园的父母也挺喜欢这个斯文而有礼貌的小青年，李山总是一下班就跑到田园家里，在田园家里吃晚饭，跟田园和梅香讲他的工作见闻，基本上一周两到三次，频繁的时候还要多。每次来都会带一瓶好酒，有的酒是老田一辈子都没有喝过的那种好酒。老田总说，别带这么贵的酒，这成什么呀。李山总是轻描淡写地说："我们家有的是。没人喝，放在家里都嫌占地方。"

田园不上班的时间太长了，厂里的工会也略有耳闻田园的病早就痊愈，来过家里两次，说是看望田园，其实就是催他快点去上班。田园的母亲就说田园去医院了，工会的人也不好深究，就说看完病早点去工厂上班。

田园的母亲和田园谈了一次，关于他的未来，还有他认识的新朋友李山。

周末晚饭时，田园回家，在皮鞋厂工作的小姐姐也在家里，正在哭。田园问："是不是姐夫又喝酒打你了？"

小姐姐不说话。

田园的妈妈拿出六百块钱放在桌子上，对田园和他姐姐说："这钱，你们一人三百，去办个大事。"

田园问："妈，办什么事？神神秘秘的。"

田园的妈妈说："我问了前楼的老许家的大闺女，她现在就在上一个成人高考前的补习班。我都问好了，补习班报名费和学费加起来是二百九十多。这钱你们拿去，好好上学。有文凭，将来对你们好。"

小姐姐说："妈，我都多大岁数了，还上什么学啊？"

田园说："就是。"

草狗的青春

田园的妈妈阴沉着脸说："你不是我亲生的，所以小时候就不敢下狠手打你，所以你才没好好读书。"

田园惊讶地看着母亲，李梅香也惊讶地看着她。

老太太又说："园园，人家梅香是老师，是有文化的人，你是工人，你要是想跟人家好好过，你就得去给我上这个学。你一没钱，二没身份，咱家又这个样子。你能跟人家李山比吗？"田园的妈妈用余光瞟了一眼梅香。

梅香说："伯母，我没有那个意思，再说，您说的那个补习班，只是一个高考前的补习班。成人高考不是您想的那样，不是那么容易……"

老太太没理梅香，指着田园的小姐姐说："还有你，吵着要离婚，就你这样的离婚不还是找个皮鞋厂的工人过日子吗？二婚，找到找不到还不一定。你要是真想离婚，就马上给我上学去。"

梅香低下头，只顾吃饭，不说话。

田园的妈妈忽然吧嗒吧嗒地掉眼泪，伸手撸起田园小姐姐的袖子，又撸起上衣。一家人惊呆了，全身青一块紫一块，没有一处好肉，正吃饭的老田气得把碗啪嗒就扔在桌子上，饭菜撒了一桌子。

田园的小姐姐又哭开了："你姐夫他不是人，他喝多了就打人，下手特别狠……妈……园园……我真怕被他打死，要不是看在孩子的分儿上，我就想天黑等他睡着了，把他砍死就算了，然后让政府枪毙我，一了百了……"

老田一甩手起身走了，骂了一句："狗日的。"

那边田园的小姐姐的孩子被哭声吵醒了。田园的妈妈赶紧颠颠地跑过去，哄孩子继续睡。

41

田园的妈妈说的那个补习班是小城里民主党派办的，面向全市广大待业青年招生。

田园已有很多自己的想法，但没有和母亲较劲，顺从地拿了那三百块钱，和小姐姐一起去了城市里很漂亮的一座办公大楼里的民主党派的办公室把钱交了。

足足有好几百人报名，分好几个班，老师是从各个学校请来的。晚上上课，一上课的时候学校里面黑压压地放满了自行车。教室里灯火通明。

田园一点也听不进去，经常出现幻觉，老师的身影开始模糊，话语也如从遥远的地方传递过来一样。

典型的幻视、幻听，不过，一下课这些症状就都自动消失了。

但是，下课后也很辛苦，每天下课后都很晚了，要先骑自行车把小姐姐安全地送回家，然后自己再回家。

参加补习班之前，田园还率领着二歪等人找了他的小姐夫。

那天小姐夫正在家里吃晚饭、喝酒，田园带着几个人去了，一路上一干人等气势汹汹的样子，进了小姐姐和小姐夫所在的地质队分队大院，立刻就有人看出来这是来打架的，田园带着二歪一路走一路耍酷，传递着要打架的信息。

尤其是二歪，姿势和神态简直就酷到了极致，有人立刻给田园的小姐夫通风报信。

田园和二歪像韩国电影里的武士们一样冲到小姐夫的家门口，那是一排平房，小姐夫端着酒杯站在门口，吼道："哪个小狗日的敢来打老子？"

四周围满了地质队的广大干部群众。有人想拉，但一看这架势，就没敢上前，一家人打架怎么拉呀？

"打的就是你！"二歪冲上去，一个飞腿，和电影少林寺李连杰的造型一样。结果正好小姐夫喝多了，一闪身，没踢着，二歪自己倒摔了个大屁股蹲儿，引得周围一片哄笑。

二歪恼羞成怒地爬起来，站好姿势，抡起了一个侧勾拳，打在小姐夫的脸上，小姐夫一屁股坐在地上，鼻血呼啦啦地流出来，顺手一抹，满脸都是，这才有点清醒。田园和二歪把小姐夫拖进家里，顺手把他手里还捏着的酒杯夺下来，扔出门外。

门口围观的人没有了哄笑声，大家看到了田园的小姐夫满脸是血地被拖进了门，门又关上。

噼里啪啦一通教育，田园带着二歪出了小姐夫家的门，把门关上。周围的人都让了让，田园觉得很解气，很解气，很久都没有这样扬眉吐气过了。

正高兴着，人群里猛地冲出一个胖姑娘，嗷的一声，扑过来一把就抓在田园的脸上，抓出一个大血道子。田园一看，是小姐夫的亲妹妹。

二歪一把拦腰抱住这个胖姑娘，向田园喊："园哥，你先走，我收拾她。"

田园慌慌张张地跑了。身后传来了小姐夫的妹妹的怒骂："妈的，你打我哥，我跟你没完，你当你克夫相的姐姐就是好东西啊，打死她都活该，出人命了呀……"

田园走了。

二歪一把将她拦腰横着抱起来，狠狠地摔倒在地，转身就走。胖姑娘爬起来，追上来，要跟二歪拼命。

等她披头散发地追上来的时候，二歪一回身，一个直拳正打在她的嘴巴上，顿时血流不止，流得胸口到处都是。

队保卫科的人来了，扒开嘴一看，说，二歪，你麻烦大了，赶紧送医院吧。

胖姑娘的下嘴唇里侧被打开了一个口子，到了医院，缝了五针，没事了，就是后来嘴一直肿着，撅得老高。本来就胖，这下整个脸就更横了。

保卫科出面了，双方家长也出面了，派出所也出面了。最后的处理意见是，各家看各家的病，二歪和田园要赔偿胖姑娘的医药费，还有营养费。

营养费是一袋奶粉，二斤苹果，一袋麦乳精。

东西是田园买的，二歪主动要求拎着给送去了。

一来二去，二歪就和这个胖姑娘处上对象了。田园事后问他怎么回事，二歪说在医院缝针的时候，她一直就拉着他的手。她很坚强，缝了五针，多疼啊，可哼都没哼一声，后来嘴巴肿成那样，好长时间不能正常吃东西，也没有责怪二歪一句。

二歪说，她确实是个好姑娘，这辈子要好好对人家。

42

地质队家庭内部打架司空见惯，田园做的这一件事情，算不上什么，厉害的要数崔三子家，崔三子娶了媳妇之后就和父母住在一起。他媳妇新婚不久就开始和婆婆闹矛盾，越闹越深，后来就争吵，最后就动了手。

矛盾最初在交水电费的问题上，当然电费不是大事，重要的是生活习惯有了冲突，老两口就爱打麻将，家里成天都是人彻夜长战，媳妇就有意见，天长日久就出了纠纷。

干脆各开各的伙，厨房一天做两回饭，餐桌也是两张，各吃各的，经济上互不往来。但冰箱的电费使用问题上又出了岔子。

媳妇说老两口的菜就不能放在冰箱里。老两口就觉得，天下哪有这样的道理，你做饭洗衣服上厕所用水不都是我们花钱买的吗？媳妇有她的道理，我付电费的冰箱你要用，那我陪嫁来的衣服你怎么不穿？

结果相持不下，小打小吵不断，终于有一天爆发了大矛盾，媳妇和婆婆大打一场之后，扯下各自头上的万千烦恼丝还有给各自脸皮上都留下了深深的指印后，媳妇就在冰箱里还有家里都泼上了汽油，要同归于尽。

那一架打得很凶。都说活不下去了，都说不过了。警察都来了，围在楼下，要求当事人冷静、再冷静，千万不能点着火，否则要按纵火罪处理。

最后婆婆终归没有媳妇破釜沉舟的魄力，败下阵来。老两口被赶出家门，去住地质队的单身宿舍了。

事后崔三子和田园交流过对结婚的看法，他说，结婚有什么意思啊，搞对象的时候快活，结婚的时候又风光又快活，也有钱花，可是结过婚之后就不太快活了，烦人的事越来越多，最后就全是烦恼。整天为了钱吵架，娘和媳妇打架其实就是为了钱，好像有钱了就什么都解决了，其实也不是，烦心事没完没了，你说我能向着谁？向着谁都得出人命，人活着真没劲。

崔三子就迷上了麻将，搓得手指头都起了厚厚的老茧。

田园对崔三子关于婚姻生活的态度和说法不能完全认同，也不太理解，田园觉得自己和梅香还算是有追求和有生活情调的人，对爱情对矛盾还是比较开朗和有心胸的人。至少田园不觉得自己和梅香的未来会为了水电费这样的事情把整个生活搞得如此暗淡和疲惫。

只是生活本身比田园想的要复杂得多，梅香和田园之间吵架的次数开始增加，以往吵架总是有个来由，比如说去谁家吃饭呀，节日去看望哪个长辈之类的事情，而且次数很少，即便是争执几句很快也就平息了，但这段时间却不一样了。

梅香早上出门，吃完早饭从院子里推出她的24寸的小自行车，田园捧着一碗稀饭追出来，说："梅香，你下班路过那个小照相馆的时候，帮我带两个黑白胶卷。"

梅香说："家里不是还有一个吗？"

田园说："李山说看我给你拍的那些黑白照片好看，他说让我也给他拍几张……"

梅香推起车就走，说："我没空，要买你自己去买。"

梅香声音很大，都变了调了，是那种歇斯底里的叫喊，把田园吓了一跳。梅香自己也吓了一跳。两人站在院子里，谁也没说话。

田园的妈妈听见院子里有一声大喊，不知道发生了什么事情，出来问："怎么了？"

田园和梅香一起说："没事。"

过几天，田园从马冬那里回来，掐算了梅香下班的时间，路上买了些菜，回来后，院子里没有梅香的自行车，知道梅香还没回来。进门一看，梅香正在家里和母亲择菜。

田园说："梅香，你怎么回来得这么早啊？怎么没看见你的自行车呢？"

梅香放下菜，没说话，径直回到屋子里，躺下，半天不说话。

田园摸摸梅香的额头，说："我没说错什么吧。"

梅香忽然坐起来："我怎么就不能回家早一点呢？我怎么就非得要骑自行车回来呢？骑一趟需要一个小时，你知道吗？"

田园说："我知道啊，我没说你不能早点回家啊。"

梅香侧过身子掉眼泪，忽然转过身来，抓着田园的胳膊，使劲地晃，说："园园，你不会抛弃我对吗？

田园说："怎么会？"

又过几天，马冬叫田园去商量事情，说是领导要求，要在一个景点上制作一个九龙壁，就是北京故宫里的那个九龙壁，仿制一个，这可是个大业务。田园很兴奋就跟马冬使劲地商量上了，商量完，天就晚了，吃了饭才回去。

一进家门，田园就觉得母亲的眼色不对，进了自己的卧室一看，梅香坐在卧室中间的地上，将墙上装有她的黑白照片的镜框全都摘了下来，堆在屋子中间，照片也都取下来撕碎了。梅香哭肿了眼睛，一声不吭。

田园说："梅香，怎么了？没事吧你？"

梅香一言不发。

两人沉默。

好一会儿，田园上前要扶梅香的时候，梅香忽然推开田园的胳膊，大声地喊，比哪次声音都大，都跑调了，连她自己都吓了一跳。

她歇斯底里地喊："田园，你就不能在我需要你的时候让我看到你？你就不能让我能随时找到你？你就不能有个BB机啊——"

田园说："等舞台布景的钱拿到了，我就买个BB机。"

两人沉默了一夜，谁也没有说话。

第二天，梅香告诉田园校领导托她带话，让她告诉田园家里的阳台想封成铝合金的，希望田园能帮上这个忙。

田园立刻应允下来。

43

梅香的反常事出有因，而田园并不知道。

李山从第一眼看见李梅香就晕了。他从秋天到冬天一直在追求梅香，用借来的公车接她下班，送她东西，利用校友的关系找到梅香过往的同学约梅香参加各种活动。

甚至有一次，在接梅香下班的时候，在桑塔纳轿车里，李山差一点就强吻了她，令她非常愤怒。但另一方面，李山确实有他的过人之处，他认识这个城市里很多有特权的人物，他说的话很多地方都是有道理的。

李山说："人不是活在真空中，人不能光靠爱情活着，那是不可靠的，最终还是要走到物质上来。"

田园不知道的还很多，梅香不愿意帮田园带胶卷是因为李山头一天刚在一次同学聚会上当着梅香的面贬低了黑白照片，说现在哪有用黑白照片的，都是彩色照片了，只有穷人和落伍的人才会用黑白胶卷。

早回家导致吵架是因为李山用借来的小车送她回来，路上李山向梅香表达了他的爱慕，令梅香很尴尬，她几乎要跳车，李山才让车停下来。那一刻，梅香多想立刻就找到田园啊，多想田园立刻就出现在自己的面前啊。

那天，李山赌咒发誓不再碰李梅香一下，梅香才勉强同意搭车回来，因为师范学校在郊区，那时没有出租车，只有长短途客车，不知道多久才能等着一辆，天色也晚了，一个人走回来实在不安全。

田园对这一切一无所知。按照他当时的年龄、阅历和生活态度，这些都是他想也想不到的事情。

让他想不到的事情还有很多。

倡议通过"文化搭台，经济唱戏"举办文化节的那个领导调走了，有两个说法，一个是犯错误了，另一个说是高升了。传到田园的耳朵里基本上就已经是演义了，绝对不是真相。但真假对于田园都没有意义。有意义的是原定的那些活动取消了，接着被取消的东西就多了，连文化节的文艺表演也取消了，差点连那一千块钱都泡汤了，不过就是不泡汤，那一千块钱也变成了校领导家的铝合金阳台和隔断了。

结账的时候很费劲，财务让要发票，田园哪有那个玩意儿啊，好在梅香在学校有些面子，校长又有话，于是就一张白条下账，这张白条上签了至少六个人的名字，来做证。这一千块钱支付的是美术劳务费，是田园领走了。只是这六个人都不知道，这一千块钱拿出学校就买了铝合金材料。

要说有人赚了点甜头，就是二歪他们几个了，得手不少工钱，三个人干的活，一人分了六十多块钱，是二歪长大以来赚过最多的一次，感动得不知道怎么好了。他非要给田园买盒烟，还要请田园晚上去吃夜宵。

文化节的街景也取消了，新来的领导有新的工作作风，要求文化节还办，但华而不实的东西就一概取消，取消城区里的大游行，取消街景，取消舞龙舞狮子，也取消了文艺演出。

文化节的内容就是在小城里的那个煤灰渣子铺的体育场里举办一次游行，各企事业单位各制作一辆彩车，绕场一周。领导们坐在主席台上还有来自俄罗斯的国际友人们，讲讲话，就完了，正在建设的街景哪个单位建的，就由哪个单位出钱，不再另行拨款。

马冬在教育系统混得还可以，什么图纸都画完了，预算也做好了，一切都准备好了，就等拿到预付款施工了。教委的头儿看马冬不容易，就说那就造一个便宜的吧。

马冬实在不忍心这么长的劳动都白费了，说，便宜的？便宜的总不能拿纸糊一个吧。领导说，还有没有比纸稍微结实一点的，开动脑筋，想想嘛，你们都是美术方面的行家。

从时间上推算，当年全中国有三座九龙壁，一座是北京故宫里的那座货真价实的砖混结构琉璃瓦的九龙壁，还有一座在天津郊区的后来成为中国经济改革楷模又成为衰落典型的著名村庄大邱庄里。

还有一座就是马冬、田园等人制作的在长水河边的一个小城里的九龙壁，那是用泡沫做的，原料是包装家电用的泡沫块，然后用壁纸刀削齐了，黏接在一起，立起来，再在上面雕刻九条巨龙，最后再上颜色。

远看还真像那么回事，在马路边立了几天，很多市民都在前面留影，但一场雨以后，颜色就全散了，被环卫部门拖走扔掉了。

马冬把精力全都放在了小城里大学围墙改门面房可能产生的装修业务上了。

44

梅香几次想跟田园讲李山的事情，让他离这个人远一点，但是犹豫了好几次，最终还是没有开口。李山也以为在那次强吻梅香之后就从此失去追求梅香的机会了，但后来鼓起勇气找了一次田园，发现田园对此一无所知，还是对自己信任有加，心里就踏实了，就知道自己的追求攻势并不是没有一点效果。

田园也不是那么粗糙得没有一点心眼的人，只是他依然沉浸在文化节那些可能产生的业务被取消的沮丧中。

李山给田园带来了一个便宜事，他告诉田园，他有一个同学在邮电局，有安装便宜电话的名额，一部家用电话才一千五百块，要知道，当年装一部电话要三千多块钱呢。绝不是谁家都可以装得起的，整个地质队大院里除了队部办公室有一部外，再没有第二部了。

田园手头只有一百多块钱，但却很想装上这部便宜一半的电话，倘使有一部电话的话，那梅香得多么高兴啊，从此以后联系起来该是多么方便啊。田园把想法告诉了父亲老田，希望老田能从他的结婚款里拨出一部电话的钱，老田当时就表态，装那个东西干吗？咱家又不是领导，你有什么了不起的大事要装电话？

田园的妈妈倒是很通情达理，劝老田，孩子想装部电话，现在又做生意，有部电话不方便吗？而且又便宜那么多。田园接上话就说便宜一半呢，等于赚了一千多，李山说了，错过这个机会就没有了。

老田说，不是我不装，而是装了这部电话，它不是装完就完了，而是每次打电话都要交钱，而且每个月就是不打电话，它也得交钱，这不是吃钱的机器吗，赚多少钱够它吃的？

田园的妈妈想想也有道理，就不坚持了。

泡沫九龙壁让田园分到了三百块钱，但离装一部电话的钱是远远不够的。

为此，田园与梅香又吵了一架。

梅香起先说一定要装，后来听说是李山找熟人给便宜了，就更难以控制自己的情绪，她说，一定要装，而且不用李山帮忙找熟人，也要装，不就三千多块钱吗？

田园怕吵醒父母，就让梅香小声点。

梅香说："园园，我们一定要自己装上电话，不能总靠别人，行吗？"

田园说："前些日子你不还说希望想找到我的时候就找到我吗？我先不买BB机，先装个电话。"

梅香不说话了，又是一个两人谁也不理谁的漫漫长夜。

田园的窗户正对着院子，后半夜两点多的时候，窗户被敲响了，轻轻地，急促的声音。田园醒了，趴在窗户上一看，黑暗中隐约是自己的小姐姐。小姐姐见田园起来了，赶紧把食指放在嘴巴上，示意他不要惊动父母，田园很诧异，仔细往外一看，院子边隐约还有个人，站在水杉树下。

田园披上衣服，拿起手电，悄悄开门，闪身出了院子。

小姐姐脸上有伤，眼睛也是青的，明显地充血。

田园问："怎么了这是？他又打你了？"

田园说着撸起袖子。小姐姐赶紧拦着田园的胳膊，说："弟，我要走了，来跟爸妈见最后一面。"

田园说："你去哪儿？"

小姐姐说："弟，我都准备好了。"

田园一时摸不着头脑。

小姐姐转身冲水杉树下的那个人影招了招手，那个人闪身出来，抱着小姐姐熟睡的孩子，身上还背着大包小包，脚下也放着包。

田园用手电一照，是皮鞋厂会一手好皮鞋制作手艺的农民工汪洋。

汪洋在黑暗里，紧张地看着田园。

田园拉着姐姐的手说："姐姐，还不至于吧，他要是再揍你，我饶不了他。"

小姐姐说："弟，不用为我操心了，我结婚以后不光没孝敬爸妈一点，也没尽到一个做姐姐的责任，家里买房子攒钱，还有你结婚，姐姐都帮不上一点忙，还给你们添麻烦，姐姐真是没有用。"

田园说："姐，你这是说什么呀？"

小姐姐说："你姐夫他喝酒已经把脑子喝坏了，他说我要是离婚就杀了我，还要杀我们全家。"

田园说："他敢。"

小姐姐说："弟，你能帮姐姐一时，不能帮姐姐一世啊。你不了解你姐夫，他是不可能离婚的，每次他打了我，然后就后悔，然后再打，我都死心了。这样下去，早晚要出人命的，我们都准备好了，今天就走。"

田园说："去哪里啊？"

小姐姐说："不用担心，我们都安排好了。"

田园说："那不行，那回头我怎么跟哥哥姐姐交代啊，我怎么跟爸妈说啊？"

小姐姐说："弟啊，你跟爸妈说吧。我要是跟爸妈说，他们肯定不同意，爸爸身体又不好，姐就求你这一次。"

田园急了说："姐……"

小姐姐忽然就跪下来，说："弟，姐姐也知道你为难，姐姐求你这一次，啊……"

田园腿都软了，站不住，披在身上的衣服掉在地上，不知道说什么好，弯腰要扶她的时候，竟一屁股坐在地上。小姐姐膝行几步，到了屋门前，大颗大颗地掉眼泪，恭恭敬敬地对着大门磕了三个头。

漫天繁星。

小姐姐站起来，接过汪洋手里的孩子，拿起了一个小包，转身就走。到了院门口的时候，田园站起来追上去，从披着的上衣兜里掏出几百块钱，塞给姐姐，说："这钱你拿着。"小姐姐使劲地推开："弟，你也不容易，没白没黑地给人家干活，还要攒钱结婚，姐肯定不能要你的钱。"

田园感觉到姐姐的手劲，知道她是绝对不肯要这个钱的，说："姐，那给我留个地址啊。"

小姐姐说："弟，现在还没有地址，我们先去温州，在那里找皮鞋厂，先找个工作，安顿下来，等有了具体的地址，就给家里写信，你姐夫还有他们家人一定会到咱家来闹，要人要孩子，你多替你姐照顾爸妈吧，要是有我的地址了，别告诉任何人。"

田园点了点头，想起来送小姐姐，但手脚没有力气，浑身空荡荡的，如同被抽掉了筋骨。

楼上忽然传来一阵轻声的吟唱，是楼上的花痴站在阳台上，手捏着一朵塑料花，往远处眺望。

她唱："九九那个艳阳天哪哎嘿呦，十八岁的哥哥要把那军来参，风车跟着那东风转，哥哥惦记着呀小英莲……"

田园的小姐姐和汪洋两个人在楼上花痴还有楼下田园的注视下，顶着初冬的星夜出了地质队的大门，带着他们的行李和对幸福生活的追求以及梦想直奔火车站，搭上一班南下的过路车。火车上挤满了南下打工的人，这一车厢一车厢的人大多来自中国的北部、中部、西部、南部和东部，去浙江，去温州，去广东，去福建，去一切可以找到工作的那些地方，去传说中可以靠劳动淘金的那些地方。

火车上根本就没有座，人挤人跟罐头一样。两人就挤在车厢的衔接处，透过火车车门上的玻璃窗看着这个城市被自己泪水淹没得越来越模糊，被越驶越快的火车越甩越远，越甩越远。

田园的小姐姐还有汪洋，从此杳无音信。

45

小姐夫家里曾经想找田园家里要人要孩子，但田园的大哥二哥大姐都回来了，连大姐夫和田园，正当壮年的汉子就有四个，小姐夫家人丁没有这么旺盛，知道赚不着什么便宜，老田家不找自己家里要人就不错了。

小姐夫自己也担心老田家的几个儿子又跑来找自己要人，就躲了起来，长达半个月之久，其间只露过一次面。

田园和马冬一样，把精力全都放在了城中大学的围墙改门面的事情上。最后得到确认，确实有这么回事，而且很快就会动工，已经开始招商了，很多有门路的个体户已经开始在托人找关系，希望能租赁到位置比较好的门面。

马冬带着田园使劲找关系，希望能拿下几个大的门面的内外装修业务。其间，田园自己还带着二歪等人干了一些事情。

经李山介绍，一个叫朱总的老板，要装修办公室和会议室，田园去了，口头说好了价钱，地面不动，人家就买了个塑料地板革，田园带人给铺上，用砂纸打磨了墙面，然后刮了腻子，从马冬那里借来的气泵，给墙面喷上喷塑涂料。还做了一个铝合金的隔断。

那是一个旧二楼，里外间，外间就刷了白浆，地面依然是水泥地，但朱总的屋里经过这样一拾掇，就挺利索。然后他又买了一张老板桌，一把黑色的人造革高靠背椅，椅子能转的那种。桌子上放了一部电话，还有一个塑料外面镀金的雄鹰展翅的摆件，墙上挂着一幅静电绒的字"大展宏图"。

朱总往那里一坐，还真像那么回事，只是外边没有员工，桌子倒有几张，但桌子上都坐着歪戴着帽子，撸着袖子好像随时要跟人干一架的小青年。

结账的时候，朱总让人给搬来十箱白酒，堆在楼下，跟田园说："小田，你哥哥我做这个生意也不容易，现在手头没钱，有钱的时候一定亏不了你。"

田园说："朱总，工钱就抵酒了，可涂料、铝合金都是赊来的，没钱给人家啊。"

这个梳着油亮背头的朱总说："小田，你也知道皮包公司，有今天没明天，有十箱酒就不错了，这酒绝对值你的工钱和料钱，要不我再给你五箱。再说我跟李山都挺熟的，大家都是朋友，现在手头没钱，有钱了我能亏待你吗？"

田园总共带回去十五箱白酒，这种酒的名字从未听说。分别就抵了二歪等人的工钱，抵材料费，人家不要，坚持要钱，欠着，下次再进材料的时候补上。

朱总是小城里数不清的皮包公司中的一个。小城里仿佛是一夜之间如雨后春笋一样涌现出无数的"皮包公司"。所谓皮包公司就是通过关系在工商部门注册了营业执照，注册资金都挺大，动辄几十万，然后"老板"印盒名片，姓朱就改称朱总，姓杨就改称杨总。业务很简单，就是诳钱诳货，基本上的业务流程就是跑到外地去，说是要采购人家的东西，大到汽车轮船，小到裤衩酱油，有什么就买什么，都是货到付款，人家货一到，就低价变卖。拿到钱就行了，就算是业务完成，一般成功率也不高，哪有那么多苦主啊，于是有点资金的就先给人付点款，然后等大批的货一来，立刻低价变卖。要是苦主找上门来，就拖，拖不了就将人设法哄走，哄不走就打走，打不走就失踪，让你挖地三尺也找不到。

当然，也有因此而大发横财的，但田园从未见过，听说过不少，谁谁谁发了大财了，还有谁谁谁跟着哪个皮包公司的老板也发财了，结婚时老板送的礼是一台东芝大彩电。

不管怎么样，这样的传说本身也是很鼓舞人心的。

46

大蔡和阿麦曾经从学校里回来过几次，有几次是取生活用品和换洗衣服什么的。大蔡在山里种地的爸爸说当年在一起下放的知青要购买一百五十吨盘条，8毫米的那种。只要有现货，就立马给钱。而且谁帮着买到了，就给谁好处费，好几万块，甚至好几十万块。

田园、大蔡、阿麦跑了一个礼拜，最后听说二歪的舅舅在一家钢铁厂，虽说他舅舅是个炉前工，但是很有门路，可以搞到8毫米的盘条，于是二歪就跑到另一个城市的钢铁厂，两边来回联系。

事后，两边都是子虚乌有的事情。

但那一年，确实钢材涨价，并且到处传说着谁手里有钢材谁就可以赚到大钱的事情。这样的说法历史证明是有的，但对于田园和他的伙伴们来说，无异于天方夜谭，跟神话一样。

还有一个说法很盛行——下海，意思是辞去工作，或者在工厂里办理一个停薪留职的手续然后出来做生意。停薪留职的说法用十年后的眼光看，真的是一种很可爱的自我安慰的方法，薪水都没了，那个职位留着有什么用？况且，几年以后那些职位没有了不说，连工厂都没有了。

地质队倒闭了不少"三产"，皮鞋厂、塑料厂还有打包带厂纷纷倒闭。

连田园的大姐所在的纺织厂也开始有下岗一说了。分批分批地，田园的大姐在第二批，再也不用风雨无阻地十多年如一日地上她的三班倒，干她的挡车工了。

田园的希望全部寄托在城中大学的围墙改门面的装饰工程上。他想，要是赚到钱了，先装一部电话，再买个BB机，买结婚用的家用电器，把家里存的木料都用上，打家具，装修房子，办一个盛大的婚礼，然后带着梅香去北京旅行结婚。

田园忙着赚他的钱和梦想的时候，李山对梅香的爱情攻势越来越猛烈。最先攻破的是梅香的妈妈。李山多次托人找到梅香的母亲，小城市人很少，想找到一个关系是很容易的事情，况且李山有这样多的重点中学毕业的同窗还有要害部门的年轻人。

田园对此一无所知。

田园不知道的还有很多，李山许诺给田园的大姐找工作的事情以及装便宜电话的事情，还有文化节帮田园找业务的事情，还有小城中大学围墙改门面等他会帮上大忙的事情——全是吹牛。

李山只是家境不错，他参加工作没多久，认识的同学朋友还都是在最底层的办事员级别，哪里会有那样的门路？

吹牛成了小城里重要的自我安慰的方法，就像这个城市如野草一样窜出来的皮包公司一样，大家在通过语言的夸大来获得更多的尊重和平衡。一是满足自己内心深处的需求，就如同美梦一样，只要不伤害别人，尽管说就是。二是在别人羡慕的目光和神态中获得另一种快乐和宽慰。不管结果如何了，当时感觉挺爽就行。

这种风气如同空气一样弥漫在小城里的每一个角落。对很多人来说，和阳光、空气、水一样重要。

对李山来说，吹牛不光是为了获得更多的尊重和心理平衡，还有爱情。

为了爱情，他选择了不惜一切手段。他在田园家吹的牛，打击了梅香对于爱情的信心，也彻底暴露了田园物质匮乏的现实；他在梅香母亲面前吹下的牛和许下的愿，住房、社会地位、未来孩子的教育、金钱等等，极大地提醒了梅香母亲应该多为自己女儿未来的幸福考虑考虑了。

梅香的母亲决定采取措施，制止梅香和田园的交往。

制止的措施是先谈话，晓之以理，动之以情，以一个有着大半生生活经验和情感经验还有育儿育女经验的过来人的身份，以一个母亲的身份，以一个目睹了半个世纪中国广大劳动人民的情感发展和经济发展还有政治发展的长辈的身份，在物质和精神这两个哲学范畴的问题上和梅香进行了认真而细致的分析。

结论是，离开田园，和李山在一起，即便不和李山在一起，为了未来，为了孩子，为了父母，也要离开田园。

母亲的态度令梅香很为难，一度和母亲关系极度冷漠。

47

马冬终于将城中大学围墙改门面的装修业务拿到了。而且比他预想的要顺利得多，他一共拿到了八户，这八户包括五个饭店、一个皮装店、两个鞋店。

马冬通过教育系统的同学以及各种千奇百怪的关系拿到业务，但是在签订合同的时候马冬就犹豫了。他和田园商量这个事情的时候，脸都变色了，发青。

这八户其中最大的一户叫"皇府"大酒店，二层楼，上下四百多平方米，加上洗手间、操作间，内外装修造价将近十万，别的几户最少的一万多一点，或者三到五万。

那几天马冬头发眼瞅着就白了好几撮。

装修业务交给你行，但东家开出的条件既有道理也比较让人提心吊胆，设计方案通过了，设计效果图纸确定了，然后签订合同，这个都没有问题。但是，东家要求材料进入现场以后，支付整个造价的30%，工程结束后投入使用支付30%，使用一个月之后支付20%，一年以后，支付最后10%，一年期间出现工程质量问题，在工程款中酌情扣除。

八户内外装修总额竟然达到五十多万，让马冬大吃一惊。按照当时的利润情况，如果顺利施工完毕，然后顺利将工程款结清，毛利能到二十多万。

这本来是一件天大的好事情，可以瞬间改变人的命运的大好事。

但问题绝非如此简单。马冬详细向田园讲述了他为什么会愁白了头发的原因。

首先，这八户要是都接下来，设计没有问题，人手也没有问题，三条腿的蛤蟆难找，两条腿的人有的是，要干活的人太多了。设计水平上也没有问题。但是，按照这个合约的要求，就先要拿出十多万进材料。当然材料中一部分也是可以赊欠的，材料供应商为了多卖材料也能理解工程款的账期，不过，要是第二笔钱拖欠的话，那就砸锅了。不像卖东西，你用了不给钱，我还能把东西拿回来，拿不回来还能抢不回来吗？但是，装修这个东西，材料一用就永远拿不回来了。

这笔生意，有可能让自己发财，也有可能让自己倾家荡产，乃至负债累累。

马冬的顾虑确实非常必要，他以一个头脑活络的中学美术老师的机智和勇敢，率先利用自己的专业和才智将自己的生活改善得有模有样，并且略有积蓄。而且在众多的小型业务中总结出了一整套的经营、管理经验，对装饰设计、对装饰工程乃至对整个城市的经济都有着精辟而独到的理解。

小城里有很多个体经营者，这些成功的个体经营者当中，都是真正有钱的，但这批率先富起来的有钱人有相当一部分就守着钱过日子了，不再冒险打拼。

能出来冒险的很有可能就是没有钱的，或者想赚更多的钱的，要知道那个门面房的租金也是很高的，绝非工薪阶层能理解的数字，一旦生意不行，会倾家荡产。

马冬觉得自己都要难死了。

田园也觉得真是难死了，不知道如何是好。

48

马冬起先决定只接一家鞋店和一家皮衣店的内外装修，后来实在忍不住诱惑，接了一个叫"金苹果"饭店的装修，全部工程两万多块钱，三个店加起来四万块钱。

"皇府"大酒店一直没有人接。传出消息，本来是三个股东共同投资兴建的，但三家在投资前由于资金的分歧问题，都撤了，只交了房租的定金。另一个原先是做批发生意的赵老板将租金的定金给了三个股东，正式接手，还叫"皇府"大酒店。现场效果图是马冬勾的，田园着的色，用小气泵将颜料均匀地喷在画面上，这种绘画方法的成像原理和照相机还有手绘遗像的原理是一样的，就是颗粒越细，成像越清晰越漂亮。

喷笔就是支喷枪，用报纸裁好挡出一块来，一点点地往上喷，是个细致活儿。美术院校的广大师生们早年都靠这个赚钱。只是后来电脑逐步普及了，这个东西就没人用了。

那几年还是很唬人的。

经过几轮修改，赵老板认可了设计方案，将造价砍到了六万。顺利结账的话，利润在两万左右。马冬和田园都犹豫了。

先要赊一万八的材料进场，而且有的料是不能赊的，要直接用现钱买。

经过一番激烈的思想斗争，马冬放弃了"皇府"大酒店。

田园也经过一番激烈的思想斗争，决定干"皇府"。最后的结论是，马冬干"金苹果"饭店和鞋店以及皮衣店的内外装修，田园一心干好"皇府"。

马冬明显地白头发又见多。

田园需要的前期材料都由马冬担保赊欠，并借给田园一千五百块钱，用于购买不能赊欠的零散物件。工具两边调剂着用，人手也两边调剂着用。

就这一千五百块钱田园写了个借条。马冬说，亲兄弟，明算账。

马冬说完了又使劲说："也许你对，人活着总得搏一把。"

田园想，材料总成本也就一万多块，进了现场，东家就应该支付了。如果情形不对，至少也不赔钱，就当白干。要是干完了，结回钱来，哪怕晚一点，能赚两万块钱啊，这两万块还给马冬一千五，再好好感谢感谢人家，给到他三千，还有一万七，装电话，再买个BB机，然后装修自己的新房，然后买家电，然后举办婚礼，然后旅行结婚。

田园横下心，搏这一把。材料进场的时候，阿麦和大蔡也从学校坐火车赶回来，帮了一天一夜的忙，把户外的招牌的大字样也给放好了，交给了铜字作坊。把材料和屋里的各个单间的门牌都用锯字机提前刻好。凡是有字的地方都提前做好。屋里需要悬挂的小装饰画都一个个地画出来，做好了框子，玻璃也都拉好，整整齐齐地放好。

阿麦和大蔡把能干的全都干完，又去学校了。临走的时候和田园握手时，手心里都是汗。大蔡说："这一把，赌赢了我们大家就都好了。"

田园说："放心。"

说这话的时候田园心思已然不在阿麦和大蔡身上，因为有的材料商已经天天上现场了。虽然没提钱，但已经给了田园很大的压力。而且谣言也满处飞，不是今天某个老板跑了，就是明天某个老板不见了。但是第二天又出现了，第三天又不见了。

工地上人心惶惶的。

几十个门面，有的已经开业，有的还在干着活儿。正在这个让田园心烦意乱的关键时刻，作为体力和技术骨干力量的二歪又跟人打架了，惹得田园毒火攻心，心急如焚。

49

二歪因为看甲A联赛或者别的足球赛事经常会耽误事情，比如正贴着瓷砖呢，忽然人就不见了，不用费劲找，准在附近的小店里看足球转播。每次找回来，田园都一顿吼。

二歪知道田园是真生气，是真着急，但就是管不住自己，实在是太想看了。自己都扇自己的耳光子，说下次一定要忍住，但到时候就忍不住了。一起干活的瓦工和木工都看不下去。

其实真正让田园着急的事情不是二歪因为看足球转播而耽误事，而是赵老板在材料进场的当天没在现场，要钱找不着人，田园想停工，但心想一天不至于的。到那边和马冬一商量，马冬的材料进场也没拿到钱。

两人就商量等等吧。结果等到晚上，老板托人捎话来，先干活，第二天下午给钱。

马冬和田园就勉强干了点无关痛痒的活儿。第二天，马冬收到了皮衣店和鞋店的首笔工程款，但没有收到"金苹果"饭店老板的首笔款，田园没有收到"皇府"大酒店赵老板的款。

田园急眼了。

当晚两人商量，第二天下午要是再不给钱，两家酒店的活儿就不干了，材料全部退掉，这样就没有一点损失。

两人打定主意。

第二天下午，两个酒店的老板都来了。赵老板是坐着一辆小车来的，一进现场，一看，现场什么也没干，材料都还没开封，立刻就急了，叫来田园，嚷道："有你这么做生意的吗？我这么大的酒楼，能欠你的钱吗？你知道这租金一天多少钱？晚开业一天要赔多少钱你明白吗？干得起就干，干不起就赶紧走人，把你的材料都给我拉走，换人。"

田园一听就软了，赶紧说："赵老板，我没有那个意思……"

赵老板说："不就一万多块钱吗？我能欠你这一万多块钱？你看不起我是吗？怕我骗你？怕我不给你钱？"

田园赶紧递上一根烟："赵老板，您别，我没有那个意思。"

赵老板推开田园的烟，摸出自己的洋烟，点了一根，临走甩下一句话："干就抓紧，把这一天的活给补上，就给你钱。"

田园叫二歪："二歪，咱们就抓紧干，先干两天再说。"

那边马冬也开工了。

干了大半夜，第二天见面，马冬跟田园说："也不至于的，开这么大的饭店，一万来块钱他们还是不至于把我们兜进去，把我们兜进去了，他们的损失更大。再干两天再说，别这么蠢巴巴的没见过钱的样子。"

就在田园计划将耽误的那一天工期补上的时候，二歪又找不到了。周围有电视的地方都找遍了，也没找到。

直到晚上二歪才回来，田园刚要吼，却看见二歪鼻青眼肿的，脑袋上还缠着纱布，纱布上还渗着血。忍了忍，先没吼，问，你这是让谁打的？

二歪却一脸兴奋和幸福的样子，从怀里摸出一张皱巴巴的烟盒纸。

他说话都哆嗦："园哥，你知道这是谁给我签的名吗？"

50

田园整天就猫在工地上，心思全在"皇府"大酒店的设计和施工状态里，一点也不知道小城市在那一年出了一件很大的事情，来了诸多了不起的人物，并且破天荒地在小城里举办了一场足球比赛。

来的人物是国家女子足球队，比赛的对象是高校联队。

当年的中国国家女子足球队绝对不像现在这样声名显赫，那时候女子足球既没有什么了不起的比赛，也没有什么明星大腕。对广大中国体育爱好者来说，她们太渺小了。

但是，对于小城来说，她们太高大了。也没有人计较女子足球队没有什么明星，女子足球这个项目也只是刚刚起步，也没有人计较她们的对手只是临时拼凑的高校的一些学生，更没有人计较这只是一场最最普通的友谊赛。

这个破天荒国字号的体育运动队在小城的亮相立刻激发了广大市民强烈的爱国热情，也极大地激发了对体育、对女子足球的热爱和支持。

二歪就夹杂在狂热的追星队伍中，为了索得一个运动员的签名，疯子一样地忘掉了田园的生意，忘掉了他的誓言，忘掉了一切，和他的女朋友以及众多小城的球迷围追堵截那些年轻的踢足球的姑娘。

姑娘们住在哪里，他们就追到哪里，姑娘们在哪里用餐了，在哪里训练了，大家就狂热地追到哪里。

为了那个签名，二歪一共挨了三顿打，最后一顿是二歪他爸打的。一看二歪鼻青眼肿的样子，又是一顿暴打，主要是踢，用地质队专用的硬牛皮面、厚橡胶底的半高帮大登山皮鞋将二歪一顿猛踢、猛踹。

田园看了那个签名，第一个字隐约是"赵"字，第二个和第三个字看不清楚。

51

田园觉得天都要塌了，是在赵老板的天塌了之后塌的。

那天后半夜，田园和马冬回去了，打算像以往那样睡到中午，再到工地现场。清晨，马冬的同学一早给马冬打传呼，马冬回过去，说"金苹果"的老板出事了，扛不住了，债主们都去了。要快，抓紧。

马冬跟火烧一样，立刻奔向工地，将"金苹果"饭店里的所有材料、工具全都清出来，挪到旁边的皮鞋店里，墙面上已经包了的墙裙全都拆下来。

老谋深算的马冬最担心的事情发生了，他尽力将损失降到了最低，在东家的逼迫下，不得已动工，但是所有的三合板上墙的时候都是整板上墙，一出问题就立刻拆下来，板上就多几个眼，既可以退，也可以用在别的工程上。

损失的就是一些手工和木条以及钉子、膨胀螺丝什么的。

田园就没有那么幸运了，他中午十一点多到现场的时候，"皇府"大酒店已经被封了，赵老板涉及一批货物的诈骗，还有集资行为，他把宝押在了"皇府"大酒店。但终归是英雄钱短，等不到开业的那一天了，索性走人。

包括房东等众多债主都找上门来。

法院的一纸封条将烂尾的"皇府"大酒店封上，也把田园封进了黑暗中。

一夜之间，田园连工带料倒欠下将近两万块钱的债，因为工程进度快，所有的材料都用上了，血本无归。站在贴着封条的"皇府"大酒店门口，田园一直在想，其实还有一个礼拜就能完工了，材料费再有一万多也就够了。

就一个礼拜啊。

52

马冬把工程做完，除了"金苹果"亏了一点，皮衣店和鞋店略有一点小利。但利润比他想象的要少得多。主要是东家后来一再削减预算，撤销不少项目，加上对审美和工程质量的理解差异，又扣了一部分钱。最后算到手，发了工钱，付了材料费，赚了三千多块钱。不错了，但算上借给田园赔掉的那有去无回的一千五百块，只赚到不到两千块钱。

这两千块钱利润对马冬来说，意义也不大了，因为田园的很多材料赊欠都是马冬做的担保。

事后，在总结这次失败教训的时候，马冬说了一段让田园一生都无法忘记的话，这段话彻底指导了田园未来的生活、工作和学习方向，令田园对自己、自己生存的环境都有了全新的认识和理解。

马冬说，不怪田园也不怪马冬自己，甚至不能怪赵老板。这个地方没有那么多钱，但大家都想赚钱，就好比一个鱼塘，把钱比喻成鱼，结果就成了钓鱼的人比鱼多。

偶尔我们会听说某某人钓了一条大鱼，有可能是真的钓着了一条大鱼，有可能就是吹牛，是谣传。不过一个鱼塘里多少会有几条鱼的，只是你很难成为钓着鱼的幸运儿，大多数注定了要空手而归。只是大家关注的都是钓着鱼的，而很少有人关心那些没有钓着鱼的。

有人欢喜，有人愁。

田园问，所有的鱼塘都没有鱼吗？

马冬说，不是，有鱼的地方在南方，在深圳、海南那些经济特区里，有的是鱼。

马冬说着眼神就亮起来，仿佛已经忘了他还替田园担保了一万多的材料费。但马上马冬的眼神又暗淡下来，说："现在去，有点晚了。"

53

之后的日子里，材料商去了法院，马冬只是口头担保，而且总有零碎的小活，材料商好不容易有个客户买他们的材料，也就不太为难马冬，借条都是田园打的，于是在耐心等待一些日子之后，田园便接到了自家所在地的法院的"邀请"。

事实清楚，不用判，直接调解。

田园明确表态，是欠了钱，但没钱还。

法院派了个比田园年纪小一点的工作人员，去了田园家里两趟，田园怕吓着父母，就说是朋友，没说别的，法院的工作人员四下里转了转，什么也没说就走了，再也没有来过。

这些家当无论如何也值不了一万多块钱，房子倒是值钱，但房子是老田的，跟田园没有关系，从理论上讲，这个田园没有任何财产。

工厂里的病假工资实在是不够干什么的。

田园的心如坠深渊，哪里也不想去，整天就在家里待着。所有的事情从头到尾，梅香也都知道，也无法安慰田园，也没什么话说。

有来要账的，田园就在院子里跟人说说。加上马冬的面子，要账的倒是从来也没有特别为难过田园。

冬天，院子里的栀子花忽然开了一朵，那么大的一棵栀子树竟然在冬天里开了一朵花，并且只有一朵。绝对是违反自然规律的事情，确实很神奇。

梅香怀孕了。

54

田园和梅香都不记得到底是谁先提出来去堕胎的了。

田园在派出所工作的二哥找了一个熟人，这个熟人有一个熟人是医院的大夫，正好是妇产科的主任，也许是田园的二哥还有二哥的熟人的熟人的熟人比较有来头，手术费就免了。没有挂号，直接就检查，检查完了约好时间，告诉了注意事项，直接来了就动手。

手术室门外有一张油漆斑驳的木头长椅子，田园看着梅香进了和椅子一样斑驳的手术室的木头门，觉得自己有点耳鸣。

时间挺长的，坐着累，田园就蹲下来看地上的蚂蚁，两只小蚂蚁在地上认真地爬行。田园就开始想，蚂蚁有没有思想，蚂蚁有没有社会，如果有的话，蚂蚁有没有痛苦和烦恼，有没有债务，有没有堕胎，有没有觉得自己根本就过不去了的时候。

如果没有，那蚂蚁是多么幸福啊。

不过，做一只蚂蚁也不见得就有多么幸福，也许它们有更大的痛苦，人类不知道而已。再有，人类再痛苦，人类也总是很光彩地活着，只要有一点机会，就活得很认真。蚂蚁如此认真地一点点地爬行，要知道它费尽精力爬一米，人一步就跨过去了，它要是知道，该有多么伤心。

不过，要是我们的头上有神灵的话，神灵看着我们的烦恼，或者我们费尽心机走过的一段漫长人生，对神灵来说只是一步之遥。

我们要是知道了，那该有多么伤心啊。

还有，堕胎到底是怎么一回事？生命在子宫里算不算生命，这样算不算杀人？如果算的话，那么算梅香杀人，还是田园自己杀人，还是大夫杀人，还是二哥找的熟人的熟人杀人，或者就是一场集体的谋杀案？

如果肚子里的那个孩子有意识和生命的话，他会如何看待这些人呢？

田园又想起来初中政治课上讲的树立正确的人生观和价值观。这个回答算是放之四海而皆准的真理，但此时又显得那样无力。

如果肚子里的那个孩子有意识的话，那他一定想来到人间，想来到人间的话，那就是他自己的选择，他选择了物质缺乏的环境，那就是他自己的选择，我们也是没有权力将他干掉的。

田园正胡思乱想着，忽然门就开了。大夫出来了，说："好了。"

田园推门进去，惊呆了，从未见过梅香如此痛苦和惊恐。她半躺在手术床上，脸因为疼痛而扭曲着。看见田园，眼泪立刻流下来。

从她颤抖的身体能感受到她刚才经历的巨大疼痛和恐惧。

田园看了看角落里的一个铁皮桶，里面隐约有一堆鲜红的肉和血迹。

田园感觉一阵晕眩，不敢朝那个方向张望。

稍事休息，田园扶着梅香出了手术室，谢过大夫，谢过熟人的熟人，田园把梅香小心地扶上自行车后座，然后小心地骑。

一路上，田园慢慢地骑，小心地骑，尽量不要有一点颠簸。梅香手扯着田园的后腰，一路上，两人一言不发。

即使想说，也都不知道说什么好。

田园在那一瞬间发誓，永远也不再做这样的事情。

55

梅香休息了一天，就去学校上课了。

连着几天，田园和梅香没有吵架，相敬如宾的样子。只是田园和梅香都知道，这样的平静比争吵来得更要可怕。两人的内心深处都知道，分手可能是最后的结局，只是，大家都在努力，让这一天不要到来，或者让这一天晚一点到来。

草狗的青春

而且，如果这一天真的到来了，这两个年轻人该如何面对呢？

田园想出门散散心，他想去看看在南部山区读师范专业学校的阿麦和大蔡，很久没有他们的消息，而且他们还在等待着田园发达的好消息。田园想出门去转转，去独自安静地画点画。

阿麦和大蔡就读的师范专业学校在远郊。很安静的地方，校园里参天的大树，白发的先生，漂亮的女生，让田园一时忘掉了很多东西。

阿麦和大蔡见到田园，分外亲热。

第一顿饭，两人请田园在学校的一个私人小食堂里吃的。有菜，有饭。吃到很晚，说了很多话。

第二顿饭，是在宿舍里吃的，是拿电炉自己炒的鸡蛋。

第三顿饭依然是炒鸡蛋。

第四顿饭还是炒鸡蛋。

第五顿饭连炒鸡蛋也没了。

后来田园知道，第一顿饭的钱是他们找同学借的，第二顿饭是偷学校旁边农民家鸡窝里的鸡蛋。因为严重缺少生活费，山区里也没有什么活儿干，不像在小城里还能给幼儿园画个什么。这里一点挣钱的机会都没有。所以就只能坐吃山空，将家里带来的老本吃得差不多了，还要买绘画用具、书籍等等，于是就打上了学校附近农民家的鸡的主意。

当地的民风朴实，大家不太防盗，这就让阿麦和大蔡有机可乘，经常乘外出写生的机会，到老乡家的院落里顺老乡家鸡窝里的鸡蛋，顺得多了，就有了经验，比如一次不能顺得太多，鸡窝里要有好几个鸡蛋，绝对不能一次全部拿走，而是只拿一个，然后再到下一个院落拿一两个，这样人家就不会发现，而以为只是自家的鸡年龄大了，产量小了。

否则，一次顺光，人家就会怀疑。

田园去的那些日子，阿麦和大蔡就干了顺光鸡窝里的鸡蛋这样杀鸡取卵的事情。人家开始警觉，将院落锁得牢牢的，让坏人无机可乘。

大蔡在附近的军营里的同龄人中交了不少朋友，经常会带着阿麦上军营里蹭一顿。

在连鸡蛋都没的吃的时候，大蔡还带着田园也去军营蹭了一顿。

吃不是最让人发愁的事情，他们发愁的是下学期的学费。三个人想了很多赚钱的方法，做生意，倒腾香烟、服装，以解决第二学期的学费问题和田园的债务问题，但想了很多，都不得要领。

想到最后，终于想到了一个可以迅速暴富的方法——盗墓。

56

离学校不远有一座山，据说山上有古墓。

三个人商量好，既然是盗墓，就应该准备工具，这些工具包括锄头、铁锹、大锤还有镐头、钢钎，田园在工厂里干过，很熟悉这些东西。大蔡认为这些东西并不重要，随时可以在市场上买得到，重要的是事先踩好点，找到哪个古墓有什么历史来历，葬的是什么人，最好查一查县志，了解这个人的身份，以确定陪葬的物件都有什么，免得白辛苦一场。万一要是挖开了，里面什么都没有，那不就白干了吗？

这一点，田园完全同意，并且通过阿麦要好的一个同学找来了县志，仔细阅读，对当地的历史民风等等有了非常详细的了解。只是依然不清楚，学校附近那座山上到底会葬有什么样的大人物。

阿麦也详细阅读了这些书籍。他得出一个结论，说，万一古墓挖开了，里面有毒气怎么办？还有要是有暗箭机关什么的怎么办？

最可怕的是，万一要是有鬼怎么办？

大蔡说，世界上没有鬼，因为没有鬼，所以那些古墓就可以挖，而且挖古墓也是为了读大学，不是一件罪恶的事情，即便有鬼，鬼也会原谅我们的。

田园却认为世界上有鬼。

人必定是有灵魂的，否则人就可以什么事情都干了。不过，田园坚持一会儿也觉得很矛盾，于是就决定动手。

第一步是踩点。三个人准备了绘画工具，以写生的名义，在一个清晨爬上了传说中的那座小山，如果不是三个人心里有鬼的话，那真是一座非常非常美的山，山中有寺庙，山下有河流，远处是黑瓦白墙的民居。雾气弥漫在冬季的山间和隐约的民居中，分外美丽。

只是，在这三个人当中，恐惧像一个幽灵一样紧紧地攫住了他们的灵魂，越往上走，越觉得恐惧，越觉得心跳加速，越觉得身后有人跟着，身后就是有脚步声，也不敢回头。

恐惧终于将三个人彻底摧垮。

走在最前面的田园忽然间停下来，竖起耳朵听。大蔡和阿麦顿时也停下脚步，不知所措。片刻，田园回过头来，脸色惨白，发现大蔡也是脸色惨白，阿麦也是脸色惨白。

三个人终于知道什么是人世间的恐惧了，终于知道这个世界上是有灵魂的，终于理解了老人讲的"头顶三尺就是神灵"那句话的意思了。

大蔡惊叫一声，转身就跑。三个人失魂落魄地往山下跑，田园也不记得期间摔了多少跤，反正连滚带爬地下山了以后，绘画工具都不见了，浑身都是露水和泥。

盗墓的企图落空了，但却有另一个意外的收获。

田园觉得南部山区的老街以及组成街道的建筑非常好看，迫切地想沉浸在绘画的那种忘我的状态中，好一时忘记那些烦心的债务和没有希望的婚期。干脆就连续几天出没在山区的古建筑中，绘制了大量的建筑装饰的图形。

他也因此认识了一个人，当时田园正在认真地画，身边站了一个人，看了很久，竟忍不住鼓掌说，太好了，画得太好了。

田园抬头一看，此人一身西服，戴着金边眼睛，三十岁，看着挺斯文的样子，头发烫的是最时髦的爆炸头，那是和台湾歌手"小虎队"中的一个相同的发型，在南方流行过好一阵子。街头的发廊都贴着那几个小帅哥的招贴画。

但细看这人，却又不像是装扮的那样斯文，一脸的皱纹，让人看不出来他到底多大岁数。职业和生活环境都不好说，一般人都可以通过装束、皮肤和言谈举止立刻判断出一个人受过的教育、从事的职业来。这个人则不。

他说："哎呀妈呀，你画得是真好，你这样的人才在这旮旯儿憋着，多屈才啊。"

田园听出来，是东北话。

他递了一张名片给田园。

田园接过来一看："亚细亚信息资讯发展有限公司总经理：司马飞雪"

田园立刻愣住，这绝对是个大人物啊，光是这名字就让人肃然起敬啊。

57

司马飞雪告诉田园，他在东北开办了一家信息公司，正和韩国合作办一家建筑装饰材料的工厂，急需田园这样的美工。如果可以的话，就去东北找他，薪水好说，很有发展潜力。

田园留下了他的名片，装好。

两天以后，田园告别了阿麦和大蔡，将口袋里留下够买一张火车票的钱，多余的不到一百块钱全都悄悄地放在了他们宿舍的枕头底下，田园知道要是当面给他们，他们一定不会要。田园想了想，自己比他们要幸运许多，亏了没考大学，至少自己还有一份工厂的工作，还有爱情，还有购买火车票的钱。因为田园知道阿麦和大蔡坐火车向来是不买票的，全靠逃票。

在阿麦和大蔡求学的一年多时间里，只有第一次去学校是有票乘车，其间都是逃票，最后一次从学校回来时，也是有票乘车，但两人是戴着手铐回来的。因为二人在学校以及周边地区大肆盗窃自行车。第一次作案就在田园去看望他们走了以后开始，一直到寒假。虽经当地警方和校保卫部门仔细侦查，抓获了另几个学校涉嫌盗窃自行车的违法犯罪分子，但二人由于比较狡诈，数次涉险过关。

但法网恢恢，疏而不漏。

他们没在曾经大肆作案的学校落网，却在一次返城回家时露出了马脚。两人回家找亲戚借钱，借到了一些生活费，不舍得乘坐公共汽车，顺手在路边偷了一辆自行车。两人骑到火车站，将车扔掉。

苦主报案，当时正好处于全市开展严厉打击盗窃自行车犯罪活动时期，市民对于盗窃自行车的犯罪活动深恶痛绝，积极响应号召。有一名群众见他们俩将自行车不锁就放在路边，立刻提高了警惕，报告了车站派出所。

车站派出所高度重视。

之后两人下了火车，进了学校。两地警方顺藤摸瓜，初步掌握了他们的行径。

两人在抵达学校第二天，在深夜的宿舍里被警察用手电一照脸，然后从被窝里揪出来，戴上了手铐。

阿麦和大蔡见抓他们的是小城来的警察，立刻明白，在学校以及附近偷盗自行车的犯罪行为并未败露，怀着侥幸心理始终未交代在学校的犯罪行为，只交代了在小城里因为好玩才盗窃的自行车。

学校本来也想以大蔡和阿麦被捕为线索，配合当地警方彻底查清楚一系列校内自行车被盗案件还有学校图书馆、会议室、行政科等被盗案件。但后来就放弃了，不再追查了。

原因是阿麦、大蔡这一届学生属于计划外招生，国家教委并不认可其学历。简单地说就是学校为了多赚点钱而办的学，毕业后发的文凭只在省内被局部认可，拿到省外就无效了，但招生时没告诉学生们。为此，这批学生心态失衡，无法控制自己的情绪，加上一部分人始终凑不齐学费和生活费，不能正确对待、冷静思考未来的出路而一错再错，做了很多砸学校教室玻璃、话语中冲撞老师和学校领导、破坏宿舍等过激行为，有的甚至走上了犯罪道路。还有一个来自北部山区的大龄学生又加上失恋，索性从六层高的教学楼上一跳了之，给学校正常的教学工作带来了极大的麻烦。

为了不继续扩大和激化矛盾，缓和学校和这一批学生的关系，学校采取了一系列的措施，比如承诺文凭的问题正在研究，并会在适当的时候拿出解决办法，另外降低来年的学费。

还有一个措施就是学校顺水推舟将阿麦、大蔡二人开除学籍，不再追究学校的一系列盗窃案。

小城的警察将二人带回去调查一系列小城的自行车盗窃案。在火车上，大蔡和阿麦戴着手铐坐在车厢里的靠背椅上，两人互相看了一眼说，这次可以踏实地坐火车回家了，不用担心查票了。

被押解回小城之后，另几伙以中学生为主要成员的重大盗窃自行车团员纷纷落网，经过反复查证，阿麦和大蔡确实没有参与那些团伙，确信两人在小城只是出于好玩而盗窃过一辆自行车。被释放之后，两人结伴去了深圳，在一家外资玩具厂做模具设计。

很多年以后，田园再见到两个人的时候，又谈起了那段往事，都觉得当年真的是很傻，简直就太傻了，其实有很多办法解决当时的困难，只是当时年纪太小。

58

田园从南部山区回到小城，见到梅香，两人才意识到，分手是一件多么艰难的事情，在经历了这么多事情之后，两人都意识到双方对彼此的依赖。只是，田园的债务问题把田园从与梅香重逢的喜悦中硬拽出来，去面对这些其实根本就无法面对、无法解决的问题。

田园有压力，梅香也有压力，她的压力来自母亲，还来自那个幽灵一样总是出现在她身边的李山。

梅香的母亲以一个母亲的身份要求梅香和田园断绝往来，并且严肃地指出婚前同居有着多么不好的影响，现在改正还来得及。她每天接送梅香上下班，时刻看着梅香。

梅香的母亲不太理解为什么梅香愿意和田园在一起，在她的内心深处，强烈地认为一定是田园采取了某种手段控制了自己的女儿。而自己的女儿年幼无知，缺乏生活经验和阅历，就凑合了。

这个做了一辈子工厂医务室大夫的母亲把梅香当作自己生活的唯一希望，既是精神的希望，也是物质的希望。

田园忍不住去了梅香家找她，沿着火柴厂的围墙，闻着堆放在围墙里的大木头散发的浓烈的木头味，过了一片平房，就到了铁路，过了铁路，就是火柴厂的宿舍，在巷子口看到了那个熟悉的馄饨摊。摊主的傻儿子和往常一样坐在小棚子下面，看田园从自己面前过去。

田园熟门熟路地骑车窜进小巷，经过那棵大树，经过宿舍的大门，沿着围墙，一脚踩着围墙，抬头看五楼的那扇窗户。

往常，只要田园一喊，窗户就会打开，梅香就会从里面探出头。但是田园不敢喊，不知道梅香和她母亲之间的关系如何，喊了，会不会给梅香带来更多的麻烦。田园知道梅香一定在想办法。因为他自己也在努力，在努力赚钱，在努力想办法改变自己的生活。

人与人之间是有感应的，田园想着，自己不喊，但是心里喊，梅香就一定会打开窗户看到自己。一定会，一定会。

田园闭上眼睛，心里默念。田园知道梅香此刻也一定在房间里想田园什么时候会出现。她一定在想，此刻田园一定就跨在自行车上在楼下等着。

田园一抬头。

真的，窗户就打开了，梅香从窗户里探出头来。田园笑了，抬头高兴地看着梅香。

梅香却泪如雨下。

两人就这样不声不响地互相望着，其实梅香的妈妈也知道田园在楼下，她看见女儿在窗户前双肩耸动着抽泣，心里就什么都明白了。

梅香的母亲也很动情，心里也非常非常难受，但她大半辈子的生活阅历支撑着她这样一个信念，世界上任何情感上的痛苦，最终都会了结。

两人在楼上楼下对视的那一会儿，心里都在鼓励对方，也在鼓励自己。

59

中午，有人在院子外边叫田园，田园推窗透过栅栏往外看，是卖三合板的徐老板，田园欠他的三合板钱，已经来过好几次了。田园赶紧出去，把院门打开，让他进来，递上烟，像往常那样让他在院子里的藤椅上坐。

徐老板拒绝了，而是招手，轻轻说："田老板，今天就不坐了，坐也坐不出个结果来，有个朋友想见见你。"

二歪也跟了出来，三个人一起出了地质队的大门。大门外很远有个黄山大饭店，在街道的把角处，开了很多年了，饭店的建筑大概是五十年代的建筑，上面还有用水泥做的五角星，还有"备战备荒为人民"的水泥制的立体字。但是不仔细看，已经看不出来了。以前是公社的供销社，后来做成了饭店，因为面临的公路是通往旅游要道的黄山，就叫黄山大饭店。

徐老板领着田园和二歪到了门口。

田园问："到底见谁？"

徐老板一个劲地把田园往里推，生怕田园转身就跑了，说："进去，进去，没事，进去了你就知道了。"

徐老板连推带搡地将田园和二歪推进了一个单间。

里面坐着三个人，都不认识，中间的一个瘦长脸，个子不高，见田园进来，也不说话。

田园坐下来。徐老板坐在那个瘦长脸旁边，给他面前的杯子里续了点水。

瘦长脸开口："你就是田老板啊。"

田园说："是，我叫田园。"

瘦长脸说："你没见过我，我是三胡子。"

三胡子旁边的两个小青年都戴着那种只有混世不工作的人才戴的呢子鸭舌帽，稍微歪戴一点，面无表情，盯着田园。

田园说："我知道你。"

三胡子说："我找你是因为你欠钱了，徐老板的板材还有沙子钱，沙子钱不多，板材多一点，加起来得有一万了吧。你自己划个道，怎么个还法？"

田园说："我挣了钱就还。"

三胡子说："徐老板的沙子是我的买卖，钱不多，不过要是人人都拿了我的沙子不给钱，我就没法干了。"

草狗的青春

田园说："我知道。"

三胡子说："法院拿你没办法，我可有的是办法。"

田园说："我也不想欠你钱，是'皇府'大酒店的赵老板跑了，把我给坑了。"

三胡子说："这个是你的事，徐老板说了，和马冬老板都认识，都在外边混，板材的钱就不要利润了，把本给人家，大概七千块钱吧，先想办法，卖房子卖地的，先给人家一部分。我的沙子钱，今天你去地里挖也要挖出来给我。"

田园说："你的沙子钱，我现在也没有，回头我找我二哥借来给你。"

三胡子看了看徐老板，说："今天跟你说的这些话我回头跟大福还有你哥也会当面说。要不是你哥和大福，我也不会这样找你，有的是办法找你。"

屋里沉默起来。

两个小青年身穿当年最流行的皮夹克，手一直就放在怀里，动了动。田园知道那里面放的是菜刀，是一种不锈钢的小菜刀。那一年打架最流行使这个。

二歪站起来，说："园哥说了，钱一定会还，只是现在没钱，还想怎么样？"

三胡子说："这位弟兄是田老板的人吧。"

田园说："他是我的好朋友。"

三胡子说："行，你的事，我回头跟你哥谈。这位弟兄我今天倒要好好跟他谈谈。我倒想知道你有什么资格跟老子这样说话。"

二歪从桌子上拿起一个啤酒瓶，说："有什么啊，不就是几千块钱吗？有的时候就还给你。没钱还不上，妈的不就是打架吗？大不了再进去一次。"

二歪举起酒瓶子照着自己脑袋猛地一下。酒瓶子粉碎，鲜血从二歪的头上流下来。他伸出舌头舔嘴边的血和啤酒，然后死盯着对方。

三胡子一动不动地看着二歪，又看看田园，过了好一会儿，站起来，拍拍田园，说："田老板，你不错。今天就这样了，钱回头有了就抓紧还给我。"

三胡子又拍拍二歪的肩膀："弟兄，你有种，有空我再跟你谈。"

卖板材的徐老板站起来，问三胡子："哎，那我的板材钱怎么办？"

三胡子说："那钱啊，先记我身上，回头再说，先让人家去医院。"

60

田园骑车驮着满头满脸都是血的二歪使劲向医院方向踩，骑到半道上想起来，需要钱，路上就拐到马冬家，家里没人。田园想在街边的公用电话处打个传呼，又担心等的时间太长，索性先去医院再说。

到了医院，直奔急诊，医生先给处理了一下。清洗创口，然后开了药单、划价、交费。

田园拿着单子跑出大厅，田园想，以最快的速度回家，找母亲要钱。赶紧赶紧。

田园跳下医院的台阶，抬头看见三胡子和他的两个人坐在一辆载客的机动三轮车上看着田园。

三胡子："田老板，去哪儿？"

田园站着，不知道说什么好。

三胡子下了车，搂过田园的肩膀，说："找钱去吧？没事，以后缺钱，找哥哥我。"

三胡子揽着田园进了医院大厅，先去急诊室看了看正等着田园的二歪，从怀里掏出一百块钱，从医生的桌子上拿起一支拴着绳子的圆珠笔在钱上写了个传呼号，塞到二歪怀里说："这个是我的呼机号，弟兄，记住哥哥今天跟你说的话，人活着千万不能没钱。"

三胡子把钱塞进二歪的手里，又把二歪的手攥紧了，转过身来对田园说："让你的弟兄好好看伤。对了，欠我的沙钱一定要还。板材钱你跟姓徐的自己看着办吧。"

草狗的青春

田园和二歪目送三胡子带着他的两个人走了。

一切都办妥后，田园和二歪坐在大厅的木头椅子上，二歪问："三胡子做什么生意？"

田园说："他是站船头的，给采沙的老板看船，自己也运沙到上海卖江沙，江沙质量好，是建筑装修必需的材料。挖沙子、运沙子、卖沙子都买他的账。"

二歪点头。

田园问："砸自己的头是你拘留的时候学的？"

二歪沉默一会儿说："电视上看来的。"

田园说："干吗要这样帮我？"

二歪说："因为你看得起我。"

田园说："看得起你得人挺多的。"

二歪说："不一样。"

田园问："什么地方不一样？"

二歪说："从小到大，学习不好。老师不喜欢，同学也不喜欢，我爸也不喜欢，地质队大院里谁家的孩子都不跟我玩，大家都说我傻，说我一根筋，说我笨，园哥你是真的看得起我。"

田园说："我也不像你想的那样……"

二歪说："园哥，我觉得你将来一定能发大财，你画画得那么好。将来你要是发大财了，别忘了我二歪，还像现在这样带我玩。"

田园说："你放心，什么时候我们都是好朋友。"

之后，田园就很少见到二歪了，他去跟三胡子站船头去了，站船头是一种特殊的谋生方法，当年上海正在如火如荼地进行建设，急需大量建筑材料。从江里用采沙船上的水泵把沙子抽上来，然后用船运到上海就有非常可观的利润。

世界上规律就是这样，有暴利的地方就有严格的管理，有了严格管理就有特殊的矛盾，有了矛盾就有暴力和各种问题，有了暴力和各种问题就有了规则，有了规则就有了各种特权和受益者。

受益者就是那些有资格发号施令的人，是那些令人敬畏的人，是那些有钱并且能够用钱收买各种特权的人。

这个人就是三胡子，香港电影里把这样的人叫"大哥"，把二歪这样的人叫"小弟"。他们在一起出生入死地做他们的事业。

香港电影把他们这样生活、工作和学习的圈子起了一个很侠义的名词叫"江湖"。内地法院的公告栏里则称之为黑恶势力，称他们做的事叫"有组织犯罪"。

61

田园的父亲病了，老毛病，心脏病。

发病是在晚上，上不来气，把家里人吓得不轻，赶紧送医院。地质队的吉普车司机正好没在，三轮车被大虎骑走载客了。还有一辆板车，板车是地质队家属用来购买生活用煤或者运输大件生活用品的交通工具，也经常用来运病人。

正下着冬雨，又夹着点雪片。田园穿着雨衣在前面拉着板车，老太太跟在后面，上坡的时候推一下，不上坡的时候就给老田打着伞。被子上面盖了一层塑料布，板车上还带着塑料盆以及住院用的生活用品。

地上滑，路上板车轮子还掉进一个泥沟里，母子俩费尽力气将轮子拽出来。跌跌撞撞地将老田送进医院，全都安顿好，天已大亮。

医院开了病危通知书，通知家属交住院费押金。

老田是国家正式工人，享受公费医疗。田园骑车跑到大队部要钱，大队部的领导们一听老田住院了，紧张不已，通知财务准备押金，财务两手一摊说没钱。

医院那边说，这是地质队的定点医院，没钱不行。要求抓紧想办法，人先输液。钱要是再晚了，就要耽误治疗。

田园的哥哥、姐姐闻讯都赶来大队部，找到队长、书记。队长、书记愁得心都碎了，说现在确实没钱。田园的两个哥哥往队长办公室里一坐，说今天要是拿不出钱来，就都别过了。队长、书记这阵势也没少见，一咬牙，把各"三产"、分队的负责人立刻叫来。凑钱。

各负责人来了以后，都说没钱，队长、书记说："缺什么钱，也不能缺老工人的救命钱，你们也都有老了退休生病的时候。"

队长指着地质队里和香港合资的一个人造首饰厂厂长说，你们不是刚到了一笔钱？厂长说，那是材料款，还有这个月的工资，不能动。工资都好几个月没发了，工人都等着这钱。

队长说救命要紧，克服克服吧。

队长叫来财务，说散会，让财务跟着首饰厂的厂长去拿支票。

一张限额的空白支票交到了医院。

梅香也赶来了医院，挨病房地找到了田园，让田园非常意外，也格外感动。田园没说话，看着梅香。梅香说，越是这个时候，我越要在你身边。

田园没问梅香是如何说服她的妈妈让她出来的，但知道一定不是一件容易的事情。梅香在母亲送她去学校上班以后，等母亲走了，她自己从学校里请了假再出来，到了田园家里，听邻居说了以后，立刻就赶到医院。

事后梅香的母亲知道了，找来医院，正好梅香从医院出来，愤怒的母亲要进去找田园谈。梅香拦着不让，两人言语中冲撞起来，情急之下，梅香从包里拿出一把小刀，放在手腕上，要死在母亲的面前。

差点没把母亲吓死。梅香的母亲说了这样一句话，就不敢再轻易干涉梅香了。

她说："女儿啊，我是你的亲妈，我做的都是为了你好，将来你就懂了。"

62

经过精心的治疗和护理，老田度过了一个又一个危险期，逐渐恢复过来，没什么大事了。

梅香的母亲有一些过去的同事在这家医院，田园与梅香商量在老田出院以前，结算药费时，多开出一些类似电饭锅、痰盂、被罩、碗、筷子、不锈钢锅和勺子以及将来结婚用的所有生活用品。反正一张限额空白支票，不用尽，多吃亏，尤其是医院里还能开电视里总做广告的保健口服液，那个玩意儿挺神奇，喝了以后就感觉到饿，饿得难受，原来一顿饭吃一碗白米饭，现在还吃两碗，也不知道里面都放的什么。

田园想，老爹再住院就不知道是什么时候了，而且再住院也不见得地质队就能凑出多少钱来。

机不可失，时不再来。

田园和梅香仔细算计了要开的东西。两人正高兴地在那里憧憬，老田自己从病房里出来，到了药房、病房值班室的大夫那里，还有划价处，仔细查了自己的药费单子以及所有的处方，发现了田园开的那些乌七八糟的东西。

耿直的老田怒火冲天地找到了药房门口，举着厚厚一摞单据。

看着田园，老田半天说不出一句话来。

田园问："爸，你怎么了？你怎么自己跑出来了……"

老田哆嗦着，说："滚，你这个败家子……"

没等田园解释，老田上前就给了田园一个耳光子，又抬腿踹了田园一脚，把田园踹出老远，拖鞋也被踹飞。

老田自己跑过去，把拖鞋捡起来穿好。然后不管不顾地就跑进药房，要求人家将那些锅碗瓢盆全部退掉。人家解释说，那个是装板蓝根的。老田气得哆嗦。人家一看老头挺拧的，也就不跟他计较，全都退了。

梅香母亲的熟人从药房里出来，看着梅香和田园。

梅香很尴尬，站着半天不动，脸上红一阵、白一阵，忽然捂脸扭头扔下田园哭着就跑了。

田园赶紧去追。

在医院大门口追上了，梅香就蹲在路边哭，越哭田园越哄，越哄梅香就哭得更伤心。

63

老田住院期间，熟识的老同事们大多来看望了，地质队的人员调动也比较频繁，消息相对比较灵敏。那几年，比如谁病死了，谁重病了，谁被医生确诊只能活多长时间了，这样的消息属于头条新闻，在各个分队之间传播得最快。

很多人都以为老田这次过不去了，但他还是坚强地挺了过来，令大家比较意外。老田的一个徒弟在另外一个分队搞行政，年轻时受老田恩惠和关照不少，听说老田病重，特意从外地赶来，赶到的时候，老田已经出院，回家养着了。

这个徒弟带了些营养品，奶粉、麦乳精、水果等，还带了一份令田家揪心的东西。那是好几封信，信的封面是很漂亮的手写行楷，还是繁体字，收件人地址是老田家搬家以前在别的城市分队的地址，收信人名称是田小五，寄信人地址落款在深圳。

那是田园生母寄给田园的信。捎信的人说，听别人说以前也收过这样的信，因为不知道有田小五这个人，就退了回去。那天他留了个心眼，心想老田家的小五子不就是田小五吗？是不是他的同学什么的寄给他的？这次来看望老田，顺便就捎来了。

老田阴沉着脸说："那还是退回去吧，这不是我家小五的信。"

老田的老伴平静地说："别退了，这就是我家小五的信，早晚的事情。"

老太太说着就哭了。田园立刻觉得非同寻常，迟迟不敢动那几封信。

老田的徒弟走了。一家人沉默起来，田园倚靠在门框上，看着父母，心里已经全都明白，这是他的生母寄来的信，小时候经常就听哥哥姐姐念叨过这个事情，也听邻居念叨过。但已经过了这么多年，现在就像静水被石头击破一般。

老田的老伴看着桌子上的信说："谁身上掉下来的肉，谁惦记，小五，那是你亲妈找你来了。"

64

田园去了外地找到大哥，大哥跟着就回来了，联合二哥、大姐，一家人商量，在道义上和伦理上，还有亲情上表达看法，最终达成共识，形成决议。

生母就是生母，虽然过去把兄弟姐妹五个扔下跑了，但毕竟还是生母，联系是正常的，也是必须的。不过，同意联系她并不代表就是彻底地原谅她。如果她在经济上有困难，兄弟姐妹们一定会义不容辞地予以帮助，每家每月出钱给她养老。每人每家出五十元，一共是二百五十元。小妹妹失踪了没有消息，她的那份就由老大和老二均摊，计老大、老二每月七十五元。

如果是年龄大了身边没有儿女照顾的话，想和哪个儿女在一起生活的话，要征求养母的意见。养母同意她就可以指定跟谁过就跟谁过，跟谁过那份赡养费就由其他的兄弟姐妹均摊。

意见和共识达成了。大家又分析了一下信为什么写给小五的原因，生母抛家弃子地跑掉之后，生活稳定以后就一直和兄弟姐妹们联系，因为地质队搬家频繁，就失去了联系，本来非要联系也能联系得上，但毕竟这是件难以启齿的事情，不好随便找人打听，于是就往老地址上寄信。

寄给小五而没有寄给别的兄弟姐妹的原因，是因为她当年抛下小五的时候，小五最小，最不放心小五，再有写信给小五也是觉得小五岁数小，大概不像哥哥姐姐们有那样多的愤怒。

兄弟姐妹们征求养母和父亲的意见，父亲看着他们的养母。

养母平静地说："再怎么也是你们的亲妈，你们怎么定，我都没意见。"

一家人委派田园去深圳看望生母，把兄弟姐妹们的意见带给她。路费大家均摊。

私下里哥哥姐姐告诉田园，一定要问问生母为什么要跑。为什么连自己的孩子都不要了就跑掉。如果是穷的，那么多家庭都穷，为什么别人没跑，偏偏就你跑了。

田园在深夜仔细看了那些信，信里写的全是自责，全是思念。从信里看，生母是一个很有文化的人，以前听哥哥姐姐说过，生母小时候曾经读过女校，家境殷实，而且当年还是少有的才女。

生母和父亲的结合和当时的社会背景有关系，田园是这样理解的。曾经有一个年代是以谁穷的历史更长谁就更有社会地位，而拥有富裕历史、知识的家庭背景的就很劣等，在社会上抬不起头来。

这样，为了改变自己的命运，就要通过婚姻来改变自己的出身，就像小时候要填的履历表里成分那栏，填得越穷，越光荣，最好填成贫农，下中农也行，中农也行，富农就不好了，地主、资本家更是完蛋。

田园读过不少这方面的小说，多少也能理解一点当年那场拥有富裕家史的生母和拥有长期穷光蛋历史的生父的爱情和婚姻了。

田园带着哥哥姐姐们凑的路费出发了。去深圳的手续由田家老二通过一个在深圳工作的战友，打过长途电话办理妥当。临行前一天，养母又多给田园塞了三百块钱，在田园的裤衩上缝了一个口袋，装上拉链，然后将所有路费都亲手藏在里面，让田园身上只装着车票和一些零钱。

出家门时，老田扔给田园一个小坛子，包得严严实实的，是江南家家户户年年都要自行腌制的一种咸菜，原料是大白菜，腌制的工艺很传统。

老田说："把这个带上，她以前最爱吃这个。"

梅香去火车站送田园，临上车前，梅香忽然就哭，说："园园，你不会不回来吧？我真担心有一天你突然消失了，我再也找不到你了。"

田园说："怎么会？我去看看就回来。这是家事，是我必须出面处理的。"

梅香说："早点回来，我等你。"

65

深圳，生母家的门前。

田园后来才知道脚下那片漂亮的运动场地叫塑胶跑道，人踩在上面特别有奔跑的欲望。真的是非常非常好的感觉。中间是绿草，这是在电视足球转播里才能见到的真正的体育场，实在太漂亮了。

生母家的门前不远处有一片足球场，田园被二哥的战友从广州接到深圳，又送到目的地，就走了。

田园惊讶地看着这些从未见过的南国风光，一路上不光感慨风景，也感慨建筑、商业、环境等等给人带来的富裕、向上的气息。这个地方曾经被一个老人画了个圈，在全国人民心目中就非常非常传奇，比如时间就是金钱的概念，还有深圳速度的概念，还有效率的概念，亲眼看到了，给一个内地青年的内心震撼是很难用语言描述的。

田园的生母家是一座独立的房子，和小城里经常可以看到的挂历上的那种房子差不多。田园想，这就是别墅。

到了门口，天还蒙蒙亮，才清晨六点多，门关着。看看时间还早，田园随身带的东西就放在了生母家的门口，然后忍不住就跑到那片球场上跑起步来。

田园的生母，六十多岁的知识分子女性，保养得比田园的养母要好得多得多。乍看也就五十岁，衣着得体，举止大方。

那天一早，她躺在床上就觉得心慌，仿佛有什么事情一样。因为长年有失眠的毛病，平时都服用安眠药催眠。但今天醒得太早，和平时完全不一样。

生母下床穿好衣服，保姆出去买菜了，还没有回来。打开门，看见门口放着几个包，心里顿时一阵狂跳，然后弯腰拎起那些包，一个包是换洗衣服，还有一个包里装着一个小坛子，坛子里有咸菜。因为一路颠簸，油已经透过封坛子的牛皮纸了。

生母克制着自己的情绪，放下坛子往远处看，不远处的球场上有一个青年在跑步。生母拔腿就往前跑，田园也看见前面有一个人往自己跟前使劲地跑，就放慢了脚步。

母子俩面对面跑了半个球场。

到了跟前，生母站着半天，上下看田园。看着看着，看得田园心里格外难受，他明显地感到她内心的震动，感受到她巨大的痛苦和委屈。

生母说："你是小五？"

田园点了点头。

生母在田园的脸上、手上、肩膀、头发，上下摸索。田园就忍不住掉下眼泪。生母看着田园的眼泪，眼前一黑，身体一软，瘫倒了。

田园赶紧扶着晕倒的生母，吓坏了，使劲向四周喊：“救命啊——”

66

田园一直生活的地质队里，几乎每一家的家长都会因为各种原因吵架，甚至动手打架，这些原因一般包括该给谁的老家寄钱，该接济老家的什么人了，不该给谁的老家寄钱了，不该接济老家的什么人了。还有很多孩子们不知道的原因。

比如田园家，几乎什么原因都有，为了钱的问题，为了子女的教育问题，为了生活质量的问题，为了生或者死的问题。但这些原因好像又都不是绝对能站得住脚，就很形而上了。听哥哥姐姐们说，生母在中年的时候和父亲吵得最凶，是地质队家喻户晓的吵架户。经常会吵到要自杀出人命的地步。

中年时，生母曾经多次自杀。但在组织和左邻右舍的关怀下都未遂。自杀的方式包括上吊、摸电门、跳河等等。母亲是当年的一个大名人。如果哪一天田园家里不传出吵架声音来就很稀奇了。生母也多次毒打自己的孩子们。打孩子是地质队的家常便饭，但像田园生母这样打的，比较少见，下手又狠又准，绝对是照死里来的，尤其是孩子们考试成绩差了，绝对是玩了命地打。

这一切都是田园从哥哥姐姐嘴里听来的。

见到生母之后，田园仔细地将她在记忆里的形象和哥哥姐姐们描述的形象对照起来，都不太一样。

生母除了第一次见到自己因为激动而晕倒之外，在田园眼里一直很慈祥，那种眼神，对田园的关怀就像要把田园融化了一样。尤其是田园睡觉的时候，母亲就坐在床边，一动不动地看。其实有时候田园并没有睡着，但尽量装着呼吸正常的样子，尽量装着已经睡着的样子，因为田园不知道如何面对生母这迟到二十多年的爱。

一觉醒来，母亲竟然就这样一直坐在床边看着自己。田园睁开眼睛，看着母亲，心里酸楚起来。她就一言不发地流泪。

生母1970年跑回广东惠州老家，后又迁往梅县，几年以后又再婚，再婚的丈夫是惠州人，后来偷渡去了香港投奔了那里的亲戚，到了八十年代，开始在两地做服装加工生意。那时候有个名词叫"三来一补"。后来逐渐形成规模，在深圳建了服装工厂，专门做服装加工。

生母和再婚的伴侣关系一般，经常吵架，吵得也非常凶。两人育有一个女孩，出生在香港，长大了，去英国读书去了。

田园见到生母的时候，生母和再婚伴侣关系已经非常冷漠了。吵够了，吵到麻木了。两人的基础就是一同创业的基础，没有分开的原因是分开后的物质成本太高。生意毕竟是两个人一手从无到有创建起来的。两人因此都把精力放到了对财富疯狂的追求上，放在事业上，他们只有看着账户上的钱不断增长才能感受到人生的快乐。挣钱是有瘾的，和喝酒抽烟一样。当钱成为一个数字概念的时候，它就勾牵着人的心，让人欲罢不能。

生母在田园面前一直表现得很富贵，很雍容，举手投足都很优雅，谈吐也很大方，能熟练地用普通话、粤语、英语和别人交流。

和生母相处的这段时间里，田园一直在观察生母，几次都差点脱口追问生父生母离异的原因。他随时会想起哥哥姐姐临行前的重托，就是问清楚当年为什么抛家弃子离开我们。

田园一直没有开口，觉得生母的优雅和大方的姿态总有一些不对劲的地方。田园想，等到一个合适的机会再问。

67

生母放下了工厂里忙碌的工作，一心在家里陪着田园，田园在家里待着很闷，想出去转转，被生母拒绝，她担心田园走丢或者出什么安全问题。田园想告诉生母我都这么大了，不会出问题。但见生母说话的语气和那种不容别人置疑的态度，就没再开口。生母还仔细问了田园的工作、学习还有恋爱，详细询问了李梅香的情况。田园仔细答，生母仔细问。

生母对于李梅香的事情做了这样的指导，说你现在搞对象还早。要上学，去留学，然后再想个人问题。田园心想我都这么大了，还上学。但没有表态。

田园问，我能不能出去转转？来了好几天了，哪也没去过。

生母说，别出去。外边多乱，现在女孩子都坏得很，你一个男孩子，万一你出去，吃了亏怎么办。

田园正在吃饭，听了差点就被噎着。他倒吸一口凉气，这样的话，从未听说过。

田园这样想，但没敢说。

但自己没说出口的话，仿佛就像生母已经听到一般。田园觉得生母的目光有些异样。

每天，生母都会往英国打电话，和她女儿通话，有的时候在电话里无比慈祥地说话，有的时候却是争吵。每次争吵的时候，田园就尽量躲开，做点家务活什么的。

生母高兴的时候无限地慈爱，不高兴的时候就歇斯底里。尤其是和英国的女儿通电话的时候，不高兴了，就是失态的咆哮，而且事先没有任何征兆。

田园观察到生母有很严重的洁癖，手洗了一遍又一遍，只要闲下来就是擦地，擦桌子，凡是家里她看着不干净的地方总是没完没了地擦。田园用过的东西、茶杯、碗筷也是一遍遍地擦，消毒，屋子里总是一股消毒水的味道。

田园开始想家了，想梅香，想父亲和养母，想哥哥姐姐，想邻居们，想地质队的那个院子。田园的心思，生母显然都看了出来。

生母很正式地把田园叫进书房，她坐在宽大的书桌后面，看着田园。

田园很拘谨，不习惯，从未这样和自己的长辈说过话。

生母说："第一，你必须马上离开地质队那个环境，那种跟地狱一样的生活，那些没有教养的人，那个给这个国家和社会培养罪犯的地方；第二，你必须和你的女朋友断绝往来，还有你要和你的父亲彻底断绝往来；第三，不许你往外随便打电话，不许，你要完全忘记那个地方。你看你，让你爸教育得就像一个小痞子……"

田园对生母的喜怒无常已经不陌生了，尤其是她一说话就停不住，但这次谈话却依然让田园非常意外，不理解生母到底经历过什么竟然浑身上下内外都充满了仇恨。

生母说的田园大多都不记得了，脑子也乱，也插不上嘴。但清楚地记得最后生母竟然站起来，拍着桌子，大喊："你为什么不回答我？为什么？你根本就不想听我的，对吗？你不想跟我在一起生活，你觉得我有精神病，你爸过去也说我有精神病，大家都说我有精神病，你也会说我有精神病是吗？你们都这样侮辱我，你被你的父亲洗了脑子，他从小就告诉你要恨我，还有你的哥哥姐姐都被他教育得要恨我，不是吗？那你为什么不说话……"

生母咆哮之后，就从办公桌后面走到田园跟前，搂着田园，哭泣："小五，妈妈对不起你，对不起你和你哥哥还有你姐姐，你不知道妈当年有多苦啊，妈不走不行啊，你们不要恨我啊。小五，你是个好孩子，我把你放下的时候，你才那么大，妈不舍得呀，妈现在也后悔啊……"

生母咆哮之后就是痛哭和后悔。

这让田园非常难受，他不知道如何安慰这个被痛苦折磨得思维混乱并且语无伦次的生母。

68

生母不发作的时候，非常温和，令田园异常困惑。和生母在一起的这些日子就像是战争和角力，你不知道什么时候她就发作了，不知道她会说出什么样伤害别人的话来，但是令别人更难受的不是她对别人的伤害，而是她对自己的伤害。

她会非常强烈地自责。

快乐的日子也有，生母高兴的时候会在厨房给田园做好吃的，一边做一边告诉田园这是什么，那是什么，这是北方人爱吃的，这是南方人爱吃的，跟田园讲南方和北方都有什么区别。说得高兴的时候，生母就像一个孩子那样。

田园吃上生母做的东西，只要点头说好吃，生母就无限地快乐。看田园的表情，那种慈爱深深地震撼着田园，也令田园感到难以承受。

生母要切菜，让田园给她把菜刀递过去，田园见架子上有不锈钢菜刀，顺手就抽出一把递过去。生母忽然停下手里的活，愣愣地看了看刀，又看了看田园。

田园心想，哪里做错了？怎么了？

生母忽然一个大嘴巴打在田园脸上，田园立刻就蒙了，晕头转向的。

田园捂着脸，莫名其妙地看着生母。

生母脸色铁青，指着菜刀的刀刃厉声喝道："这是你爸爸教给你的吗？你就这样给你亲妈递刀子吗？"

田园胆怯地说："我做错了吗？"

生母更加生气，大声喊："你应该把刀把递给我，而不是把刀刃递给我。"

田园看着生母，半天才说："好的，我以后注意。"

生母咆哮道："你以后注意，你能注意吗？你跟他们一样，没有教养，他们能教出什么好孩子来？"

田园说："我做错了，你骂我，你不要骂我爸我妈。"

生母几乎跳了起来："啊——你还跟我犟嘴——"

田园看着几乎要疯狂的母亲，想安慰她，却不知道该如何做。

生母举着刀子："你来的时候你爸都跟你说什么了？你哥哥姐姐都跟你说什么了？他们是不是让你来害我？你把刀刃递给我，你是不是一直在恨我？你们兄妹几个恨我抛弃你们，所以派你来害我，你说，是不是？"

田园心里难过到了极点，大声吼："不是，没有人要害你！"

生母狠狠地将刀砍在门框上，大声喊："不是，那是什么？你们看中了我的钱，你们恨死我了，你们都盼着我早点死，我死了你们就可以分我的财产。对不对？"

生母面目狰狞的样子让田园如坠万丈深渊。

田园说："没有人恨你，哥哥姐姐都不恨你，我爸也不恨你，我妈也不恨你。哥哥姐姐是派我来看望你的，告诉你要给你养老的。"

生母浑身战抖着说："你胡说，你们不恨我？为什么你来了这么多天，都不叫我一声妈？"

田园愣住了。这个字确实很难开口。

生母继续咆哮着说："为什么，你说！"

田园轻轻地说："妈妈，没有人要害你，也没有人恨你，是你自己觉得有人要害你，觉得有人恨你。"

生母吼道："你是说我有病？"

田园说："他们让我来看望你，因为你是我们的生母，他们还想让我替他们问问你，当年，你为什么要抛弃我们？"

田园说完，满眼的泪水，转身就回到自己睡的卧室收拾东西。田园想，不用问了，过去的事情就过去了，世界上哪能什么事情都能让人知道呢。

田园收拾好东西，出门。

生母独自缩在客厅的沙发上，浑身还在发抖。

田园想拔腿就出门，看见母亲这样，就又不知道如何是好了，站在门口，轻轻地说："妈，我先走了。以后有机会再来看你。"

生母忽然抬起头来，目光绝对不是刚才那样的疯狂，而是变得异常冷静，浑身也不颤抖了，看着田园，轻轻招手轻轻地说："小五，你过来，妈告诉你当年妈为什么要离开你们。"

69

生母告诉田园，父亲有外遇。这是一切矛盾和痛苦的根本。

生母说："人活在世界上，我可以吃所有的苦，可以受所有的罪，为了孩子们都能活下去，为了孩子们都能长大，可以拿自己的命去换。人一生付出这么多，就为了换两个字。"

田园小心地问："哪两个字？"

生母说："忠诚，我不在乎你爸爸没有文化，不在乎他的出身，不在乎日子有多穷，有多难，什么都不在乎，我只要他对我忠诚。"

田园无语。

生母无语。

那些日子，令田园备感精神衰弱，紧张。这是多么令人尴尬和痛苦的精神角力啊。田园想，这真的不是人过的日子。他特别不能理解为什么忠诚竟然会让母亲心怀如此的仇恨，以至于用自己一生来折磨对方，也折磨自己。

生母管着一个上千人的服装加工厂，创业时经历了特别多的艰难，但为人、做事都是很让同行同事们夸赞的。只是没有人知道这个平时做事果断、大方，而且有知识有文化的老太太在生活中还有这样的一面。

这一切，对田园来说，理解起来还有很大的困难。

离开生母的时候，她给了田园一万块钱。生母对钱财和子女的态度是这样的，也让田园难以理解，生母说："钱赚到妈这个地步，就没有什么意义了。你不知道妈为了赚这些钱，吃了多少苦，说了你也不知道，等你以后自己做事情，就理解了。所以妈不会给你多少钱，你也不要指望你亲妈给你钱，你会睡在妈给你的钱上过你的日子，而且年轻人不劳而获绝不是好事。等你将来靠自己赚了钱了，妈的这些钱对你来说就没有用了。妈没有钱的时候也不懂，经过这些年自己一点点地奋斗，赚来这些钱以后才明白。妈这一辈子亏欠你们兄弟几个太多了，来世妈再还你们。"

这些话，田园听得似懂非懂。虽然生母发作的时候像一个疯子，而且明显有精神病的状态，但她在不发作的时候，举手投足之间、言语之间表现得智慧、冷静、大方，还有对田园随时流露出来的母爱，都让田园无限地尊重她、相信她。

生母对田园讲述的在小城所做的事情都给予了充分的肯定，只是不太爱听他和梅香的那些事情。

她说："你吃的那些苦，受的那些罪，将来都是你的财富。不要相信爱情，世界上爱情是最靠不住的，这个世界上要是有什么能让你忘记痛苦的话，那就是事业。你可以在成就事业的过程中获得你在生活中丢掉的那些东西。"

生母告诉田园，中国要有大的变化。原来那些规则、思考方式都过时了。尤其是在经济方面，会有非常非常大的变化。贫富差距会越来越大，医疗和教育成本越来越高，社会矛盾越来越多。房地产业会非常火热，土地和房子会像野火一样烧遍整个中国大地。中国会成为世界的一个大加工厂。雇佣者和被雇佣者会发生巨大的社会矛盾。

生母说的这些话，对当年的田园来说，如听天书。

数年以后，就是香港回归那一年，生母已经将工厂做到非常之大，但终于因病不能管理她的事业了，后来住进了香港的一家老人院，转年住进了一家治疗精神方面的医院，条件很好。再后来田园和哥哥姐姐们去看望她，她的病已经很严重了，身体也衰老得厉害。但依然把自己打扮得整整齐齐，就是谁也不认识了，眼睛怔怔地望着前方，没有表情。

70

从深圳回小城之前，田园给梅香的学校打了个电话，凑巧梅香正在那间办公室里，那间办公室平时梅香很少去。

梅香拿起电话，听见田园的声音，说了句："园园……"就说不下去了，也不管满屋同事诧异的目光，眼泪流得满脸都是。

梅香又住进了田园的家里。

田园没有还卖三合板的徐老板的板材钱，用生母给的钱装了一部电话，两千六百五十块钱，田家老二在邮电局找了个熟人，是安装队的，装好后买了一条烟，请几个安装工吃了一顿饭，电话就装上了，加上一部电话机的钱，一共花了两千八百五十块钱，再加上烟和请客吃饭的钱，共计三千块钱。

亏了田家老二给找的熟人，否则交了钱，要等上很长时间才能装上。

田园又去邮电局的营业厅买了一个BB机，一共一千二百块钱。这个小玩意儿，田园看着说明书，整整花了一个中午才彻底搞明白使用方法，用家里的电话一拨就"滴滴"地响。

不是夏天了，要是夏天的话就可以别在腰上让人都看见了。冬天总不能挂在脖子上吧，别在腰里衣服挡着，别人也看不到，人多的时候，就盼着这时候有人正好呼自己，BB机一响，一摁号码，然后找电话机回电话，是很有面子的事情。

还有一件比较有面子的事情。梅香说，李山要过生日，邀请她去，但她不去。

田园说，那我得去。

71

星期六，梅香说什么也不和田园一起去赴李山的生日舞会。田园也没多想。

小城没有生日蛋糕的说法，有一个鲜花店，太贵了，从花圃里摘一朵才多少钱啊，就没什么生意。田园曾经在自己家的院子里给李山拍过几张黑白照片，又亲手做了几个小木框，刷上清漆，把李山的黑白照片镶在里面，一看，挺好的，就拿这个当生日礼物了。

田园想再过几天再洗澡，但参加李山的生日舞会总不能太寒酸，他就用暖壶里的热水倒进洗脸盆里，兑了点凉水，摸摸温和了，洗了个头，特意用了力士香皂，洗完了，一照镜子，挺精神的小伙子，然后找出一件西服来。

这种西服是进口的，质地很好，有一个特殊的名字，叫"打包西服"，就是八十年代很多人进口了不少洋垃圾，回来后，拆开，有什么算什么，里面有很多不知道来自哪个国家的旧衣服，洗洗再熨烫一下，就在民间传递着卖，一件十块钱，或者二十块钱，或者三十块钱，质地和成色最好的也有卖五十块钱的。一般西服是日本的比较多，不少西服的领子里面大多都绣有一个日本人名。田园这件是二十块钱买的，是地质队的大虎哥从外边倒腾来的，没赚钱卖给田园。

田园的这件深蓝色的旧西服是在很多旧衣服里精心挑出来的，凑巧很合体。一般没什么大事，田园不穿。赶上李山过生日，就从衣橱里拿出来穿上。

田园又把裤子拿家里的熨斗熨挺括了，把西服有褶皱的地方熨好。换上一双皮鞋，擦亮。在头发上抹了点摩丝。

仔细照照镜子。他骑着自行车出发了。

72

家庭有背景确实是好，李山自己住在腊梅新村的一个单元里，是一套三室的房子，那是他父母单位分的。他父母在新村另一个单元里，这个新村是小城当年最好的小区，房子最新，环境也好。李山不愿意和父母住在一起，就自己住在这个三室的房子里，房子里各种电器一应俱全，最醒目的是一台24寸东芝牌大彩电，这台纯日本进口的彩色电视机是当年很多年轻人的梦想。在另一个叫劳动新村的小区里，李山家还有一套房子，空着。

田园到李山家的时候，已经到了很多人，这些人中大多数是李山的高中同学，屋子里都是人，李山明显是经过了精心的布置，把三室的家布置得跟学校开新年茶话会一样。

客人田园大多不认识，但是有那个给领导开车的司机，田园对李山还有这一屋子的人充满了敬意。

李山非常意外田园的出现，并且明显地表现出了不快，只是田园光顾着羡慕这一屋子代表了小城未来的年轻人了，对李山的冷漠并没有太多地在意。

田园压根儿没想到，李山只是想邀请李梅香，也没有料到田园会从深圳回来，居然不请自到。

那一年的田园，完全没有这样多的心机，满心想的都是终于结交了一个了不起的人物了。

73

田园不会跳舞，坐在角落里看着别人跳。

李山忙里忙外地招呼大家，不跳舞的有好几个，都坐在角落里，有的商量，打麻将吧，就支了一桌麻将，有的就看录像了，武打片。还剩不少人，干脆打扑克吧。支了好几张桌子。

椅子不够了，就找了几把凳子，凳子也不够了，就找来两个啤酒箱，摞起来。

啤酒箱子也不够了，房间的上面有一个小隔板，是用来堆放杂物的，有个箱子。几个人一喊，把那个箱子搬下来。

田园一撸袖子，说："我来。"

几个人把桌子拖过去，田园跳上桌子，使劲拽那个箱子，是个老式的皮箱。不重，田园看着以为挺重，就使劲一拽，没想到，挺轻的，整个箱子就轻悠悠地拽了下来，箱子也打开了，里面的东西全都洒了出来，洒了一地都是，满屋子都是。

全都是些女人的内衣、内裤，各式各样的。有几件，他认出来是李梅香的。

屋里顿时安静下来了，田园仔细一看，一屋子人正愣着。

李山正端着一个水果盘从外屋进来，推开门说："怎么了？怎么了？什么东西打翻了……"

进了门的李山也愣了，手里的果盘"啪"地掉在地上。

田园和李山奇怪地对视着。田园的脑海里响着奇怪的声音，就是幻听的那种声音，非常奇怪。

李山忽然冲过来，一拳直击田园的面门。田园毫无准备，就被打倒在地，倒地前，依稀听见李山说了一句："没有家教的东西，人家的东西你就随便翻！"

田园知道鼻子流血了，但不疼，田园虽然发蒙，但还是在使劲地想，想这一切究竟是怎么回事。田园摇晃着努力站起来，李山又扑过来，田园下意识地躲避他的拳头，只几下，两个人就扭在了一起，一使劲就翻倒在地。以前，田园身体的各个部分的肌肉都得到过充分的锻炼，一钩子就能将几十公斤的大铜锭子勾得翻来覆去的，只一使劲就将李山翻到身下。李山挣扎了几下，发现确实翻不了身，两眼立刻冒出凶狠的目光，这目光让田园想起了小时候看大人打杀野狗时，野狗在最后时刻所冒出的凶光。

李山的同学、朋友们都扑过来拉架。

当然，人之常情，在不了解事实的情况下，当然拉的是偏架，很快田园就被从李山身上揪下来。然后几个人拉住田园的胳膊，让田园动弹不得，而拉李山的那几个人却被李山挣脱了。李山冲到田园身边，对着田园的面门一通老拳。

李山边打边咆哮着叫喊："搞不明白李梅香怎么能看上你，你这个穷光蛋，真是没有天理了！"

打得田园眼冒金星，干着急，胳膊却被人家从后面拧着。李山跳起来，狠狠地踹在田园的肚子上，一声沉闷的皮鞋和人的小腹猛烈撞击的声音后，田园疼得休克了。

大家怕出大事，赶紧一拨人拽住李山，另一拨人将上不来气的田园放倒，缓一缓，有气了，大家不愿多事，赶紧把他架出去，下楼梯，一句话没说，就把他放到楼群里的过道上。田园就坐在自己的自行车旁边的花坛的边沿上，擦自己嘴巴上的血。

田园怎么都想不通。

过来个老太太，见路灯下坐着个人，低头仔细看看田园，说："打架了吧，吃亏了吧，年轻人，好好的，打什么架？父母看见该多心疼……"

74

李山不是一个特别坏的人，从小到大都很优秀，是老师、家长眼里的楷模，确实也像他说的那样从小就当班干部，学习成绩好，积极要求进步。在单位里也积极向上，很阳光的样子，只是，人无完人，每个人都会有自己不为人知的一面。

李山的毛病是酷爱搜集女人的内衣、内裤，这个习惯从他身体发育时开始。他自己在大学期间和工作期间也努力试图克服掉这个不良癖好，并曾一度有所好转，但在认识了李梅香之后，又重新掉进了这个恶习中。在田园家里，他多次顺走了梅香的贴身内衣。

人的隐私是无论如何不能轻易揭露的，揭露了就会让人难以接受。

倒霉的田园竟然无意中揭破了这件对李山来说永远无法启齿的事情。他向他周围的人编造了他和李梅香的关系，并且在第一时间又做了梅香母亲的工作。

田园鼻青眼肿地回到家里，就稀罕地接到了一个电话，新装的电话田园除了找人试了试，还没有正经接到过别人的电话，拿起电话是梅香母亲的声音。

梅香的母亲正式通知田园，如果你再纠缠李梅香的话，就一定不会有好下场。田园问，这是梅香的意见吗？梅香的母亲说，这是我们全家的意见。

田园没说话，梅香的母亲又在电话里一个字一个字地告诉田园，李梅香已经和李山正式确立了恋爱关系，在田园去深圳期间，已经下定决心离开田园。梅香年纪小，女孩子没有涉世经验，又确实对田园有一些感情，不好意思告诉田园，所以就由母亲正式告诉田园了。姓田的你就好自为之吧。

梅香的母亲最后说："姓田的，你小心点，为了女儿的幸福，我会豁出自己的老命的。"

田园拿着嘟嘟响的电话，心如死灰，如万箭穿心。

75

田园实在忍不住，天没亮就去了梅香家，沿着火柴厂的围墙，闻着堆放在围墙里的大木头散发的浓烈的木头味，过了一片平房，就到了铁路，过了铁路，就是火柴厂的宿舍，在巷子口看到了那个熟悉的馄饨摊，一路上什么人也没有，馄饨摊的傻子也睡着了。

田园熟门熟路地骑车窜进小巷，经过那棵大树，经过宿舍的大门，沿着围墙，一脚踩着围墙，抬头看五楼的那扇窗户。

天上都是星星，窗打开，梅香就会从里面探出头。田园想喊，但不敢，他担心真的就像梅香的母亲说的那样，也有梅香的一份主意，也许梅香真就妥协了。但假如真的就是呢？自己一定是难以承受的。那为什么不呢？李山什么都有，什么都不用努力了，为什么不呢？想到这里田园万念俱灰，心里就想，梅香就一定会打开窗户看到自己。一定会，一定会。

田园闭上眼睛，心里默念。他知道梅香此刻也一定在房间里想自己什么时候会出现。她一定在想，此刻田园一定就跨在自行车上在楼下等着。

田园一抬头。

窗户依然紧闭着。

天色已经有点亮了，已经有了早起的行人。好在还看不清楚田园脸上的伤，也就没有人在意田园在这里蹲了半宿。

田园在馄饨摊上买了一碗馄饨，摊主的傻儿子憨厚地看着田园。等了一天，田园一直没有看到李梅香从小巷子口出来。

第二天，星期日，依然没有梅香的一点消息，既没有传呼，也没有电话。第三天一早，田园想，应该上班了，梅香一定会出现。

于是田园又早早地在馄饨摊上买碗馄饨等梅香。但她依然没有出现，只看到梅香的母亲匆匆从巷子里出来。田园赶紧把头低下。等梅香的母亲走远了，田园去敲梅香家的门，屋里没人，又去学校，说是请假了。

梅香没在小城，她外地的舅妈病了，梅香临时赶去探望。

76

田园打定主意，离开这个城市，离开李梅香，离开所有让他伤心的一切。

去哪里呢？田园收拾东西的时候翻出了一张名片——亚细亚信息

资讯发展有限公司总经理：司马飞雪。田园想，只要离开这里就行，只要能离开，不再面对，去哪里都行。

打定主意，田园开始收拾东西，去东北，那里多冷啊，田园想，冷才好呢，冻死了就没有痛苦了。

都收拾停当以后，田园想找人道个别，二歪再也没有消息了，阿麦和大蔡听说是去深圳打工了，说是稳定了再联系，但一直也没有任何消息。魏家兄弟、崔三子、大虎哥倒是整天能看到，但道别时和他们说什么呢？算了。田园去了一趟马冬那里，告诉了马冬自己的打算，将自己的BB机托他转交给卖板材的徐老板，算抵债了，以后等有了钱再说。

马冬没说什么。

田园把家里的卫生做了一遍，将被子叠好，又把院子扫了一遍。觉得收拾得确实行了，背了地质队员专用的大帆布包就出门了。

老田和老伴正在修自行车。

田园说："爸妈，我得出趟门。"

老田正在调一个自行车轮子的辐条，虽然说是修不动的就不干了，但到了眼前的生意不做也不甘心，那边修皮鞋的老申也修上自行车了，有竞争了，越不干不就越没活了吗？又加上前两天田园鼻青脸肿的样子正让他有气，就没好气地说："别再让人把你给打死。"

田老太太说："出门背这么大个包，要走几天啊？去干什么呀？马上就过年了。"

田园说："有个生意，我去看看。就回来。"

田老太太站起来说："头发又长了，过两天得剃头了，正月里不能剃头。"

田园点头说："妈，你放心吧。"

田园转身走了。

田老太太一直望着儿子走远，搭上一班公共汽车。她觉得有些不对劲，但又不知道哪里不对劲，说不上来，隐隐就觉得一定是出了什么事情了。

77

田园搭上那班车不是开往轮船码头的，而是开往梅香学校的。从小城去北方有两条路可以走，一是坐火车，过长水河大桥，去北方；还有一条路是坐轮船，过长水河轮渡，跨过滚滚的长水河，再乘车去北方。

田园却鬼使神差地去了梅香的学校。

田园实在不甘心就这样离开了呀。

跨县的短途客车颠簸了一个小时到了梅香的学校。门卫认识田园，打了招呼，让他进去了。学校正在举行新年的联欢会，在小礼堂。

在小礼堂门口见到梅香的一个同事，她告诉田园，说梅香请假了，家里有事情。

田园有预感，见不到梅香，但依然忍不住来了。

舞台上一个女生正在唱："小城故事多，充满喜和乐，如果你到小城来，收获特别多……"

唱完了《小城故事》，报幕员说："下一个节目，话剧，《哈姆雷特》片段，表演者……"

那个曾经玩了命追求李梅香而未遂的音乐老师，穿戴整齐地上了台。他穿的道具都是他自己做的，不知道他是用什么材料做出来的，总之一看就很廉价的那种。他一上来，底下就哄笑起来，在小城里，因为从来不曾有过这样的表演，也不曾有过这样的对人生和艺术的表达，大家都是当喜剧看的。

音乐老师一举手，大家就是一片笑声；一抬腿，就又是一片笑声，笑得前仰后合。坐在前排的校领导们本来都绷着脸，立刻也被他夸张的表情、姿势还有大家的笑声感染了，也笑成一团。

而田园，此时却非常后悔恨ьят他。

田园忽然非常非常尊重这个在别人看来神经兮兮的音乐老师，他能够在别人如此的轻蔑和嘲笑中坚持自己的表达，如此忘我地表演他的话剧。

田园想，也许一个真正的演员就应该是这样的。

音乐老师用洪亮的声音开场了，他大声地念道："生存还是毁灭……"

下边又是一番笑声，音乐老师旁若无人地念诵着他的话剧对白，念到"被轻蔑的爱情的惨痛时"，他自己已热泪盈眶。全场的笑声已达到了高潮。

有的男生已经笑翻在椅子下边。

田园转身走了，笑不出来，眼睛里却和那个音乐老师一样，全是泪水。

出了学校大门，就是公路，一辆公共汽车将田园和他的行囊带走了，一直带到长水河边。那里有轮船可以将人和自行车还有货物渡到对岸，那边，就是北方。

江南的冬天，也是寒气逼人，江边是终点站，一路上，车上满是带着各种年货的人们，上上下下的，沿途都是心急的人和家庭，已经开始燃放鞭炮了，噼里啪啦的，此起彼伏。

田园想，新年了。

再过一站，就是终点站了。

田园已经找到一个靠窗户的位置，窗户玻璃上全是哈气，阻挡了窗外的情景。他用手指头在玻璃窗上的哈气上画了两个圆，中间画条线一连，两边再画个眼镜架，成了个眼镜状，田园透过这个"眼镜"往窗外看。

小城的公共汽车都开得很野，旁边一辆三路车呼地开过来，和田园坐的公共汽车并排停在红灯下，将本来就窄的马路挤得严严实实。

透过"眼镜"正看见三路车的售票员也把玻璃上的哈气涂开了，正在往这边看，正纳闷谁这么逗，把玻璃画个"眼镜"往外看。田园一把把"眼镜"涂掉。

那辆车上是圆脸盘的售票员小小六。

小小六在哈气上画了个问号，田园在哈气上写了"北方"两个字，反过来写的，正好小小六能看到。

小小六拉开窗户，田园也拉开窗户，寒气进来，引得车里一片骂声。

两人喊："终点站见。"

在终点站。

小小六问："你去哪里？"

田园说："去东北。"

小小六说："什么时候回来？"

田园说："不回来了。"

小小六说："别逗我了，我听说你做生意发财了，就要结婚了。"

田园说："我没发财，也没打算结婚。"

小小六说："你尽骗人。"

田园说："那是人家瞎说，你别信。"

小小六看着田园，觉得田园不像是开玩笑，说："那就算了，不问你那么多了。"

田园说："别问那么多了。你最近挺好的吧？"

小小六说："我挺好的。告诉你吧，我就要不跑车了，家里给我找了人，下个月就当调度了。"

田园说："祝贺你。"

小小六说："我已经有男朋友了。"

田园说："祝贺你。"

小小六说："你也不问问我男朋友是谁？"

田园说："谁？"

小小六说："是你们厂的。"

田园说："我们厂人多了，怎么猜？"

小小六说："是疤子的弟弟。"

田园说："我认识，那可是个好青年，你真有福气。"

小小六说："什么好青年，还是不如你，不像你，自己下海做生意，其实你挺好的。"

田园没说话。

草狗的青春

小小六说："去东北得路过北京吧。"

田园说："应该路过。"

小小六说："你等我一会儿。我回家拿个东西，你帮我带到北京吧。"

没等田园说话，小小六说着就跑进终点站后面的一个居民楼里，过了一会儿跑出来，拿了个塑料兜，里面揣了件毛衣。

小小六说："这是我织的一件毛衣，我大姨夫在北京，你帮我带给他吧。"

说着小小六又塞给田园一个纸条。

田园想说，火车只是经过北京，我怎么给你送？但看着小小六那样坚定的样子，就没好意思拒绝。

小小六揣好了东西，站起来，看见田园眼圈有点红，就问："你没事吧？"

田园说："没事，天太冷了。我得走了，去坐轮渡。"

小小六说："你会记得我吗？"

田园说："会的。"

78

田园离开小城的日子里，发生了很多事情。小城开始大规模推广出租车，将全市的机动三轮车全部淘汰，二歪的爸爸丢了挣外快的机会。大虎哥借遍了亲戚朋友，凑足了十五万块钱，连买车带办理各种手续，开上了真正的出租车。

只是那车总坏，一坏就要换零件。大虎哥管自己那辆总坏的车叫"联合国"牌的，因为更换的配件什么牌子、产地都有。修车加上各种费用，再加上干出租的越来越多，价格越来越低，几乎就赚不着什么钱了，所幸借亲戚朋友的钱不用还利息。

但大虎已经很知足了，毕竟开上了真正的汽车，是当时地质队里最风光的人物。

田园的大哥把鱼塘建得有声有色，只是在孩子上大学那一年难一些，为筹措学费伤了不少脑筋。田家老二做家用电器销售，赚到一些钱。

魏氏兄弟开了个加工皮鞋的小店，后来兄弟不和，打起来，惊动了派出所，后来就分家了，各自开一个。生意一般，够过日子的，娶媳妇的时候都欠了些债，慢慢还。

小城建了经济技术开发区，又有了很多工厂，那些没有犯罪又没有工作的地质队员的后人们纷纷去开发区找到了工作，有的做搬运工，有的做装配工，让父母都松了一口气。

崔三子离婚了。王大辉因为在监狱里表现优秀，服从改造，有立功表现，提前释放。

二歪没有任何音信。

当然，地质队后来还发生了非常多的事情，只是田园一无所知。他一心离开这个小城，北上，北上，寻找希望。

下　部

1

　　北上的火车被挤得满满的，所有的过道都拥满了人和行李，人们利用着每一个可以利用的空间，把自己塞在火车里，不放过每一个空隙。整个火车就像一截截铁皮的腊肠，装满了一路向北驶去。

　　列车员在如此拥挤的环境中，还能够推着一辆小车从人缝中来回穿梭，销售火腿肠、方便面和水。

　　北京站，站里站外人山人海。临近春节，返乡的人迈着匆忙的脚步赶自己的路，回自己的家。田园在人群中被拥挤着出了北京站，只听到了车站广场上叮当响的《东方红》乐曲声，然后隔着车站广场上的栅栏看了一眼北京马路上的车来车往。

　　地铁的出入口像一张大嘴，将人吞进吐出。田园想，如果自己要进去的话，就一定淹没在这个巨大的城市里了。虽然这是第一次来北京，什么也没有见到，但不知道为什么就已经让田园感觉到北京之大。

　　田园要转乘继续向北的列车，起点站是北京南站。乘坐中巴车向南站方向赶去，田园想多往外看看北京，但中巴车里人太多，行李太多，挤得根本就看不到外边。隐约可以从晃动的人缝中看到车窗外移动的楼房、汽车。

北京真大，田园发自内心地感慨。

田园匆匆地挤上了继续北上的火车，满火车都是返乡的东北人。东北口音灌满了整个车厢。和进北京的火车一样，车上也是人山人海。

所不同的是，开往东北的火车上可以点歌，一首歌五块钱，列车的播音员在喇叭里告诉大家，可以为自己的旅伴点歌。一会儿就有人为另一个人点当时脍炙人口的流行歌曲。车厢里不停歇地回荡着这些声音。

车过山海关，车窗外就全是白雪了，天地一色全是雪白雪白的。列车的车窗很快就结了冰，将车窗彻底糊上，什么也看不见了。

虽然人在北上列车上，但刚才身在北京的田园依然可以感受到北京给他带来的特殊的感受。北京显然和自己生活了多年的江南有着本质的区别，这区别在哪里，田园说不清楚。

列车上虽然拥挤，但一个东北小伙子却忙前忙后地帮这个顺顺行李，帮那个抱抱小孩的，说起话来有条有理。这让田园感到非常惭愧，想起了一个如雷贯耳的名字——雷锋，也让田园觉得这列车温暖了许多。

这个热心的小伙子老家在东北一个很偏僻的山村，因为在北京当兵的缘故，退伍后在北京机场做地勤工作，这次过年回家探亲，一路上不停地做好事，照顾老人小孩，甚至还把座位让给蹲在过道里的田园坐了好一会儿，他说，是自己坐累了，其实是他想让田园别老是那样蹲着。

这个小伙子让田园对东北充满了好感，对自己的东北之行有了一丝希冀。

田园就怕想起李梅香，要忘记那些已经过去了的事情确实很难。

好在，远去的火车和对将来的憧憬还有身边的这些新鲜的人和事，多少能淹没田园内心的伤感和无奈。

2

司马飞雪在车站接田园。

下了火车，随着潮水般的人涌出出站口。司马飞雪就站在出站口，向田园招手。和在南部山区见到的他差不多，只是多穿了一件棉大衣，依然烫着爆炸式的头，穿着锃亮的皮鞋，满面微笑地望着田园。空气中寒冷到人一呼出气来，立刻在空气中因为暖湿气流和寒冷气流碰撞而形成水雾状的物质，就是哈气，跟人人都吐着烟一样。

一路上两边所有的店铺都挂着厚厚的棉帘子，棉帘子一撩开，立刻跟一张嘴一样，屋里的暖气和街道边的冷气形成雾水。

街道上因为降雪太频繁而得不到清除，然后继续降雪，人踩车压地就形成了一层厚厚的冰面，很多汽车的轮子上都绑着防滑链。

司马飞雪的公司在离火车站不远的汽车站旁边的一个招待所里，这个招待所的顶层上可以看到冰封了的松花江。

司马飞雪的"亚细亚信息资讯发展有限公司"在403。门口贴着一张饲养美国山鸡的广告，是小报上经常可以看见的那种广告，大意就是购买美国山鸡的饲料和小鸡崽子，然后在家里养，最后公司全部回收，乍一看绝对是一本万利的买卖。

这样一间简陋的招待所小房间让田园怎么想也和"亚细亚信息资讯发展有限公司"联系不起来，而且美国山鸡不是美国的吗？美国不是在美洲大陆上吗？和亚洲隔着半个地球呢。

田园又想，也许这是个临时的办事机构吧。

3

司马飞雪热情地请田园进403房间，一进门，就脱掉棉大衣，里面整齐地穿着黑色的西服，西服里面只穿着一件衬衣和薄毛衣，这一点让田园非常佩服，这么冷的天，穿这么少，真是厉害。房间里三张床，其中一张床上还躺着一个人，估计正在打盹，听见有人进来，猛地从床上爬起来，到田园跟前，热情地和田园握手。

他递过名片，上面印着"亚细亚信息资讯发展有限公司李高扬"。这个名字让田园觉得很熟悉，很像大人物的名字，禁不住让田园肃然起敬，仔细看他：穿着一件灰色的西服，大概是在床上睡的缘故吧，皱巴巴的实在不像西服了，头发打着绺，大概是因为天气寒冷不大洗头的缘故，脸上还挺干净，但细看脖子明显有一道黑泥印，应该是整个冬天不洗澡的缘故。仔细看司马飞雪也差不多，但粗看起来比李高扬要干净一些。

李高扬睡眼惺忪地，看着田园热情地微笑个不停。

下楼吃饭去，李高扬出了房间门就将西服的领子立起来，也不穿外套，就这样出去。田园仔细观察，李高扬的灰色西服上有渗的到处都是油污。这样的衣服实在不能叫西服。

小饭馆就在招待所的楼下。只有四张桌子，门口挂着厚厚的棉门帘。李高扬真能吃，连肉带菜地吃得顾不上说话，也能喝。

司马飞雪谈了很多中俄贸易的事情，还谈了很多中韩贸易的事情，还谈了东北的地理位置在亚洲乃至国际上的作用，还谈了信息产业将是一个巨大的产业，绝对属于朝阳产业，还谈到了多年前中央电视台专门举办过一场电视晚会，主题就是信息。

田园听得如坠云雾。倒是记得有过这样一场晚会，但早就不记得说的是什么了，这个司马飞雪不知道为什么却记得如此清楚。

吃完饭，司马飞雪结的账，田园虽然很累了，但很是感到内疚，刚来就让人家请客吃饭，多不合适。田园迷迷糊糊地回到403房间，房间门口站着一个人，是招待所的工作人员，催要房费，说司马飞雪欠了房费。

司马飞雪说身上没带现金，下楼去银行取钱不方便，外边怪冷的，回过头就问田园手头有没有现金。田园问："多少？"司马飞雪说："八百。"

田园没多想，就从怀里摸出八百块钱交给了司马飞雪，司马飞雪立刻就交给了招待所的工作人员，说："你先拿着，我先休息，等明天再找你去要收据。"

第二天一早，田园早早地起来，水土不服的缘故，头疼得厉害，就想下楼转转，看看有没有可以买的早点。正赶上李高扬也起了床，两人一起就出门，下楼上了街道。

清早的街道实在是冷，地面都是冰。找了个小饭馆，专卖棒子渣粥的，田园没吃过，觉得新鲜。李高扬忽然摸了摸口袋说："坏了，忘了带钱了。"

田园说："没关系，一碗棒子渣粥，别客气，我结。"

李高扬说："不是，我得去趟商场，买件外套。对了，你方便先给我垫上，然后上楼我再还你，省得楼上楼下地跑。"

田园想了想说："多少？"

李高扬说："一百就够。"

田园从怀里摸出一百块钱递给李高扬。

回房间，连着两天，司马飞雪和李高扬只字未提还钱的事情。

几天来，田园也发现司马飞雪并没有中俄贸易，也没有中韩贸易，他的生意就是从小报上抄那些加工信息，什么加工白大褂，加工木箱子，还有饲养美国山鸡什么的，都是百分之一百地回收产品。

好像从未有人来咨询这些信息，更没有人购买这些信息，自然也就不会有什么收入了。灰心的田园不光是对生计的灰心，更多的还是来自内心深处无法表达的伤感和对未来的焦虑。

对于司马飞雪和李高扬，田园已经完全灰心，对他们已不抱任何希望。在田园看来，这两个人只是一对对财富充满渴望而找不到具体方法的东北青年。

田园不知道的是，司马飞雪和李高扬的真实处境比田园想象的要糟糕得多。

4

田园决定离开，依照地图的方向去那些更偏僻的地方画画写生，积累一些绘画素材，顺便离得远一点，好使心情能够舒畅一些。他把想法告诉了司马飞雪和李高扬，他们都表示很赞成，当然田园告诉他们是想提醒他们还钱，但他们只是表示了去边境写生画画是一件很好的事情，并顺便大加赞赏了一下东北风光，认为很值得这样去做，绝口不再提钱的事情。

田园只好说："等我画够了，我还是要回南方，但回南方之前，我还会来一趟，要是你们俩方便的话……"

司马飞雪和李高扬互相看了一眼，连连点头，说："欢迎欢迎……"

田园说："那我就先走了。"

司马飞雪说："好好……注意安全……"

田园收拾好东西，背上自己的大包，出了房间门，司马飞雪忽然叫住他。

司马飞雪说："你回来，我们要是搬家了，会给这个招待所留个新地址，你可以去新地址找我们。"

田园心里一暖，点点头说："好的。"

李高扬说："我送送你吧。"

长途汽车站的候车室里，满满的都是人，空气中凝结着冰雪和酒味还有年节的气味，人们匆忙地拥挤在一起抢购车票，一车又一车的新的和旧的大巴和中巴将人们从车站里拉走，回家。

田园和李高扬坐在椅子上，等车。

李高扬把手拢在袖子里面，开始和田园唠嗑儿。李高扬的话挺多，一说就收不住，喋喋不休地将他和司马飞雪的所有经历大致说了一些。

他告诉田园，司马飞雪和他都是高考落榜生，不在一个村，但是同学。他只考了一年，没考上，就回家务农了，家里在村里给说了个媳妇，结婚后生了个女儿，后来又生了个儿子，和计划生育的人干过仗，把人家给干得不轻，结果进去了，后来出来了。种地挣不着钱，他想着做过很多生意，都没敢怎么做，就跟着司马飞雪出来干信息公司了。

司马飞雪高考考了好几年，心也挺大，但命运不济，就是考不上，最惨的一次竟然就差了几分；不甘心，直到将年龄考到最后一年，未遂。但他就是不甘心像别的落榜生那样在家里种地、娶媳妇、生孩子，于是去了北京学气功，学了很长时间。

李高扬接着又说："我可不敢像他那样豁出去，我家的地没租出去，我媳妇和我爹我妈种着呢。我出来做买卖，能赚到钱，多少都行，比闲在家里强，要是赚不着，总算是不赔钱。"

田园问："你们的信息生意能赚着钱吗？"

李高扬的神情立刻暗淡下来："我也是觉得挺纳闷的，也是，那些信息要是能让别人发财，咱自个儿用了不就行了吗……干吗非得卖给别人？"

李高扬一说话就停不下来，谈起了他对司马飞雪的崇拜，提到司马飞雪别看没钱，是个农民，但他出门从来也不像个农民，平时在村里就能写能算，去过北京，还去过南方，见过大世面，是个做大事的人，说着刚才暗淡的神情就又开始光亮起来。

田园想起了二歪，想起了地质队的那些人和事，想着想着，田园就告诫自己不是不想的吗，怎么又想到那里去了呢？看着眼前的李高扬，觉得他的声音就跟从另外一个空间里传递过来的一样。

到时间了，田园跟着人群往人群里挤。李高扬叫住他，从怀里摸出十块钱，说："我找你借了一百块钱，先还十块，剩下的慢慢还。"

田园接过钱，揣进怀里放好，冲李高扬点了点头，回过头扎进汹涌的人群中，挤上了开往边境的长途客车。

田园在边境上待了一个春节。去边境，不是田园想偷渡，是他想知道自己到底能躲多远。临近夏天，再回到松花江边的这个东北小城。

在冰天雪地里，田园曾经把李梅香的名字大大地写在雪地上，希望南飞的鸟儿看到。

5

司马飞雪和他的亚细亚信息资讯发展有限公司搬到了一个居民楼里的一楼，那是一个住户，因为房子临街，就租出去，一半是一个火锅店，还有一半就租给司马飞雪开他的信息资讯发展有限公司。

司马飞雪的公司没有营业执照，什么也没有，所有的业务就是在小报上整理那些信息，然后剪下来，糊在一个大本子上，根据所发展的客户对象以及他们的需求从大本子里粘贴的剪报挑一个出来卖给他。

客户的发展完全靠朋友之间的相互传递，东北话管这种性质的行为叫"拼缝"或者"骑驴"，就是给别人介绍活儿，从中按比例收取一定的佣金。司马飞雪敢租房子，而且房子里的那部电话也租了下来，最让人感到提气的是他竟然雇用了一个小姑娘做秘书，也做业务员，秘书长得很漂亮，月薪是150元钱。敢做这样的大买卖，立刻在他的生活圈子里凝聚了不少年轻人，整天泡在司马飞雪的办公室里，要么扎堆聊天，要么就调侃着说："司马董事长，客人在哪里用餐？"另一个就接上说："八海万笑大酒楼。"

于是就一片笑声，其实别说电视里那个豪华的八海万笑大酒楼了，由于一笔生意也没有做成，两人渐渐午饭都成了问题。

李高扬对司马飞雪最大的意见就是不该雇那个女秘书，饭都要吃不上，还雇女秘书，一开口就是司马总经理或者司马董事长，叫得李高扬心烦意乱的。这期间，李高扬说了很多牢骚话，包括司马飞雪的真名叫马万财，高考落榜，不愿意在家里种地，出来做生意，什么都没赚着，都一股脑儿告诉了田园。田园也觉得倒霉，很担心他还不上钱，让自己连路费都没有。

很灰心的田园终于忍不住给南方的老家打了个电话，电话拨通了，直接拨的是李梅香的学校，对方接通电话，问找谁。田园一句话也说不上来，拿着电话手足无措。对方听了一会儿，只听见电流的沙沙声，说了声神经病，就挂了。

之后，田园又打了几次，都是这样。

就在所有人都对司马飞雪灰心了的时候，令人意外的事情发生了。

6

司马飞雪雇用的女秘书竟然为他拉了一单业务，女秘书的一个舅舅是一个集体企业的负责人，这个集体企业就是个濒临倒闭的服装厂，几十个人，缝纫设备、厂房都有，就是没有活干。正好司马飞雪的剪报本子里有不少关于生产白大褂、白手套、白帽子这样的加工信息，就是有一家信息公司掌握了这样的信息渠道，然后在报纸上登广告，然后让想接单生产的企业找去，买他的面料，生产好了以后再把产品按照事先说好的价钱全部收购。

这类信息大多都是子虚乌有的事情，一般也就是诳你个信息费什么的，最真的也就是卖廉价面料是真，就是工厂去接单，合同签订了，运走面料时要交押金，然后产品做出来以后，信息公司以产品不合格为由拒绝收购。

本来真的就少，何况司马飞雪从小报上剪下来再贩卖给别人的呢。

因为这笔生意涉及的金额达到十多万元，司马飞雪使劲带着女秘书四处奔波，一趟又一趟地跑，还吃了好几顿饭。

听李高扬说，这笔生意要是成了，能赚到一万多块呢，一万多啊，得种多少地才能赚到一万多啊。

李高扬那几天很兴奋的样子，一高兴，又还给了田园二十块钱，说，等这笔生意成了，剩下的七十块钱就一次还你。

司马飞雪有个见多识广的朋友叫李强是个出租车司机，他看出点门道，而且小城不大，他转弯抹角地竟然认识女秘书的舅舅，犹豫了好几天，有一天实在忍不住，开车捎女秘书下班的时候，在路上把真相一一讲给了女秘书听，吓得女秘书直接就让李强把车开到她舅舅家里，然后对李强千恩万谢。李强开车又回来，把田园拉出去，要跟田园谈谈。

李强犹豫着说："有个事情想跟你说。"

田园说："什么事情？"

李强说："你别指望司马飞雪会还你钱了，你就死了这条心吧，回头我借你点钱，回你的南方去吧。"

田园说："凭什么？司马飞雪马上就赚到钱了。"

李强笑了笑说："什么呀，马万财是想发财想疯了，你想他的生意要是做成了，不就把人家小姑娘给坑了吗？坑了人家小姑娘还把人家的舅舅也给坑了，把人家的舅舅给坑了还把一个小厂子几十号人都给坑了。那得缺多大的德啊。"

田园说："那跟我有什么关系呢？我只是想要回我的钱。"

李强说："实话告诉你，我已经把马万财的事情搅和黄了，第一他还欠着我的车钱，我也看出来了，他就是有钱给我也要不来。"

田园沉默了半天："我只是想要回个车费。"

7

第二天，女秘书没来上班。到了下午还没有来，司马飞雪派人去家里找，家里说也不知道，给她的舅舅打电话，她的做集体小服装厂厂长的舅舅也说话不冷不热的态度了，顿时让司马飞雪心里一凉。

他想了很久，不知道问题会出在什么地方。

田园找他，问："司马，你什么时候能还我点钱，我只要个路费就行。"

司马飞雪正心烦意乱："你是不是打长途电话了？那长途电话费还没结算呢，等结算了我再给你钱，我能缺你那几个小钱？"

田园觉得自己根本就不该开口，他要是有钱给，早就给了，他要是有钱，不想给怎么也是不想给的。

田园为此又问过李强，司马飞雪到底是没钱给还是有钱不给。

李强说："你真是笨得要命。有一次我开车拉他出去办事，故意把车上暖风开到最热，他一急就脱了棉衣，我打他的胸口毛衣里一瞅，衬衣的上衣口袋里鼓鼓囊囊的，一叠钱，大概有四五千块钱，最少也得三千。你别傻了，他不会还你钱的，他赚的就是这份钱。懂了吗你？"

田园最后一线希望也破灭了。这小城，人生地不熟的，上哪里去赚到车票钱呢？

田园想了个办法，走出居民巷，外边有一条商业街，他挨个儿地问商业街的小铺面，要不要写招牌。这一招真是管用，第一天就揽着一个活儿，给一个小服装店写一个招牌，这小服装店是姐妹俩开的，就叫"姐妹服装店"，在一块木板上刷上白油漆，再在白油漆上写上红色的字。姐妹俩给了二十块钱，一桶白油漆和一桶红油漆还有两把刷子，是姐妹俩买的，田园使了个心眼，让买了个中号桶的，人家也不知道，其实只用了一点点，剩下的都归田园了。田园找李强要了点汽油，将刷子用汽油洗利索，下次就省得再买了。

姐妹俩觉得很值，只花了二十块钱，又给介绍了一户。

第二家是把即时贴贴在一个火锅店的窗户上，然后再刻出字和鱼鸭的形状。田园又留了个心眼，让东家多买好几尺即时贴，东北人都很大方，给了钱，又一定要请田园吃一顿火锅，说都是自己家的东西，别客气。东北老板爱喝酒，喝了不少酒就和田园称兄道弟，也要给田园介绍活儿。

说话算话，第二天，火锅店的老板就真的来了，介绍了第三家活了……

一个多礼拜过去，田园已经有了十来桶油漆，一大堆各种颜色的即时贴，好几把壁纸刀，手头的路费也够了，车上吃饭的钱也有了。而且还富余。田园动了立刻出发的念头，但又一想，再多赚一点吧，万一司马把钱还给自己呢。

这一周，司马飞雪的日子不好过了，如热锅上的蚂蚁。他想了很多种可能，但有一点，那桩马上就要变现的生意忽然间黄了，一定是出了问题，可是问题出在哪里呢？谁了解自己？谁又对自己有仇？

司马飞雪最后认定问题一定是出在田园身上，找到田园谈了很久。当时田园正给一个烟酒杂货店写招牌，司马飞雪找到田园，拉田园在旁边的一个小饭馆里吃饭，谈了很多很多，田园总结了一下，大致的意思是，在这个地方，杀个人跟碾死个蚂蚁差不多，断你条胳膊，断你条腿，花不了几个钱。人嘛，不能太看重钱，世界上什么最重要啊，最重要的是安全，是健康，安全和健康都没有保障了，那要钱有什么用？

田园没太把司马飞雪的话往深里想。司马飞雪其实心里也很难过，难过的是他的生意很艰难，田园难过的是远离家乡和爱人的漂泊。

两人各怀心思，说话越来越没有逻辑，越来越混乱。

司马飞雪后来就哭了，大致的意思是，凭什么有的人就生在农村，而你田园却生在城市，农村多苦啊，做点生意多难啊，没考上大学对一个农村青年来说是多么悲惨的事情啊。不过没关系，人是可以奋斗的，人可以和命运抗争，我就偏不信我就要一辈子种地，我就要做出点大事业来，你们，李高扬、你田园、李强、我爹、我娘，还有我们村里的人，还有我的女秘书，大家都不相信我，我却偏偏要做出点事情来让你们看看。

田园也掉了眼泪，田园说的和司马飞雪说的完全两回事。

司马飞雪说到激动的地方就说："你们可不要看不起我，不要小看我，我一定会成功的……"

8

第二天一早，屋里只有司马飞雪和李高扬还有田园三个人，田园早早地就从沙发上起来，刷了牙，洗了脸，这两天刷油漆写字的，加上一个冬天没有洗澡，人都馊了。田园从暖气里放一盆热水，洗洗头。

司马飞雪在一边有些怪气地说："嘿，你的头发掉色啊。"田园一看，可不，盆里的水都是黑的，肥皂打了好几遍都没起个沫，实在是太脏了。

整个冬天，田园只洗过两次头。

田园有些听出来司马飞雪语气里的怪调了。其实从边境回来，田园一直都能感受得到司马飞雪和李高扬的白眼，他俩一面希望田园快点走，另一面又觉得自己能赚到一笔大钱，然后从大钱里拿出一点点将田园打发了，好挽回一些面子。生意有点眉目了就对田园好一点，没有眉目了就对田园冷嘲热讽。

田园也都看得出来，但实在不甘心那八百多块钱就这样打了水漂。他犹豫着，加上又能靠写招牌赚点钱，就没有狠下心而一走了之。

田园刚洗完头，门就开了，进来一大群人，大概有七八个人，把小屋挤得满满的，每一个人都显得很张扬的样子。

领头的问："你们谁姓田？"

田园有点发蒙，没敢说话，接着这群人走到司马飞雪和李高扬的面前，问："你们姓田吗？"司马飞雪和李高扬摇了摇头，然后互相使了个眼色。

来人又转过身来，走到田园跟前："你姓田吗？"

田园没说话。

来人问："你姓田，咋不敢说呢？"

田园愣愣地点了点头。

一群人猛地扑上来，三下五除二就把田园从墙边拽到屋子中间，一顿拳脚，打得田园晕头转向，在地上蜷成一团，没一会儿就没了知觉。隐约地醒过来，想爬起来，眯着眼睛往上看了看，领头的那个人蹲在田园的跟前，用手指头戳着田园的脑门说："告诉你，限你三天之内滚回南方，否则要了你的命，在俺们这旮旯，打死你跟碾死个臭虫一样，俺们都嫌埋汰。"

随后他站起来，抬起脚照着田园的面门就是一脚，这下田园真的一点知觉也没有了。

醒来的时候，田园半躺在沙发上，出租车司机李强扶着田园，用手巾给田园擦满脸的血，司马飞雪和李高扬抱着胳膊站在一边。

司马飞雪阴阳怪调地说："谁姓田，鄙人姓田……"

李强忽然站起来，冲到司马飞雪的跟前，指着他说："你闭嘴，东北人的脸都让你妈的丢尽了，有你这样做人的吗？"

司马飞雪愣了一下，说了一句："李强，你啥意思呀？"转身就出去了。

李高扬站在一边不知道说什么，也不知道做什么。

李强扶起田园，把田园的行李都收拾好，连背带搀地将田园弄出门，上了车，走了。司马飞雪看着远去的车影，从牙缝里挤出一句："欠收拾。"

田园被李强拉回了他住的地方，李强没跟父母住一起，自己单住，很老的平房，整片整片的，据说这片房子日本人在的时候就有了。房子只有一间，有一张大炕。

田园的脸肿得跟个猪头一样，两只眼睛眯成了一条缝，在炕上躺好了，对李强说："我没事，谢谢你。"

李强说："都是朋友，帮个小忙，应该的。"

田园说："李强，帮我个忙，我还有点钱，你帮我买张火车票。"

李强说："行，买到哪儿？"

田园想了想，没说话。

李强说："你先歇会儿，别想那么多了，他们就是一群小流氓，不会把你怎么样的，放心在我这里歇几天。"

田园脑子一片空白。

9

田园一直在想李强说的话："买到哪儿？"

是啊，去哪儿啊，南方是不想回了，那去哪里呢？田园反复地想着，几乎一夜没睡，瞪着大眼看着天花板。临近天亮，田园忍着疼痛坐起来，拽过自己的行李，从里面找出一张稿纸，一只碳素笔，给李强画张画吧，也没有什么能给他留下的东西，简直就无法答谢人家，只能给他留幅画做纪念。

拽稿纸的时候拽出了老家公交车售票员小小六写的那张小条，那是小小六写给他北京大姨夫的一张字条，上面写着北京苹果园地铁站附近的一个地址，还有小小六给她大姨夫写的几行字，内容是托田园将一件毛衣交给他，希望他身体健康，万事如意。

田园又在包里翻，翻出了那件毛衣，小心地叠好。

李强也醒了，睁着眼问："怎么了？"

田园说："你帮我买一张去北京的车票吧。"

李强说："去北京？"

田园说："是的，去北京。"

李强起身，穿衣服。出了门，又返回来，嘴里骂道："这群败类……"

李强停在门口的出租车的四个轮子都被人卸了，拿砖头给垫着。

田园看着李强，不知道说什么好。

李强说："马万财你这个王八蛋，你也太欺负人了。"

10

李强让田园收拾东西马上跟他走，田园问，去哪里。李强说，去买车票，然后送你走。田园问："那你呢？"

李强说："我要让他赔我的车轮子。"

田园说："他们要是打你呢？"

李强说："他敢！"

田园说："是我连累了你。"

李强说："放心吧，我从小在这里长大，还能不认识几个能打会斗的人！"

田园问："你想怎么样？"

李强说："先把你找个地方藏起来，然后去买车票，然后我再去找他们。"

田园说："三天之内，我要是没走呢，会怎么样？"

李强说："没事，你是外地人，和我不一样。他们敢欺负你，但不敢拿我怎么样，你走了以后，我正好可以放心收拾他们。"

11

　　李强给田园打了一辆车，路上还拿帽子把脑袋捂得严严实实，左看右看，小心翼翼，让出租车绕了好几圈，确信没有人跟着，这才小心地住进了一个小招待所里。李强去买了车票，是三天以后的，直达北京。

　　李强陪着田园在招待所里住了三天，然后将田园送到火车站，一直送上站台。临上车前，田园问："李强，你打算和他们怎么样？"

　　李强说："不怎么样，我就是让他们赔我的车轮子。"

　　田园小心地问："不会出什么事情吧？"

　　李强说："放心吧，不会有什么事，其实东北人并不都像他们那样，这两人正好就让你赶上了。"

　　田园问："咱们以后还能见面吗？"

　　李强说："有机会再来东北，我开车陪你到处转转。人不能总倒霉，其实马万财和李本富就是穷够了，想变变，不像我还能有个出租车开，也不像你能画画写招牌赚钱，他们除了种地就没有别的出路了，当民工又嫌苦，所以就走偏门。对不起你了，有机会我们再见，哥们儿。"

　　说着李强紧紧地攥了攥田园的手。

　　李强被启动的火车甩在了站台上。火车带着田园越开越快，直奔北京。

12

　　北京，北京。

　　田园再次来到北京，出了北京站，伴随着站前广场上的整点《东方红》音乐声，他奔南侧的大公共厕所，看厕所的老大爷辛苦地指挥着进出的人，用在南方人看来是最标准的普通话吆喝大家遵守上厕所的秩序，排队，不要乱，服从指挥，遵守纪律，小便五角，大便一元。

田园背着大包跟在来自全国各地的人们的脚步后面依次排队交钱，进厕所。田园交了一元钱，一元钱可以上厕所，还能在里面用自来水洗洗头，换件衣服。北京的气候明显地很暖了，比起东北的小城来简直温暖得不是一星半点。田园上完厕所，洗了个头，又用毛巾沾着凉水，把身子简单地擦了擦，把臭脚也擦了擦。扶着墙换了条内裤，穿好鞋，穿好衣裤，感觉精神好了不少。

站台外边有公用电话，田园算了算兜里剩下的钱，把电话号码告诉了看公用电话的大妈，大妈大致给算了算钱数，田园仔细掂算了一下自己兜里的钱，打三分钟电话，剩下的钱还能在北京找个小招待所住两三天外加买点烧饼、馒头之类的便宜又抵饱的食品。

电话打到家里，田老太太接的电话，接了电话就哭了，说："儿啊，你这么长时间也没有个消息，受苦了吧……"

田园非常冷静，一个劲地安慰母亲，说自己很好，在北京，很好，有吃、有喝、有穿，有地方住。

母亲有点放心了。

没等田园问，田老太太就告诉了田园关于李梅香的一些事情。老太太说，田园一走，李梅香就来家里找田园了。田家也不知道田园的去向。李梅香留下话来，说田园可能在北京，一定会去北京找。

田园走后，李梅香就到处找田园认识的每一个人，找了田园的哥哥姐姐还有同学，但没有任何人知道田园的消息。后来李梅香一直打听到田园以前的工厂，还打听到田园昔日的工友疤子的弟弟，又打听到已经做了公交车调度的小小六。小小六本来不想跟李梅香说起田园的，但心一软，就向李梅香透露了她在春节前见过田园，但不知道为了什么，也许是出于女人的天性吧，没有告诉李梅香托田园给她北京的大姨夫捎毛衣的事情，只说了田园是去了北方。梅香还想往深里问，小小六借故就走开了。

春节一过，梅香大病了一场，让母亲无比揪心。

梅香病好了一些，能起床了，隔几天就去一趟田园家，也不顾田老太太对她越来越冷淡的态度，去了就问田园来没来过电话。

李梅香还向学校的行政办公室和电话机附近的人都打了招呼，要是有找她的电话，就一定叫她，无论她在上课还是在干别的什么，一定要叫她。甚至，田园打来的几个无声的电话都被李梅香问出来了，梅香认定，那就是田园打来的。

李梅香还认定田园不会忘掉自己。

李梅香还认定田园一定在北京，在天安门前的金水桥上等她，在人民大会堂正门的第十三级台阶上等她，在天安门广场上高喊她的名字。

五月，田园给家里打了电话几天以后，梅香找来，田老太太如实地告诉梅香，田园来电话了，人在北京，但不知道具体在哪里，也没有联系方法。

李梅香立刻决定，去北京找田园。

梅香在单位请了假，就在田园抵达北京几天以后，梅香也动身去了北京，说是看姨妈。梅香的母亲也没敢怎么阻拦，就给北京的姨妈打了电话，大致说了说情况，让姨妈多关照关照梅香，让她在北京散散心也好。

13

田园依照小小六给的那个地址，乘坐地铁先去了小小六的大姨夫家，出了苹果园地铁站，一路打听，又坐了两站公共汽车，找到一大片平房，藏在高大的楼房后面。在里面绕了好几圈，里面全是三轮车还有小店铺之类，甚至田园还听到了江南江北一带的口音，还有四川口音等各地口音，夹杂着北京口音，充满了小巷。小巷子里到处写着大写的"拆"字。

小小六的大姨夫住在一个院子里，院子里放了好几辆三轮车，还跑着只有在农村才能看到的脏兮兮的小孩。

小小六的大姨夫姓陈，大名叫陈国福，叫陈国福没人知道，叫陈大爷，人人都知道，这一带有两个院子是陈大爷的，大爷就靠出租这些房子生活。房子都出租给外地来京的菜贩子、水果贩子、熟食品铺、早点铺等等的小商贩。

陈大爷见到田园，以为是租房子的，连连摆手："没房子了，找别地儿去吧。"

田园说："有人让我给您捎件东西。"

田园说着递过了那件毛衣和小小六写的纸条。

陈大爷的两个院子加起来有十多间平房，除了自己住一间，其他的都租了出去，大爷老伴已经过世，三个儿子都在北京，有自己的工作，一个是厨师，一个在公交公司，一个做买卖。

陈大爷是地道的北京人，祖上给留下的房子，以前还多，几经变革，最后剩下了两个院子，十多间房，全都租了出去。孩子们都在城里有新房子，单过，逢年过节来看望老人。

陈大爷耳不聋、眼不花，头脑清晰，思维敏捷，仔细地看了看小小六给他写的字条，抬头问田园："南方好啊，我还是打倒'四人帮'以前去的南方，多少年都没去过了，亲戚们还记得我啊。"

本来田园要走，但陈大爷一定要请田园吃饭，一定要问问他老家亲戚们的情况。

陈大爷问起田园来北京干什么，田园想了半天说不上来。陈大爷说："你们南方人能干啊，你看，我这院子都租给你们南方人了，做什么买卖的都有。"

田园问："他们都做什么买卖？"

陈大爷说："上个月来个南方的小伙子，早上两点起，蹬三轮去郊区拉菜卖，这不，又找来几个老乡一起拉。外地人能吃苦，能赚钱。"

田园说："卖个菜能赚多少钱啊？"

陈大爷说："可别小看卖菜的，赚不着钱，他能租我的房子？"

田园问："您的房子多少钱一间？"

陈大爷："最小的八百，最大那间三千。"

田园问："一个月？"

陈大爷："当然，还能是一年？"

田园倒吸一口凉气，问："那，那您这十几间房子，一个月得赚多少钱啊？"

陈大爷淡淡地说："一万来块钱吧。"

田园愣住了，忍不住上下左右，四处张望张望陈大爷普普通通的小平房。

陈大爷说："咱这房子还不够靠里，祖上没给留那家当，靠里的房子那可就让后辈享福喽。"

田园问："您真是有钱人，在老家，我从没听说谁一个月能赚一万多块钱的。"

陈大爷说："那是你小，没见过世面，这一个月一万多块钱够干什么的呀？大儿子结婚买房要用钱，二儿子结婚买房要用钱，老三没结婚，做买卖，也没赚着什么钱，要是能跟你们这样卖菜，也行啊，嫌丢份儿。"

田园说："那他们自己上班不挣钱吗？"

陈大爷："年轻人花钱凶，我们年岁大了，想不通。这不就等着拆迁吗？拆迁了钱就宽裕了。"

田园问："拆迁了，能给多少钱。"

陈大爷说："不好说，看按什么价给了，这十来间房子，都拆了，几百万吧，关键看他怎么算了。"

田园一听，差点就从椅子上跌下来。

<h2 style="text-align:center">14</h2>

那天，吃饭的时候，陈大爷说的那个卖菜的南方青年来串门了，田园又用心地问了问他，凌晨在别人都熟睡的时候，从郊区蹬一三轮菜到市里能赚多少钱。人家腼腆地告诉田园，早上三点起，把菜拉到市里的市场四点半，路上也不碍事，一天要是卖得好的话，能卖三百多块，有的时候能卖四百多，赚一百多块，要付一千块房租，一个月下来，普通的月份刨去吃喝能赚一两千，逢年节能赚三千多。这是本最小的，要租一个摊位，还要买一辆三轮车，没钱租摊位的就买个三轮车帮别人上货，赚得就少一些。有卖菜的，有卖水产的，有卖各种熟食的，干得大的，光车就好多辆。

这个南方青年还告诉田园一种生意，做牛肉板面，一个炉子、一个面板、一口锅，租那些早上不营业的饭店的门口，支几张凳子，一早上能卖三四百块钱，勤快点还能卖到五百，对半利还得多，除了自己吃喝住、租金什么的，一个月能剩下两三千块钱。别小看这些小买卖，比如卖熟食小菜，干得早的，大多数现在都万贯家财了。还有拾破烂，别小看拾破烂的，到各公司收旧报纸、旧物件，然后再转手给拾破烂的大户，有老乡就做这个发了大财，在北京买了房子买了车，还开了大饭馆……

听得田园热血沸腾，人家告诉他还要办理暂住证和一些管理费的话就没大听进去了。

田园顿觉北京真的是太光明了，真的是觉得眼前一片光亮，前途一片光亮。

田园决定卖菜。虽然口袋里只剩下的一百多块钱让他觉得有点失落，但北京的前景依然让他兴奋不已。

他犹豫了好半天，腼腆地向陈大爷开口："陈大爷，我想，我想求您个事……"

陈大爷把酒杯往桌子上一蹾说："你这孩子，大老远给送东西来，能用求我个事吗？人活着就图个仗义两个字，懂吗？"

田园说："懂。"

陈大爷说："这才对，说吧，什么事儿？"

田园小声地开口："我想卖菜做点生意，先在您这儿租间便宜的房子，等我拉菜赚了钱就给您房租……"

陈大爷："瞧您这孩子，这是怎么说话呢？你把你大爷看成什么人了，光认钱了？你们外地人不容易，容易也不会抛家舍业地往北京跑，是能赚点钱，可这得吃多大的苦啊！你就先跟大爷挤一块，跟大爷多讲讲你老家的事情……"

田园说："谢谢大爷，等我有了钱……"

陈大爷："记住，跟你大爷打交道，有两个字不能提，一个是'谢'字，一个是'钱'字。懂了吗？"

田园使劲地点了点头说："懂了。"

陈大爷说："明天，我去帮你跟院子里的人说说，让他们帮你找辆三轮，我知道上次搬走的一户买汽车了，三轮嫌麻烦就留这儿给另一个老乡了，我瞅着他也没怎么用，就一直在那儿搁着。好好干，我看你这孩子就喜欢，这年头，肯吃苦就是好孩子。"

田园说："大爷，我明天想去办点别的事。"

陈大爷说："什么事？"

田园说："我得去趟天安门。"

陈大爷连连点头："对了，我忘了，我忘了，你是第一次来北京，外地人来北京，就得先去天安门，是得去，是得去。"

15

当天晚上，田园梦见了李梅香，梦见了自己在天安门前，在金水桥上见到了李梅香，梦见了毛主席。

田园幸福得一个劲地流泪。直到醒来，天已蒙蒙亮。

田园想找个地方理个发，出门转了转，很多发廊理发最少十块，在老家，地质队大门外的理发铺子最多一块钱。他想了想，实在觉得贵，索性就自己找了盆水，找陈大爷借了块肥皂，洗了个头。头发好久没剪了，要是在江南老家，老田见到田园这副模样，肯定一鞋底就砸过来了。

田园想，等卖菜赚了钱再理发，或者自己买个推子理发。还有陈大爷昨晚反复嘱咐办暂住证的事情，田园数了数自己兜里的钱，这几天还要吃东西，坐地铁，乘坐公共汽车，肯定是不够的。他想，等卖菜赚了钱再办，也不迟。

清晨的北京已经有了车声和人声，田园乘坐公共汽车，然后再倒地铁，到了天安门，太阳刚刚出来，田园猛地一抬头。

啊，天安门。

真的是天安门，在晨曦中庄严而安详地静静地立在那里。真正的天安门，这就是小学一年级就用蜡笔画过的天安门，这就是小时候就唱的"我爱北京天安门"的那个天安门，这就是无数次在书上，在电视里，在画报里，在电影里，在历史里，在全国人民心目中无限高大和庄严的天安门。

真的就实实在在地在田园的眼前。

没错。田园使劲揉了揉眼睛，确实是天安门，上面悬挂着毛主席像，对面是天安门广场，广场上有人民英雄纪念碑，有人民大会堂，有毛主席纪念堂。绝对没错。田园静静地看着天安门，心里涌起异样的情感。这情感几乎要让他落下眼泪。

第一次看到天安门涌起的这种特殊情感，在他以后的日子里就渐渐淡漠了。

广场上已经有了很多人，刚刚看完了升旗，很多人在照相留影，田园想起了昨天晚上的那个梦。

他想起了南方小城。

田园想，如果这么大半年没有自己的消息，按照梅香的性格，也许她真的就会来北京，而且昨天晚上做的那个梦，也许就真的可以兑现，况且给家里打电话，母亲也是亲口告诉自己说，梅香会来北京找自己。

田园站在金水桥上，看着毛主席像，回过头看着广场上的游客，看着巍峨的人民英雄纪念碑，心里百感交集。他转过身，对着毛主席像，心里默念，期待出现当年在梅香家楼下默念梅香，然后梅香就出现的奇迹。

田园默念几遍以后，然后慢慢回过头来。

心想，回过头，睁开眼，一定会看到李梅香。

回过头来，没有李梅香，广场上依然如旧。

但田园坚信，李梅香如果来北京，一定会来的。他又去了人民大会堂正门的台阶上，小心地数好台阶，第十三级，坐下，托着腮看广场上如织的人流。

第一天，第二天，第三天。

三天之内，田园为了省下兜里的那一百多块钱，每天只买一个馒头，就点自来水喝。

到了第四天。

这一天，田园感觉非常强烈，觉得一定会发生什么，就是会有奇迹出现的，一个不相信奇迹的人是没有未来的人。然而奇迹还是没有出现。

16

就在田园离开天安门的那一天，李梅香抵达北京，她的姨妈在北京站接到她。梅香说要去天安门。姨妈奇怪，去天安门干吗？你又不是没去过天安门。梅香固执地说，一定要去天安门。梅香的姨妈直摸梅香的脑门，直说，这孩子，这是怎么了，刚下车就要去天安门。

梅香跟姨妈撒娇说："姨妈，我想去散散心，您就让我去吧。"

梅香的姨妈拧不过梅香，又想起梅香母亲在电话里的嘱咐，就勉强答应了。到了天安门，梅香就站在金水桥上等，又围着金水桥四处溜达，令姨妈格外奇怪。然后又去了人民大会堂的正门，梅香认真地数了第十三级台阶，然后坐在台阶上，看广场上如织的人流。

姨妈陪着她，不明就里，问梅香："是不是在老家受什么委屈了？"

梅香说："姨妈，您别为我担心了，要不您先回去，我自己待会儿，天一黑我自己就回去。"

梅香的姨妈说什么也不放心，就陪着梅香待着。直到天黑，梅香才不甘心地跟着姨妈回家了。

连着几天，梅香都来天安门。姨妈不知道为什么，但看梅香也出不了什么事情，就由她了，和梅香的母亲通电话时，说："孩子哪儿都挺好的，放心吧，就是爱去天安门，她说是想散散心，就让她散散心吧。天安门又不是别的地方，挺安全的。"

17

离开天安门广场的田园乘坐地铁，一路上想做点什么生意呢，收破烂是个好生意，只要有个三轮车就行，但需要本钱，自己就一百来块钱，勉强够，第一天况且还不知道能不能收到一百多块钱，但是看着北京大街，不像是随便就可以在路上骑三轮的。田园又想到做牛肉板面，第一自己不会做，二是还得买炉子什么的。

仔细琢磨了，田园觉得还是早起运菜最合适，不需要本钱，先帮别人运，少赚一点，也了解一些行情，这样风险就小一些。

田园就这样打定了主意。

出了地铁站，过地下通道的时候，一阵音乐声忽然打动了田园。一首吉他曲回荡在地下通道的空间里，非常悠扬，也非常异样。

田园忍不住走过去，是一个青年，抱着吉他低头吟唱。前面倒放着一个帽子，里面有一些零钱。田园仔细地听了一曲，技法熟练，唱得很好听。

田园站着听了好一会儿。

田园想，北京真的是高人多，一个普普通通街头卖艺的人竟然可以有这样高的演奏水平。他忍不住从兜里掏钱，本来想掏五分钱，以前在老家有乞丐，一般都是给硬币，但是一想自己没有五分的硬币，况且都是什么时代了，而且这是在北京呀，五分钱怎么拿得出手？于是就想掏一毛钱，可是一想，听了人家三首歌给一毛钱，不合适吧，这是北京呀，可不是江南老家。田园咬咬牙，从口袋里找出一张五角的，蹲下来放在他的帽子里，一放，这才发现里面竟然还有一张十元的，大多数是一元的。

田园顿感羞愧，放下五角钱就走了，帽子里的那些零乱的钞票一直在田园的脑海里闪过。过了通道，拐角处，竟然还有一个拉二胡的，也在卖艺。

又过一个通道，还有乞丐，展示自己的病情来获得别人的救助。

田园想着想着，忽然放慢了脚步，帽子里那些零乱的钞票在田园的脑海里忽然变成了一个完整而大胆的想法。

田园不打算卖菜了，他打算摆地摊给别人画肖像。

18

田园的第一个客户是一个中年男子，他可能是在地下通道里等人，很紧张的样子，不时地看着手表，还经常掏出BB机看个不停，在通道里来回地走了好几圈，好像还往田园这边看了几眼。田园有些害怕，既盼望他停下来，光顾一下自己的小摊，又担心第一笔生意搞砸了。

田园在一张素描纸上写了四个字："快速画像"，放在地上。素描纸和碳素笔是新买的，田园买的时候甚至还想，要是真的能赚到钱，客人真的喜欢，以后就画彩色的，买彩色蜡笔画，也许生意会更好，但那些彩色蜡笔和水彩色都挺贵的，虽然买得起，但田园还是不敢轻易把兜里的那点钱花出去。

那个中年人转了两圈，看了好几眼田园的"快速画像"，田园紧张得大气都不敢出，心就像木桶里的青蛙，咚咚地跳个不停。

他走过来了，他真的走过来了。

田园盼着他过来，但又怕他过来，他真的过来了，田园真想拔腿就跑，跟上了刑场一样地紧张。

中年男人看了看田园，漫不经心地说："多少钱？画一张。"

田园心里狂跳，想说，一块钱一张，但到了嘴边却说成了两块钱一张，他担心说高了，但心里安慰自己，这是北京啊，和江南老家不一样，两块钱不高，剃头还十块呢。中年男人没有说话，拿起田园的素描纸看了看。

田园懊恼坏了，心想，一定是把价格说高了，人家不想画了。我怎么说成两块了？我太贪心了，说一块不就行了吗？一天画个几十张，都是速写，几分钟就完，不也是笔钱吗？画彩色的两块也行啊，画多了就能租房子了。

田园想着，心里后悔极了。中年男人蹲在地上，仔细看了看田园，说："那你画吧。"

田园顿时来了精神，想不了那么多了，立刻上下左右仔细打量了那个中年男人，拿起笔唰唰地画了起来，最多五分钟，画好了。

中年男人拿起来，看了看，又看了看田园，半天没说话。田园心想，坏了，是不是速写人家不满意，觉得不太像，是不是刚才画他额头上那颗痣画深了，很多人都不愿意把自己画得太像，都愿意把自己画得比实际更英俊一些。田园想着就后悔了，我应该把他画得更好看一些。我怎么这么笨？我笨死了。

田园想，他可能不会给钱了。想到这里田园心里倒放松了一些，他要是不给了，正好我接受这个教训，下次把人家画得好看一些。少画缺点，多画优点。

中年男人站起来，从裤兜里掏出钱包，抽了一张钞票，弯腰放到田园的手里，说："小伙子，刚来北京吧，两块钱，够干什么的？"

中年男人转身走了，正好那边他等的人也出现了，几个男人说着话，拐过弯就不见了。

田园低头看手上的钱，天啊，天啊，是一张五十块的。

田园看着这五十块钱，心里就像鲜花在盛开一样。这个中年男人太好了，北京太好了，伟大首都北京太好了。我这样轻松就赚到了五十块钱，五十块钱呀，我只是给他画了一张速写，就赚了五十块钱，而且是要两块钱的，他却给了五十块钱。就是老家的马冬老师也从来没有把一幅速写卖到五十块钱的呀，他用雕刻机刻一个五厘米大的有机玻璃字也赚不了五十块钱呀。

田园拿着这五十块钱，激动得半天竟然说不出话了，心里百感交集。

第二个客人是一个女士，田园仔细分析了刚才的五十块钱，心想，那个中年男人一定是个做生意的，不在乎五十块钱，我千万不能因此而错误地估计了市场行情。也许他不在乎五十块钱，别人会在乎五十块钱。所以自己绝对不能因为第一幅画卖了五十块前，就要价五十块钱。

田园面前的这个女士看了看田园，问："多少钱？"

田园说："五块。"

五分钟以后，女士拿到了画，田园留了个心眼，将这个女士最闪光的那一面画了出来，避讳了一些缺点，挑漂亮的地方画，速写和照片就是有不同的地方。两者之间还是有本质的区别，速写可以将人最传神的那一面展示出来，而照片却只能每一个细节都展现出来。

女士很痛快地掏了五块钱。

一上午，田园竟然有一百块钱进账。有的时候画一个人竟然还有人围观。有一个看起来和自己同龄的青年人相貌挺帅的远远地看着，也过来转了几圈，但没有画，田园想他一定是在犹豫，没关系，只要他发现画得确实不错，就一定也能成为自己的顾客。

中午，田园买了两个烧饼，还买了一袋榨菜。

下午，又进账一百块，加起来两百块了，田园总结出来，下午下班的时候人会更多，这一天应该还能有进账。

果然，一对青年情侣过来，年纪和田园差不多大。男的很帅，穿着西服，女的也很漂亮，是那种小城里少见的成熟和富态的美。男的还拿着一个砖头那样大的大哥大，田园想，这可是有钱人，不能要少了。他开出价来："二十。"

一会儿，画好了，女的仔细看了看说："还真的很像，挺传神。"

田园点着头。心里想，二十块钱，要是真给了，今天就太有收获了，这二百多，在工厂要干半个月，在老家，怎么才能一天赚到二百多块？这么轻松，田园想，阿麦、大蔡都应该来北京，地质队大院里的孩子都应该来北京，北京赚钱太容易了。

那个男的看了画，见女的挺高兴，也高兴起来，对女的说："你等等。"说着男的就跑出通道。过了一会儿，男的气喘吁吁地跑回来，手里拿了个相框，对女的说："我上马路对面的那个小文具店买了个相框。"

女的说："你真好，是上次我们看的那个吗？你说要是有好相片，就配这个框子。那快装上吧。"

男的三下两下就将田园画的速写装进了相框，两个人满意地左看右看。男的从怀里摸出钱包，抽出一张五十的，放到田园的手里。

田园看着这五十块钱，一时说不上话来。田园想的是，要是这样的话，干一个月不就发大财了？

田园脑子很乱，人很晕。

但总体的感觉是激动，是幸福。加上原先兜里剩下的钱，就有四百块钱了。

田园想，这样下去，不就要发大财了吗？

这样想着，田园决定扩大自己的业务，不光速写，还做画框。他想，终于有了出路了，有了盼头了，可以踏实地在北京待下去赚钱了，可以像样地找陈大爷租间房子了，有了钱就有了未来，有了光明。

田园想，这样下去，就有了一切。

19

租住陈大爷房子的那个贩菜的青年找田园商量个事情，起先是因为陈大爷已经没有房子往外租了，田园不好意思总是打扰陈大爷，就找那个青年询问周围还有没有房子可以租给外地人，但是要便宜的，最便宜的那种，他媳妇正好家里有事要回趟南方，那么大房子空下来就他一个人住，于是他就跟田园商量，要在房子挂个帘，租给田园一半。价格是三百五十元，要知道那一间房子是九百元的。

田园立刻便答应了，因为自己手头已经有了好几百块钱了，明天出去还可以赚到不少钱。田园在心里酝酿了一个更大的赚钱计划。

有了这间房子，这样就等于自己在北京有个窝了。有了窝的人的心态是不一样的。但这房子有个小小的遗憾，就是他媳妇的车票是四天以后的，这四天，要在一个屋子里面睡，中间只隔一道帘子。房子是租的，大家算钱都是按天算，多算一天就是钱，反正帘子也挂上了，多一天就多一天钱，少一天就少一天钱。陈大爷挺理解田园想搬出去的想法，痛快地跟田园说："小伙子，好好干。"

田园背着自己的包出门时，给陈大爷鞠了个躬。

被子和褥子是他们夫妇的，这也是租他们腾出的半间房子的条件之一。他们还答应了田园另一个条件，房租为下付，所谓下付就是住满一个月以后再付，而不是提前一个月支付下一个月的。

因为这个优惠条件，使得田园能够开始实施他的创业计划。

本来田园想买木条制作画框，但成品木条价格太高，虽然品种很丰富也很华丽，不过田园想，这样的东西文具商店到处都是，别人凭什么就要买我的呢？于是田园就有了一个更大胆的想法，并立即开始实施。

田园买了一把玻璃刀、一小桶清漆、一把弓锯、几根锯条、一把裁纸刀、一小盒刀片、一把螺丝刀、一包自攻螺丝、一把老虎钳子、几张砂纸。

院子的角落里有半棵枯树，那是园林部门担心树木太大撑坏电线，修剪时锯下来的。田园用锯子一截截地锯下来，按粗细大小排列好，然后搜集了院子里的烂玻璃，根据不同的尺寸将玻璃裁成需要的镜框大小。

裁玻璃用的玻璃是陈大爷给的，玻璃刀是田园自己买的。玻璃裁好了，再根据玻璃的尺寸开始合计画框，将适合的锯好了的枯木棍用自攻螺丝钻上眼，再用裁纸刀削出小木楔子和装玻璃的槽，再用砂纸打磨一遍，上一层清漆。装好以后，就是一个非常漂亮的原木的镜框，没有用一根钉子也没有用一滴胶水，完全本色，有大有小，有粗有细，装上照片或者画像，果然是非常好的装饰物。田园相信在老家这个东西一钱不值，但在北京的人们一定会非常喜欢。

两天，田园做了将近二十个，如果一个卖二十块钱的话，就是四百块钱，田园决定将自己的速写涨价为二十块钱一幅，他想，当年在老家，马冬给人家写一个美术字还六块呢。这可是北京呀，太便宜了，人家倒不敢找你画了。这样一个很古朴的手工镜框加上一幅速写就是四十块钱，二十个全部卖掉就是八百块钱。

天啊，八百块钱呀。如果顺利的话，两天就可以赚到。这笔钱可以继续干，还可以扩大，即便不扩大，一天就按三百算，一个月就是九千块，一年下来，天啊，这不就发财了吗？

田园不顾两手因为做画框磨出了血泡，美美地睡了一大觉。

早上，田园将精心做好的精致小画框装在那个大地质包里，装好素描纸、碳素笔，兴致勃勃地出发了。

一路上，田园觉得空气清新，天高云淡，心情巨好。路上看到的每一个人都那样亲切，每一个建筑都那样和谐，每一辆汽车都那样可爱。

北京真好。

能挣到钱真好。

20

田园这次没有选择地下通道，而是选择了地下通道的入口处。这个位置既可以让通道里过往的行人看到，也可以让不远处的一个地铁入口处的人看到，还可以让马路上的行人看到，是田园精心挑选的好位置。

中午，有不少人惊奇地拿起田园做的木头相框看个不停。有人就买了，时间紧，等着赶路就没让田园画像。前两天那个在地下通道溜达但没找田园画像的青年又来了。这次他蹲在田园的面前，拿起一个相框，问："真漂亮，在哪里上的货？"

田园说："自己做的。"

青年说："给我画张像吧。"

田园赶紧点头说："好啊，配个相框，便宜给你，买两个吧，一个自己用，一个给女朋友装相片，肯定她会喜欢。"

青年说："行啊。"

田园仔细看了看面前的这个英俊青年，抽出一张素描纸用炭条在纸上画开来。

青年说："我叫杜晓刚，你呢？"

田园说："我叫田园。"

杜晓刚说："你从哪儿来，怎么在这里摆地摊？"

田园说："南方。"

杜晓刚笑了笑："你画得挺好的，在哪里上的大学。"

田园说："没考上，哪能谁都上大学？"

杜晓刚说："那你可不简单，没上过大学，能画成这样。"

田园画得差不多了，刚要将画递给杜晓刚，忽然来了个人，伏在杜晓刚的耳朵上说了几句话，杜晓刚站起来，凝起眉头，点了点头。

通道里忽然响起了嘈杂的脚步声，另一拨人从通道的入口处往里走，见到杜晓刚都点了点头。田园觉得不好，也站起来。

很多便衣和联防将通道两头一堵，把拉二胡的、弹吉他的，还有一些陌生的过路人拦住查暂住证。

杜晓刚问田园："你有暂住证吗？"

田园紧张地摇了摇头。

马路边停下了一辆面包车，上面冲下来几个便衣还有戴袖箍的联防将抓到的没有暂住证的人一个个地塞进了面包车。

杜晓刚说："快收拾你的东西吧，我是警察，但不是查暂住证的。"

田园立刻弯腰将摆在地上的画框一股脑儿地抱进大地质包里，背起来回头就跑。杜晓刚一把拉住田园，指了指地下通道，说："从那儿走，那不刚查完吗？"

田园抬头一看，自己刚才正要跑的那个方向又有便衣和联防队员挨个儿地查行人的暂住证。惊慌的田园赶紧往地下通道里跑，忽然想起来又回过头来，问："你为什么要帮我？"

杜晓刚说："我刚当警察的第一年，查暂住证，收容了一个南方青年，跟你差不多大，长得也挺像，高中毕业。他在收容站失踪了，一直找不到，他妈妈倾家荡产从江南来北京，告了好几年。"

田园看了杜晓刚片刻，转身就走，消失在地下通道里。

田园从另一个出口处出来，到了马路对过，在马路对面，往这边看，旁边过街天桥上的摆地摊的小商贩也被驱赶、检查，不少证件不全的人被装进了一辆车里。

那车消失在车水马龙的大街上，一转眼，便衣和联防队员都走了，刚才嘈杂的场面全都不见了，行人依旧，车流依旧，仿佛什么都没有发生过。

心跳过速的田园刚刚平静下来，但看着周围如涟漪消失的地铁出口还有马路，还有建筑，还有路边的绿化，忍不住心里又开始狂跳起来。

　　慌张的田园一头扎进地铁车站，像贼一样小心地坐地铁奔苹果园方向。一路上，田园觉得每一个人都能看出他没有暂住证，每一个人都可能忽然站到他的面前，问，把暂住证拿出来。田园想，地铁呀，你快一点啊，快一点到地方呀，到了地方就安全了，到了住的地方就安全了。

21

　　一路上，田园没有再遇到任何查验暂住证的，安全地回到了住的地方，进了院子，长嘘了一口气，马上一头扎进屋里。院子里空荡荡的，大家都出去干活了，陈大爷找人下棋去了，只剩下田园一个人。慢慢地，田园开始平静下来，觉得自己真是没出息，干吗吓成这样？自己又不是小偷，又不是强盗，又不是坏人，不就是摆个地摊吗？

　　"这个地摊应该摆在公园里的某个地方，北京肯定有这样地方。不办暂住证确实是不对，人家陈大爷早就提醒过自己要办暂住证，自己就是没去办……"田园一边想一边在心里安慰自己，"其实没办暂住证也不全是自己不对，当时刚来的时候也不懂……"

　　田园想着，心里渐渐地平静下来，但一回忆到白天的情形，想起杜晓刚，想起那些红袖箍，心里就一个劲地紧张，然后万幸自己遇到了杜晓刚，要不是他，自己肯定过不了这一关。

　　帘子那边的卖菜的小夫妻回来以后，田园向他们反复咨询了办理暂住证所需要的一切手续，仔细地记在本子上。

　　晚饭田园也没有心思吃下去，抱着脑袋躺在床上，辗转反侧，心里想，天一亮就去办暂住证，天怎么还不亮啊，办完了暂住证就可以继续在北京赚钱了。

　　一想到这里，田园心里顿时就有了很大安慰，顿时就感觉到舒畅了很多，踏实了很多，渐渐地就有了睡意，不再像刚才那样心乱而睡不着。

　　渐渐地就沉睡了。

夜里一点。大门咣咣地被拍得山响，田园睁开眼睛，不知道发生了什么事情。见屋外手电光乱窜，纷乱的脚步声咚咚的。帘子那边的夫妻俩已经起床，慌乱地穿衣服，院子里的各房间门都被拍得灰尘直落，田园住的屋子很快也响了，门被拍到颤悠。

拉开门，帘子被拉开，田园还拉着毯子盖着自己，好几道手电光照在田园的脸上，恍惚中田园看见夫妻俩已经披上衣服，老实地站在屋里，一群人拿着手电照着他们俩的脸，又照着他们的身份证和暂住证。

灯被拉开了，院子里人声鼎沸的。

一个男声说："查暂住证，起来，把暂住证拿出来。"

田园煞时手脚冰凉。

那个男声检查了田园的身份证，对外边高喊："这儿，这儿有一个。"

22

院子外边停了两辆中巴车，男人在一辆上，女人和小孩在一辆上，田园被推上其中一辆。只有严厉的吆喝，没有辩解，只有沉默。

田园上了装满男人的那辆，猫着腰在车上，车里塞满了人，田园只能蹲在车座之间的空隙处。车上有的人惊恐地看着外边，老少都有。黑压压的，有的人面无表情，有的人打着瞌睡。院子里手电光乱闪。那对夫妻站在屋子门口，看了田园一眼。然后回屋，屋里的灯很快便关上了。

车开动前，院子又恢复了往日的平静。几个男人在车上车下反复地用手电照了照车里的人，确信能开车了。

两辆中巴车和一辆吉普车在狭窄的小巷中，甩下后面的平房开上了马路，夜色下的北京一片寂静，街道上已经没有行人，渐渐开出市区，偶尔有夜行的汽车驶过，还有两边建筑上的霓虹闪烁。

田园多想问问自己会被送到哪里去呀。旁边有一个人闭着眼睛打着瞌睡，仿佛是要送他回家一样坦然，这是个中年人，五十多岁，看起来不像农民，但也不像是个彻底的城里人。田园轻轻推了推他。他微微睁开眼，斜着看了一眼田园，又闭上了。田园问："大哥，这是要把我们送哪里去呀。"

中年人抬了抬眼皮，用山东味的普通话问："你哪孩地人？"（方言，你是哪儿的人？）

田园说："南方。"

中年人："那就送你回南方。"

23

田园叫的这个大哥名叫魏国安。大家都管他叫老魏，山东人，来北京多年，最早跟着村里的一个木匠来到北京，本来也不是干木匠的，现学的，后来也干泥瓦工、漆工等等，练就了一手装修的好活，带他出来的木匠回老家盖房子，他就自己带着人干了，是一个典型的家装游击队的包工头。

那天因为在老乡租住的地方吃饭晚了，回去的路上没带身份证和暂住证，被逮上中巴车，跟田园一起送到收容站，核实身份后，一并遣送回原籍。

路上，田园如热锅上的蚂蚁，而老魏却处惊不乱，他告诉田园，都已经这样了，再着急也没啥用处。

在收容站，田园用了两个漫漫长夜向老魏彻底倾诉了他在小城里的经历，还有他在东北的遭遇，还有他在天安门苦等李梅香的经历。老魏听了只是一个劲地微笑，啥话也不说。田园问老魏的经历，老魏就说在家里种地不如出来干活赚得多，要是种地行的话，咋也不能出来遭这个罪呀，然后就是憨厚地笑。

两天以后，田园和老魏在一个深夜被一辆中巴车送上北京站，装进了一辆南下的火车，遣送回原籍。

火车开动了，离开北京站，开始南行。田园看着窗外的夜色，看着到哪里都能睡得着的老魏，心想，一切都完了，结束了，自己的北方之行彻底结束了。

该如何面对那个南方小城呢？自己的工作也没有了，爱情也没有了。空空荡荡的一无所有了。

24

后半夜，列车经过了天津北站，天津站，当地人也叫天津东站，过了天津站，老魏睁开眼睛，趴着车窗往外看了看，对田园说："准备下车吧。"田园稀里糊涂地跟着老魏，老魏走到车门口两个车厢的衔接处，继续趴在玻璃上看。

列车缓缓地停下来，列车员过来开门。田园看清楚，列车停在了天津西站，老魏下了车，田园跟着，随着人流涌向出站口，在出站口边的一个伸缩式的栅栏门开着，是专门用来进出汽车和货物的，老魏和田园从这个小门处出了天津西站。

一出天津西站，全是天津口音："要车吗，要车吗，来个车吗……"

司机蜂拥上来，拽田园的包和老魏的胳膊。老魏一言不发，只管自己往前走，田园紧跟在后面，司机们用那种显然有点让人很不放心的口吻紧跟着说："来个车吧。便宜，您说上哪儿……"

甩开了在因拉客未遂而在身后表达不满的司机们，老魏带着田园远离了天津西站的出站口，到了马路边，这里停着好几辆红色夏利，他们在这个时刻等这辆列车，将北京遣返的人从这里拉回北京。

老魏已经是第三次被遣返，每次都是从天津西站下来，天津西站有一批夏利出租车司机专门拉这样的活儿。拉回北京二百，高速费由客人出。

车没有从天津市区上京津塘高速公路，而是先开到杨村，然后从杨村上高速，这样来回可以省下二十块钱。

两个小时以后，老魏带着田园又回到了北京，车开到老魏租住的一片平房跟前，田园在车上坐着，老魏敲开了一间屋子。屋里亮了灯，里面有人用山东口音说话："老魏，好几天没见到你人，急死俺们了，找又找不着，联系又联系不上，估计你又是被遣送了……"

老魏付了车钱，天津司机把钱揣好，掉转车头往回开。

田园望着远去的红色夏利绝尘而去。

天已蒙蒙亮，北京城又开始渐渐地喧嚣起来。

25

老魏和他的二十多个山东木匠租住的平房就在一个装饰城附近，他是所有这些木匠们的头儿，这些木匠中有家传的木匠手艺，也有半路学的，年龄最大的六十岁，最小的才十六岁。这些人当中也流动，大多是赚到钱了，不想再干了，回家娶媳妇结婚，或者回家盖房子、种地了，或者是因为家里老人身体不好了，干不了农活了，需要回家照顾，等等。

有人回老家，有新人来北京。

老魏是装饰城这一代很有名的一个装饰包工头，他以信用好、手艺好、不太计较钱而被装饰城很多人认可。老魏生意很好，据说很有钱，有多少钱只有老魏自己知道，他在北京做过不少大的装饰活儿，很多著名的饭馆装饰都是老魏带人干下来的。更多的是老魏接转包下来的装饰活儿。不过，老魏的穿着打扮还有日常的行为却丝毫也看不出他是个有钱人。

但老魏的活确实是一流的，在整个装饰城人人皆知。

老魏租住的平房和以前田园在陈大爷家住的差不多，只是老魏竟然租了三个大院子，住满了他的木匠们，有的还带着老家的家属，有老人有孩子。老魏手下的木匠不光会木匠活儿，泥瓦匠、雕刻这样的活儿也不在话下。

曾经有一次让田园开了眼界，那是老魏手下的一个木匠在装饰一个服装商场的时候，那活儿是二包，就是有装饰公司包下来，然后再转给老魏，老魏只赚工钱。当时有一面墙设计成圆弧状的，要算出一个弧度需要多少板材和龙骨，好几个装饰公司的设计师念叨着在那里算来算去，算着算着就吵起来了。大概是平时就有积怨，快要动手了。老魏手下的一个木匠拿根绳子在地上按照那个弧度一量，然后拽直了拿尺一量，数就出来了。

搞得那几个设计师挺尴尬的。

经老魏手最多的竟然有上百万的活儿，但是老魏只能赚到工钱，施工时间超过一个月的工程工钱是每个大工一百，普通工六十，一般工三十，还有二十的。大工指的是有手艺的木匠、瓦匠等；普通工就是没有手艺的，干体力活儿的，但有施工经验，能够很好地配合大工工作的；一般工是临时找来的，什么手艺也没有，什么经验也没有，只干体力活，像和灰、运灰等等工作。

从装饰公司把活儿接下来，老魏的工人常年备着各个装饰公司的服装，接的哪个公司的活儿就穿上哪个公司的衣服。一个大工老魏抽十块钱，普通工抽五块，一般工也叫小工，老魏有的时候抽点儿，有的时候就不抽了。一个上百万的装饰公司项目，老魏算到手的有二十多万块钱，一抽，两三万块钱就赚到了。

缺点是结账期长，不是当时就能拿到钱，而是几个月以后，长的两年也有。因为老魏的口碑好，圈子里都认他的活儿，虽然他也在外边有欠账一时收不回来，但对老魏的影响不算太大。

老魏给田园算的是六十一个工，按普通工算，拿到手的就是六十，老魏一分钱没抽。工作和工人们一样，一天至少干十二个小时，在哪里干就吃住在哪里，被褥由老魏提供，老魏这个东西有的是。

这样倒好，房租都省了。老魏还给田园办了暂住证等证件，各种费用都是老魏先给垫上的。慢慢在工钱里扣，当时是这样说的，但最后发钱的时候，一分也没扣。

田园的工作就是设计，对工程中遇到的问题及时和甲方和二包方或者三包方沟通，提出修改意见，然后监督工程的进度。

田园的工作很受甲方以及二包和三包的赞许，经常会出一些有意思的设计和想法，令老魏以及各承包方省了不少的心，以及因为审美之间的差距而带来的争执也避免了不少。但代价还是有的，因为工地上大量使用胶水，而且都大多封闭施工，一开始不适应，出现眼睛流泪、咳嗽等情况，而且会胸闷。田园知道这是严重的化学污染，不过，工程一般不会拖得太长，能发活的主家也不是吃干饭的，都有掐算出施工时间和所需要的工时的数量的能力，绝对不会出现靠怠工就能多换来工钱的情况。

一个月后，田园就适应了呛人的化学胶水的气味，因为这个倒是把烟给戒了，因为闻了一个月的胶水味道以后，闻什么都觉得没有味道。而且有了这段经历，田园还获得了一个生活觉悟，无论看到多么高档的地方，他都不会觉得高档了。因为任何一个看起来很高档的地方在高档之前都是一样的肮脏、刺鼻，令人厌恶。这个感觉影响了田园一生，以至于他后来从不喜欢所谓的高档场所，无论是餐饮、洗浴还是酒店。

三个多月过去，田园攒下了将近四千块钱，不再住工地，搬回了老魏租住的平房里。这期间，田园积累了非常多的装饰施工的经验，更重要的是和老魏结下了深厚的友谊，既像兄弟也像父子。

田园总是陪他在装饰城门口的一家小饭馆里吃饭，那个小饭馆的老板是四川人，老板娘是东北人，嗓门老大，把饭馆里的四川老板还有山西厨子以及安徽、湖北、湖南的服务员都管得服服帖帖，饭馆里有个老式的录音机，马路上流行什么歌就放什么歌，不是老板放，而是那些年轻的服务员放，每次换服务员的时候，就换新歌了。

老魏和田园就在那些流行来流行去的歌曲中吃他们的饭，谈他们的心，吃四川火锅和山西菜，还有老板娘赠送的东北大拉皮。老魏自己偶尔还让老板娘给他来角饼卷大葱吃。老魏说他以前不爱下饭馆，但来了北京以后，却爱下饭馆了，现在有钱了，却总觉得少点什么，是想家吧？不是，家里都挺好的，盖了大房子，媳妇很贤惠，带着三个孩子，种地，伺候老人。是嫌钱还不够多？也不是，这些年积蓄肯定是够了，人不能太贪心，一村里，有几个能像老魏这样赚到这么些钱的？有钱了，但是不开心，也不知道原因，也说不清楚。

老魏有一个词一直没有说出来。田园知道他想表达什么，那个词是人在异乡的孤独。只是田园也不说，说出来挺伤人的。

总之，田园和老魏无话不谈。

　　一早，老魏的BB机响了，那是个汉字显示的BB机，平时老魏的活儿都靠这个东西联系。老魏看了上面的信息，是老魏的一个老主顾发来的，有活儿，需要老魏去一趟。

　　老魏掐算好了时间，坐公共汽车，带着田园，倒地铁到了指定的地方，是一个小型商场，但已经关了门，据说是要租赁给别人开一个山西风味的餐厅，上下两层楼。田园跟老魏出门，很少打车，老魏这人做事不紧不慢，从不着急，从不上火，从不露富，实在看不出他有钱，总是一副低三下四的样子。

　　三个月当中，田园只见到一次老魏显富，那是一个木匠手被电锯切了，那是老魏同村的，去医院，老魏从怀里掏出那么厚一摞钱，足有三万块。

　　平时无论如何也看不出他是个有钱人。住小平房，在小餐厅吃饭，不乱花钱。

　　老魏带着田园在小商场门口等了一会儿，远处开来一辆红色的小车，小车的标志像雷电的标志，车上下来一个年轻小伙子，看起来和田园差不多大，气色不太好，像是夜里没睡好觉。他下车时正打着电话，是摩托罗拉那种早期翻盖的手机，比大砖头已经进步了非常多的那种移动电话。

　　小伙子边打边走，走到老魏跟前几步远还在打电话，田园和老魏就等着，等了足有十分钟，他的电话打完了，好像是和一个女孩子说话。

　　他走到老魏跟前，皱着眉头指着那个小商场，说："就这，一楼三百多平方米，两层六百多，跟我上来吧。"说完又拨了个电话。

　　田园跟着他们两个，从楼的后身绕过去，找到后门，上了楼，楼上的一间办公室里坐着原来小商场的东家还有新主人。

　　新主人是山西人，租下这里要开一个餐厅，请开进口汽车的这个小伙子设计。小伙子是湖北人，一所高校的美术专业四年级的学生，今年毕业，毕业前就开始做装饰设计，这个城市里有非常多的他和他的同学们的设计。

小伙子很能干，在北京上了四年学，赚了三年钱。现在一般的小活儿谈都不谈了。稍微大一点的，造价高一些，有点特色的才接。

今天的这个，他显然就没有什么兴趣。再加上他的电话总响，也影响了他的谈判情绪。

这是一次很不愉快的谈判，大概说了半个多小时，在这个餐厅的装修造价上产生了巨大的分歧，主家希望能在三十万以内完成装修，但老魏的主顾，就是那个美院四年级的学生却坚持三十万绝对是不够的，主家提出三十万绝对是极限。

小伙子说了很多理由，有一个理由很说服人，就是你花的钱少，装修效果出不来，人家不会说是你花钱少，人家会说我的设计不行，再说了，也不指你这几十万块钱的生意，都是朋友介绍的，对吧。

主家加了两万块钱，小伙子提出了至少需要四十五万，屋里屋外的，还有霓虹灯，没有四十五万绝对下不来。

主家又提了个方案，让小伙子出设计图纸，设计费两万。被他断然拒绝，说，开玩笑，两万块钱够干什么的。

田园听得目瞪口呆。

两人继续谈。

老魏在一边一句话不说，憨厚地笑着，谁说话要是看他了、寻求附和的时候，老魏就傻笑一下。

谈崩了，下楼的时候，小伙子跟老魏说："咱不干，没钱干什么买卖？你想，这三十万够干什么的？工料钱怎么得二十来万吧，最后剩下个五六万块钱能顶什么呀？五六万块钱我给他忙活这大半个月的。尾款再拖个半年，得，我就成他丫的孙子了。"

老魏依然憨厚地附和着傻笑。

下了楼，他拍了拍老魏的肩膀，说："有事回头再联系。"然后上车，绝尘而去。

田园看着老魏，说："他真的五六万块钱都不看在眼里？那咱自己干不行吗？"

老魏没说话，扭头就走。田园跟上去，说："要不咱俩上去跟人说说，三十万肯定能干。"老魏还是没说话，走到公共汽车站台上，等车。田园急了，说："咱干，赚了钱都是你的，我不要。"

老魏开口说："兄弟，哪一行都有哪一行的规矩，你别看人家赚钱，人家赚的是设计的钱，俺们只会干活，只能赚俺们的手艺和力气钱，我当然知道三十万能干，别说三十万，二十万我也干啊，手下人不就有事做了吗？"

田园问："那干吗不干？"

老魏说："北京城那么大，多少人找活干？今天你不干，就有的是人干，我们今天要是上去接了这活了，以后搞设计的就没人给咱活了。你明白吗？"

田园说："我来设计。"

老魏说："你画个图还行，做设计，出效果图那可不是谁都能干的。"

田园说："你放心，我干得了。"

老魏说："小田子，不是老魏我说你，你还太嫩，就算你能设计，这几十万的大餐厅的活尽量不沾，万一不给结账你就完了，还是干家庭装修好，赚钱少一点，但有保障。过日子的比做买卖的要实在得多。人家介绍业务，是朋友，都互相知根知底，出不了大格，你和我就不行了。"

田园说："我真的想试试，我想博一把。"

老魏看了看田园，好半天才说："那，那你试试。不让你博一把，你也不甘心，你要是博上了，我也改改。"

27

老魏出钱在文化用品商店里购买了一个小气泵，一支进口喷笔、颜料、纸张，画板、画架没舍得买，说让人给做一个，很容易。

田园在书店里买了些关于山西风光、民居的画册，大致有了个印象，事先又去了一趟那个小型商场，找到主家，主家讲了一些自己的想法，带着田园楼上楼下转了转。主家问田园："设计，你能行吗？"

田园怕他后悔，赶紧说："当然能行。"

主家说："那你先试试，先给我出套图，里外出，局部的也出，材料标清楚，尺寸大小都标注清楚，不过，事先说好了，设计费我可不付，要是满意了，活交给老魏。"

田园忍住心里的狂喜说："行。"

下了楼，田园几乎是飞一样地在人行道上跑起来。

山西风味的餐厅设计不光是田园一个人在那里绘图，除了田园在书店里买的那几本书以外，老魏以及老魏手下的木匠们都对这个设计产生了浓厚的兴趣。当田园有了一个想法的时候，总是会有四五个以上的木匠参与争论，争论造价，争论可行性，争论出来以后的效果会是什么样子。

田园发现，这些木匠也是设计师，他们脑子里装着非常多的花纹，非常多的风格，有的东西信手就来了。尤其是他们的制作经验，使得一个设计少走很多的弯路，他们能够快速地告诉你这个想法是不是能够实现，能实现到什么程度，造价会是多少；他们会告诉你如果这个想法实现了，他们过去曾经在别处施工时实现类似的想法时，遇到过什么样的困难，最终的效果是什么。

老魏和他的木匠们都是有着非常高智慧和审美的匠人，而且拥有着丰富的施工经验，只是他们不会说，也不会用效果图展示出来。他们的缺陷就是没有宏观看待整个餐厅的能力，没有理解落伍和前卫的风格的能力。

但他们在制作和理解局部上绝对是无可争议的老师。

老魏自己还有老魏手下的木匠们三天之内一点点地看到了大家集体创作出来的一个山西风味餐厅。

主家看到田园带去的这套图纸，掩饰不住内心的喜悦，每一个兴奋的态度都被细心的田园捕捉到了。只是主家就是主家，很快就恢复了平静，跟田园说了好几处意见，需要修改的意见，最后总结道："看起来还凑合，但比正规的装饰公司还差很多，毕竟是施工队的图嘛，一般，勉强能用吧。但造价不能太高了。"

最后确定的造价是二十四万，包工包料，外檐的霓虹灯不算在内，而由主家自己找人施工和办理相关的手续。

老魏算了一笔账，整个工程下来包括处理墙面、地面，洗手间，隔断改造，门框改造，不动房屋结构。材料费可以控制在十万以内，工由于都是自己的人，自己设计的东西自己施工起来更细致，更可以控制材料和人工，支付工费可以控制在七万以内，加上一万的不可预见开支，毛利可以有四万块钱。托装饰城开发票，整个工程下来税后可以有三万多的利润。

28

山西风味的餐厅顺利地施工了，主家在施工中提出了一些修改意见。预付款给得很及时，材料到场时，钱给得也及时，主家连眼都不眨一下。他担心的是开业生意怎样，因为房租太高了，一个餐厅过百万的投资，换谁都会急着开业。主家天天催什么时候能完工。

老魏手下的工人也很做劲，比任何一次都干得快而且卖力气。比主家预想的完工日期提前了四天。剩下两万多的尾款，其实正好基本是整个工程的利润，按照老魏的习惯，不去催人家，到了年底再说。餐厅开业的时候，人山人海，主家也请老魏和田园去吃了一顿。

生意真的是太好了。一桌没吃完，还有人等着。

田园里里外外地仔细地看着自己的设计，喜悦从心底涌出，田园问老魏："这里的生意这么好，是跟咱们的设计有关系吗？"

老魏说："你这个傻小子，这是北京，只要有钱，能租到好地方，开饭馆就没有赔钱的。"

田园说："那多少跟咱们的设计也有点关系的吧。"

老魏一个劲地笑。

开业大吉，主家很高兴，一个劲地拍田园的肩膀，说了很多和一开始看见图纸截然不同的话来，他说他一眼就喜欢那个设计了，在商言商，说了很多不中听的话，别往心里去呀。

草狗的青春

主家狠狠地夸了田园，也夸了老魏，许诺再给老魏介绍一个活儿，给人家干好了，价格合适。那是主家的一个朋友，也是开饭馆的。

29

田园跟着老魏在北京这家大型装饰城里一直干到香港回归。

这几年中，北京城街头很多地方都留下了田园的设计。田园自己也有很多改变，在工作中，接触了很多专业设计机构，看到了很多自己的短处，长了很多见识，学习了很多业余设计需要提高的经验和审美。

而且，他能说一口流利的普通话了。

这期间，田园结识了三个影响了他未来的重要的人：一个是装饰城的大老板，浙江人老金；另一个是吴杰，在装饰城里做瓷砖生意的商人；还有一个是老金公司的出纳阿莲。

先要从老金说起，老金姓金，装饰城里大家都管他叫金总，或者叫金董，董事长。老金是浙江人，是这个年销售额过五亿并年年增长的装饰城最大的股东，据他的员工年年撰写的企业简历，田园了解到老金是个锐意进取的企业家，有着敏锐的市场意识，先后毅然投资创建沙发厂和床垫厂，在积累了一定的资金后，毅然来到市场更广阔的北京，从事装饰材料的生产、销售以及物流行业，多年来累计向慈善机构捐款……

田园在和老金的交流中，逐渐了解到他的发迹史，浙江很多的孩子从小就出来做生意，老金十五岁出来，先是跟着一个亲戚学木匠手艺，在各地闯荡，做木工，后来亲友间相互借贷，在腰里绑了几万块钱现金又去了青海和西藏收毛皮，后来在山东德州做沙发，再后来有一天突然觉得可以做软床垫，做了几个，没地方卖，正好路上遇到一个以前认识的国营商场的经理，请他吃了顿饭，商场经理说把床垫就放到商场里吧，一下子就卖火爆了，那个东西后来叫"席梦思"。

老金二十多岁就成了山东赫赫有名的大老板，不过，时运不济，他的沙发作坊失了火，一分钱没有了，烧得精光，还死了人。老金靠浙江的亲友之间的借贷筹集了一部分钱继续干"席梦思"生产，并且将产品在全国各地的装饰城和家具城里销售，尤其在北京销售得最好，老金因此多次来北京，由于装饰城和家具市场以及百货商场对生产厂家的进场要求越来越苛刻，老金萌发了不如自己干一个装饰城的念头，一可以痛快地卖自己的"席梦思"，二可以赚更多的钱。

老金盘点了自己的钱，又在亲友间和浙江同乡间借贷融资，租下了现在的这个装饰城，经过改造，将其建成了一个集灯具、板材、家具、瓷器、卫具、五金等等多功能的中型装饰城，并且随时谋划扩大规模。老魏就是老金在山东做生意时认识的，先是帮着老金干商场里的零活和厂里的零活，后来就跟着老金来到北京。既算是打工，又算是朋友的那种特殊关系。

老金不识字，只会写自己的名字，用于在各种票据上签字，他有一辆凌志400，神奇地管理着近两千人，装饰城二百多人，北京的大兴和山东的济南、德州分别有他的工厂，生产床垫、沙发和木质家具，无论是装饰城还是工厂，所有重要岗位上都是他的浙江亲友，绝无外人。

吴杰是装饰城里的一个商户，是个一百八十多斤的胖子，他老婆也在装饰城，也是个胖子，专门给他管账，吴杰比田园大三岁，有一辆红色的桑塔纳2000，一心想换掉，换成和老金一样的好车。他在装饰城卖瓷砖，拥有金角最好的一个铺面，但他不是一个普通的商户，他的亲友中有一个非常人物，在这个行业里很有地位，所以老金绝对不敢怠慢他。

老魏常给吴杰介绍瓷砖业务，往往很多装修的主家并不知道选择什么样的瓷砖，普遍愿意接受包工头的建议，于是老魏就是吴杰业务的主要来源之一。

整个装饰城里，老金靠的是各商户租赁他的铺面收取租金，各商户一方面靠店铺的散客，更多的要靠向活跃在装饰城里的装饰公司和包工头推销他们的货物，他们之间不分出身，不分财富多少，而形成了一个牢固的利益链条，缺一不可。

草狗的青春

田园也成了这个利益链条中非常重要的一个环节。他意外地和老金成了好朋友，老金这个人很有两面性，在他的装饰城里，别看他不识字，但他手下的人很少有敢诓他骗他的，连大声说话都不敢。不管多高学历、多大的派头，在老金面前都是一副毕恭毕敬的样子。老金的企业在北京尤其是在他的浙江老乡当中不算大，但也是有一号的。

四十多岁的老金和田园成为无话不说的好朋友，一方面是因为田园不是他的员工，所以在沟通上障碍就少一些，田园在理论上是老魏的员工和伙伴；另一方面装饰城很多改造工程的设计都是由田园无偿提供，还有老金是个很惜才的人，他曾经多次流露出希望田园给他打工的愿望，但田园实在觉得没法和老魏开口。老魏也和田园一起计算过和一个包工头在一起干与给一个装饰城的老板打工之间有什么利弊。最终的结果是不了了之。

老金经常开车拉着田园和吴杰去大红门找他的浙江老乡们吃饭，吃饭时田园和吴杰也成了无话不说的好朋友。吴杰是个很仗义的人，说话幽默，朋友很多，也经常单独请田园吃饭，对田园很关照。为了报答吴杰的热情和好意，田园就经常把吴杰的瓷砖做进主家的预算里，帮吴杰销售了不少瓷砖。到了1997年，那一年有一多半的瓷砖都是田园帮着给卖的。因为老金也有个瓷砖厅，本来选好的老金的瓷砖，田园都给改成了吴杰的货。

只是老金不知道，他也不在乎，他的生意太多了，顾不过来。1997年，他决定开一个专卖澳洲龙虾的大餐厅，上下三层楼，每一层都有一个篮球场那么大。

田园给做的设计，从做设计到施工都是田园一手操办，到第一次勘查现场，到餐厅开业，人山人海的。在三层楼里吃龙虾的过程中，田园认识了老金公司的一个女出纳阿莲，比田园小两岁，两人飞速地发展起来，并迅速地有了结果。

30

二十七岁的田园和二十五岁的阿莲都在北京打工，阿莲大学毕业以后自己找的装饰城这份出纳的工作。田园给老金干的龙虾餐厅的装修，所用的材料都是装饰城的，不断地请款，不断地向老金汇报工程进度。阿莲出于给老板打工的原因，自然问得细，田园要赚老金的钱自然就是阿莲的对立面，但又不能得罪阿莲，忍气吞声的，希望阿莲在用钱上不要太为难自己。

那一天，在施工现场，阿莲因为施工进度问题严厉地批评了田园、老魏还有他的工人。这是正常的，主家永远都在批评施工进度慢，所有的主家都希望早点开业，工人们手快一点，进度再快一点，再快一点。那天阿莲骂的话重了，说，要是不能按期完工，你们这些王八蛋就别想在这里结工钱。老魏在一边点头哈腰一边依然挂着他招牌式的笑容。

老魏手下的一个木匠心情不好，竟然来火了，就把刨子往地下一扔，脸一斜。老魏跟田园拦都没拦住。阿莲铁青着脸站在那里，没话说。

山东人脾气上来，也很猛烈，那个木匠是老魏的直系亲属，他发火大概也是看不惯老魏忍气吞声的样子，当时就问："你骂谁是王八蛋？"

阿莲说这话不是对木匠说的，而是对老魏和田园说的，因为平时和老魏、田园都不见外，这么说话算是一半威胁一半亲密而不见外的语气，因为老金催她也催得急。阿莲找老金签字出钱，老金就要问进度，一问就要数落阿莲几句，阿莲就受不了，只好过来拿老魏跟田园出气。

老魏的亲戚大概是把几年来所有积攒下的愤懑全都宣泄出来，说了一大堆："你凭啥骂人？木匠就不是人啊？你不就是欺负我们农村人吗？农村人就不是人啊？你不是也给老板打工，跟俺们有啥区别？你不就多念了几年书吗，就能随便骂人啊？"

阿莲站在那里半天，黑着脸就走了。老魏赶紧就上前让自己的直系亲属闭嘴，田园赶紧就追出去，那天北京正刮沙尘暴，车也不好打，阿莲一拦出租车，田园就上前跟人家道歉，让人家先走，惹了好几次司机的抱怨。阿莲一言不发地继续往前走，田园跟着就追出好几站地，边追边说好话哄她。

对田园来说，得罪了阿莲可不是闹着玩的，别看是个小出纳，由于老金是民企，重用谁，谁就有大权利，施工质量好坏的评价还有工钱的标准、结账时间的长短，阿莲的意见很重要。

阿莲继续走，田园继续追着解释。

阿莲忽然停下来，回过头，问："你老跟着我干吗？"见她说话了，田园心里放下块石头。这时沙尘暴刮得更厉害了，天空中塑料袋乱飞，忽然就飞过来一个，正好就糊在阿莲的脸上。

田园赶紧就上前扯那个塑料袋，阿莲自己也扯，扯下来了，田园看见了阿莲的笑容，两个人的四只手就拽着一个破塑料袋。田园看着阿莲觉得她挺漂亮。

两个在北京城一无亲人、二无住房的大龄青年经过几次接触，关系飞速发展。

31

起先田园没有多当真，但阿莲以一个女人的直觉和天性以及她毕业后在北京的生活和工作阅历，略施小计就将田园彻底征服。田园那时不知道，他在装饰城以厚道、肯干、有才华而深得不少商户的喜欢，甚至老金想把自己在大红门做裘皮生意的表妹和田园撮合在一起。

但万万没有想到，田园却跟装饰城里的一个小出纳阿莲在一起了。

这令装饰城里的很多人都大跌眼镜，田园自己没意识到，他在装饰城口碑其实挺好的。

田园的好口碑是有代价的，三年多来，尽给别人帮忙，不好意思提钱的事情，活干完，尤其是画了图以后，张不了口要钱。当然也不是田园这方面弱智，而是他实在觉得轻松地画一张图，没费什么精力就找别人要几千几万的实在开不了口。因为年轻，加上又是小城市来的人，有活干就很知足，甚至于，非常多家店铺的玻璃上的即时贴都是田园亲手给刻的，也不费时间，装饰城里有卖即时贴的，买一块来，给人家贴上，一把小裁纸刀，三下五除二就给刻好了，让主家很满意。让刻什么字就刻什么字，一把小裁纸刀使得让人眼花缭乱，几张不同颜色的即时贴贴上了玻璃或者泡沫、KT、万通板，先拿眼掂量一下，下刀子，不一会儿，图案和字就刻好了，一揭下来，干干净净的，连图带字，且分文不要。

当然主家们也不是成心就想省下这个钱，而是嫌麻烦，上外边找人，又花钱，又耽误时间，而且还不愿意过来。田园这多好，一叫就来，随叫随到。有个什么促销，要写几个字，画个什么，只要找到田园就行了。

那施工的钱可以赚到不少吧，但田园也没赚到。这个原因很复杂，理论上讲老魏是田园的老板，所有业务的利润都归老魏，田园自己也打过小算盘，不给老魏打工，跳到老金那里，老金也只是给田园开份工资。

老魏也赚不到太多的钱，因为老魏是个包工头。

几年来，田园跟着老魏，算是老魏的伙计，平时老魏发田园一点生活费，年终时根据一年的业务情况发给田园一笔钱。因为是按工算的，因此田园收入很有限，但他已经很知足了，有钱赚，有人欣赏自己的设计并把它变成现实，成为北京的一部分，有人尊重自己，有人喜欢自己，虽然钱暂时没有赚到多少，但对田园来说，赚到钱是早晚的事情，这个感觉就是希望，有希望就会让人不那么计较钱财，有希望就让人的生活充满了喜悦和动力。比起南方老家来，这里就是天堂。

阿莲和田园吃了几顿饭，看了一场电影之后，两人闪电般地建立了似有似无的恋爱关系。有一天，田园正在工地上干活，阿莲打来传呼，说晚上和田园去一个神奇的地方，那个地方非常非常好。

田园想，虽然来北京三年多，虽然没怎么特意逛过北京的景点，但也不至于北京能有什么神奇的地方自己一无所知呀，能有什么地方如此地非常非常好啊？

但，就这个神奇的地方彻底征服了田园。

32

阿莲租了个房子，两室一厅，是北京一个普通的居民楼里的单元房，挨着大街，在四楼，楼下停满了各种车辆，过了绿化带就是人行道和自行车道，然后是公交车站和地铁车站。

阿莲利用职权之便，向装饰城的商户们索要了涂料、地板革等装饰材料，家具、沙发、窗帘、床上用品等也全是商户们无偿提供的，装饰城里的商户们谁也不愿意得罪这个能说会道、办事利索、深受老板重用的小出纳阿莲，加上田园口碑不错，那些接受过田园免费设计的商家就都爽快地就奉献了，工是由老魏无偿提供的，细心的阿莲嘱咐老魏不许漏一点风声。

没几天，阿莲就收拾了一个漂亮的家，那天将田园从施工现场叫回来，拉着晕头转向的田园进了居民楼，上楼，拿出钥匙，开了门。

田园还一个劲地问，这是谁家，你就进，你怎么有人家的钥匙？

进了门，客厅里放着一张餐桌，桌子上有热气腾腾的饭菜。阿莲交给田园一把钥匙，说："园园，这是我们的家，在北京的家。"

田园进屋，一个屋一个屋地看，墙上装的画框都是装饰城曹老板的画框，田园总订他的货，认识他的东西，画框里装裱的竟然是田园这几年来给别人做设计的草图，真不知道阿莲费了多大力气一张张地从商户那里找到的。

那些线条图很多都揉皱巴了，很多都有油污和装饰工人们的手印，但装在画框里再挂在崭新的墙上，看起来还是很得体的。

一间屋子里放着老魏平房里的气泵和喷枪还有画架子画板，那都是老魏手下的木匠亲手做的，屋里还放着沙发。这些沙发田园也认得出来，是装饰城今年新流行的沙发，一种是像香蕉一样可以摇摆的，一种是人可以深深陷在里面的手指沙发。

还有一个书橱，只是里面只有十来本书，都脏得不像样子，是田园从书店买的一些装饰图案和木雕图案，都被工人和自己翻得很旧很破了。

阿莲过来说："这是你的书房，我只找到你的这些书，以后我们可以买新的。"

卧室里放着一张大床，床上放着崭新的被子，大的落地窗帘，地上铺的是地板革，阿莲坐在床上，弹了两下，又跳下床，坐在地板上，说："我铺的是地板革，本来卖实木地板的孙老板要送我木地板的，可我一想，这房子是租的，铺上了不合适，就让孙老板记着欠着我们的，等以后我们买了新房子，再给我们。"

阿莲站起来，拉开卧室靠墙的衣柜，从里面拿出一套西服、衬衣还有领带，还有毛衣还有崭新的袜子。

阿莲说："这都是我给你买的，西服不合身还可以去换。今天就为了让你高兴。"

田园手足无措地说："可是，这得花多少钱啊？"

阿莲说："钱是人挣的，也是人花的。你在装饰城大小也是个人物了，老金就想挖你过去给他打工，让你做他的金辉装饰公司的总经理，他总数落现在的丁经理，丁经理都跟我念叨了好几次了，等这个月工资拿到手就不干了。"

阿莲又从身后拿出一个盒子，田园一看，吓了一跳，是一个摩托罗拉的手机，翻盖的那种。田园说："这，这……"

阿莲说："五千，不多，放心，不花你的钱，都是我大学毕业以后打工攒的，别老用你的那个传呼了，怪寒酸的。咱们以后能花、能挣。等条件成熟了，自己干个装饰公司，就不受打工的气了。"

田园懵懵地在屋子里转了几圈，实在不能相信今天就可以在这个地方睡了，实在不敢相信，自己在北京可以住这样的房子，可以有卧室，有书房，还有客厅。

两人说了一夜的话，谁也没合眼，整整说到天亮。田园说了老家的一些事情，阿莲也说了她老家的事情，说她老家在江西，是个小城市，父母是街道干部，有点地位，上大学了才知道北京好，所以一定要混个人样，一定要赚到更多的钱。还说到大学时的男朋友，他太没有上进心，不敢留在北京，回陕西老家一个小城里当会计去了。还说到她一个女孩子孤身一个人在北京，虽然在私企里赚得比同学多一点，但打工多辛苦啊，要看老板脸色，挨老板数落，刚毕业没有地方住，赚得少，花得多，每到年节的时候或者自己独自一人的时候就自己找没人的地方哭，每次给家里打电话只说自己挺好的，不说自己过得不好，怕父母担心，现在终于有了一个家了。说着说着阿莲就哭了，怎么哄都收不住。

田园也说了他这些年的感受，干活的时候不觉得辛苦，但现在回想起来，就觉得挺苦的，在施工现场的时候特别累，特别脏，气味特别刺鼻，冬天冻得不行，夏天蚊子咬得不行。还有一次，干着活儿，夜里下雨了，正好房子顶刚挑了还没来得及做防水，结果带着一屋子工人整整淋了一宿。

还有，北京的冬天特别冷，每个冬天都搂着个电暖气睡觉。住在老魏的平房里，工人们打呼噜根本就睡不好，不过最害怕的还是查暂住证，总是受惊吓。还有，做工程就怕工伤，这一年都伤了好几个了，有跌下来的，有手被电锯切残了的，总之，一出工伤赚的钱就交给医院了。

田园还提了南方老家的人和事，提到了李梅香、大蔡、阿麦、二歪、马冬。两人聊到天亮的时候，田园跳下床，拉开窗帘，窗外北京的朝阳正在升起，清晨的阳光照耀在窗外的楼群里，像是给楼群镶了个金边，阳光照到了田园和阿莲的身上和脸上，两人都说，北京真好，北京有那样多的机会、有那样多的希望。

两个人还说到在北京见过很多名人，田园说："那天，我跟老金、吴杰外出办事，在一个酒店里上洗手间，看到了一个人，你猜是谁，是那个唱歌的叫什么来着……我说我认识你，他说全国人民都认识我，可风趣了……"

阿莲乐坏了，乐得一个劲地抖，说："我也遇到过，多了，在商场见到的……可没你那么逗……"

田园和阿莲一直就没停地念叨，田园说，北京有的人好，有的人不好，人啊，想赚点钱真的是挺不容易的，不过，这也比老家强多了。老家，找活干的比活多，卖东西的比买东西的多，赚谁的钱去啊？北京也有好多让我感动的地方，田园说着说着，阿莲又哭了。田园没再说话，也说累了。阿莲说："园园，我们好好干，一定要干出点名堂来，赚很多的钱，过有钱人的生活。"

田园说："好的。"

33

阿莲是个很要脸要面的人，用钱上很舍得，一个月三千块的房租、水电费，电话费，出入打车的费用，和朋友聚会的费用，等等，很快花光了两个人的积蓄，用钱上开始捉襟见肘。大家常说的蜜月蜜月是有一定道理的。就是蜜完了，剩下的就是苦和平淡的日子了。

一对青年男女如果没有非常非常深厚的精神基础的话，一个月后，依恋开始衰减，一年后的依恋衰减得更厉害了，这时候男女之间就必须找到一个新的高度来维系两个人的情感，否则就要走到尽头。这个高度有的时候是共同的追求和审美，有的时候是一个很简单的生存需求，比如说相濡以沫，有的时候则是人本身无法看透的未知的情感，比如说缘分。

阿莲和田园在装饰城经过了一个月亲密的出双入对之后，开始有了争吵，争吵的原因都是为了钱，当然吵架这个东西也是要有调剂的，不能总为钱吵，也换着内容地吵，但最后总是会再总结到钱上来。

比如阿莲就会经常抱怨老魏太黑，这么多年钱都让他赚走了，给田园的太少；老金这个人动嘴不动真的，要是真的惜才的话，那就给田园你买套房子呀；吴杰这个人吃饭唱歌肯ди钱，田园每年帮他卖了那么多的瓷砖，从来也没说表示一下；装饰城里这么多商户，大多数都白使唤过田园你，让你给白画图，田园你怎么就这么傻呢？

田园就解释老魏赚钱也不容易，他有他的难处，他自己还养着好几个干活受伤的人呢；老金人家那是正经企业，能说给房子就给房子呀，这北京一套房子得多少钱呀，我干了什么了人家就该给咱房子呀；还有吴杰，人家请咱们吃饭唱歌的，那得花多少钱呀，这钱要是咱们花，别说在北京租房子过日子了，恐怕咱俩都得上昌平筛沙子

草狗的青春

去。再说咱们跟吴杰不都是朋友吗？给朋友卖点瓷砖不能总记在心上，朋友之间能这样算计吗？

阿莲最后一句总是这样："田园，你就等着吃亏吧，你就等着倒霉吧你。"

之后是沉默，冷战，和好，再争吵，再沉默，再冷战，反反复复。

阿莲对田园的生活上的关照还是没的说的，就是讨厌田园不动脑筋，把谁都当亲人朋友的想法和做法。吵架之后的大多数时候，两个人还是挺不错的。

1998年的一个午后，同时发生了几件事情，一件是老金的金辉装饰公司接了一个服装连锁店的装饰生意，转包给老魏，由田园负责设计并监督施工。田园去现场的时候，见到了这个服装连锁店的负责人，一个中年女性，田园一眼就认出来她是谁了，她很精干的样子，虽然很漂亮，但是可以清晰地看到岁月在她的眼角上留下的印痕，还有面容上传递出来的一种憔悴。

她叫许咏梅，是南方老家马冬老师的老婆，她的模样和身材田园是永远也忘不掉的，当年挂在马冬家墙上的那幅油画，让田园终生难忘。

许咏梅如今在深圳的一家服装公司做销售总监，说着一口南方口音的普通话，话音里还能听到小城的方言余音。她对施工很挑剔，虽然设计是从深圳带来的现成的样式，但依然对店铺的装饰材料、商品的布局、仓储还有灯光都提出了非常多具体的要求，很熟练地要求田园不要偷工减料。她有很多的开店经验，如果干得好的话，不少连锁店都可以交给田园；干不好的话，工钱上找齐，不会跟你客气的，不管你的老板是谁。

许咏梅的老板是浙江人，在深圳经营一家服装厂，和老金是同乡加朋友，通过这个渠道，这个业务最后落到田园手上，所以许咏梅说："你不要以为你的老板和我的老板认识，我就会跟你客气，活要是不好的话，工钱照样要扣的，你懂不啦？"

田园说："我认识你。"

许咏梅说："不要瞎讲的啦，开玩笑，你怎么可能认识我？"

田园说："真的，你叫许咏梅，你爱人叫马冬。"

许咏梅告诉田园，她已经和马冬离婚了。许咏梅说她很意外，真的是没有想到在北京能遇到马冬的学生，她还说马冬是个好人，有才华，心地也好。但人是讲缘分的，缘分尽了说什么都没有用了。再说，如果继续和马冬过下去，住房、彼此的事业、彼此已经熟悉而不能离开的生活环境都是问题，最大的问题还是将来生育孩子的问题，有了孩子就应该给孩子最好的生活，我们这一代就这样了，但孩子不能像我们过去那样活着。所以只能分手了。

田园和许咏梅在北京西单闹市区的一家茶馆里边说边聊，说了整整一个下午。直到天黑，田园本来想请她吃饭，但接到阿莲的电话。

阿莲在电话里说她怀孕了，刚从医院回来，让田园马上回去。

这是那个午后发生的又一件事情。田园告别了许咏梅之后，赶紧打车往回赶，路上接到了家乡二哥来的电话，说以前田园就业的工厂的辖区派出所的民警大福的亲弟弟结婚了，来北京旅行结婚，大福和媳妇从未来过北京，因此也带着媳妇和孩子一起来，两家子一共五口人已经在火车上了，让田园接站并好好接待。

这是那个午后发生的第三件事情。

田园到家了，阿莲跟田园说了很多话，和田园提到了结婚，提到了回老家，见双方的家长。这是那个午后发生的第四件事情。

工地上来了个电话，有个新来的四川小工被射钉枪射了眼睛，送医院了，问田园怎么办。这是那天发生的第五件事情。

装饰城的院子里停了一辆崭新的新提来的车，还没上牌照，是一辆奔驰600，锃光黑亮，确实让观者难以抑制自己内心的冲动，那是老金新换的一辆车，他原来开的那辆凌志400给他的大红门做生意的表妹了，本来他是买了一辆奔驰320的，但觉得不如奔驰600，就后悔了，把奔驰320给了他在装饰城管财务的二姨，自己又新买了一辆奔驰600，车刚从天津港保税区提回来。

田园回去的时候先去了一趟装饰城，交代点材料的事情，正好看见吴杰趴着窗户正在细看那辆车，边看边问长问短的，羡慕之情溢于言表。确实，他的那辆红色桑塔纳2000就显得格外的灰头土脸。

那是那个午后发生的第六件事情。

34

北京站。

《东方红》的钟声敲响了，田园和阿莲手持接人的纸牌站在出站口，在熙熙攘攘的人群中寻找那个多年不见的小城警察一家。

大福牵着老婆的手从人群中出现的时候，田园一眼就看出来了，这么多年过去了，没有什么变化，只是觉得没有记忆中那样高大了，原先的大福是那样的高大、魁梧，是那样的令人敬畏。而眼前的大福在人群中谨慎地四下张望的样子竟显得那样卑微。

大福一手拉着自己的老婆，一手拉着一个八九岁的孩子，身后是一对年轻的新婚夫妇，男的穿着西服，头发理得整整齐齐的，很精神的小伙子；女的穿着红色外套便装，一看就知道来自小城的装束，干净、利索，搭配得当，略施脂粉，更显眉清目秀。只是眼神显得那样仓皇，也许是被这样多的人惊吓了，也许是刚到一个陌生的地方不太适应，尤其是到北京这样一个巨大的城市，他们东张西望，一边想多看一眼从未见到的北京，一边又在努力搜索在出站口接他们的人。

田园不会开车，所以就从吴杰那里连人和他的红色桑塔纳2000一起借了来。本来和阿莲商量的是坐地铁的，但田园一想，那多没有面子，阿莲立刻就说："帮那个吴杰卖了那么多瓷砖，他的车不用白不用，要不就亏了。"

吴杰也很爽快，二话没说，开车就跟着来北京站了。

大福一家五口人慌慌张张地跟着田园和阿莲走到桑塔纳2000跟前，吴杰下车打开车门和后备厢。这时老魏正好来了个电话，田园从裤兜里拿出手机接电话，大福禁不住就怔住了，转过头来，看看车，又看看田园的手机，惊讶地对田园说："园子，我听你哥说你在北京混得不错，但没想到你真的出息了，真是替你高兴呀。"

那年月，拥有一部手机是多么奢侈的事情啊。

田园被大福的话也感染了，被人赞扬，感觉挺好的，喜悦之心油然而生。

　　一辆桑塔纳2000装着八个人，吴杰开车，大福块头大，搂着儿子坐在副驾驶的位置上，田园、阿莲还有大福的弟弟、弟妹还有大福的老婆坐在后排上，将空间挤得丝毫不浪费，严重超载的桑塔纳2000就像一个五花肉罐头一样出发了。开车时，吴杰嘱咐将车的帘子都拉上，好在车窗的膜颜色都很深，里面能看到外边，外边却看不到里面。田园和阿莲使劲忍受着来自臀部以及身体的骨骼和肌肉的巨大压力，大福一家五口似乎丝毫不觉得拥挤，而是惊奇地从车窗往外看。

　　车上三环，大福指着宽阔的三环路说："园子，这路修得真好。"

　　田园说："这是北京的三环路。"

　　大福的弟弟瞪大了惊奇的眼睛说："我们离天安门有多远？"

　　田园说："不太远，从三环拐到长安街，然后就可以看到天安门了。"

　　大福的弟弟、弟妹还有大福自己还有她老婆还有他儿子几乎同时发出了"真的呀——"一声惊叹。

　　大福说："这三环路是围绕着北京城的一条路吗？"

　　田园说："是啊，北京的交通有地铁、公交车，为了缓解日益紧张的交通压力，就修了大量的立交桥，修建了三环、四环，然后五环，然后就这样一直修下去……"

　　大福的弟弟用快速发声的南方话说："那是不是就是蔡国庆有一年唱的那个"北京的桥"？"

　　阿莲说："是啊，对，没错，蔡国庆是唱过一首歌叫《北京的桥》，唱的就是这三环上的桥。"

　　大福说："修这个桥，这得多少钱呀？"

　　前面塞车了，吴杰按了几下喇叭，拉上手刹，说："海了，还有地铁，一公里好多亿，我也不记得了。就这，还塞车呢。"

　　大福倒吸了一口凉气。

　　吴杰说："难得阿莲和园子老家来亲戚，今天大家高兴，咱们从长安街走一趟。"

吴杰把车从三环上拐了下去。

大福继续看着窗外，情不自禁地说："三环、四环、五环，还往下修吗？"

田园说："大概吧。"

大福的儿子忽然说："爸爸，二环、三环、四环、五环、六环、七环、八环、九环，那是要修到十环吗？"

过了一会儿，大福的弟弟忍不住，疑惑地问："我看到这么多桥，怎么没看到有水呢？"

大福的儿子忽然一声惊叫："天安门。爸，你看。"

车里所有的人都向车的一边望去。

天安门就矗立在那里，金碧辉煌。车里除了发动机的声音和喘息声外，没有了任何声音。每个人都屏住呼吸迎接着寂静和庄严的一刻，汽车缓缓地驶到天安门前，在一个红绿灯前短暂地停留，再起步，经过了著名的华表、金水桥、琉璃瓦、红墙。

一车人庄严地目送天安门从身后远去。

大福的儿子说："爸爸，田叔叔，我们什么时候来天安门？"

田园说："看你爸爸的安排，怎么都行。"

大福说："我们先住下，明天就来天安门。"

田园说："好啊。"

车过天安门。

田园来北京这几年，只在刚来的那一年，在金水桥上等李梅香那一次来过天安门，之后就再也没有特意来过，每次只是坐公共汽车路过，或者搭乘别人的汽车经过，渐渐地就没有了特殊的情感。今天他被大福一家又重新勾起了一段久违的情感。

田园想，明天也来一趟天安门吧，万一能发生点什么呢。

35

正想着，阿莲使劲从拥挤的胳膊大腿还有腰和臀部中间挪出一只手，攥紧了田园的一只手，田园立刻从思绪中转回来，攥紧了阿莲的手，扭过头看看阿莲，阿莲给予了一个鼓励的目光。

晚上第一顿请大福一家吃的是涮羊肉，南方没有这个东西，南方人认为羊肉膻气，很少有人吃。为了让大福一家能够在北京过得开心，田园安排了一些南方少见的饭菜。大福吃得很带劲，只是他的新婚的弟妹就不行了，说这个太难吃了，又不好意思说出口，找饭馆要碗米饭，结果饭馆没有米饭，只有热烧饼。

饭馆里人又多，加上一路旅途颠簸，明显地水土不服，算是一顿有点尴尬的晚餐，本来，兴致勃勃的田园想好好问老家的情况，毕竟来北京这么多年，就一直没有回去过。每次打电话，母亲都老一套地说，家里很好，哥哥姐姐也很好，爸爸也很好，大家都很好，你要好好工作，不要分心，听领导的话。

田园就再也没有老家别的消息，想趁着晚饭的时候问问大福。大福显然也不在状态，想早点休息的愿望仿佛都写在脸上，只有他的儿子很兴奋。

田园给安排的住处是装饰城旁边的一个三星级的宾馆，两个标准间，是找老金给打了招呼的。这个宾馆的装修材料是老金给提供的，活的一部分是老魏干的，正是北京开会高峰，各宾馆都满了。但老金确实很有面子，硬是给腾出两间来，一间打折后收费二百二，两间四百四，又给打了个折，四百。

田园嫌太贵，但阿莲说贵就贵点，哪有老家总来人的，人活着就活的一个面子，使劲赚钱为什么呀，就是不能让人瞧不起。

阿莲的这一点确实很让田园佩服，用钱上从不吝啬，很看得开。

当天晚上，大福一家辗转反侧，难以入眠。

田园和阿莲也辗转反侧，不能入眠，两人谈了很久，谈到了阿莲怀着的孩子，谈到了彼此的老家，这么些年，两人每到春节都会提到回家的事情，但春运期间人多，车票紧张。更重要的原因还是两人都不愿意轻易回去。田园的想法是回去挺没意思的，过去的都过去了，一切应该重新开始。阿莲的说法是，人要活出"人上人"才回去，衣锦还乡才是人生的高境界，什么也没有回去干吗？

忙碌的工作让两人经常忘记了家乡，但大福一家的到来，狠狠地勾起了两人的心思。临到天亮的时候，阿莲和田园几乎同时说，我们回趟老家吧。

阿莲说："那肚子里的孩子呢？"

田园说："你说呢？"

阿莲说："打掉吧，我们现在没有经济能力，房子是租的，生意是别人的。我们在北京什么都没有，没有条件要孩子。"

沉默了很久。

田园终于说："别打了吧，一个小生命。"

阿莲说："可是……"

田园说："我们结婚吧，把孩子生下来，一起好好赚钱过日子。"

36

大福一家五口，早早地就等在酒店大厅里了，把所有的行李都堆放在大厅里。阿莲在装饰城请了假，准备独自一人陪大福一家去天安门。到了酒店，一看他们的行李都搬出来了，问："怎么回事，是住得不好吗？"

大福尴尬地说："不是，不是，住得太好了，就是太贵了，一天好几百块钱，这得花田园多少钱呀，绝对不行。"

阿莲说："没事的，好不容易老家来了人……"

大福伸开他的大手动情地说："田园的情我心领了，但我绝对不能给他添这么大的麻烦，让他花这么多钱，早上我去找了个小旅馆，又干净，又便宜，这就搬过去。"

大福一夜没睡好觉，天一亮就出门，拿着北京市地图就近找了个小旅馆，正好有一个五人间的房间，一家四口身份证、结婚证、户口本带得一应俱全，很顺利地包下了那个五人间。一张床一天是二十五块钱，一天才一百多。

大福问田园为什么没来，阿莲说田园和老魏去医院看一个眼睛受伤的工人，约好了中午去天安门找他们。

一早，老魏跟田园去医院看那个受了伤的工人。那个工人是四川人，才十八岁，老魏工地上的工人都叫他"小四川"，初中毕业后跟着老乡出来，在北京做建筑工，后来工程结束了，工钱要不回来，大部分人都回去了，留下一拨继续要工钱，小四川也是其中一个，要账的过程中，也找了好几个工地，因为没有技术，干的都是小工，和灰挑浆之类的下手活。

正赶上老魏活儿多，一般老魏轻易不招外人，因为当时实在是活儿太紧，田园就做主，二十块钱一天临时招了个小工。万万没有想到，刚干了几天，拿射钉枪钉三合板的木匠急着去调胶水，就让小四川把剩下的给钉了，结果，射在了铁条上的钉子鬼使神差地蹦回来，正扎进下眼睑。

连住院到检查到简单处理伤情，老魏已经花了三千多块了。

在医院的办公室里，田园和老魏见到了小四川的片子，大夫说，钉子正好在眼球的后面，很幸运，没有扎伤眼球，也没有破坏什么组织。

田园松了一口气，老魏也松了一口气。

大夫接着说："不过要取出这个钉子，那就太费事了，因为扎的位置太巧了，正好在眼球的后面，如果要手术的话，就意味着从眼球后面取出来，要动眼球……"

老魏说："这得多少钱？"

大夫说："那要看具体情况，异物在眼球的位置太复杂了，怎么也得七八万吧，你们做好十万的准备，而且手术风险很大，有失明的危险。不过，如果不保眼球了，那就容易多了，也少花很多钱。"

田园看见老魏常年不变的笑脸僵硬了，阴沉下来。

为了小四川，田园和老魏发生了第一次分歧。

37

老魏让小四川出院。田园觉得不妥，但老魏一句话让田园顿时无话可说。老魏说，那你出钱呀。

小四川出院了，眼睛上捂着纱布，身上只有几块钱。田园安排小四川住在以前自己住的那间平房里，和他商量，给他买张火车票回家去。小四川说什么也不回去，说家里太穷了，在北京有活儿干，有饭吃，就算是瞎了一只眼睛，也要待在北京。

但老魏坚决不同意，坚持要让小四川走，说小四川的眼睛后面有个钉子，不知道什么时候就发作，瞎了眼睛不说，要是把命搭上了，算谁的？再说，这病歪歪的样子，是什么活也干不了的。

小四川死活也不愿意走，就把希望放在田园身上了，当初也是田园把他招了来的。

后来小四川给老魏和田园跪下了，老魏扭头就走。

田园第一次看到老魏如此绝情，心里感觉很异样。

这是田园和老魏第一次发生这么大的分歧，老魏一反以往微笑谦恭的样子，而是像一头暴怒的牛。

在这之前，也发生过工人出事的情况，但把钉子射进眼球后面的还是第一次，一般也就是切个手指头什么的。老魏在处理这类事情的态度上很明确，因为事先都有约定，干活时自己小心，出了事情医药费自己出。但只要是和他一起来的木匠，沾亲带故的和不沾亲带故的，只要是一个村子里的，多少钱医药费都是老魏先给垫上，然后再酌情从工钱里扣，说是扣，年终算工发钱时，扣多少医药费，大家都互相不说。老魏也给立了规矩，不许说医药费和工钱的事情，谁说了谁收拾东西走人。

这条规矩很严格。

对于不是老魏一个村子里来的人，不管手多高，技术有多好，多能干，只干小工，出了事情，立刻走人，毫不含糊。

在田园没来之前也出过一些事故，比如摔伤还有电锯切了人了，还有漏电电着人，然后再致人摔伤等事故，一般都是立刻走人，有时候苦主追逼得紧，老魏给点钱，打发走了，没得商量。

这一次，田园坚持得厉害，他实在不忍心一个十八岁的四川少年就这样瞎了一只眼睛，在北京待着还有希望，回了四川老家就一点希望也没有了。老魏坚持得也厉害，只同意给小四川三千块钱，立刻走人，否则后患无穷。

田园说老魏心太狠，自己赚那么多钱，为什么不给他一个机会？也不是让你掏钱给他看病，就是让你先留他住些日子，给他点机会。

老魏冷冷地说："俺过的桥比你走的路都长，你懂个什么？"

最后，双方都让了一点步，小四川先留下，帮着打个下手，要是病情恶化，就立刻走人，吃住的费用以及一天二十块钱工钱由田园支付。

38

夏天很快过去，小四川的病情没有恶化，就是每天不间断地从钉子射进去的那个小眼里往外流脓，然后小四川就自己在那里挤，一挤就挤半天，一条手巾给沾得全是脓血。

田园跟老魏的这次分歧令两人的关系有些尴尬，为此，阿莲和老魏有了一次深入的谈话。阿莲利用职权之便扣压了老魏不少工钱。老魏很知趣，主动找到阿莲。阿莲说："老魏，你可够精的，白使唤我们家田园这么几年，他给你赚了多少钱？你连这点面子都不给他。"

老魏说："阿莲，你不知道，田园人是挺好的，但咱们做的不是买卖吗？又不是做菩萨，我见过的事多了，哪能就随便把伤了的人留下，你说，这个头一开，以后的活还怎么干？"

阿莲说："你们俩跟小四川的事情我不管，田园给你干了这么多年，你靠他赚了这么多钱，你看，马上我就要生孩子了，我们俩还要结婚，以后还要买房子，你说，田园这么多年都把你当哥哥看，你怎么也不能老是睁一眼闭一眼的吧。"

老魏说："阿莲，这还用您说吗？我也不是个贪财的人，我要是贪财，能在这北京城里混这么些年吗？就是做买卖有做买卖的规矩，坏了这个规矩以后就不好做了。"

说着老魏拿出个报纸裹的包，里面装着六万块钱。

老魏说："这六万块是我谢谢田园和阿莲你的，等你们结婚生孩子，我老魏还亏待得了你们？"

阿莲把钱装进自己的坤包里，说："老魏，你看你还这么客气，我也不是生你的气，就是田园这个人太老实，心太善，这些年也多亏你关照他。你带着这么一大帮子人干活，回头我也替你说说他。"

那天，在装饰城外边的那间小饭馆里，两人达成了一系列的约定。首先，阿莲很快将拖欠老魏的工钱结清，老魏的木匠们回山东老家参加"双抢"。其次，这些年田园跟着老魏一起干，确实有点亏待田园，算是老魏予以一点补偿，都包括在那六万块钱里了。等阿莲和田园结婚生孩子时，老魏另有表示。然后，以后凡是老金的活儿，阿莲能帮着多算就多算一点工，老魏一定不会亏待阿莲。最后，田园跟老魏在一起干活，要有个正式的说法，算是合作，每一个工程，凡是田园设计并监督施工的，按照工程量8%的提成。老魏说能不能少点，现在工程不像以前那样好干了，7%吧。最后以7.5%达成，但田园的手机费由老魏出。老魏提出只限于北京地区的话费，长途不算。田园的提成的结算时间为主家将钱支付给老魏后一周内。

最后一条，由阿莲说服田园给小四川三千块钱，让小四川走人。否则一旦病情恶化，麻烦就大了。

39

送走了大福一家，阿莲认真地和田园谈了关于结婚、生孩子、回老家看望彼此家长的事情。然后提到了和老魏达成的协议。田园对那六万块钱表示了极大的喜悦，对和老魏今后的合作方法也充满了憧憬，但对阿莲以牺牲老金的利益来换取老魏的钱表示了一些疑虑，认为这样是不是怪对不起老金的。

阿莲说："你真是死心眼，你以为人家都把你当朋友看？都是利益，你懂吗？"

田园也默认了。

最后一条，田园死活不能接受了，就是把小四川赶走。

无论阿莲如何晓之以理，动之以情，就是没能说服田园。最后阿莲连"要不你就跟那个小四川过去吧"这样的话都说出来了，还是未能说服田园。

田园一句"他要是咱老家的弟弟你忍心这样把他赶走吗"也让阿莲半天说不上话来。最后阿莲和田园达成了一个相互让步的意见，病情要是没恶化，就这样待着，如果恶化了，他自己要是有钱就做手术，如果没钱，就做个简单的花钱少的眼球摘除手术。手术费从小四川以后干活的工钱里慢慢扣。

阿莲最后说，你这个人太固执了，将来你要吃大亏的。不过，你是个好心人，算我没吃亏看错人。

田园沉默。

阿莲说："我相信好心有好报，不过我希望你的好心就用在我一个人身上。"

小四川的矛盾算是暂时解决了，田园和老魏的第二次分歧又触发了。

40

田园想甩开膀子好好干一场，决定不走老魏的路子，家庭装修耗费人手，耗费精力，钱赚得少，人又累。还不如少干活，干大活，一年下来干几个大工程，就什么都够了。

田园制订了一个新的计划，他想干一个像模像样的装饰公司，这个想法和老魏谈了，老魏一个劲地笑，说不出意见来。老金也没说什么，就说需要帮忙，尽管说话。

田园决定自己招一批人，主要是用于工地的管理，一个监工管三个工地，招五个监工就能管十来个工地，可能单个利润会降低，但形成规模了，钱自然就赚得多了，而且，形成规模了，材料就用得多，材料用得多，材料商就会降低价格，利润就找回来了。

这个简单的道理，老魏竟然干了这么多年愣是不明白，到底是农民。田园这样想。这个想法也得到了阿莲的鼓励和支持。

正好，当时老金的一个朋友在东北要开一个大型的洗浴、餐饮一条龙的娱乐城。说是设计招标，其实是让各家装饰公司出图，出了图以后整合整合对心气的地方。就说全都没中标，图纸看够了，退回去。然后找材料和工的源头，以此来降低装修成本。

理论上讲，只要老金要价不是太高，又加上是朋友，这个业务基本上是很有根的。田园觉得时机已经成熟。

招募人是田园的第一个计划。招聘工作在阿莲的安排下井井有条，是以装饰城下的金辉装饰公司为名义招聘的。

阿莲和田园一起到了人才市场，从厚厚的简历里挑了一批人，筛选了一下。田园的标准是这样的，有财务和工商管理经验的，或者是美术专业的，或者干脆学的就是这个专业的。

从几百人当中一共招募了二十多个人，从面试到笔试，老金还找来一个当过兵的朋友，组织了新招募的员工搞了一次军训，每天清晨的时候，装饰城里都响起嘹亮的口号和踏步走的声音。

所有人都进老金的装饰城，如果东北那个大型的装饰业务拿下了，人手就够用了，如果拿不下来，装饰城也是需要用人的。

老金这么帮田园一是惜才的天性使然，二是特别希望田园能够帮他把金辉装饰公司挑起来。

老魏看着一下子来了那么多人，心里就发毛。老魏觉得这么多人确实没法管理。而且还有这个保险那个保险，好多人起薪就几千块。赚的钱哪够养这些人的呢？

老魏和田园吵了好几次。但最后因为事先约定的那7.5%的提成加上田园又得到了老金的支持，老魏便无话可说。

东北那个洗浴、餐饮一条龙的大娱乐城已经进入设计预算阶段。老金催老魏和田园抓紧去东北。一定要拿下这个业务，即便装饰利润争不下来，也要把老金自己工厂生产的产品和装饰城代理销售的装饰材料打进去。

临行前，田园留了个心眼，带去一个叫扬远的小伙子，他是学工商管理专业的，在一家著名外资油漆企业做过一年。田园希望他以后能为自己的事业出一份力。

那时候，大家都在讲，竞争就是人才的竞争。

这样的话，田园听过无数遍，装饰城里的大小店铺老板们说过这样的话，连那个被射钉枪射了眼睛的十八岁的小四川也说过类似的话。虽然原话不是这样说的，但意思都一样。

但随后的东北之行，算是给田园上了他真正开始创业的第一课。

41

老魏在沈阳也做过不少的活，所以熟门熟路的，本来以前都是住在白塔区的一个小招待所里，但这次和田园以及扬远一起，老魏就选择了一个稍微大一点的招待所。

田园穿着夹克，扬远干净利索地穿着西服，很白领商业的样子，相比起来老魏就显得很邋遢了，怎么看也看不出老魏其实是田园的老板，而田园是扬远的上级。房间是三人间，手续都是老魏办的。事先老魏定了个费用的计算方法，每天八十块钱包干，吃喝全在里面，扬远老大不乐意，觉得这标准简直就太低了。但毕竟刚到这个企业里，还摸不清楚门路，就没敢多表态，不过已经对老魏和田园心生鄙夷了。

每张床是四十块钱一天，交通费用另计。

老魏反复交代，出门一定要注意安全，凡事要小心，住店更要注意，每天晚上，老魏都把房间门用床头柜顶上，然后再在上面放一个脸盆，然后将出门带的现金揣在内裤上特制的小兜里，才睡觉。

田园这一点挺佩服老魏的，心里觉得有点过分，不过看在老魏一把年纪了，而且当年一起被收容遣送的时候，老魏在收容所里所表现出的经验确实让田园心服口服。但扬远却是分外地不满意。

老金在沈阳的一家装饰城里有自己的店铺，销售自己的沙发和床垫，原先的店铺负责人跳槽走了，留下一摊子事情。扬远从身份上除了协助田园和老魏洽谈工程的事情，还要处理这个店铺的一些事务。

工程洽谈得比较顺利，当天就见到了负责人，负责人很仗义的样子，说："是小田啊，一直等着你呢。听老金说你很能干的呀。"

除了见到这个准备投资过千万做洗浴餐饮的东北大老板之外，田园还见到了装饰工程招标最新的效果图的制作，在主家的会议室里，他看到了所有参加招标的效果图没有用手工喷绘的了，全是一种新的绘制手段，叫3D效果图，是一个叫3D的计算机软件绘制的，然后用大型的进口喷绘打印机喷绘出来，比手工的更准确、更逼真。确实是一种了不得的进步。细节部分装订成册，非常好看。

这种效果图田园以前也听说过，但因为从来没有正经地参加这类招标，所以没有多见这种图纸，加上田园从没摸过电脑，自然从心理上就会排斥这种新事物。外加自己的手绘效果图也还有主家喜欢，所以不知不觉地就落伍了。其实已经到了要被淘汰的田地。

神奇的苹果电脑对田园来说更是如天外之物。

这一次，让田园开了眼了。心想，要么自己从头开始学电脑，要么就招募相关专业的人做这项工作，这样的图纸，确实拿得出手。这种场合里，手绘的效果图确实不能再往人前拿了。

这个工程转天就要进入材料预算阶段。

老板说："小田啊，咱这钱都是贷款来的，是把脑袋绑在裤腰带上的买卖，不过你放心，别人的钱咱赖，你们的工钱咱绝对不赖，一定要好好干，活要最好，价格要最低。"

回招待所的路上，老金来电话，让田园和老魏去一趟大连，那边也有个装饰城有业务需要洽谈一下。而扬远被安排立刻去接管沈阳那家装饰城里卖沙发和床垫的一个店铺。扬远接了老金的电话很高兴，意气风发地打车走了。

田园和老魏匆匆赶往大连，临走的时候，三个人在房间里见了一面，老魏反复交代了两个事情，一是店铺里的现金千万要存在装饰城里旁边的储蓄所里，绝对不能带回来放在身上；二是我们去大连的这几天，房间就包着，浪费就浪费，但绝不能为了省钱将床位退了。安全第一。

扬远一一都答应了。

到了大连，事情很快办完，大连的客户很热情，还专门派了车将田园和老魏一起送上沈大高速公路，直奔沈阳。

进入沈阳已经是清晨四点了。

老魏和田园敲开房间门，打开灯，发现扬远坐在床上，用被单裹着自己，满脸哀伤和惊恐。老魏和田园上前，赶紧问："这是怎么了？"

扬远拉开被单，只穿着一条三角小内裤。屋子里什么也没有了，衣服、鞋、袜子、包，连扬远的牙刷、所有属于扬远的东西，全精光了。

地上只有一双破拖鞋。桌子上有一块肥皂，一瓶洗发水。

42

通过扬远的陈述，老魏和田园大致了解了事情的经过。

老魏和田园一离开大连，扬远觉得老魏和田园太抠门，索性就把田园和老魏的床退给了招待所，这样就省了不少钱。招待所很快就安排了两个客人住了进来。

晚上，扬远想洗澡，但浴室在房间对面，当天，扬远实在不屑于老魏婆婆妈妈的嘱咐，嫌去储蓄所存钱太麻烦，将装饰城里的沙发床垫销售款带了回来，一共六千多块钱。

但出于安全的考虑，扬远决定晚上洗澡的时候，等那两个人都睡着了，再去洗。这一点，扬远在描述整个事件经过的时候，反复强调了好几遍。

扬远说，等那两个人熟睡了，都打呼噜了，自己才悄悄爬起来，穿着三角短裤，拿着毛巾和肥皂还有洗发水拉开门，进了对面的公共浴室里洗澡。

洗完澡后，再回到房间里，屋子里空荡荡的。窃贼把屋子里的公款还有扬远自己的钱将近八千块洗劫一空。连扬远的西服、衬衣、领带、裤子、袜子，所有的东西全都搜罗得干干净净，什么都没给留。

说到这里，扬远依然在念叨，我是等他们睡着了再去洗澡的，他们都打了呼噜了，我亲耳听见的。

田园听完了扬远的描述，立刻问："报案了吗？"

扬远摇了摇头，说："没衣服，出不去呀。"

田园一听，立刻跑出门，下楼到了前台，查询那两个人的登记，然后告诉招待所，这里失窃了，然后打电话报案。

43

这次东北之行，让扬远接受了一个深刻的教训，也让田园出了一身冷汗。查前台的登记记录，窃贼是两个湖南人，那天晚上没退房就走了。

扬远到了公安局办了报案手续等待消息，老魏和田园因为着急回去跟老金汇报工程的事情，借钱给扬远置办了衣服，不过不是西服，而是马路边买的夹克，留下了一些生活费，先回北京了。扬远一个人在沈阳等消息，并且处理装饰城里店铺的事情。后来，公安局有了消息，告诉扬远窃贼留下的身份证登记信息是假的，地址和姓名全是假的，电话打到湖南查也没有这两个人和地址，追查下去十分困难。

扬远一直没回北京，直接在沈阳就跳槽去了一家广东的家具企业在沈阳的办事处，后来一直做到销售主管，最后做到办事处经理。后来又跳槽去了油漆企业，又去了板材企业，又去了服装企业，又去了生产销售塑钢门窗的企业。

44

跳槽而去的不光是在东北丢了钱财的扬远，和扬远一起招聘来的人没在装饰城干几天，就纷纷离职了，连以前的一些人也一起走了。这些事阿莲跟田园念叨过很多次，无非是管理混乱，老金的企业全是家里人，外人根本就施展不了本领，很压抑。甚至还有平时要好的同事找过阿莲，让阿莲参与他们的集体跳槽，去另一家装饰城，说是那边正在筹备，待遇比这边要好很多。搞得阿莲也很犹豫，很心烦。

阿莲着急的事情很多，怀孕的强烈反应让她的身体很痛苦，和田园在一起由于房租以及生活上的开销太大而导致一直没有什么积蓄也让她很焦虑，她心里还装着和田园结婚的事情，还有回老家看望双方家长的事情。

阿莲自怀孕以后一直在抱怨缺钱，在北京，两个外地青年，没有钱如何面对结婚以及结婚之后的生活呢？

阿莲的抱怨也给了田园很大的精神压力，他这才真切地意识到要一个孩子以及结婚并不是靠意气和一张嘴就可以的。

老金的企业缺人是他最头疼的事情，沈阳的店铺无人打理，想临时派一个自己家的人去一趟，但掰开手指头数，谁也腾不开身，派外人去也不放心。

老金的项目基本上是干一个就成一个，钱确实不少赚，但正是因为飞速的扩张，给他带来了人力资源严重匮乏的危机，每一个项目，投资完了，却没有得力的人去管理，致使造成巨大损失。那一年的老金每天几乎睡不到四个小时了，好在他精力依然旺盛。

老金的生意中，山东的工厂生产正常，但销售却不太正常，雇用的厂长和副厂长长期不和，好在有一个老金的亲属在那里坐镇；老金所有外地的分支机构、各地的销售办事处却屡屡出现问题，不是办事处缺人，就是出现经济纠纷。老金自己坐镇的装饰城销售正常，营业额逐年上升，但大兴的工厂却屡屡出事，不是技术工闹情绪就是雇用的厂长临时跳槽。令老金非常头疼。

本来老金有计划在外地也开装饰城，将企业做成航母一般，但无奈，人手成了最大的问题。各个项目都算下来，老金发现，最赚钱的、最省心的竟然是他的龙虾餐厅，那个三层楼的专卖澳洲大龙虾的餐厅，日营业额高达十五万元，节假日到二十万元，甚至更高。那么贵的大龙虾，愣是有人吃，而且还排队，中午晚上的，人流不断。

对于老金来说，这样一个好买卖，所牵扯的人力只是一个得力的店经理。

这个人是老金的直系亲属，别的都是社会招聘的。

草狗的青春

这样一个年营业额居高不下的大餐厅让老金轻松地赚下了不少钱，老金决定收缩外地的投资，不如在北京再多开几家专卖龙虾的餐厅。

田园和老魏一回北京，老金就把他两人叫了过去，在老金位于装饰城的宽大的办公室里，谈了一次话。

老金说要在十一前，装修出一个大龙虾餐厅，那个龙虾餐厅的房子已经租下了，大约两千平方米，合同也签了，首付款也付了，时间比较紧，要是能赶上十一开业，就可以收回一大笔钱。田园一算，时间只剩下三十多天了，太紧了。

老金说："这次的工钱会涨一点，不过一定要赶在国庆前完工，绝不能耽误开业。"

老金说："老魏，你跟了我这么多年，这次希望你出力，一定要让这个餐厅在国庆前完工。"

老魏忽然争红了脸，连连摇头，说不行不行。

老金立刻沉下脸，脸色铁青。

45

每年的十一前，是城市的商业旺季，而此时，也正是整个城市闹"民工荒"的时候，所有从农村来城市打工的壮劳力都会在这个时候返回家乡，参加一年一度最重要的农业劳作——"双抢"。

这个日子几乎和春节是一样重要的，无论什么情况都是要回去的，把地里的庄稼收割上来。这是一个非常艰辛的劳动，没有参加过这种劳动的人不容易体会到其中的辛苦。老魏手下的壮劳力，包括老魏自己虽然都是很好的木匠，而且还在外地有活儿干，收入在村子里让别人仰视，但他们最重视的依然是他们的土地，还有土地里长出来的粮食。

每年他们从家里出来，土地上的粮食从小到大都由家里的老人妇孺们照看，但到了收割的时候，老人和妇孺体力上就不行了，需要家里的主要劳动力回去参加秋收。

老魏和他的手下每到这个时候，雷打不动地要回去。

而这时又正是城市最需要劳动力的时候。

老魏坚持要回去，老金提出加工钱。老魏依然要回去，说什么都不行。老金的亲戚们都来了，都在跟老魏七嘴八舌地劝，起先大家还都是乐着说，但说着说着就开始有了火药味了，老金那个管人事的姨来了一句："这年头干活的也有的是，老魏你就不想想回去了，再回来装饰城还有没有你的地方了，还有，以往的工钱咱们是不是再仔细算算……"

大家的话多了，说得都很在理，合情合理的，老魏显然招架不住，就有点急了，站起来，脖子上的筋也暴了出来，结结巴巴地说："说什么也是要回去，俺是个农民，农民不种地了，那还叫啥农民呢？"

老金恼了，这是田园第一次看见老金发脾气，阴沉着脸，急吼吼的样子，细看也挺吓人的。

46

老魏事后和田园一起在装饰城外的小餐厅里吃饭，自从田园和阿莲同居以后，又出了小四川眼睛被射钉枪伤了的事情，田园和老魏就没再一起吃过饭，甚至连说话的机会都少了。这一次，老魏不知道为什么明显地话多了起来，讲了很多他小时候的事情，讲了很多他的山东老家祖上的事情。

不知道为什么，老魏的话没完没了。田园一直没插上话，问为什么一定要得罪老金，老金不是都答应了要承担损失吗？为什么还一定要回老家收庄稼呢？

老魏说，现在赶上好时候了，国家的政策好，改革开放好，也没有天灾，人能吃饱了，以前吃不饱饭，庄稼长不了，人就得饿死，俺们是农民，农民的命根子是地和粮食，城里人的命根子是钱，不一样的。所以无论如何地里的庄稼不能耽误。

田园问："要是这次你从老家回来，老金真的就不让你在这儿干

草狗的青春

了，那怎么办？"

老魏说："没办法。"

田园问："那你再想想。"

老魏沉默。

田园说："我还是不明白，你多赚钱，然后可以拿这个钱买粮食啊，或者干脆雇人去收你家的庄稼嘛。"

老魏说："你是城里人，你不懂，再说，这时候上哪雇人去？我大活人在，还雇人。"

田园说："我还是不明白。"

老魏说："你要过饭吗？"

田园说："没有。"

老魏说："我要过，小时候跟俺爹要过，那时候出去就能要着，饿不死。"

田园问："除了要饭还能有别的办法吗？"

老魏说："也有出来了不想要饭的，干坏事的，年年都有，家里人都抬不起头。现在赶上好时候了，出来有活儿干，不用要饭了。"

老魏说到这里，脸上洋溢着幸福。

田园问："老魏，这些年，别人都说你发财了，有钱，你到底有多少钱啊，你不会跟我还见外吧。"

老魏说："我告诉你，你可别告诉别人。"

那天，老魏把自己的生平，甚至自己从不告诉外人的存款数都告诉了田园。之前，老魏究竟有多少钱只有三个人知道，一个是他自己，另一个是他的舅爷和舅爷的媳妇，就是他老婆的弟弟和弟媳妇，弟弟跟着老魏干木匠，平时不多说话，弟媳妇在平房里给大家做饭。帮老魏理财就是这两个人。

田园很奇怪，老魏干吗要给自己说这些？最后，老魏竟然将自己一个没有任何人知道的秘密告诉了田园。这个秘密他老婆不知道，他老婆的弟弟和弟媳妇也不知道，所有的木匠都不知道，他老家的所有亲属和村里的人都不知道。

47

老魏讲他年轻的时候曾经和邻村的姑娘相好，因故未能结合，老魏奉命娶了本村的一个姑娘。但邻村的那个姑娘悄悄怀上了老魏的孩子。人家见实在是没有嫁给老魏的希望了，经人撮合就嫁给了县城的一个丧偶的人，将孩子生了下来。那个男人后来因病去世。

老魏把这段情史一五一十地交代给了田园。田园也不知道老魏为什么要把如此隐私的事情告诉自己。

老魏说那个女人自从丧夫之后，就没再结婚，在县城开了个小土产日杂店，孩子在县城读高中。自己一直想从经济上帮助他们，但多次被他们拒绝，自己有家有口的，这种事情绝对不能声张出去。搞不好大家都抬不起头。那个孩子明年就要考大学了，听说学习特别好，考上大学就得花钱。

田园问："你有那么多钱，干吗不给他们一些呢？"

老魏叹口气说："哪有那么容易？自己有多少钱，媳妇的弟弟和弟媳妇都一清二楚，少一点无所谓，少多了娘家人也不干呀，再说这事说出去，那不就把人家给毁了吗？人家娘俩还怎么做人啊？"

田园说："那我能帮上你什么？"

老魏说："等我秋收回来了，再做活儿，就以你的名义做，攒点钱放你那儿一点，别让任何人知道。等明年秋收的时候再给他们娘俩。记住，千万别让任何人知道。你懂吗？"

田园点了点头。

田园问："这事干吗要告诉我呢？"

老魏沉默。

老魏接着又连那个女人的姓名、孩子的姓名、相貌和地址，还有他对孩子的期望，都说得一清二楚。

这令田园百思而不得其解。

48

老魏和他的木匠们都回老家收庄稼去了。阿莲的肚子一天天地大起来，反应厉害，心情也时好时坏，心情好的主要原因是因为钱，心情坏的主要原因也是因为钱。

阿莲在江西老家的父母都很疼爱阿莲，尽量不让阿莲手头缺钱，阿莲上大学家里也是竭尽全力地不让她为钱受累。但爱面子和北京消费高的事实常常让两人捉襟见肘。

两个年轻人在一起过日子没什么计划，每月要交房租，交电话费，吃饭，日常开销，接待老家来人在北京旅游，等等，自从阿莲怀孕了花费就更大。两个人赚的钱，还有老魏给的钱都已经花销得所剩无几，几乎是月月亏空。

妊娠反应强烈的阿莲已经没法正常上班，老金只给开生活费，令阿莲收入骤减，不过这就算很给田园和阿莲的面子了，私营企业没辞退就已经不错了。生理的痛苦加经济上的拮据使两个寄居在北京的年轻人心情一天比一天烦闷，对未来生活前景的忧虑令两人的争吵日益升级。

田园要出门，刚刚呕吐过的阿莲叫住田园："我这么难受你还要走？"

田园说："咱俩刚刚不是说好的吗？你乖乖地待着，我去一趟老金那儿办完事就回来陪你。"

阿莲哭了："人家刚才不难受时说的，现在不是难受了吗？"

田园站在门口，出去也不是，留下也不是。

阿莲边哭边发牢骚，抱怨了老魏这人太不仗义，为了他家地里的庄稼，就把老金的活耽误了，害得田园也没有赚到钱；老金这个人光嘴把式，说是要挖田园，让田园给他打工，但光打雷不下雨，挖人不先得表示表示，是给房子还是给高薪，倒是给句痛快话啊；还有那个吴杰，这几年没少给他卖瓷砖，光装傻充愣，把别人都当傻子。还有，给装饰城那些个商户白干那么多活，现在都装哑巴了。现在我们这眼睁睁就要生孩子了，生孩子前得先结婚吧，得回老家见双方父母吧，可是现在手头连个零头都没有，怎么办？

阿莲戳着田园的脑门子说："你这个人，哪天让人卖掉还得给人家数钱，你以为那个老魏就是好人，我要是不找他要钱，不扣他的工钱，他能老老实实给咱们六万块钱？他就是成心使唤便宜人……"

田园说："别这么生气，气坏了孩子。"

田园心里想，等老魏一回来，就开工干老金的龙虾餐厅，好好拼一把。

计划不如变化，老魏一回来，就出了事。

49

秋高气爽的北京，香山的红叶已然红透的那几天，阿莲跟田园又吵了一架，她老家来人想去香山看红叶。田园没有时间陪他们，因为老魏和他的木匠们就要回来了，老金的龙虾餐厅正在筹备材料。

老魏和他的木匠们回山东老家收庄稼的那些日子，装饰城正是生意最红火的时候，田园很想在这个时候多赚点钱，没有人手，到处找民工。

生手倒是有，但技术不行，招来了也麻烦。正当壮年又有技术的实在不好找，这行业也就农民工肯干。

老魏终于回来了。

从北京站下了火车，坐公共汽车回到装饰城，先去了租住的平房，然后木匠们三五成群地去装饰城，老魏也在其中，快到装饰城大门的时候，他说去马路对面一趟，就翻过栏杆往马路对面走，几乎就要过马路了，却让正常行驶的一辆蓝色尼桑轿车挑起来，然后重重地摔在十多米外，轿车的前挡风玻璃全都碎了。司机当时在车里呆了，跟木头一样。

后来有人说，老魏是去对面买盒烟或者矿泉水，但这个说法根本就站不住脚，因为装饰城门口就有卖烟的小铺。

阳间里，已经没有人知道老魏为什么要违反交通规则，翻越根本就不让翻的栏杆跑到马路对面去干什么。后来田园送老魏的尸体回山东的时候，听村里老人说，那是有人在招呼他，老魏的阳寿尽了，咱们凡人看不到。

凡人看不到，更预见不到，人怎么说没就没了呢？

老魏从送医院到死亡一共用了十三天的时间，为了老魏的财产，大家闹得不可开交。

老魏给田园添了个大麻烦。

50

老魏送到医院的时候，一直昏迷，经过抢救，三天之后才醒了，从送医院的那一刻起，老魏媳妇家的娘家人，就是那为老魏管账的两口子就寸步不离。老魏家的人也来了，二十多口子，老魏媳妇的娘家人也来了，也是二十多口子。老魏的媳妇没来，家里的父母也没来，是怕他们一时受不了，还没敢告诉。先过来一拨人看看情况，然后再决定怎么告诉老魏的媳妇和父母。

大家轮流在医院守着，晚上一拨人住在装饰城后面的平房里，另一拨人在医院，轮番换班。

虽然人多，可谁也搭不上手，住院要交纳各种费用，进行各种检查，要到交通队处理善后事宜，进行事故认定，老魏家来的人都是农民，大多没进过城，只能田园一个人张罗着跑，尤其是在医院里，楼上楼下那些曲径走廊像迷宫一样，别说是农民了，就是年轻力壮的田园也都跑晕了。划价、交费、取药、手术、透视、CT，病房里的各种东西都要交押金，用完了再取押金，田园上上下下地奔波，六七天下来，脚腕、脚背处生生地磨起了个大泡，又磨破了，沾在袜子上，臭不可闻。

八天过去，田园用一个大塑料袋装着所有的单据、押金条等等，满满一袋子。倒出来，放到桌子上，堆得跟小山一样。

老魏住院用的钱，肇事司机先支付了一万元，然后等事故认定，老魏媳妇的弟弟和弟媳拿来了三万，亲自交到收费处，后来不够了又交了三万元，后来不够又交了三万元。后来不够了又交了三万元，后来又不够了，于是就一次交了四万元。医院告诉病人家属，老魏的伤势为身体多处骨折，内脏多个器官有不同程度的损伤，但最致命的是头部的损伤，当时落地的时候，头部重重地撞击了地面。

其实，大家都明白了，老魏是活不过来了。老魏家里的人还有娘家的人心里都差不多明白了。大家都已经尽了力，抢救过来是最好，但没救过来，死了也是没办法的事情，现在的关键是活着的人还得好好活着，认真处理好善后的事情。

这时候，田园已经明显感觉到两家人言语间有了火药味，焦点就是老魏到底有多少钱，这些钱都在哪里，老魏在北京干了这么多的活儿，还有没有别人欠他的工钱。

大家都在等老魏能醒过来说句话，否则两拨人照这个架势早就干起来了。

51

老魏经过了数次手术，浑身上下插满了管子，住在重病号的监护室里。下午两点多，一个护士忽然跑出来，跑进医生办公室，主治医生和护士一起小跑进了监护室。那天正好田园也在，和老魏家的亲人守在一条走廊里，本来田园就要走了，为了个票据的事情又耽误了点时间。

听说老魏醒过来了，赶紧往监护室里跑。

医生只让进四个人，大家站在玻璃隔断外边，老魏竟然睁开了眼睛，看着外边。医生显然很有经验，看着老魏，再看看玻璃外的人，老魏用眨眼示意谁可以进来，一共进去四个人，田园、老魏媳妇的弟弟和弟妹，还有一个是老魏的叔叔，也是他们村的村主任，是这次老家来人中年岁最大的、辈分最高的。

老魏看着大伙，先说："真累呀——"然后就是长时间的喘息。

大夫说："病人有话要跟你们交代。"

大家都俯身仔细听老魏的每一声呼吸。

老魏跟自己较了一会儿劲，忽然两眼圆睁，呼吸也平稳了，开始交代他的钱还有他的身后事情，田园听着头晕，大多是他家里的房子、宅基地、老人、孩子的事情，老魏家里的人听一句就点一次头。

田园忽然觉得，人要是有灵魂的话，此时一定会在高处俯视活着的人。然后田园就觉得耳鸣，像小时候上课听讲时，听着听着走神了，然后就耳鸣的感觉一样。

忽然老魏把目光对着田园，说："田园，跟我干这么些年，没赚到什么钱，确实亏了你了，我知道你媳妇阿莲也为这个没少跟你吵架……"

田园握了握老魏的手："别这么说，等你病好了，赚钱有的是机会……"

老魏的手忽然紧紧地握着田园，田园立刻感觉到老魏使的是暗劲，明显是不想让别人看出来，但是老魏媳妇的弟弟和弟妹立刻捕捉到了这个细节，眼神有点奇怪地盯着田园和他们两个人握在一起的手。

老魏一个字一个字地说："我留下来的钱当中取出来给田园你十万整，所有的干活用的工具都给田园你，木匠们愿意继续干的，就继续跟着干……"

玻璃外和玻璃里面的所有的目光都盯着田园，老魏也盯着田园。老魏媳妇的弟弟和弟妹想说话，但被老魏坚定的目光震慑住了，把嘴边的话咽了回去。

虽然咽了下去，但田园闻出了那话的味道，那话是："凭啥？"

老魏过完他最后一个下午，就死了，临死的时候还说了一句话。他拉着田园的手，说："……我害怕呀，这一辈子做过的好事坏事，好人坏人都在眼前呢……"

后来在老魏的老家，听村里的老人说，老魏那是回光返照。

大夫没有什么说法。

老魏咽气以后，周围一通号啕大哭，人在那一瞬间的哭泣是真实的，是痛彻心扉的。田园感觉周围全是歇斯底里的哭声，但他自己没哭，没有泪水，也许是因为劳累，也许是从没有这么近距离地接受一个人死去的现实。

大夫过来了，拿着手电筒，左手翻开老魏的眼皮子，仔细地照了照，仔细附身看。然后站直了，回过头来，面无表情地宣布："病人已经死亡。"

病房立刻被一阵更巨大的号啕声淹没了。

老魏从出事到死，田园一直恍恍惚惚的，这些日子穿梭在医院的楼上楼下和走廊里，穿梭在交通队，跟梦游一样。

还有一个田园难以磨灭的印象就是老魏被医生宣布死亡之后，很快就被抬下病床，送进了太平间，换上了寿衣，整整齐齐地穿戴好，放进了一个大冷柜的抽屉里。那个大冷柜呼啦一下就关上了。

那个叫老魏的人从此就在北京城消失了，在中国消失了，在地球上消失了。没有了。

52

老魏装进了太平间的大抽屉里，被拉上以后，田园恍惚地从医院出来，打车回家，还是没有彻底想通人为什么如此脆弱和短暂。进了房门，阿莲躺在床上，背对着田园。地上扔了很多东西。桌子上放着的饭菜一动没动。

田园说："老魏死了……"

阿莲没说话，依然躺在床上，一言不发。

田园说："你怎么又没吃饭？不心疼自己也得心疼肚子里的孩子吧。"

阿莲依然不说话。自从老魏出事之后，田园在医院里忙里忙外，阿莲虽然从未说过不同意的话，但却没给过一点好脸色。她不明说不愿意田园掺和老魏的事情，但又找不出站得住脚的理由，于是就这样打冷战。今天说这里不舒服，明天说那里不舒服。让田园带去医院检查，检查完了，没有问题，回来之后，又开始折腾。

田园当然知道，阿莲是不想让自己管老魏的事情，只是开不了口。

阿莲终于开口了："你心里还有我和孩子吗？你天天泡在医院，你跟老魏去过好了……"

田园站着，说："老魏已经死了……"

阿莲说："他会死，难道我不会死吗？这几天我要是死了，你知道吗？"

这些日子田园竭尽所能不和阿莲发生冲突，就忍着不说话，两人沉默着。田园坐下，靠在床头打了个盹。

打盹中，田园清晰地看到老魏进了装饰城门口那间他们总吃饭的小餐厅里，虚弱地坐下，喘气，然后说累呀。田园知道自己是在打盹，意识中知道这不是做梦，但这不是梦又是什么呢？自己不明明靠在床上打盹的吗？自己不是没睡着吗？老魏不是死了吗？自己怎么会这样清晰地看见他呢？

他一定在那间小餐厅里。

田园睁开眼，没错，自己就是半靠在家里的床上，老魏一定在小餐厅里。田园跳下床，跑出去，直奔装饰城门口的那间小餐厅。

53

小餐厅里。

田园四下张望，根本没有老魏呀，这是怎么回事呢？自己明明看见他就坐在他常坐的那个位置上，说累呀。

这究竟是怎么回事呢？田园坐下，使劲地捶了捶自己的脑袋。餐厅的东北老板娘过来，问："小田啊，这些日子没看见你，你哪儿去了？"

田园看了看老板娘，说："哪儿也没去。"

老板娘说："老魏咋这些日子没看见呢？"

服务员上了平时田园和老魏总吃的那几个小菜，服务员上完最后一个菜，转身就去捣鼓那个老录音机了。

田园想起老魏这些年对自己的关照，想起一起赚钱的日日夜夜，点点滴滴，止不住地开始掉眼泪。

餐厅的老板娘看见，跑过来，使劲嚷嚷："哎呀妈呀，这是咋了，刚才不还好好的吗，出啥事了……"

老板娘的四川老公拿着大勺掀开厨房的帘子出来，说："出啥子事情了？"

阿莲也追了进来，跟老板娘说："老魏死了……"

餐厅的老板和老板娘还有服务员都跟雷击了一样，呆呆地站着。

老板娘一个劲地念叨："怎么可能？怎么可能？一个大活人，怎么说没就没了呢……"

54

按照老魏老家的习惯，应该是土葬的，但经过反复权衡和商量，最后做村主任的叔叔拍板，不应该违反国家政策，尤其是老魏这样在首都北京工作的人，更应该起模范带头作用，在北京火化，然后骨灰带回去，葬在他家的祖坟里。

如果有人有意见，责任由他负。

虽然老魏的媳妇的弟弟、弟妹还有众多亲人满肚子不情愿，但还是取了十万块钱给了田园。亲人们对老魏的钱的分配也有非常多的不满意，但也都没有太站得住脚的理由发作。

老魏的身后事，包括火化这样琐碎的工作大多数都是由田园来操持的，老魏的亲人们也就觉得没有必要和田园翻脸闹矛盾，况且钱已经给了人家。虽然所有的事情处理得不是都令人满意，尤其是对车主和保险公司赔偿方案不满意，但因为从交通事故的责任认定上，车辆处于正常行驶，没有事故责任，而老魏是违反交通规则，横跨护栏而导致事故发生，所以最后的赔偿只是道义上的。

老魏家人的愤怒和怨言一直没有真正平息。

尽管如此，老魏的部分亲人对田园在整个事件当中还是比较感激。虽然那十万块钱一直让大家耿耿于怀，但也没办法了。

田园告诉老魏的亲人，这些年跟老魏在一起挺有感情的，想和他们一起送老魏的骨灰回家。

55

老魏的媳妇是个很本分的人,很贤惠,独自在家里赡养着老魏的父母。老魏的两个孩子都在读书,也很乖巧。老魏家的房子是村子里最好的房子,三层楼房。老魏的父母都是再老实不过的农民。就是老魏媳妇的弟弟和弟妹显得比较刻薄,估计是钱见得多,这些年跟着老魏世面也见得多的缘故。

虽然没有当面争吵,但田园从话里话外都能听出来不爽,大致就是娘家的钱分得少了,而老魏家里的人分得多了,而老魏的几个兄弟以及老魏的叔叔和伯伯们也不示弱,也用呛人的语言表达了自己的观点和不满。

田园离开之前,去了一趟老魏的庄稼地,那样老大的一片地,无法想象刚刚还在这里劳作的一个大活人,转眼就已经死了,变成了一把灰,被送了回来。

田园独自在地头蹲了好长时间。

56

县城里。

小县城比北京城要安静许多许多,人倘若在这里生活的话,一定没有太大的压力,东西很便宜。

田园是自己去的,小县城离老魏的村子三十多里地。有一个护城河,国道到了城门口就绕城而过,也可以穿城而过。

老魏生前向田园描述的那个小土产日杂商店隐藏在一排小门脸中,有卖电器的,有药房,有台球厅,有小饭馆,等等。

门口挂着笤帚和簸箕的那个就是了。

田园此时已经非常相信人是有灵魂的了,冥冥之中一定有我们所不知道的力量在安排着我们的生死、富贵等等,否则老魏为什么要把他不能告诉别人的秘密在他临死前告诉自己呢?为什么呢?真的就是偶然吗，还是老魏的心愿太强烈了？以至于他受某种力量的驱使，把身后事做了一个安排，前提是，他知道自己死期已到。

田园站在土产店的门口，看到了那个妇女，一个典型的县城妇女，很苍老和憔悴的样子，但很安静，店里很昏暗，她就坐在门口射进的那缕阳光下晒太阳。田园就想，这就是老魏深深爱着的人。

她见有人来了，站起来招呼田园，问："你要啥？"

田园说："你是乔秀芬吧。"

她说："你咋知道俺的？俺不认识你。"

田园说："老魏托我来看看您，顺便给您捎点东西。"

她看着田园，愣住了，半天才说出话来："他自个儿咋没来？"

田园说："他……"

她说："他出啥事了？"

田园说："他……他去世了。"

她慢慢地就坐下来，坐在椅子上，手捂起脸，深深地抽泣起来。

田园从包里拿出报纸包着的十万块钱，放在她身边的一个小桌子上，说："这是老魏让我捎给你的，让孩子好好读书，上大学，去北京读大学……"

她没说话。

最后她说："你走吧，孩子放学要回来了，没法跟孩子说……"

田园点了点头，转身走。

她又说："等等……"

田园回过头。

她说："对不起呀，你看，这么远来，也没给你倒口水喝……"

57

老魏死了以后，装饰城新进来好几拨装饰队伍，有安徽的，还有四川的，均是以家庭远近亲友组成的民工队伍。有的是通过旁人介绍来的，有的是老金手下的人招募来的。平时就在装饰城干点零工，有了活儿就以金辉装饰公司的名义做业务。

装饰城还发生了一个大的变故，老金的公司员工正酝酿着一次大的集体跳槽行为，领头人是金辉装饰公司的丁经理，这次跳槽涉及的人数比以往都多，原因有收入的问题、管理的问题，上下级矛盾问题，但最大的症结是不满老金的家族管理，比如丁经理就是名不副实，说是金辉装饰公司的总经理，但手里什么权利都没有，用人不灵，用钱没有，就是替老金跑跑腿出个面的那种，要不是看在薪资还可以，早就拔腿走人了。

这次跳槽还有个重大的缘故，这些年由于房地产业的飞速发展带动装饰业的发展，更多产权性质和经营模式的装饰城也发展起来，有独资的，合资的，股份制的，等等，这些不断开业的装饰城急需有经验的中层管理者。他们上岗就能投入工作，手头有很多行业渠道，比如商户资料，挖几个别的装饰城的高层和中层管理者就等于把商户资料和行业渠道都挖了过去，比重新开发要省钱省力得多。

这次酝酿中的集体跳槽事件，阿莲也牵扯其中。幕后的操纵者是另一家即将开业的装饰城，私下里对阿莲许下了比老金的装饰城更高的薪金外加各类保险等条件。

如果干成了，对老金的打击很大，不光会挖走大多数的中层管理者，而且还会挖走一批商户，有的租金到期的商户都在考虑是在另一家新开业的装饰城设分号还是干脆就搬过去。因为新开业的装饰城实力显得更大，销售额一定会更高，销售政策也有非常大的优惠。

阿莲把这些全都悄悄告诉了田园，田园也感到事态比较严重。

阿莲让田园也帮着自己拿个主意，到底是跳槽还是不跳槽。

两人分析了半天，都是有利有弊，左右为难。最后是阿莲拿定了主意，决定参与这次跳槽。阿莲的目的很单纯，那边的待遇要高一些，虽然有身孕，但那边允许先工作一段时间，生孩子期间工资照发，比老金这里强的不是一星半点。条件是将阿莲手头的客户资料全都带出来。

虽然参与这次跳槽会对田园在装饰城的生意有影响，但阿莲已经对田园的所作所为伤透了心，尤其是田园将十万块钱一分不少地给了老魏的情人，让阿莲愤怒不已，虽然没有绝对的理由怒斥田园这种行为，但阿莲依然觉得自己的心已经凉了，她不觉得田园这样的处事态度能在老金的装饰城赚到多少钱。对阿莲来说眼下生孩子急需钱，结婚急需钱，回老家急需钱。道义、朋友都是无用的。

此时，只有钱是有用的。

而此时的田园也是心急如焚，他比谁都更迫切地需要赚到一笔钱，用这笔钱来让阿莲顺利地生孩子，结婚，回老家。

58

田园很矛盾，不知道怎么面对，觉得挺愧对老金，但也没办法，只能这样了。

老魏死了以后，老魏的木匠大多都回了老家，田园新招募了一批木匠，还是都住在原先的那些平房里，那个扎了眼睛的小四川平时给做饭，眼睛好不了，也坏不到哪去，就是依然流脓，看见田园就说，园哥，眼睛疼，总流脓。田园也没办法，就说，那就挤，轻点把脓挤出来就行了。小四川说，园哥，一直就这样挤的。田园说，那就接着挤。小四川就跟以前一样，拿条手巾使劲挤，挤一会儿就把一条手巾都给挤湿了。

那些工具都留给了田园，老金的龙虾餐厅不知道什么原因停了下来。本来让田园指望的一笔利润被搁置了，所幸许咏梅又要开店了，这次直接找的田园，店铺的装修造价二十六万。

田园算了算利润，成本连工带料不超过二十万，许咏梅要求在造价上加两万给她个人。这样一共二十八万，由田园开票。

田园算了一下，整个业务下来，把材料控制好了，工期尽可能地缩短，毛利应该是六万元，除了税，还能有四五万的纯利。这样至少生孩子就不用犯愁了。田园稍稍松了口气。

合同是田园和许咏梅签的，但没有像以前那样用老金的金辉装饰公司签，而是找到了吴杰，用他的公司签。

和许咏梅的业务很顺利，合同签下来，深圳那边很快就将钱汇到了吴杰的公司上，第一笔款是十四万，田园用它采购了材料，为了表示对吴杰的感谢，整个店铺的所有瓷砖用的都是吴杰的货，而且货的价格给得也很令吴杰满意。田园承诺吴杰，以后不光许咏梅的服装店用他的瓷砖，未来所有田园的业务都会大量使用他的瓷砖。

田园说："吴哥，用您的账户给您添麻烦了，您怎么都得收点管理费，不能白用您的账户。"

吴杰说："这笔业务赚了多少钱？"

田园说："毛利六万块钱。"

吴杰拍拍田园的肩膀，说："兄弟，我知道你是个仗义的人。在北京，一个人在外边多不容易，你就把我当你哥哥，当你的亲人，自己人就不说两家话了。这点利润，我一分都不要，好好生活吧，我知道阿莲要生孩子了，急用钱。"

田园感激地看着吴杰，心想，在北京，得亏遇到这些好朋友，以后要是有条件了，一定不会忘记这些帮助过自己的好朋友。

工程很快就竣工了。

第二笔款十四万也顺利地汇到了吴杰的账上。

59

田园将这个好消息告诉了正在焦急地等待分娩也等待着钱的阿莲，阿莲非常高兴。但是表达了一点她的忧虑，虽然她也放心吴杰的为人，但觉得这么一大笔钱放到他的账上，还是会有嘀咕。合同是用吴杰的公司签的，深圳那边自然是把钱汇到吴杰的账上，阿莲一开始劝田园不要用吴杰的公司和账户，却又想不出更好的方法。

因为自己参与了集体跳槽，肯定是不能用老金的公司和账户做这笔业务了。

所幸第一笔钱顺利地到账，也顺利地取了出来，支付了材料款和一部分工钱还有许咏梅个人的两万块钱。

第二笔钱到账了，田园决定请吴杰和他媳妇一起吃一顿饭，阿莲腆着大肚子也出席了，餐厅是阿莲安排的，就是老金的龙虾餐厅，阿莲去可以打五折，要不是怀孕了，甚至都可以以请客户的名义签字免单。

阿莲在老金的公司因为工作勤奋而出色，很有些权利和人缘的。

那一顿饭宾主之间气氛很融洽，谈得也很开心，田园说了很多感激吴杰的话。

饭后结账的时候，银台没有给打五折，阿莲很生气，打了好几个电话，问到事先约好的大堂经理，大堂经理支吾着说不清楚。田园不愿意多纠缠，以普通客户的身份打了个九折，然后搭乘吴杰的车子回去了。

人世间的事情哪里能有田园想的那样简单？阿莲的顾虑是有道理的，往往女人在这方面的敏感都是超过男人的。

第二笔钱十四万到账后，田园找吴杰取钱，每次取两万，吴杰说银行只让取两万，田园一共取了三次，拿到六万，付了剩余的材料费和工钱，第四次取，吴杰无论如何都不给了，先是找了种种借口，反正就是不给，直接就让田园觉得如五雷轰顶一般。

阿莲见田园那几天情绪不对，就追问。田园只好一五一十地告诉了阿莲，把每一次吴杰的借口都说了一遍。

阿莲两眼发直，说："坏了。"

60

阿莲腆着大肚子亲自去了一趟吴杰的店里。吴杰依然找了种种的理由，会计没在，图章不在，等等。

阿莲对吴杰说："你别编了，我知道你是看上了田园的这些钱了，我早就知道你没安好心。"

吴杰看着阿莲，冷笑一声："阿莲，你倒是眼尖，一眼就能看出我没安好心，我也告诉你我眼尖的地方，你们不是要跳槽了吗？你和田园马上都得滚蛋。"

阿莲打了个寒战，沉了沉气，说："那是我们的事情，跟你没关系，我们有手有脚的在哪里都能混口饭吃，不像你仗着家里有点背景才能混饭吃，老天是有眼的，时候一到，你们这些人都会有报应的。"

吴杰说："就凭你，只要我一句话，你们还能在这里混？"

阿莲说："你以为你能过得了我这关？"

吴杰说："那你还能怎么样？"

阿莲从随身带的包里拿出一个可乐瓶子，又拿出一个打火机，把盖子拧开，浓烈的汽油味道冲了出来，阿莲往门口一堵，说："姓吴的，我和田园没有你有钱有势，但我们不怕死，孤身在外的，家里兄弟姐妹都多，不怕少我们一个两个的，今天我就拿两条人命换你一条人命。"

吴杰顿时脸色煞白。

61

当天，吴杰又给了两万块钱。阿莲也气病了，提前住进了医院。

之后的六万块钱，吴杰死活也不给了。几天之后，吴杰买了一辆日本产的本田轿车，停在了装饰城的院子里，这辆车是他早就想买的了。一直差点钱，正好田园的那六万块钱就充上了，要不是阿莲拼死要回了两万，吴杰的新车连内饰都不用自己出钱了。

田园没想到是吴杰竟然是这样一个人，事后也去找过他，他正趴在桌子上打瞌睡，口水流了一桌子，田园站在他面前，叫："吴老板，吴老板……"

吴杰猛地醒过来，看看田园，松了口气，擦了擦口水，问："田园啊，什么事？"

田园说："咱们还有点钱……"

吴杰说："哦，什么钱……"

田园说："咱们不是朋友了？"

吴杰笑了笑说："是朋友啊，装饰城里里外外的都是朋友。"

田园看着吴杰，努力地在脑海里想把之前和现在的形象整理在一起。

吴杰说："你说，我们出来做生意为的什么？不就是为了赚钱吗？六万块钱，失去你一个朋友，换你，你干吗？你当然干呀，地球上五十多亿人呢，中国十多亿人呢，我吴某人缺你一个朋友吗？"

田园无话可说。

62

田园不光没想到吴杰扣了他六万块钱，更没有想到的是整个装饰城都知道了一个看起来很严密的集体跳槽事件。

老金的装饰城里有一个特殊商户，这个商户和吴杰一样占据着装饰城最好的一个位置，卖的是灯具，他也不用付给老金租金，而且卖灯具的本金和渠道都是老金赠予的。但他不像吴杰那样家里有特殊背景，而是当年曾给过老金特殊的恩惠。

老金当年在山东做沙发床垫发达了，又被一把大火烧得精光，没办法就先回到浙江老家，四处借贷本钱，借贷期间，一时没有事情干，就在村里游荡，四处闲逛，兜里也没有钱。有一天，逛到村里的一个小饭馆里，正遇到几个年轻人在吃饭。老金的村子里年轻人大多都全国各地跑出去做买卖了，很少有年轻人在村子里待着。

那几个年轻人是老金一个村子的人，外出做生意回来，聚在一起吃饭。老金很久都没吃到什么油水了，虽然心里馋得慌，但知道自己兜里没钱，转身就走，被他们其中一个人看到，叫住老金，让过来一起吃。老金假装客气，说刚吃过。

那人心好，使劲拽过老金，说吃过了再陪大伙吃一顿，人多热闹。

老金就跟着吃了，连吃了好几天。

事后，老金带着借贷来的钱外出翻本去了。发达了以后，有一年春节回到村子里，找到那个同村的请他吃饭的人，那人生意做得一般，在家里闲着。老金见他家的房子很旧，就问，这房子拆了，盖个新的得花多少钱，那人说，三十万吧。

老金当天下午就送来了三十万现金，让他盖房子。

春节一过，老金就把这人带到北京，给了他一个铺面，连本金和灯具的代理销售渠道都张罗好。这人就成了装饰城举足轻重的一个灯具销售商。

阿莲以及一拨闹集体跳槽的人哪里知道这段往事？密谋跳槽的时候，也动员了这个人，劝他将他的灯具店在新装饰城开分号，或者干脆迁过去。

这人立刻将这个集体跳槽的阴谋告诉了老金，老金做了详细的准备。

其实，即便没有人告诉老金这个阴谋，老金也是有准备的，因为那几年，猎头公司到处给知名的企业经营和管理者打电话，挖人，其中老金家里管人事的、管财务的，都接到过这样电话。

对这类跳槽事件，老金见得多了，早就有所准备，基本上翻不了什么大浪的。只是这次竞争对手实力比较大，对经营和管理都有不小的影响。所幸有人事先报信，老金能做充分的准备，将损失降到最低。

这次跳槽事件中，老金最觉得可惜的是田园，他对田园还是抱有很高的期望的。

63

在老金巨大的办公室里，老金和田园进行了一次深谈。这次谈话的内容包含了管理、世界观、婚姻、子女、爱情、阶级、政治等问题。谈了整整一个下午。

最后的核心谈到了老金为什么一定要实行家族式管理，以至于管理如此狭隘，并导致多次跳槽事件，留不住人才，老金你为什么不能让企业更现代一些呢？

只会写自己名字的老金说了一段让田园茅塞顿开的话。

老金说："田园，如果现在我给你一百万，你拿它做什么？"

田园想了想："先让阿莲生孩子，然后结婚，回老家，然后在北京买一套房子，好好工作，然后把我爸妈接到北京来。"

老金说："不错，理想不错，如果我再给你一百万呢？"

田园说："再给一百万，那就把阿莲的爸妈也接到北京来，再买个房子。"

老金说："那就再给你一百万。"

田园想了想说："我开个装饰公司。"

老金说："你的装饰公司赚了一百万，我又再给你一百万。"

田园想："对了，那就买一辆车。"

老金说："什么车？"

田园脱口而出，说："桑塔纳。"

那一瞬间，田园忽然就想起了马冬还有阿麦、大蔡一起在马冬家畅谈未来理想的场景。

老金笑了："二百万可以买十辆桑塔纳，还没用完呢？"

田园想了想："我把我的哥哥姐姐都接到北京来，还有我的两个同学。"

老金说："再给你一百万。"

田园说："那我得给孩子留着当学费，让他将来出国。"

老金说："再给你一百万。"

田园说："我哥哥姐姐的孩子也得用学费的，要是有钱他们也得用钱。"

老金说："再给你一百万。"

田园说："对了，我父母的老家不少人都在农村，如果有钱，我会拿这些钱去接济他们。"

老金说："再给你一百万。"

田园愣住了，一时不知道说什么好。

老金说："不知道说什么好了吧？你一个受过教育的人，有了这么多钱，都是你自己花，还有给你的亲戚朋友用，也没见你拿给不认识的人去用，我为什么要把自己的钱给陌生人去用呢？"

田园说："你拿出钱用外人，是为了你的企业能够发展，管理得更好啊。"

老金说："你怎么知道用外人就能够让企业发展得更好，管理得更好呢？我对你也不薄，那阿莲为什么也要参与跳槽，把我的客户资源都带走呢？她带走的那些客户资源其实也换不来多少钱，但给我却带来很大的损失，你懂吗？亲人在一起工作也会有矛盾，但亲人不会从根本上坑你，而外人则不，外人为了自己的利益不会顾忌别人的利益。你说呢？"

田园张大了嘴，不知道说什么好。

老金说："装饰城上上下下都说你是个好人，表面上看，你确实为人不错，挺厚道，可是你对阿莲厚道，对装饰城的商户厚道，你对我却不厚道呀。你想，这些年我对你也不薄，咱们怎么也算得上是朋友吧，集体跳槽的事情阿莲也参与了，你肯定都是知道的，也没见你跟我说一声呀？你考虑过我的损失吗？"

田园无话可说。

老金接着又说："做我的龙虾餐厅，给吴杰结瓷砖的货款明显就高了不少，你这是拿我的钱交你自己的朋友。"

田园冒了一头的冷汗。

老金挥了挥手说："算了，今天叫你来不是跟你算账的，是跟你谈点别的事情。"

田园问："什么事情？"

老金说："你也看到了，我这么大的一个摊子，确实人手都不够，你呢，确实也是个人才，阿莲嘛，走了也就走了，你就别走了，跟着我好好干，前途肯定是有的。晓得吗你？"

田园看着老金，表示没听明白。

老金说："这几天，我表妹一直就想约咱们一起吃顿饭，你明白的。"

64

那天，田园拒绝了老金，老金的脸色挺难看的，也挺为难老金，老金为了他表妹的婚事确实没少操心，他表妹也挺好的，生意做得不错。但田园就是和她不来电，没办法，人这东西，讲缘分。

老金跟田园半天没说话。

老金说："你真的要跟阿莲走？你可想好了，离开我这里，你们两个人在北京可不是那么好混的。"

田园说："金总，真的我特别感谢您，但这种事情是不能勉强的。"

老金看着田园，看了半天说："是阿莲重要还是你的前途重要？"

田园没说话。

老金忽然想起来一个词："爱……爱情？"

田园依然没说话，说不上来了。依田园当年的心智，绝对无法和老金在一个高度上谈论如此形而上的问题的。

老金说："今年你多大了？"

田园说："马上就二十九了。"

老金说："哦，还没到三十，等再过几年，就懂事了。"

老金说完笑了笑，接着又说："现在跟你说你也不懂，也好，你自己闯去吧，不碰壁是不会懂得的。记住我的话，男人有钱了，房子、汽车、社会地位就都有了，女人更有的是。懂吗？"

田园没有任何语言可以辩驳老金的这番话。

65

田园离开老金的办公室之前说："谢谢你，金总，我知道你说的都是为我好，但我还是想自己闯闯。"

出了老金的办公室的门时，田园转过身，回头给老金鞠了个躬，转身出门。

老金忽然叫住田园："等等。"

田园站住。

老金说："刚才你说什么，说有钱了先给阿莲生孩子？这点钱也没有了？我听说，老魏临走的时候不是给了你十万块钱吗？"

田园说："那钱用在别处了。"

老金皱了皱眉头："你外边还有女人？"

田园摇了摇头。

老金说："你赌博了。"

田园摇了摇头。

老金说："算了，你不想说，我也不问了。去外边自己混挺难的。"

说着，老金从抽屉里取了一叠钱，三千块，然后又从裤兜里掏，上下都掏了个遍，连整带零头一共五千多块钱，团了团走到门口，塞给田园。

老金说："我就不去财务取钱了，什么时候需要我帮忙，给我打电话，想回来，随时告诉我一声。"

老金的话和举动，搞得田园心里酸溜溜的。

老金的办公室位于装饰城的四楼上，出了老金的办公室，从走廊的窗户处可以看到装饰城里人头攒动，车水马龙，买卖交易，运送装卸货物一片繁忙的景象。

办公区的停车处排着一排好车，有老金的奔驰600，有他的亲属的奔驰320、宝马、凌志等等，还有吴杰新买的本田，各个锃光瓦亮，时刻要颠覆田园的审美观和价值观甚至人生观。

田园想，下了这个楼，出了装饰城这个大院，一切就重新开始了。不知道会面对什么样的困难。顿时觉得浑身空荡荡的，毕竟在这里干了这么些年头。

出了这个大门，就一无所有了。

66

那家策动集体跳槽的装饰城并没有完全兑现承诺，不光是言而无信的问题，而是由于老金事先察觉并采取了一些措施，使得那家装饰城不得不收敛一点，只接受了跳槽过去的几个骨干管理人员。

仗着田园的人缘和口碑好，在丁经理的帮助下，在这家新开业的装饰城里，田园以最低价格租到一个小门面，承揽装饰设计业务。田园知道大工程自己绝对是做不了的，于是把重点放到了家庭装修业务上去。

在这家装饰城的附近，田园租了几间平房，带了一批南方籍的木匠过去，那个眼睛里扎着钉子的小四川也跟着过去了。

67

家庭装修虽然活不少，但利润很低，除非能接到投资不菲的大户，利润会高，但大户往往都愿意找更正规的装修队伍，而不愿意找田园这样的散兵游勇。不过，在北京做家庭装修，只要肯干，养活田园和阿莲还有新出生的孩子还是没有问题的。

但负担也挺重，住的地方的房租，装饰城店铺的租金，民工租住的平房的租金，电话费，交通费，孩子的奶粉，田园和阿莲的生活费、医药费也是让田园喘不过气来，丝毫不敢马虎，稍有不慎，就会入不敷出。

还有木匠经常被收容。一收容就会耽误主家的活儿，主家就会生气，就会扣钱，这时田园已经不像以往那样，有老金或者吴杰出面平个事什么的。

人找不到就不找了。过半个月或者一个月这个人准会出现，被遣送回老家，然后自己又坐火车再来北京干活。

为了避免这种情况的发生，田园要求所有干活的木匠在雇主家里干活，进了门就不许出去，带好米、煤油炉或者煤气罐，酱油，菜，在里面自己做饭，晚上就住在施工现场，什么时候完工，什么时候回。

有了孩子的男人会发生很大的变化，比如田园开始发胖，还有，心态也开始发生了变化，每次从外边劳累回来，看到孩子的笑脸，所有的疲劳都消失了，尤其是孩子在熟睡的时候，能引得田园静静地看上很久。

阿莲和田园的争吵也因为孩子的到来而减少了许多，取而代之的是一些生活中的小乐趣，虽然日子过得也挺紧，但这些欢乐稀释了生活中的很多压力和矛盾。比如，阿莲给孩子挖鼻屎，孩子皱着眉头表示难受，阿莲就念念有词地说："宝贝，听话，挖出金子来，让你爸拿去换钱去。"

田园就在一边用手捧着说："宝贝，快给我，爸拿去银行换成钱，买个大房子，剩下的钱我跟你妈举办婚礼。"

孩子也听话，就老实地不动了，任阿莲小心地把鼻屎挖出来。

只是，这样的快乐也不是总有，总有的还是争吵。本来，孩子满月了，阿莲想出去找个工作，但田园接了不少家庭装修的活儿，材料、工钱都需要个人统计，阿莲就临时在家里一边带孩子一边帮田园算算账，有时候也抱着孩子去装饰城田园租的小铺里转转。

就在那一年，田园给非常多的家庭做了家庭装修，接触了各种各样的雇主，其中有三个特殊的客户深深影响了田园，另外老家发生了一些意外的事情。

68

有一个特殊雇主是位保养得很好的中年妇女，家里要装修一个密室，经过仔细交代，田园才知道，这个密室是个佛堂。那个中年妇女和别的雇主有很大的区别，就是容貌和善，待人也很好。田园报了造价，人家不仅不像别的雇主那样使劲杀价，竟然还反复问，小伙子，这样，你会不会吃亏？然后加了些价。

完全颠覆了田园的心。

整个佛堂很快就装修好了，按照主家的要求打制的一面木制壁橱里放满了各式的佛像。

主家仔细擦拭佛像，虔诚地礼拜。

田园后来知道，这个人是个居士，很多年前在庙里受过五戒，又受了菩萨戒，算是半个出了家的人，如今在家里修行，念经、念佛。

田园问她，世界上真的有佛吗？

她就笑笑，不说话，田园知道自己没有资格和她进行世界上有没有佛这样的交流，就问了一些生活上的问题。

田园问："因果真的有吗？好人好报，恶人恶报？"

她说："真的有。"

田园说："那为什么看不到呢？"

她说："别着急，时间未到。"

田园问："受戒是什么意思呢？"

她说："简单地说吧，受戒就是戒掉杀生、偷盗、邪淫、妄语、喝酒这五样不好的习惯。"

田园说："不吃肉，不喝酒，没有爱情，没有性，那人生不是一点乐趣也没有了？"

她笑了笑说："你觉得我们两个谁聪明？"

田园看着她那双平静而清澈的眼睛，看了一会儿，老实地说："你比我聪明。"

她指着田园的额头微笑着说："你看，你刚才说的那个人生乐趣，对你来说是乐趣，可对我来说不算是什么值得追逐的乐趣，因为我知道有更大的喜悦和快乐，所以我才会放弃这些你说的乐趣，而去体验和追求更大的乐趣。这么说，你理解吗？"

田园问："真的有前生后世吗？"

她说："真的有，你要是有了修行自然就会明白。没有修行，就永远也不会明白。"

田园似懂非懂地点了点头。

另一个特殊客户是个富豪，田园进了他的大办公室，吓了一跳，那么大的办公室，比老金的要大得多，富豪的办公地点位于北京城一座极其昂贵的写字楼里。他的秘书从装饰城把田园找去，进了办公室，让田园真正开了眼。京城真的是了不起，什么样的人都有，办公室不光大，而且陈列既有田园不认识的现代画，也有中国的古董。

看起来个个都价值不菲，其中最醒目的是一尊白玉的佛像，佛像的风格和上次见到的那些佛像有着明显的区别。佛像前有一块毯子，毯子被磨得发白，明显看得出来是经常跪拜而磨出的痕迹。

田园在这间大办公室里，紧张得双手缩在两膝之间。主家出现了，让田园顿觉放松。主家是个矮小的老人，穿着平底布鞋，如果掉进菜市场，你绝对不会想到他竟然是这样一个主家。他的目光和第一个特殊客户的目光是一样的，和善而且平静，清澈且明亮，绝对不是平常人那种浸染在酒色财气中的乌涂眼神。

他的办公室要打一个隔断，隔出里外间来，隔断要求用好材料，要有花式，从整个空间上形成办公和会客的两个空间。

活儿很快干完了，老人竟然亲自从财务那里拿着现金双手递到田园手上。田园哪里受过这个？从来都是活儿干完了，先是被贬一通活儿糙然后借故划掉点价钱，哪里遇到过活儿一完主家亲自就将钱递到手上，一分钱不拖，还一个劲地谢自己？

这让田园受宠若惊。

田园问了一些问题，老人一一作答。

田园问："我前些日子看到的佛像不是这样的，他们之间有什么区别吗？是宗派不同吗？谁是对的？"

老人笑着说："珠穆朗玛峰，你从南坡爬上去和从北坡爬上去，都一样伟大，佛法中有八万四千法门，根据你的机缘、心性、悟性有非常多的方法提供给你。都是真理，只是方法不同。"

田园问："您很有钱吗？"

老人说："算是吧。"

田园问："您的钱是怎么来的呢？"

老人说："靠勤奋和善良还有前世和今生的福报带来的。"

田园问："真的吗？"

老人坚定地点头，说："真的。"

那一刹那的语气和眼神，田园知道绝对不是假话，说假话的人不会拥有这样的眼神和语气。

田园又问："您受五戒了吗？"

老人说："受了。"

田园问："受五戒了有什么重大的觉悟和好处吗？"

老人说："受五戒了，来世才能确保再轮回成人。"

田园说："真的有六道轮回？"

老人说："真的有。"

田园说："您体验到什么重大的快乐了吗？"

老人笑了，没说话。

老人的微笑让田园羞愧不已。

田园实在忍不住问："您年轻的时候有过爱情吗？"

老人说："有过。"

田园问："对您来说，那是快乐吗？"

老人依然微笑。

田园又问："是快乐吗？"

老人想了半天，说："我要是回答快乐吧，你会想，是快乐你为什么要戒掉？如果我要是回答不是快乐吧，你会想明明是快乐，为什么要说不快乐？所以，你提的这个问题我很难回答，如果你不介意的话，我可以用一个比喻来回答你，不过只限于我们两个人的对话，不能再说给别人听，否则别人会误解。"

田园说："我不介意。"

老人说："狗吃屎快乐吗？"

问得田园如被锤击了一样，晕头转向的，满天星斗。

还有一个特殊客户是一对正准备结婚的未婚青年，从接洽，到确定装修方案和价格都只有女青年张罗，没见到男青年，男青年好像工作很忙，只是经常见女青年和他通电话，但一直没见人到现场。听他们电话里念叨，女方已经怀孕了，要抓紧装修工期，好赶在肚子不显的时候举行婚礼。

装修造价一共是八万块钱，除去工和料，田园的利润大概是一万多一点，如果主家最后再要求增加点东西，或者再以施工质量克扣一点，就赚不了那么多了。田园这一点做得确实让主家服气，施工质量和价格确实不错，口碑很好，业务基本上就不愁了，都是口口相传介绍来的活儿。这一户也是上一户做得不错，介绍来的。签了个合同，先给了四万块钱。

活儿做得很顺利，按时、保质交了活儿。

那天，女青年用出租车装了一摞装裱好的婚纱照，田园帮着给卸下来，搬进房间，田园帮着在墙上选好位置，打好眼，然后固定上膨胀螺丝，挂那些婚纱照。

婚纱照的包装纸撕下来以后，往墙上一挂，虽然那时候婚纱照照得美得跟自己都不像了，但田园还是一眼就认出来，这个男青年，竟然是当年在北京地铁站出口帮自己逃避收容的警察杜晓刚。

69

田园和杜晓刚的未婚妻聊了很长时间，把他和杜晓刚相识的经过仔细地说了一遍，直说，太巧了，世界上竟然有这样巧的事情。

杜晓刚的未婚妻也觉得确实是件巧事，跟田园讲了很多杜晓刚的事情。说他人好，心眼好，热情。说杜晓刚这几天特别忙，正在执行任务。晚上她会去杜晓刚的父母家，如果他回家的话，应该能见到他，然后跟他说。

她告诉田园，杜晓刚转天下午会抽空过来看新房的装修。

田园在回家的路上买了不少水果、点心。回家后，阿莲问这是送谁的，田园把当年的事情告诉了阿莲，阿莲也觉得很巧，说是应该好好谢谢人家，不过反复嘱咐田园，朋友是朋友，感激是感激，装修款该多少钱就多少钱，不能少的。

田园说记住了，阿莲反复又嘱咐了几遍。

第二天一早，田园先去了另一处工地，安排妥当，下午三点多坐公交车往杜晓刚的新房方向去。

在公共汽车上，有人在看晚报，田园没事干，也扒着看。晚报上一条新闻，昨天傍晚时，两名流窜犯实施抢劫后劫持一辆高档轿车及人质后闯卡，拦截中，一名警察当场牺牲，一名重伤。

牺牲的那名警察叫杜晓刚。

70

天下怎么会有这么巧的事情？田园借过那份报纸，仔细看，没错，就是杜晓刚。难道真是他？难道是重名？

田园一路飞跑，直奔杜晓刚的新房。到了楼下，楼洞口站了不少人，议论纷纷。田园上楼，防盗门开着，里面全是人，其中很多都是穿制服的警察。

田园没看到杜晓刚的未婚妻，听说已经被送到医院去了。

阿莲知道这个消息之后，嘱咐田园一定要找到杜晓刚的未婚妻，或者杜晓刚的家人，或者杜晓刚的领导，将剩余的四万块装修款要回来。

田园连去了好几天，怀里揣着那份合同。杜晓刚的新房依然很多的人，进进出出的。田园一个认识的都没有，几次想随便找个人张口问问，但犹豫着一直没能开这个口。

后来有个警察问田园是干什么的。田园说是给杜晓刚的新房搞装修的。警察说，装修的就别在这添乱了。

田园手揣在怀里捏着那份合同，手指头捏着的那个地方都皱巴了，但就是没拿出来。田园知道自己开不了口，揣着那份合同就回来了。

事后，田园和阿莲一起抱着刚满月的孩子去给送了个花圈。

71

这件事情让阿莲憋了很久，几家装修工程一算下来，那四万块钱正好就是利润，付了材料款和工钱，手里什么也没剩下，孩子的奶粉钱都成问题了。起先几天阿莲没发作，算完账就实在忍不住了。

阿莲说："田园，你不是菩萨，我们做的是生意，不是开粥场，你懂吗？在北京，没有钱是会死人的。你明白吗？"

田园说："我也不是不想要，可是，眼睁睁……"

阿莲说："你要是个千万富翁、百万富翁的我理解你，但是你现在就是个小包工头，你不能这么自私，你不是你自己，你还有孩子，你是个父亲了。我们还没有结婚，我们对我们的父母都还没有个交代。那四万块钱对我们意味着什么？还有吴杰扣下的那六万块钱。你能不能争点气，别再这样了好吗？"

田园说："那四万块钱，要不再等等，等人家丧事办完了……"

阿莲说："你能等，孩子能等吗？你不怕孩子饿死，下个月就要交房租了，你的手机也欠费了，家里的电话也欠费了。田园，你说我还能跟你过下去吗？"

阿莲说着满脸的泪水。

田园知道理亏，轻轻地问："孩子的奶粉差多少钱？"

阿莲大喊："你不配提孩子，你不配当父亲。"

田园从裤兜里掏出三百块钱，拿出二百轻轻地放到床上。

田园说："这二百先给孩子买奶粉，房租等下一笔装修的预付款到了，先垫上，材料款我可以先赊，会周转过来的。"

阿莲看着床上的二百块钱，抱着孩子使劲流眼泪，没说话。

田园小心地把一百块钱放回裤兜了。

阿莲冷冷地看这床上的二百块钱，说："我们分手吧。"

田园说："如果我改呢？"

阿莲说："你改不了。你到现在都不懂得这是一个狼的社会，每个人都要有狼的性格和能力，而你没有，你就是只让别人宰割的羊。我可以跟你受苦，但孩子招谁惹谁了？"

田园说："我能改。"

阿莲说："你能改，你不去找吴杰要回那六万块钱？"

田园说："我……"

阿莲越说越气："我生孩子的时候你只有几千块钱，还多亏我找同学借了钱。如果我要是借不到钱，我是不是就应该在马路上生孩子？幸亏是顺产，花钱不多，要是难产，我和孩子会不会就因为没钱，就死在手术台上！"

阿莲手指哆嗦着指着门外："姓田的，你滚！"

田园灰溜溜地出门。

72

田园一边走一边计算。和工人谈谈，把工钱降低一点，如果活儿再多，本来想继续找几个民工，但这样不行，还是这些人干，好降低成本，如果活儿少了，干脆就辞几个人，等活儿多了再招。

田园去了装饰城附近租住的平房，自从阿莲管账以后，处处节约本来就不高的成本。她亲自去了趟菜市场，经过仔细测算，准确地计算出小四川平时给木匠们买菜买米截留了点钱，所以就成心少发了他一个月的工资，其实只有三百块钱。

难怪阿莲着急，别看田园手下木工不少，但装修竞争越来越激烈，利润越来越低，原先材料上可以赚钱，但很多主家材料都自己买了，就只能赚工钱了。房租也是不断上涨，一个月下来，赚得的利润绝大部分都付了房租了，要想维持下去，只能处处节约。

田园去了小四川的房间里，木匠们都出去干活了，屋里只剩下小四川一个人坐在板凳上，拿手巾挤眼睛里的脓，见田园进来，赶紧站起来，叫园哥。

田园问，眼睛好点了吗？

小四川摇摇头，说："园哥，等我眼睛好了，我一定好好干活，报答你。"

田园说："说这些废话干什么？"

田园四下看看，从裤兜里掏出那一百块钱搁在小四川手里，说："我这里也难死了，以后每个月发不了你三百了，这一百块钱你先拿着用，你莲姐扣你钱也是没办法，别往心里去。你要是愿意在这待着，就还待着，不愿意待着，有别的去处，就……"

小四川蹲下就哭了，说："园哥，要不是您把我留下，我都不知道怎么办了呢……以后你要是难就别给我钱了，我有口吃的就行，都怪我自己，把眼睛扎了，要不然我能干很多活……园哥，你别让我走……"

小四川蹲在地上呜呜地哭着。

草狗的青春

田园又摸了摸空荡荡的裤兜，那里面只有几块零钱。

想了想，田园转身就出了门。

身后忽然传来小四川一声拉长音的尖叫！吓得田园心里猛一哆嗦，赶紧回头。

73

小四川捂着自己的眼睛，喊："哎呀，哎呀，我的眼睛这是啥子呀，是啥子呀……"田园跑过去，轻轻掰开小四川的手，仔细看，下眼睑处有一个小洞，上面糊满了脓血，随着小四川的喊叫和表情，那个小洞里往外渗血。

有一个东西吓了田园一跳，洞口有一个黑色东西顶在那里。田园说："别动！"小四川惊恐地瞪大了另一只眼睛，田园伸手轻轻摸了摸那个东西，血水伴着脓水依然在向外渗。田园又轻轻摸了摸，心里一阵狂跳，对小四川说："别动！"然后，一只手抱着他的脑袋，伸出拇指和食指。田园经常奔走在各个装饰工地里，虽然不干什么粗活，但人手不够的时候或者自己着急的时候也是经常要搭把手的，两手因此也都很粗糙、有力，只是和民工比就差远了。

田园用右手的食指和拇指的指甲轻轻捏住那个小黑点，捏实了，然后动了动，轻轻地拽，拽，一点点地拽。

真的出来了，是那枚藏在眼球后面的钉子，就是那枚小四川自己不小心射进下眼睑的钉子，就是那枚大夫说要花很多钱才能取出来的钉子。

这枚钉子出来的原因，如果用物质的方式描述的话，就是小四川因为肿胀得难受，就挤里面的脓血，天天挤，正好凑巧，钉子就慢慢地顺着射进去的那个洞，分毫不差地绕过眼球出来了。

田园慢慢拽出那个钉子，全出来的时候，脓血立刻涌出来。小四川的两个眼睛顿时睁得老大。他不敢相信这是真的，田园也不敢相信，正在这时因为不放心田园而抱着孩子赶来的阿莲也不敢相信，虽然那枚钉子就捏在田园的手指头里。

屋子里安静了很长时间。

小四川"哇——"的一声哭了出来。

阿莲看着那枚钉子，看着田园，也哭了。

74

就在那一年，田园的老家也发生了很多事情。地质队因为坐落位置在城市规划的环线上，要拆迁，推土机和工人们一个来月的工作，就将那里推得干干净净，那么多人的生活轨迹就消失得无影无踪。

随着建设的加快，四周楼房林立，道路也在飞快地建设，那个陈旧、肮脏、亲切、缓慢的地质队大院消失了。

地质队的位置略高一些，房子拆掉了土坡也被削掉，新规划的这个位置是个全新的汽车站，由于暂时没有施工，四周的土坡还在，这样看起来，整个地质队就像被拔掉的一颗牙，那颗记载着众多生活往事的牙。

拆迁之前，田园的父亲老田多次住院，有几次挺严重的，田园的哥哥姐姐都提出过是不是让田园回来一趟，因为不知道老田哪天会出意外，但田园的母亲田老太太坚持不让，说不能影响田园工作，不能让田园分心，也不能让北京的领导操心。

大家拗不过田老太太，知道她的脾气拧，就不跟她计较了。

老田死于造瘘手术的术后感染。

家里说让通知田园，又被田老太太制止了，说人都走了，别再耽误后代人的事情，让田园好好在北京工作，有多少人能有机会在北京工作，这么老远，回来一趟，花钱又耗精力。

老田一死，家里就田老太太说了算。田园的哥哥姐姐们，除了小姐姐跑了没有消息以外都汇集在小城，还有一部分地质队的干部家属以及健在的老领导、老同事们一起办理了老田的丧事。

这期间，田园给家里打过电话，告诉家里人这边很好，工作很忙，有了女朋友，还生了个女孩，现在孩子小，不方便回去，等工作忙得差不多了就带孩子回去。那边就告诉田园，那边很好，一切都好，希望田园安心工作，不要牵挂家里，把工作干好了比什么都强，要是想孩子了，妈妈会过去看你们的。

除了一切都好以外，田园还知道拆迁的事情。心里着急但也帮不上忙，田园想，如果自己有钱了，一定给爸妈在老家买一处好一点的房子。但万万也没有想到，父亲已经去世。母亲为了不影响自己在北京的"工作"，竟然隐瞒了如此重大的事情。

经过兄弟姐妹们的协商，田老太太轮流住在各家，房子拆迁补偿的六万块钱由老太太支配，用于日后田园的婚事。

田老太太主动提出让兄弟们通知他们的生母老田去世的消息。

生母在老田火化之前真的来了，由她的女儿和惠州老家的亲属陪同来了一趟。那时她住在香港的安定医院，神志已经不大清楚了，时好时坏的，但还是来了。

在殡仪馆，她掀开盖着老田的单子，说了一句："我跟你的恩怨算是了结了。"

之后就走了，也没有参加追悼会。这以后，田园的生母就再也没有清醒过，一直住在香港，直到去世。每天把自己收拾得干净整齐，坐在窗边。

谁也不认识。

75

很快田园的业务量就上来了，北京的房地产业飞速发展，让田园在北京的装饰业务做得还算可以。田园还有了一辆开了十来万公里的小面包车，车是一家饭馆抵账来的，老板装修完了，家里有事不干了，把店盘了出去，就把小面包车当装修费的一部分抵给了田园。田园招了一个司机，以前是个国有工厂的锅炉工，后来单位不行了，开过一段出租车，出过事故，不开了，经人介绍给田园开面包车。

毕竟是北京，动锯就掉末，勤奋点，就有的是活儿做，只是竞争太激烈了，利润越来越低。但低利润也给田园带了一个生存的空间，小活别人不愿意干，田园就接下来。

几个工地一开，手下就好几十个民工，高峰的时候一百多，但利润太低，想发展很难，维持生活还可以。一个月下来，刨掉人吃马喂，各种租金开销、费用。工钱一发，也见不着什么钱，还有一些死账，小商店、小饭馆易主了，余款就要不回来了。

但总的来说，田园的队伍在这个新装饰城干得还算是有声有色的。小四川眼睛好了，不看家做饭了，也当了个工头，替田园盯工地，他人年轻，脑子活，又聪明。为了减少民工被收容的概率，也为了节约施工时间，有一个木匠的媳妇来北京找保姆的工作，一时没找到，田园就安排她在家做饭。不光做晚饭，提前还准备好第二天各工地中午的饭菜，拾掇好了，工人自己就带走，到了中午热一热就吃。

这个井井有条的小队伍除了赚钱少一点，干得还算是安逸的。但是，田园和阿莲需要的不是一个安逸的工作，他们需要的是一笔结婚的钱，回老家探望亲人的钱，在北京买房子安家落户的钱。

这些钱对两个年轻人目前的状况来说，依然是天文数字。尤其是买房子，在北京拥有一套房子，那是个什么概念啊！这笔钱是田园和阿莲想也不敢想的。

阿莲将孩子早早地送到了幼儿园，然后找了一份工作，不在这个装饰城，而是在一个私营的装饰材料企业里。因为能干加肯干，有魄力，又聪明，很快就独当一面，既做出纳，又参与销售，经常参加各类建筑装饰材料展览会，全国各地跑来跑去。

从争吵到不再争吵，到彼此牵挂，但那种牵挂已不再是爱人之间的牵挂，而是一种比熟人更熟、和亲人差不多的牵挂了。

田园暗下决心，一定挣下一笔完整的钱和阿莲成亲，然后回自己的老家和阿莲的老家探望家人，顺便再按老家的习惯把婚事办了。否则太对不起她了，也对不起孩子。

田园决定将业务领域扩大，不光做小的家庭装修，更要争取些大的业务。

76

那时田园的业务主要是靠装饰城里的小店铺带来的，顾客在挑选材料的时候也会选择施工队伍或者装饰公司。还有一个渠道就是行业里听来的，比如说哪里要开一个餐厅或者洗浴场所，哪家房地产公司搞精装修正在招标，等等。

听说了，就会去，田园是从装饰公司手下接活儿，装饰公司招标招下来了，然后把一部分的活儿转给田园，装饰公司买材料，田园出工。一般这类的业务利润低，而且尾款非常不好要，干起来要分外小心，搞不好就得吃亏上当。主家不给钱了，下家就要不来，再下家就跟着倒霉，一般就要使钱了，请客，吃饭，请洗澡，直接送钱，等等。挺黑的。

有的事情很离谱。

但这不算是黑的，最离谱的是子虚乌有的项目，郊区有一拨人守着一批待装修的别墅，然后打电话到处邀请装饰队伍和公司，请他们参加装修招标，并指明去现场的路线。

一般都是骗外地人的，人家到了北京站，按照电话里说的路线和方向，就在北京站附近找到一辆黑出租，然后乘车去郊区。到了别墅处，一看，确实有房子，在施工的办公平房里一个留着板寸头型的中年人给了应标的几张草图，让回去报价。

来人看了现场以后，拿着草图再坐那个黑出租走了。

等人家离开北京，回去辛辛苦苦地算好了价格，报过来，就再也没有了消息，其实这帮骗子就是骗那个出租车钱，来回少的要两百多块钱，多的要人家三百多。

反正总有上当的。田园也去过一回，交了两百多的车钱，白跑一趟。

77

郊区还有一群骗子更高明，他们也守着一片别墅，其中的一座是他们的办公楼，装修好了，很气派，老板们都开着进口轿车，他们向社会公开招标别墅的装修工程，还有配套材料。

这批别墅将建成一个度假村，酒店式管理，需要大量的酒店用品和配套设施，也是公开招标。一时间大量的商家、施工队、装饰公司、销售商、销售代表都蜂拥而至。人家营业执照、税务登记全齐，各种合同也很规范，前提是装修的要垫资，推销东西的先把货拿来。

也有人怀疑是骗局，但别墅是真的，营业执照也是真的，合同也是真的。生意不好做，竞争挺激烈，要有诈，可以拿着合同打官司嘛。

再说，也不见得就是骗子，因为能扎进这个度假村招标也不是很容易，都是经过很可靠的人介绍来的。

在这里田园认识了一个人脉很厉害的人物，叫邢博，和田园同岁，河北人，很能干，也很能说，自己本来有很稳定的正式工作，但为了多赚点钱，辞职干装饰了，刚干没多久。他就是通过一个很厉害的部门的人介绍来这里，介绍人还是区人大代表。邢博为了揽到这笔他经营以来最大的业务，向中间人交了二十万块钱，拿到了十座别墅的装修业务，先凑了个装修队伍从天津带过来，租了个农家小院，进了首批材料，等待开工。

邢博不光在河北人脉不错，在北京也很好，女朋友还在北京的一家大装饰公司做设计工作，是个出效果图的高手，科班出身。邢博人也长得一表人才。

田园也通过别人介绍来了，一看要给中间人交那么多钱，自知干不起这活儿，就退了。又不甘心，想从承包方手里揽点零活的时候，认识了邢博，邢博说他把所有的身家都押在这上面了，二十万可不是个小数字，不过，要是成了就起来了。不成呢？

田园问："不成怎么办？"

邢博抬头望天，说，不会不成的。

78

成不成的，绝对不是靠自己的愿望。很快这个骗局就开始揭穿，在聚敛了大量供应商的钱、物之后，公司一夜之间像水银一样消失了，人一个都找不到了。包括邢博在内的数十家公司、个人着了道了，损失最惨重的达上百万，邢博这样损失二十万的算是少的。

很多人开始起诉，找中间人，给邢博介绍业务的那个中间人没等邢博找到他，已经被别的苦主在天津寻到了。人进去了，钱全都挥霍了。

血本无归的邢博二十万没了，工人也散了。河北一时也回不去了，回去那边还有材料款没付。债主个个都不依不饶的。邢博和田园谈得投机，见田园活儿也挺多，忙不过来，他就提出干脆也别回河北了，就跟着田园干吧。田园受宠若惊，说行是行，就是工钱给不高。邢博说，高了你也承受不起，一个月有个三五千的就行，朋友嘛，不图钱，图的是个事业。

邢博很能说，做事情很利索，也很能干，而且对装修行业的经营管理有自己的一套想法。

他提出像田园这样的经营和管理是有很多的漏洞的，太土。不能再这样小打小闹，不能总是以一个施工队的面貌出现，而是应该注册一个公司，以公司的面目出现在市场上，将业务扩大，以量取胜，而且应该导入企业形象识别系统，CI，为未来做成连锁加盟经营做准备。

田园细心向邢博请教，CI是怎么回事，连锁加盟经营是怎么回事。邢博说CI就是一个企业的脸面，像IBM、松下、日立这样国际化的大公司都会有一个标志，有一个完整的形象系统，这样才能在市场中做大做强。连锁加盟经营是一个企业扩张的方法，和CI一样来自美国，这两样东西不仅在关键时刻拯救过美国经济，更使得美国经济如此强大。

邢博说得让整天埋头家装工地的没见过什么世面的田园直点头，对邢博佩服得五体投地，虽然有的说法显得过于远大了一点，但毕竟给田园打开了一个新的眼界。

田园的施工队没有字号，在装饰城的店铺就叫"小田装饰工程部"。装饰城的商户们都习惯叫小田的队伍，或者叫田园的队伍。但邢博说这个名字太土，给起了一个新的名字，办理了营业执照，叫"斯威吉娜装饰有限公司"。

邢博给画了一个标志，给田园印了名片，总经理，他是副总经理，还规定了斯威吉娜的颜色和形状的用法，还在田园的小铺里做了个形象墙，确实让田园的小铺面貌一新。

邢博的观点是，做装饰的先要把自己装饰起来。现在是讲服务和形象的时代了，那个暴利时代都过去了。

邢博的出现不仅给田园的小生意带来新的面貌，由于邢博能说，也很能干，还亲自谈下来一些业务，将田园的各个工地都整理得井井有条，邢博的女朋友在北京一家装饰公司做设计，经常利用职务之便将一些小业务给了田园。

对田园来说，花这么高的工资雇用邢博，更看中的是邢博的女朋友在北京的这家装饰公司里担任的是3D设计师，专门进行3D效果图的设计，她大学毕业后自学了3D软件的使用，然后在工作中积累了大量的设计经验。田园非常想学会这门技术。原来的手工绘制效果图早就在市场中被淘汰了。只是首先得学会使用电脑，这让从未学过电脑的田园就为难了。

田园跟邢博和邢博的女朋友说了自己的想法，两人说，没问题，都是朋友，不用担心。田园买了个二手旧电脑放在店铺里，平时阿莲也教教田园打字什么的，邢博的女朋友也经常过来看看，教教田园。

阿莲不喜欢邢博还有邢博的女朋友，私下里和田园念叨，好好的河北人说起话来尽带着英文。

田园的木匠们也对邢博有意见，他要求木匠们都统一着装，干活的时候佩带特制的"斯威吉娜装饰有限公司"胸卡。这些木匠没太大意见，但意见最大的是他经常晚上给大家开会，讲如何给雇主提供更好的服务，制定了很多规矩，跟修家电的进门的服务规范差不多。还跟木匠们讲CI，尤其是重点讲员工的行为识别。还讲ISO9000，还讲六西格玛，讲如何提高市场竞争力。

木匠们对此抱怨很大，说邢总经常给开会，连给大家做饭的大婶也得参加，搞得大家不能好好休息了，白天累一天，就晚上有点时间，想睡觉，可是邢总在大家睡觉的小平房里一开会就是三小时，一讲就讲到夜里十一二点，讲就讲吧，还搞员工互动，让大家互相谈体会。

田园暗示过邢博，木匠有意见，但邢博告诉田园，企业就是这样经营的，只有这样经营，企业才能真正做大做强。马上就是2000年了，新世纪就要到来了，要用新的观念和新的思想迎接新世纪的挑战。

邢博说的新千年的事情触动了田园，这么多年了，都没回过南方老家，新千年就要到了呀。整个北京城都在等着欢度新千年。田园想起了那些欢度香港回归、欢度元旦、欢度春节、欢度五一、欢度十一、欢度六一，所有那些欢度的日子自己都是在施工工地和追要工钱的路上度过的。

想着想着，一个特别强烈的想法就萌发了，他迫切地想回南方老家，想立刻动身，回去看妈妈、爸爸、哥哥姐姐还有邻居们还有老家的房子，还有哥哥姐姐的孩子们。

79

阿莲制止了田园的想法，提醒田园没结婚怎么回去，结婚是需要一笔钱的。否则回家以后，跟亲友们没法交代。当月发邢博工资的时候，阿莲当时就急了，直说田园发疯了，你自己一个月才能赚多少钱，竟然给邢博四千块钱工资。阿莲让田园立刻赶走邢博，咱家不伺候这样的大爷。

田园耐心地跟阿莲解释，说邢博很能干，来了就给咱带了业务，女朋友还能教我3D效果图制作。再说，这不是朋友吗？

那时，阿莲已经没有心思和田园吵架了，阿莲的新工作有了起色，有了新工作就有了新的人脉，就有了新的生活和思想空间。阿莲冷冷地对田园说，你的事情我不管了。你也不小了，做事情要自己承担后果。我是你的女人，不是你妈妈。

田园只能认错，老实干活，祈祷能够来一笔大的业务，赚一笔钱结婚，打消阿莲对自己的失望，然后一起快乐地回老家，见双方的父母。

这笔业务真的就出现了。

那天，一个中年人到装饰城定了一批装饰材料，因为和供货商很熟，顺便问了一下，他们这里有没有好的施工队伍，天津有一个服装商厦想赶在元旦前开业。老板不信任当地的队伍，想从北京找队伍。

供货商就把人家带到了田园的小铺里，说田园的活儿不错，价格也公道。主家看了田园的施工照片，又去了一个正在施工的现场，去了田园以前干的餐厅和服装专卖店，看了工具还有施工的人，表示满意。说回去跟老板商量一下，很快回话。

第二天，从天津打来电话，说老板要见见施工队的负责人。平时，这样的咨询者挺多的，但真的业务并不多，大多是问个价。那天正赶上孩子病了，田园和阿莲着急上火地送孩子去医院。田园在电话里就告诉邢博，要不你就去一趟吧。行就行，不行就拉倒。

邢博和司机开着田园那辆顶账来的破面包车去了一趟天津，转天回来，说是这个业务有门，转天又去了一趟，说这笔业务越来越有门。

邢博连去了好几趟，有几趟顺便连女朋友也跟着一起过去了。田园因为孩子病了，在医院输液，阿莲的工作也忙，请不到假，前后就都让邢博忙前忙后。

这项业务竟然越来越有眉目，到了设计阶段，田园看了商场的照片，画了几个草图，本来想请邢博的女朋友出几张效果图，但人家没出。朋友之间出了图不要钱亏心，要了钱不好开口，多了少了，都不合适，结果就给介绍了一个人出效果图。

这人叫付杰，美院大三的学生，做得一手好效果图，一报价格，吓了田园一跳，一套图要一万二。

田园反复问能不能便宜点儿，详细地说了自己的难处，怕万一生意不成，这钱就白花了。付杰说，既然都是朋友介绍的，那就这样，要是业务成了，一万二，要是不成八千。但有一个条件，钱绝对不能拖欠。你那边一开工，这边钱就给清。

田园犹豫了，实在心疼这八千块钱，万一业务不成，这钱可不是小数。于是赶紧过去找邢博商量，问邢博有多大的胜算。邢博说没问题，主要看设计了。

田园咬咬牙，转了北京的几个大商场和高档服装卖场，特别又请教了许咏梅帮着构思了几个设计方案，交代给付杰。三天，按时出了图纸。估算了一下，总造价达一百多万，田园没敢再往高开，但已经有二十来万的利润。刨去对方划价，也能有十来万的利润，这绝对是一笔巨款了。

如果这笔业务成了，结婚够了，回家够了，还可以购置一些施工工具，再买一台好电脑，好好学习效果图的制作。

80

田园构思，付杰动手，效果图由邢博拿到天津，邢博拿去的不光是付杰出的图，还让自己的女朋友背着田园悄悄出了一套设计图纸带了过去，客户挺满意的，老板连中层管理者开了个会，最后选定用了付杰出的图，令邢博比较失落。

从天津回来后，立刻进入预算阶段，经过几轮价格磋商，这笔业务真的就成了，总造价为一百二十七万。合同是以斯威吉娜装饰公司的名义签的，首笔款30%很快到账了，田园兴奋得连着几天没睡好觉，抓紧购置材料，组织人手。

施工中，另30%也到账了，这些钱全部用于购置材料、运输、现场管理等费用。再有30%到账了，正好支付工人工资，再有10%是利润。除了税，有二十多万的纯利。

第三笔款很快就支付了，但却没划到田园的账上，而是划到了邢博的账上，从这笔业务洽谈成功之后，邢博就悄悄注册了个河北斯威吉娜装饰有限公司。原先的合同一直在邢博手上，整天忙着施工和装饰设计的田园哪里能有这样的心眼？他哪里懂得什么是公司，什么是合同，什么是法人？

仗着在天津的人脉还有自己的聪明和勤奋，加上天津的那家服装企业非常厚道和守信用，邢博成功地将整个业务都搞到手，施工的木匠们，连做饭的大姆还有司机、余款、材料全都一锅端，撬了过去。这一点田园不服不行。邢博的思想工作做得很到位，所有人竟然都相信他的国际化大企业的理想，认定在田园那里永远是在一个小作坊里当民工。邢博为大家描绘了一个做国际化大企业员工的美好前景：双休，养老，福利、保险，等等。

甲方那边，邢博的工作做得也很成功，为了洽谈业务的方便，合同在他手上，公章在他手上，重新和甲方签订了补充协议，把余款弄到了自己公司的账上，虽然有很大的法律风险，但是，依田园当时的能耐，是搞不定这些事情的。

二十多万的利润让邢博打了个翻身仗。但田园却如坠深渊，两眼全黑，工人们从天津回来以后就去了邢博那里。田园一算，这笔业务让自己欠下了付杰八千的图纸费。

付杰来了好几次要效果图钱，田园没有，像热锅上的蚂蚁，急得乱窜，不知道该怎么办。又不敢跟阿莲商量，怕她生气着急，只能一个劲地跟付杰道歉。付杰来了好几次没要到，心里也气，临走留下一句话，田老板，大家都是朋友介绍的，我要了好几次都要不来，你的生意出什么事情了跟我没关系，我的图纸费你是不能欠我的，下次我再来可就不是自己来跟你好说了。

第二天傍晚，付杰带着他舅舅以及他舅舅的几个朋友气势汹汹地来了，直奔装饰城里田园的小铺。

81

一拨人连付杰一共五个人，进了田园的店里，不大的小店立刻挤

草狗的青春

满了。付杰的舅舅留着个板寸，五大三粗的，进了门，四下里看看。身后的人抱着胳膊站在门口和田园的四周，斜眼看着。

付杰站在门口。

"你是田园？"付杰的舅舅冷冷地说。

田园紧张地点了点头。

付杰的舅舅说："怎么着啊，你丫欠我们家杰子的八千块钱，到底是给还是不给？"

田园说："给，我很快就给。这次是因为……"

付杰的舅舅一抬手："别废话了，给，就拿钱。"

四周的人冷漠地看着田园。

付杰的舅舅说："没钱是吧？告诉你，你这号的我见得多了，没钱你来混什么劲呀，找不痛快是吧？实话告诉你，今天我来就是解决问题的，这八千，是要你条胳膊还是要你条腿啊？"

田园说："我肯定是会给他的，但是……"

付杰的舅舅忽然一记直拳击中田园的鼻子，将田园打到墙角，一起带来的几个人各个上前踹了田园几脚。

付杰的舅舅蹲下来，对地上半躺着的田园说："孙子哎，我告诉你，我们家杰子打生下来，一家人就跟个宝贝似的哄着，从幼儿园到上大学，我们家连个暖壶都不舍得让他拿，行啊你，倒让你个盲流白使唤这么些日子，给你丫一宿一宿地画图。"

说完，狠狠地给了田园一个大嘴巴。田园嘴里立刻都是咸涩的血，脑袋嗡嗡的。

付杰的舅舅站起来，手一挥，说："给我搬，把屋里的东西都搬走，还有门口那面包车，也给开走，还有那电脑，那电钻，电锯，工具什么的，都给搬走。"

一屋子人纷纷动手，车钥匙也从抽屉里拿了出来。

付杰的舅舅从桌子上拽过一张白纸，一支圆珠笔，拿到田园跟前，说："爷今天也不为难你，你们这些盲流不懂法，我可是懂法的人，写个欠条，三天之内还，你是卖东西，是去偷去抢，我不管，你得把钱给我拿来，换你这些东西。"

田园擦着嘴上的血："钱我一定会给你，但工具你不能拿，拿走了我就干不了活了，拿什么赚钱给你……"

付杰的舅舅又给了田园一个大嘴巴："你丫还嘴硬，少废话，赶紧给我写条。"

说着就把笔往田园手上塞，田园就挣扎，几个人上来就摁住田园，田园挣扎得更厉害了，付杰看着有点心慌，上来拉他舅舅，说："舅舅，要不今天就先这样。"

付杰的舅舅轻轻把付杰推开，说："宝贝儿，你不懂，对付这样的盲流，就得用这办法……"

付杰的舅舅卷起袖子，顿了顿气，走到还在挣扎的田园跟前，对他带来的那几个人说："你们闪闪，丫的我就不信敢跟我较这个劲。"

82

有人在门外高喊一声。

大家回头一看，竟然是田老太太，还有阿莲，还有田园大哥的孩子，那个正在读高中，即将高考的小伙子，都已经是一米八的个子了。

田老太太哆嗦着走进屋里，在田园跟前蹲下来，从裤兜里拿出手绢，擦田园嘴角上的血。

田老太太镇静地说："遇事可以商量，为什么要打人呢？"

付杰的舅舅说："他欠钱不还，能商量就不打他了，这不是商量不了了吗？没别的，就让他写个条……"

田老太太说："你们是大城市的人，我们园园是小城市来的，没见过世面，得罪您了，您原谅他。他欠您多少钱啊？"

付杰的舅舅说："八千。"

田老太太对田园说："小五啊，是这数吗？"

田园点了点头。

老太太对阿莲说："阿莲啊，给你姨找把剪刀。"

草狗的青春

阿莲抱着孩子赶紧在抽屉里摸出一把小剪子，递给田老太太。老太太转过身去，背对着大家，面朝墙，把上衣解开，然后把裤带松开，从腰间的裤带处剪了好几剪子，穿好衣服，转过身，手里拿了个布袋子。

老太太在众人的注视下，将布袋子解开，里面包着一层塑料布，塑料布解开，是一层纳鞋底的鞋样纸，这层纸打开，是六万块钱，捆扎得整整齐齐，是田园南方老家拆迁的那六万块钱。

83

付杰和他舅舅还有他舅舅带来的几个人数好了八千块钱，走了。临走的时候，田老太太让给打个收条，付杰写完收条递到田园手里的时候，轻声说："园哥，我也不想搞成这样。"

田园接过收条，没说话。

一行人前脚刚走，原先给田园干活的几个木匠陆续进来了，其中还有小四川，小四川没敢抬头，也不敢看别人的眼神，小心翼翼地说："田老板，您还欠我们上一拨的工钱呢？"

田老太太拆开那些钱，一张张地数，一张张地发给那些要工钱的木匠。发到小四川的时候，小四川数完了扭头看了看阿莲，小声说："上次还扣了我一个月的工钱，三百，园哥只给了我一百，还差二百。"

老太太看了看阿莲，又看了看田园，没说话，又数了二百块钱给了小四川。小四川和工人走了。老太太说："够了吗？还有吗？"

小四川摇了摇头，低着脑袋顶着阿莲冒着火一样的目光走了出去，临走的时候侧眼瞟了一眼田园。

回家以后，阿莲问田园，你知道谁让付杰还有工人在这时候找你要工钱的吗？田园说知道，是邢博，把我彻底搞垮，工人才好踏实给他们干活。阿莲说你知道了，但已经晚了。

田园无言。

阿莲说："你知不知道的，都已经晚了，我们已经到头了。你不用赚钱结婚了，也不用回老家了，都不用了。孩子是我生的，你就休想了，房子是租的，在北京，我们俩什么财产都没有，也不用操心分了。你要是难，这个月我刚发了工资，六千，给你留三千，明天我就带孩子搬出去。"

田园说："你去哪儿？"

阿莲说："你别问。"

84

田老太太那几天心急火燎地想儿子，给田园打电话，田园租住的房子里的电话欠费了，一时打不通，田老太太心里一急，就一定要来北京，谁都拦不住。田园的哥哥姐姐们没办法，又脱不开身，只好妥协，为了安全起见，就让田园大哥的孩子陪着一起来，当旅游了。

阿莲第二天就搬出去了，老太太一直就没说话，最后阿莲提着大包，一手抱着孩子在门口的时候，田老太太说："阿莲啊，你一个人带着孩子多不方便，要不把孩子留下来，我照顾，你放心，孩子是你生的，什么时候都是你的。"

说着老太太就掉下眼泪，伤心不已。

阿莲咬了咬牙，抱着孩子，拎着大包走了。

装饰城的店铺房租就要到期了，由于北京的房地产业越来越兴盛，田园租住的房租也涨了，店铺的租金也涨了。房东都来谈了，要么接受新的房租，要么就搬家，没商量。要租的人有的是。

田老太太手里也没剩下多少钱了，田园因为木匠们都走了，店铺里接下来的活儿，定金都不敢收，收下来就得开工干活，一时半会儿还凑不起一支干活的熟练队伍。

田园想了几个晚上，算了吧，别了，北京。这是一座别人的城市，不属于自己，这个城市里曾经有自己的一个梦想，如今这个梦想结束了，一切都结束了。回老家吧。

田园把想法告诉母亲。母亲开始没说话，沉默一会儿说："你打算回去干什么？"田园摇头。母亲说："你工作也没了，老家的房子也拆了，工厂倒闭的倒闭，你的哥哥姐姐们下岗的下岗，拿不全工资的拿不全工资，你回去找个人借点饭钱都借不来。"

田园没说话。母亲说："做事，哪能不难呢？你爸爸当年打钻，什么难事没遇到过？不都扛过来了吗？我当年跟着你爸养活你们几个孩子什么风言风语没听过，不也都过来了吗？你们不都好好长大了吗？"

田园无言以对，心里想，妈妈你不知道啊，我有多难，我们手里的那点钱，在北京坚持不了多久了。这点钱与其在北京赔掉，还不如带回去，那是老家拆房子的钱啊。

母亲说："妈知道你心里难受，你侄子听说跟我来北京，不知道有多高兴，一直要去天安门。妈也没去过，要不别的难事先放下，明天你带妈和你侄子去趟天安门？拍个照片，散散心。回来你再接着干。干不好，就认了，咱再回去。要是回家没路费，妈跟你一起要饭走回去。"

田园说："妈妈，我没有心思了，在北京太难了，举目无亲的。有困难，连个借钱的人都没有。坑你的人倒有的是。"

田老太太说："大男人的，说这么没出息的话，北京不还没拿刀子架你脖子上让你走吗？你身边不还有妈妈吗？你就是要饭，妈妈也替你看家。你要一口，妈就吃半口，这么大的天下，还真的就没有好人了，能让咱娘俩饿死？再说，妈也有手有脚，什么活都能干，妈可以去当保姆，不好多人在北京当保姆吗？妈当保姆一定不比别人差。人家要是嫌我岁数大了，我可以少要工钱。照顾老人，伺候病人，我都能干。小时候我养你，现在照样能养你。"

田园说："妈您别这么说了，我听您的。"

85

第二天一早，田园、母亲、侄子，三个人坐车来到天安门广场，正要迎接新千年的到来，广场上布置得花团锦簇，人流如织。

田园的侄子高兴地四处张望，拿着傻瓜相机没完没了地拍照，给奶奶拍照，给叔叔拍照，给自己拍照。而田园的心却像压了块大石头一样沉重，脑子里想的全是房租、店铺、装饰材料、工人……

在金水桥上，田园忽然想起了那个久违的诺言。在人民大会堂正门的第十三级台阶上他又想起了那个诺言。

想得田园一脸的茫然，两眼发红，连母亲都看出来了。母亲问："怎么了？"

田园说："没事，妈妈。"

田老太太说："能没事吗，什么事情能瞒住我？"

在人民大会堂的第十三级台阶上，田老太太有一句没一句地问了问田园的爱情生活，问了阿莲的情况，问了李梅香的情况，问了很多。田园有一句没一句地回答了母亲的问题。

离开天安门，田园将母亲送回了租住的地方，侄子说自己出去转转，到处看看。田园和母亲嘱咐他一定小心，田园说去店里看看，一路上心里沉甸甸地想着母亲说的那些话，想着老家，唯独不敢想更不敢面对自己的小装饰店，不敢面对所有工人都走了的现实，不敢面对手头已经没有多少钱了，不敢面对即将没钱交房租、电话费等等。

万念俱灰的田园硬着头皮到了装饰城里自己已经关了一天门的小店铺门口。门口已经有一个人等了他好一会儿了。田园再晚来一点，那人就走了。

86

在田园店门口等田园的是个从未见过的老人。

他看了看田园问，你是姓田吗？田园说，是啊。老人说，按照门牌号应该是小田装饰部啊，怎么是斯威吉娜装饰公司呢？田园掏出钥匙把门开开，说，刚改的，正准备改回来呢。

老人说，我说呢。

说着，老人拿出了一份合同。田园一看，心里全明白了。

老人是杜晓刚的父亲，他带来了四万块钱。老人仔细看了田园的那份，让田园写了个收条，就把钱给了田园。

给完钱，杜晓刚的父亲反复说："不好意思啊，你杜大爷可不是故意的，家里出了事情，就没顾上来，前些日子和晓刚的爱人整理东西，才发现这档子事。"

田园拿着钱，不知道说什么好了。

杜晓刚的父亲又说："晓刚的媳妇本来要自己来的，怀孕了，出门不方便，就让我给您送来了，让我跟您道个歉，您别见怪，耽误您这么长时间……"

田园拿着钱："杜大爷，您别这么说……"

杜晓刚的父亲转身走了，临走的时候说："小伙子，你给我们家装修的那个房子我看了，挺好的，价格也公道，活儿也好，好好干，我知道你们外地人在北京干点事情怪不容易的。"

田园捧着那四万块钱，都不知道送送老人，站在那里，怔怔地目送老人远去，出了装饰城的大门，消失在北京的车水马龙和汹涌的人潮里。

87

几天以后，一批南方木匠经人介绍成了田园的施工主力。田园的家装业务又开展起来，接着又一批人介绍来。

有一天，一个举止得体，说话很斯文的中年人转了一圈装饰城，挑选了很多材料，想找一个施工队伍去福建干点儿活，钱不是问题，但要最好的工和料。

材料商介绍给了田园。田园生怕上当，说福建太远了，如果要做的话，要把路费算上的。中年人也不着急，看了田园的营业执照，看了田园以往的装修作品，就走了。第三天又来了，仔细检查了田园的营业执照，要走了田园和所有施工人员的身份证，过两天又来了，身份证也送了回来，还带了一些图纸和照片。

中年人给的业务是在福建的一个风景区装修一批别墅。一些高档洗浴用具在装饰城已经选好，厂家会直接将货物运到现场并负责安装，田园包部分材料和所有的工。

做完造价，田园吓了一跳，竟然达四百多万。那天晚上，田园越想越害怕，太高了吧，别把人家吓跑了，不过看他的样子不像说瞎话的，再说了人家不是说钱不是问题，要最好的工和料吗？田园将利润放在了五十万上。

造价过去了，人家算了一下，每平方米的造价还是低，不够标准，预算增加了二百万，几幢别墅的装修费到了六百多万。

天下有这样的好事吗？田园跟猜谜一样。过两天，三百万到账了，一半的预付款。

田园带着人出发了，临走的时候留了个心眼，先进二百多万的材料，绝不多进，万一后面的钱不给了，就停工。

到了福建，在一处山清水秀的地方，田园开始施工，材料运输都不用田园操心，都有甲方的专车运输。工程还没到一半，另一部分钱就到账了，其间有人来监工，督促施工质量和速度。

施工结束了，工人们觉得田园这个老板简直就太厉害了，竟然有这样大的来头，能接着这样的业务，很崇拜田园。田园及时地发放了工人的工资，还多发了质量奖。

工程结束后，各种设施都到位了，就差床了。甲方通知田园他们直接去浙江的一个风景区，接另外一个活。

临出发前，田园带着他的几十个工人睡在别墅新装上的进口高级木地板上，看着落地窗外边的湖光山色，如坠梦里一样。

田园使劲地掐自己的大腿。真的吗？这一切是真的吗？

88

从浙江回来，又去了江西，施工是封闭的，每天埋头干活，伙食也都是安排好的。等回到北京，钱都结算清了。田园的账上竟然有了四百多万。

田园把这个钱数告诉了田老太太，老太太没有多大的喜色，不像田园兴奋得手脚不知道往哪里搁了。老太太立刻做出了一个决定，让田园的在船舶厂工作的姐姐和姐夫立刻来北京，姐姐已经下岗在家，而姐夫也很快就要下岗了。

田园的姐姐和姐夫把孩子送到姐夫家，让公公和婆婆带，两口子动身来北京。一到北京，本来想先去趟天安门的，但下了火车，从车站接到住的地方，已经有很多工作在等着他们了。田园换了个最明显的店铺位置，花钱好好装修了一番，雇了几个做3D效果图的设计师，这边雇着他们，那边还培训着几个，并正式注册了田园装饰有限公司。各式大小不同的装饰工程纷纷而来，有老客户介绍来的，有新客户找来的。大量的钱和物以及要处理的事情像潮水一样涌来，让田园措手不及。

姐夫盯工地和材料，姐姐管财务，田老太太在家里给做饭，一家人每天都会干到很晚。一边吃饭，一边商量工地上的人和事还有材料，还有姐姐管着的钱。

很快人手就不够用了。姐姐管钱明显不能胜任，田老太太让从姐夫老家找一个熟悉的会计，姐姐去上一个会计班，现学。

大小工地开了很多，材料商天天追着请吃饭，各施工队争着接田园发下去的活儿。要账，结账，管理，忙得田园和姐夫晕头转向。其间田园还因为胃出血住进医院。一通折腾，难受得要命，牵挂着工地上的事情，没好利索就回公司，接着玩命地干活。

那段日子，田园事情多，应酬也多。交往多了，结识的各种各样的人也多了，业务也随之多起来，腰围也跟着饭局的增长而见涨。

这段交往里，田园又遇到了当年和老魏一起去东北时见过的那个东北老板，当时要开一个洗浴、吃饭一条龙的娱乐场所，后来因为贷款的问题没能开起来。后来这个老板辗转到北京开了个夜总会，又筹集了资金，准备在北京开一个洗浴连吃饭的大买卖，计划投资过千万。

不少公司都去参加他们的设计和装饰招标。田园也去了，一进门，看见田园，一眼就认出对方来了。

两人谈了谈装修的风格、造价、原房的基础结构等等。对方一定要请田园吃饭，吃完了饭，一定要请田园去他的夜总会唱歌。

进了夜总会，老板让服务生把丽姐叫来。

丽姐来了，她是这里的姑娘们的头儿。老板说，丽啊，这是我的小兄弟。夜总会的光线很昏暗，田园还是一眼就认出这个"丽姐"来。

89

她是海莉。

田园的同窗加邻居，曾经在老家借给过田家三千块钱买房子的那个海莉。

海莉在温州做夜店，这些年辗转了很多城市，经行里的姐妹介绍，到了北京，在北京已经干了有多半年了。因为入行早，经验多，给这个东北老板做经理，行里也叫妈咪，管着一群姑娘。

经过田老太太的同意，海莉离开了夜总会，到了田园的装饰公司帮忙。海莉告诉田园，千万别接这个装饰工程，她很了解内幕，这个老板欠了不少账，以前在东北也是因为欠账和贷款出了问题，让不少公司和个人都栽了进去。

田园出了一身冷汗。这一行，就怕这个。不赚钱没关系，就怕陷进去，陷进去就有可能永远不得翻身。

田园婉言拒绝了这个洗浴的招标项目。海莉借故离开了夜总会。不过，因为给人家那边撂了挑子，夜总会的东北籍老板满肚子不愿意，说过些狠话。田园心里知道自己在北京几斤几两，想了很多办法，最后找到了老金，老金那时生意正是巅峰，说话管用。由老金从中撮合，吃过一顿饭，海莉和田园说了不少好话，就算了。

在一起工作的那些日子，田老太太迫切地希望田园能够和海莉结合，但田园心里有疙瘩，在一起工作行，娶了当媳妇，心里怎么想也觉得不愿意。

田园没跟母亲说，就拖着。海莉心里也很清楚，也不提，慢慢地就把精力放在了田园的生意上，没多久就成为田园公司里举足轻重的人物。

而此时，田园的业务节节上升，势不可当。

换来这样的大好形势，田园一家不光付出了没白没黑的艰辛工作

草狗的青春

的代价，还付出了亲情的代价。

海莉和田园姐姐的矛盾越来越深。有生活上的，有工作上的，为了出钱，谁说了算，谁说了不算，等等。最后田老太太给一家人开会，说谁说了都不算，田园说了算，让大家一切都听田园的。否则就别在公司里干了，拿点钱回老家去。

90

田园已经意识到大型装饰工程能赚到钱，但不是轻易可以拿得到的，而且一旦出事，就再也翻不过身来，中小型的装饰工程竞争太激烈，相对容易一些的是家庭装修。但家庭装修利润低，要想赚钱就必须上规模，但上规模就涉及管理。这么多人，这么多物，这么多工地，这么多钱，确实不容易管好，出了事就砸招牌。

田园跟老金探讨过这个问题，也认真地和母亲、海莉还有姐夫探讨过这个问题，一致认为如果要继续发展下去，最好的办法就是避开施工管理的弱势，而转向生产，找个项目生产装饰材料，如瓷砖、木板、涂料、防盗门、铝合金型材、新型塑钢门窗。

老金看中了一个德国的新型铝合金型材的生产和加工，与高档住宅配套，还在商谈之中。田园和老金商量由老金进行型材生产的投资，加工投资由田园负责，共同销售，或者委托代理销售。这样就把精力完全放到加工生产上了，而不用再一个工地一个工地地纠缠。

型材的生产对老金不算大生意，但对田园来说绝对是一个让他倾尽全力的项目。田园需要狠狠地攒一笔钱，田老太太很支持这个计划，老太太说，不管前景怎么样，买地建厂房置家业是没错的，姐夫说不管做什么都会一心做下去。海莉完全没有这些想法，她想买个房子，买个车。

海莉的想法遭到了姐姐的强烈反对，姐姐说如果给海莉买房买车的话，就得给姐姐和姐夫都买，说田园是让钱烧的，孩子上学和家里的房子都还没买。她一个做小姐的凭什么就要买？况且，买田园的车还不定她吃了多少好处。

话传到海莉耳朵里，气得她脸色铁青，瞅了个机会就在公司里给了姐姐一记耳光。姐姐也不示弱，两人扭打在一起。双方头发都扯掉不少，脸也抓破了。

事后田园的姐姐跟田园说，如果海莉不走，她就不认这个弟弟了，令田园非常为难。最后是老太太出面，让姐姐回家不再担任公司的会计职务，一心照顾孩子上学，陪田老太太，把老家的二哥和二嫂叫来北京，帮着田园处理公司的事情。

田园给海莉买了辆车，给姐姐买了辆车，给姐夫买了辆车，新来的二哥二嫂还不适应北京的生活，就先没买，等过一段时间再说。

田园暂时放下了和老金合作做型材加工的事情，把钱和精力先放在处理公司和家庭内部矛盾上。先要解决房子的问题，这么多年一直租房子，田园决定买一处，但北京的房子太贵了，自己的那点钱根本经不起折腾，就选了通州买了一处房子，三百多平方米，有个院子，虽然钱也比较紧，但田园还是咬牙从公司的周转资金里抽出一部分付了全款。

装修的时候，田园按照老家的那个房子装的，在院子里挖了鱼池子，看着高兴，干脆把鱼池子接到屋里了，这样鱼就能游进屋里，做好上下水，形成活水，换水拧开关就成。

北方气候寒冷，不能像南方那样踏实地种蔬菜，田园一琢磨干脆就把院子的一半用玻璃封了起来，做好排风，安了个小锅炉。这样玻璃屋里恒温就能种蔬菜了。

田老太太不止一次地提到她想老家，想老家的菜地，北京是好啊，但种不了菜多难受啊，再好也不如老宅好啊。

等都装修好了，田园把母亲从租住的地方接过来。母亲站在院子里就流眼泪了。母亲说，想父亲老田了，想那个多年没有音信的田园的小姐姐了。

田园赶紧给母亲搬了个躺椅，让母亲坐下。田老太太抹着眼角跟田园说："小五啊，你是个好孩子，懂妈妈的心思，收拾得再像，可这毕竟不是老家啊，我们的老家没了，房子也拆了，人也死的死、散的散，你出来这么多年，受这么多罪，现在妈妈连个老宅都没给你留下……"

田园半跪在妈妈的躺椅边，说，妈呀，您在哪里，哪里就是老家。

91

扩大规模就要付出更多的辛苦，此时田园的姐夫已经干成了机器人，从早到晚，没白没黑地盯工地、盯钱、盯物，在公司上下口碑最好，人缘也好。海莉也是忙得不可开交，二哥二嫂也基本上不沾家了，每天晚上一回来就累得没了人形。

起先一家人住在通州田园新买的房子里，分头早出晚归，时间一长，因为孩子、房子、车子还有工作上的一些问题，渐渐起了矛盾。田老太太一看，让田园赶紧买房子让大家分出去住，否则，再发展下去不光是兄弟不和的问题了，还会影响到公司。

给二哥和姐姐、姐夫买的房子和车子依然是从公司的流动资金中抽取的。本来田园想跟二哥、二嫂、姐姐、姐夫说我们已经很好了，跟老家比简直是一个天一个地，知足就行了，房子买小一点，偏一点，车子别买那么好的，买个桑塔纳就行了，两口子开一个多好。

但到了亚运村汽车市场一看，田园的这话就说不出口了，那一年，北京亚运村汽车市场火爆极了，很多人买汽车。

除了姐姐每天去公园练气功，家里的所有人都埋头在田园的生意当中。田老太太还给南部山区的大儿子也打了电话，让他收拾收拾家里的事情，时刻准备着也投身到田园在北京的事业当中来，还嘱咐设法找到离家多年没有音信的田园的小姐姐。大哥想了很多办法也没能打听到哪怕一点点消息。

有人的地方就有矛盾，有工作的地方就有矛盾，有利益的地方就有矛盾，有管理的地方就有矛盾。田园的公司很快就充满了各种矛盾。只是田园已经顾不上了，公司资金短缺问题一直困扰着他，他能做的就是继续扩大规模，增加人手。

仗着北京的市场好，加上一家人没白没黑地干，总算没出大的纰漏。田园挪出了一笔钱，在河北省老金选中的一个县开发区买了四十亩地，而老金圈了一百六十亩，准备投资和德国合资一个大型的型材生产厂。

地买完了，开始盖厂房，田园已经很少沾家了，有事情都是哥哥姐姐打电话，问的都是用钱的事情，汇报用哪笔钱，不用哪笔钱，不知不觉地和家人越来越疏远，尤其是和哥哥姐姐们，为用钱的事情闹过不少的矛盾。田园要付一笔钱，早就将这笔钱惦记好了，一问会计，没到账，做事情向来有主心骨的二嫂没入账就给拿走了，也没告诉田园就将这笔钱汇回老家给娘家买房子了。田园一听就急了。

姐夫也曾经将一笔钱寄回老家，被姐姐发现，硬说是给了某个坏女人和狐狸精。后来澄清是给了家里的一个亲戚上大学用。

类似的事情越来越多，说谁谁不高兴，都是一家人嘛。田园的意思是家里的钱大家用没错，但得告诉我一声，要不然我这就出乱子了。哥哥姐姐的意思是这么玩命地干，用这么点钱没打招呼不应该，但也不至于你当弟弟的说我们吧。

田老太太支持田园，说一个家就得有个主心骨，弟弟是小，但生意上没大小，以后谁要是没规矩，就拿笔钱回老家，别在北京干了。

哥哥姐姐们渐渐不再跟田园说话了，一家人出去吃饭，能不带田园去就不带他去。田园要是赶上去了，那顿饭准没什么意思，闷头吃了，没话，吃完了，田园结账就散了。各开各的车，各回各的家。

92

田园没有精力去牵扯公司的事情，心思都用在河北的那个工厂。如果工厂顺利开工，就可以将累人的装饰工程收一收。

就在河北的工厂快要开工时，海莉从北京打来电话，说姐夫出事了。田园问什么事。海莉说，你别着急，赶紧回来，慢点开车。

田园心里知道不好，驱车就往回赶。

事情比田园想的要严重得多。

装饰工程施工中，电工很重要，但施工的那些民工里，谁是真的电工呢？稍微正规一点的装饰工程要向甲方提供电工资质证明，其实大多数装饰公司都花钱租个本子递给甲方，电工都是有经验的民工弄。

姐夫这个人在船上时就什么都干，好不容易有了个发挥自己才能的地方，又是自己家的买卖，干起活来恨不得把命都搭上，那天工地上人手不够，接电的工人正忙，本来他只是监工，负责材料和工程进度的，但心里一着急，也不是第一次了，上手就去接电。

一下就被电了，人从一米高的地方打下来，也就是个屁股蹲儿。以往，姐夫从三米多高的地方摔个屁股蹲儿，自己拍拍屁股就起来，接着干活了，但这次就站不起来了。好好的一个人，就摔了一下，就站不起来了。人也没有了知觉，说不出话来，翻着白眼。工人一看不好，赶紧叫人，海莉先到。二哥二嫂到的时候，人已经让救护车送医院了。

在救护车上，医生翻翻姐夫的眼皮，仔细观察观察，跟海莉说，这是脑出血，最多活三天，你做好思想准备。海莉一看不好，立刻在救护车上给田园打了电话。

田园赶到医院，正在做各种检查，姐夫开始喷射状呕吐，将仪器吐得一塌糊涂，二哥、二嫂和田园赶紧忙着收拾和擦仪器。

等一切都安顿好了，二哥要回去一趟，顺便把姐姐也接来，再安顿安顿家里的事情，问田园要带什么东西吗？

田园想了想："先别告诉妈。对了，顺便给我带双球鞋来。"

93

姐夫的片子出来，大夫说没救了，但是说不排除发生奇迹的可能。这个很外交又很让人揪心的话令田园一家如坠云雾。

田园说，只要能把人救过来，花多少钱都行。大夫说，这不是钱多钱少的问题。

姐夫一言不发地半躺着，田园注意到姐夫的手在有意识地拔身上插的管子和针，田园问大夫怎么办，大夫说把他的手用毛巾捆上。田园就找来毛巾撕开后捆上，但是姐夫却将手弯过来解开那个结。田园问大夫，他到底有没有意识。大夫说，病人处在深度昏迷当中，没有意识。

但是田园却真切感受到了姐夫此时承受的巨大痛苦，他在使劲拔身上的管子。

因为治疗时需要吸痰，要弄开他的嘴，大夫就用一个专用的工具撬开他的牙。好几次姐夫就要坐了起来。

人在病床上，这时和牲口就没有什么区别了。

田园的二哥经不住老太太的追问，只好说了实情，把老太太接了来。老太太进了病房，看了一眼，说："这个孩子没得救了。"看完了这个女婿，老太太铁青着脸出了病房。

田园眼睁睁地看到姐夫太想醒过来，虽然他眼睛睁不开，说不出话，但一有点精力就要挣扎着坐起来。田园知道他有话要说，他还有个四岁的女儿，家里还有父母兄弟姐妹，公司里还有很多活儿没有干完，很多款没有结回来，很多没有结给别人的钱。姐夫来北京，下了火车直接就埋头干活，哪里也没去过。

想着想着，田园就悲伤起来。

第三天，田园在姐夫的耳边喃喃地说，姐夫，我是田园，你放心吧，我会带好你的孩子的。姐夫扭过头，眼睛里流下泪水，依然是睁不开眼，说不出话。

第四天的中午，姐夫就去世了。和老魏一样，大夫过来扒拉开眼皮，用手电一照瞳孔，转过身来，宣布病人已经死亡。

病房里顿时一片哭声。姐姐已经晕倒了，让人扶了出去。田园已经伤心不起来了，连续的劳累让他有点幻视幻听了，脑子里嗡嗡的。

姐夫的遗体很快就穿戴好，送进了太平间的大冰柜的抽屉里，田园看了好几眼，想，这个地方将来也是我要去的地方。

出了太平间，田园望着北京灰蒙蒙的天空，心里就惆怅起来。想着想着，忽然想起了当年在老家的工厂里自己出工伤的那件事情了，想起了姐夫宽厚的脊背，想起了自己趴在姐夫的肩膀上上医院的台阶，一晃一晃的感觉，想起了姐夫这些年在北京不声不响没白没黑地埋头苦干，因为工作忙没去过天安门，没回过老家。这样一想，再也忍不住了，坐在马路边的台阶上捂起脑袋，痛哭一场。

按照老家的习惯，选了个日子就在北京火化。人烧完之后，田园清理了一下东西，从住院到死亡，到火化，一共七天。七天后，田园手里只剩下一大兜子医院里的各种单据。还有一双球鞋，在医院里楼上楼下跑了整整七天。虽然是球鞋，但依然磨出了水泡，只是不像上次那样，磨到血乎啦唧的。除了这两样东西，还有姐夫家人的质问，还有姐姐的质问。

大家都说，姐夫是为了田园的生意累死的。

田园明显地感觉到，除了母亲，家里所有人跟自己都不亲近，田园明显地感到他们对自己只有敬畏而缺少亲情。本来一有了管理上的矛盾，田园就会说，我这么做不都是为了大家不再过穷日子吗？我这么做不都是为了这个家吗？大家就会无言以答。

但姐夫的死，让田园的这句话变得异常苍白。

作为田园的好朋友，老金也参加了姐夫的葬礼。在火葬场，田园和老金有这样一段极度深刻的对话。

田园问："姐夫算是累死的吗？"

老金说："人都是要死的嘛，怎么死都是死，本来就有病，不用背着这样的负担。"

田园说："你这么多年做生意，和家里人关系好吗？"

老金说："关系好，就做不成生意了？一家人总归是一家人，有矛盾都会化解，比外人要强多了。"

田园说："你觉得我们做生意，一定得用家里人吗？"

老金说："那当然，肯定。"

田园说："如果一定要用外人呢？"

老金说："我用过，不行。"

田园说："除了用自己家人做企业，就真的没有别的办法了？"

老金说："你觉得国企怎么样？"

田园说："干不好。"

老金说："对啊，你想，国企有法律、条例、组织关系，有军队、警察，还有那么多的历史和经验，也就管成这样，你说，你一个私营企业，你有什么？你什么也没有，你凭什么管住外人？你只能靠你的亲戚、血缘。"

田园说："外国人还是干得挺好的，跟咱们合作的德国企业就不错。"

老金说："他们相信有上帝。"

老金说着又笑了。

田园问："你觉得有上帝吗？"

老金说："世界上哪有上帝？"

田园说："人死了会去哪里？"

老金说："人死了就死了，什么都没了。"

94

姐夫的去世让田园少了一个得力的助手，好在大哥大嫂来北京办理丧事时，田老太太就把他们留下了，但是需要适应一段时间，一时还帮不上大忙。但大嫂和二嫂只在一起共事了不到一个月，就开始有了矛盾。经常会闹到田老太太那里去，令老太太也操心不已。

由于二嫂为人处世很有主心骨，来北京又有了一段时间，在和大嫂争夺公司的财权中占了上风。

此时的田园已然没有心思和精力听哥哥嫂子和姐姐的唠叨。姐夫的去世导致很多业务停滞，资金链立刻就出现问题，河北的厂房款要付下一笔了，设备款也要支付下一笔了。装饰工程中的材料款也该支付了。田园决定找老金，或者借，或者让他延缓一下他的材料款。

老金说，延缓材料款没问题，但借钱不行。

老金告诉田园，资金紧张最好的办法就是贷款。浙江人做生意，只要信用好的，几天之内筹集个几百万就是小菜一碟。像老金这样的，筹集上千万的资金，也就是打几个电话的问题。

但是，钱拿来干什么？最关键的是，钱一定要生钱，要流动，否则就没意思了。

老金告诉田园，轻易不要借个人的，尽量贷款。贷款有两种，一种是担保贷款，一种是抵押贷款。只要你确定自己的项目没有问题，贷款是个好方法。老金的公司也会遇到资金紧张的问题，一般就是公司里的亲属分别以自己的名字注册了很多公司，互相担保贷款，以此来解决资金的问题。

　　田园说："那以后要是还不上怎么办？"

　　老金说："资金大了，项目就大，项目一大竞争力就强，风险相对就小。一般不会还不上，除非项目本身就有问题。但贷款是有限度的，不能超过一定的限度，否则就会出漏洞。贷款这个东西，做得好，能让你赚更多的钱，做不好，就跟那个什么毒解渴，那话怎么说？"

　　田园说："饮鸩止渴。"

　　只认识自己名字的老金将经济理论、规则向田园整体地输灌了一遍。朴素的老金说，银行就是把钱借给你，你拿着银行的钱去赚钱，赚了再分给银行一部分，为什么那么多的公司想上市？一上市就是拿别人的钱来赚钱，就是无息贷款。

　　老金还告诉田园，除了贷款这样的企业资本的运作以外，还要懂得在经营中利用广告。

　　从老金那里回来的路上，田园出了个意外。

95

　　田园的车在三环上正常行驶，忽然后面超过去一辆车，猛打转向，迫使田园赶紧也转向，往路边并。超过的车就在前面猛地停下，田园也不得已，赶紧刹车。刚想问怎么回事，前面的车四门全开，四个人从车上扑下来，从倒车镜里看，后面也停了一辆，车上也下来好几个人，直奔田园的车。

　　田园刚想开口说话，来人围住田园的车，从车窗外喝道："别动！"

　　田园不知所措。来人问："姓名？"

田园说："田园。"

来人说："对了。"

田园被两个人一边一个架着上了前面那辆车的后排，依然一边一个人架着。

上了车才知道，他们是打击经济犯罪办公室的。

原来是阿莲出事了，借出纳之名，涉嫌侵占一笔公款。人已失踪，正在追查中。

交代完问题之后，回家，田园没敢跟母亲说，就说昨晚累了，不方便开车，住老金那里了。之后经验丰富的老金帮忙找了有经验的律师，获得了一些处理这类事情的基本常识和技能。

一周后，北京下了一场暴雨，那天晚上，田园接了一个电话，拿起电话，里面没有人说话，只有呼吸声。田园知道，那是阿莲。

电话里，田园使劲劝阿莲自首，并且答应阿莲好好带孩子，告诉孩子妈妈出国了，不会让孩子长大以后知道这些事情。

阿莲一直没有说话，田园心急火燎地想告诉阿莲，这个电话一定会有人在监听，很快别人就能找到你，你只有抓紧时间自首，以获得轻判的机会。

田园说："阿莲，要么就不要给我打电话，我们永远没你的消息；要么就自首，马上。别担心，不光我一个人关心你，所有的人都关心你。你看，妈妈也起床了，哥哥姐姐也起床了，大家都在听你的电话，相信我，为了孩子，现在去自首，找最近的公安机关。"

当时阿莲在廊坊的一个同学家里用的固定电话，听了田园的话，聪明的阿莲立刻清醒过来，抱着孩子去了最近的一家派出所，自首了。当晚田园赶到廊坊，从阿莲手上接过了孩子。

孩子正在熟睡，第二天醒了，找不到妈妈，使劲地哭。

因为有自首情节，加上积极退赔赃款，阿莲获轻判。有期徒刑六年。

96

在老金的帮助下，田园顺利地获得了他期望的贷款，解决了资金问题，并且开始一步步地办理投资移民澳大利亚的手续。最先出去的是大哥和二哥的孩子以及丧偶的姐姐。

澳大利亚很多老金的同乡、朋友，老金的很多重要亲人，主要是孩子，都生活在那里。还有很多不同背景的华人生活在那里。因为办理投资移民的手续，需要多次往返，在那里田园觉得自己已经老了，不再是当年那个能去东北吃苦、也能在北京适应的青年。

大哥、二哥的孩子只在那里生活了几个月，就适应了当地的生活和习惯，已经能说不错的带口音的英文，穿得也不一样了，表情也不一样了。有一次田园高兴，和他们一起出去溜达溜达，走在街道上，田园往路边吐了口痰，两个少年立刻紧走几步，以鄙夷和奇怪的眼神看着田园。那个眼神真的让田园感觉无比陌生，再不是当年亲密的小侄子。

97

田园投放的广告使得田园一夜之间换了种生活方式和工作方式，广告这个东西确实很神奇，业务量在广告的促动下迅速增长，报价也比以前略高一些，主家也能接受，雇用的人也好管理一些。

所谓的品牌效应，田园是这样理解的，人还是那个人，产品还是那个产品，只是因为有了一点名气，在别人的心目中就变了，对员工来说，老板还是那个老板，因为有了一点名气，他就觉得有了安全感，相对就更愿意踏实地跟着老板干活。对合作伙伴来说，也因为你的名气大了，更愿意将最好的材料放心地提供给你，材料款的账期也比以前长一些。

有名气了就有业务，有了业务就有了钱。有钱就有新的项目，银行从来是嫌贫爱富，你没钱，就不可能放贷给你，你有了钱，银行追着你给你贷款。贷款一多，资金实力就大，人员就好管理，竞争力就强，还贷信用就高。

田园提前还了一笔银行的贷款，银行的头儿立刻打来电话，说是不是对他们有看法了，是不是服务不满意了，要请田园吃饭，让田园继续在他们行里贷款。

名气还让田园结识了很多人，上到一些比较有身份的官员，下到街道干部，甚至还结识了几个真正的狙击手，在交往中还获得了一些狙击常识。公司接到的拉广告的电话不计其数，甚至专门成立了个部门接待各式各样的拉广告的人。体育、文艺、传媒、慈善机构等等无所不包，各种真的假的赞助活动、公益活动比比皆是。

那些日子里，田园公司的几个设计师怂恿着田园一起去了趟西藏，又去了汉地的一些寺院。在一所寺院里，田园意外地见到了那位受了五戒的居士，她已剃度出家。

她也认出了田园。

田园没敢跟她多说话，满心里只有敬畏，只问了这样两句："这样值得吗？"

她微笑答："当然。"

田园说："这算是人生的最好出路吗？"

她答："当然。"

除了母亲和二哥，再没有人叫田园的名字或者小名了，都叫田总。

公司里也有了些变化，大嫂和二嫂以及海莉在公司的的权利之争进入了白热化，几近翻脸，连自杀上吊的威胁都曾经有过，海莉对权利没什么兴趣，只想嫁给田园，有争论了处处就让着大嫂和二嫂，二嫂最终以她的能干和精明，获得了田老太太的默许，海莉顺势就偏向了二嫂，最终使二嫂彻底获得了田园的支持而胜出，但田园和海莉因此彻底得罪了大嫂和大哥。田老太太希望田园能够娶海莉，田园心里的疙瘩解不开，又不能跟母亲细说，只能这样拖着。

大家都把海莉当成田园的媳妇，海莉自己也一度这样认为。

一个公司怎么也是容不下两个嫂子的，于是大嫂远走澳大利亚陪儿子读书，在风景如画的澳洲安度晚年去了。经常打来电话，说在那里太寂寞了，连个说话的人都没有。

有一天，田老太太和女儿打了个长长的电话后，老太太说不舒服。田园看母亲脸色不好，赶紧送到医院，经检查是心脏病，经过治疗，住了些日子，老人跟田园掉过一次眼泪，说，不想死呀，放不下你们兄弟姐妹的。

说得田园和兄弟几个都难受得要命，后来田老太太提出想回趟南方老家，去看看。

98

在郊区，一座已经荒废的古寺庙正在重建，最大的出资方竟然是那个田园以前给他装修过办公室信佛的富豪。还披着脚手架的大殿已经显露出寺庙特有的庄严巍峨。

田园的公司有一拨木雕艺人和漆画艺人，一部分已经根据建筑的施工进度进场施工。大殿门口的一个匾额上写着："一切有为法，如梦幻泡影，如露亦如电，应作如是观"。田园看着这个匾额，看得正发怔，信佛的富豪过来了，依然是那副慈祥端庄的样子。

这个大庙从土地、基础建设到装修，是一笔巨款，资金从上自富豪下自小商小贩信众募集，在政府的支持下兴建而成。田园特别想问那个富豪，为什么要出这么多的钱，值得吗？

等谈完了施工工程的事情，就找机会开口问了。

富豪说："当然值得呀，钱生不带来死不带去的，攒着它干什么？布施是有功德的事情，是有意义的事情。"

田园问："你是有钱人，布施得起，那没钱的人怎么办？"

富豪笑了："有一分钱布施出来，和有一亿布施出来，是一样的。关键在心。"

田园问："要是一分钱也没有呢？"

富豪说："可以把贫穷布施出来呀。"

田园摸了摸后脑勺："世界上有佛吗？"

富豪说："有，在我们的心里。"

田园说："佛需要这么多的布施干什么？"

富豪又笑了："佛不需要人的布施，而是我们需要，布施就是治疗我们内心的贪婪。"

听得田园似懂非懂。这时，后面的已经修好的寮房里走出来一个大和尚，目光炯炯，两耳垂肩，慈眉善目地过来。

富豪向这个大和尚介绍了田园，大师父频频点头。田园想，这个大和尚一定有了不起的能力，一会儿瞅机会问问他。

大和尚和富豪送田园出了寺庙，临上车的时候，田园忽然问："师父，人生应该怎么样？"

大和尚笑了，指着寺庙的院墙说："那几个字是你们写的吧？就那样就行。能写还要能做呀。"

田园一看，寺庙围墙上，自己公司的几个美工正在打格子写巨大的魏碑字体。那几个汉字是："诸恶莫作，众善奉行"。

99

南方，小城。

田园和母亲还有海莉回到了阔别多年的小城，地质队大院已经拆了，没有了，拆完了的空地上一时还没有开发，因为是沿着公路，田园以前的邻居王大辉通过在监狱的良好表现，获得减刑，出来后一时没有工作，正赶上拆迁改造，就在那片空地上盖了一排门面房，然后租给别人开店，吃这些门面的租金。

小城的经济开发区建设得有声有色，汇集了众多各类经济性质的企业，有外商独资的，合资的，本地或者外地的私营企业，等等。地质队的一些子女除了在监狱的，大多数都在那里找到了新的工作。

在开发区工作是一件很光彩的事情，是年轻人搞对象成功的重要砝码，就跟北京的年轻人在外企工作的意思差不多。

南方之行，能做的都做了，该了的心思都了了，田园陪母亲给父亲烧了纸。见到了几个在地质队遗址旁边开小卖部的老邻居，还有几个在小卖部里打麻将的邻居。还见到几个在马路边打扑克的邻居，见到向过往的长途客车推销汽水和水果的邻居。

崔三子跟老婆离了婚，一时还没有再婚，是远近有名的麻将高手。魏氏兄弟中的一个开的皮鞋店倒闭了，开了一个小卖部，也倒闭了，离婚以后又娶了一个，忽然间花钱比以前大方多了，大家背后说他老婆坐台，一到傍晚就看见他骑车送新老婆去歌舞厅上班。

田园看到了马冬，他留着长头发，开着一辆牌照模糊的类似"野狼"摩托但比"野狼"摩托外形还要狂野的田园叫不上名字的摩托车从田园的车边呼啸而过，后面坐着一个长头发的女青年。

炼铜厂的马有财也看到了，他已经下岗，在小城的师范大学侧门处摆了一个书摊，收旧书，卖旧书。

田园还看到了小小六，她烫着头，明显地发胖了，头发染成了很流行的黄色，在公共汽车上卖票，汽车行进的时候，她就把脸贴在玻璃上往外看。

她结婚了，嫁给了疤子的弟弟，生了一对双胞胎。疤子的弟弟生了孩子不久就下岗了，但仗着家里有关系，在开发区的工厂里重新找到了一个仓库装卸的工作。本来小小六已经做调度了，但公交公司精简人员，重新调整岗位，小小六就又回到了汽车上，但小小六很知足了，这比下岗要强得多了。

大虎哥在开出租车，只是生意不好做，开出租车的人太多了，车的质量又不好，开一天，修一天，好不容易赚点钱都用在修车上了。大虎跟田园抱怨道，如果不是有老婆孩子拖累，如果要是再年轻一点的话，也会像田园那样去北京闯荡，听说北京开出租车还能拒载，在小城，别说拒载了，你就是在路边抬手挖个鼻屎，也会停下好几辆车问你是不是要打车，就是开出去几十米远的车也不顾危险地掉头回来，参与竞争。

田园知道大虎哥只是说说，真让他离开小城，他是绝对不干的。他和马冬还有很多很多人都是小城的一部分，就像人的五官和手足，说归说，但分是分不开的。

田园特别想找到的二歪却没找到，二歪已经被枪毙了，拆迁那年，二歪在一次打黑除恶治理航运秩序的专项斗争中落网，涉及数起命案，公开审理后，被执行枪决。

那个著名的人物三胡子成了船东大佬，控制很多挖沙生意和一部分小城到上海的建筑材料航运船只，远近闻名。在二歪被枪毙不久，三胡子也在又一次打黑除恶的专项斗争中落网，证据确凿，依法严惩，公审后，枪毙了。

在殡仪馆里，田园找到了二歪的骨灰盒，拿出来，烧了纸钱和花圈之后，放回去，把一个签了很多球星的名字的足球放在了旁边。

愿二歪安心。

100

田园找到了阿麦和大蔡，把他们带到北京。

阿麦和大蔡去了深圳，没赚到什么钱，没多久就回来了，又去了温州，也没什么发展，又回到了小城。阿麦在家里待着，平时继续干些刷广告、画壁画和刻美术字的事情，比上班强多了，还自由；搞了好几拨对象都散了。大蔡结婚了，在一家超市做美工，下班和阿麦一起干活，好多赚一份钱。

海莉陪着田园找到他们，是一个星期天，一大早，两个人在挂一个饭馆的招牌，那个招牌是用方通管焊接好，然后绷上一种叫灯箱布的东西，画面是机器喷绘出来的，有彩色图案和店名。里面用日光灯照明。

田园以前熟悉的那些手工活被彻底淘汰。字、画全都是用机器打印制作，慢慢连立体打印都有了。

田园把阿麦和大蔡都带到了北京。

刚到北京，就接到老金的电话，老金说，有一个女的上我这里找你好几天了。她说认识你，她在上次你装修的酒店里吃饭，看见你设计的那个壁画，就找酒店的人，问是谁设计的，酒店的人就把我的金辉装饰公司的地址告诉她了，她来装饰城打听了好几天，找到我，跟我说是你的朋友，她叫李梅香。也不知道她是你什么人，我就没把你的电话给她，留了她的电话。

田园接这个电话的时候，海莉就在旁边。

101

田园和李梅香约了一个彼此都熟悉的地方见面，南方大厦的一楼。

十年不见，两人的面孔都没什么变化，当然那个青春气没有了，都已是三十多岁的中年人。田园问："这些年过得好吗？"

梅香说："还行。"

田园问："这些年你在哪里？"

梅香说："一直在北京，哪儿也没去。你呢？"

田园说："也一直在北京。"

梅香无言，强作镇定。

田园说："你没什么变化。"

梅香说："怎么没有变化？胖了不少了。"

田园无言。

梅香忍了忍眼泪，说："你不问，我先问，那年你为什么不跟我打招呼就走了？"

田园怕李梅香哭，大厅里人来人往的。

但李梅香很快就泪流满面。

102

海莉在田园家里和老太太告别，说要回老家了，家里父母年纪大了，得回家照顾。田老太太一心想撮合她和田园，但年轻人的事情又不好多插手，老太太不太喜欢李梅香，觉得李梅香是二婚。当年李梅香来北京住在亲戚家里，时间长了不方便，于是就出来找工作，后来结婚了，婚后两年，关系不和，离异。

老太太虽然想留海莉，但田园不表态，也没办法。

海莉临走的时候在田园通州的家里给田老太太和田园做了一顿饭。老太太没吃几口就借口回屋休息了。

海莉和田园吃着饭，没人先说话。

田园说："海莉，你一定要回老家吗？"

海莉说："是的，都准备好了。你的公司的事情也都安排好了，回头你问二嫂。她都知道。"

田园从怀里拿出一张卡，放在海莉的面前，海莉看了看卡，拿起桌子上的一盘菜泼在田园的脸上，说："你把我当什么人了？"

田园拿起手巾擦脸上的菜汁。

海莉说："你不用觉得欠我什么，你们家买房子欠我的三千块钱，我已经让二嫂给我了，回头麻烦你再签字补个手续，把我的借条从财务那里撤出来。"

田园说："这张卡是我的心意，没有别的意思。"

海莉说："你的好意我心领了，不过我不需要，这些年我卖身还是有点积蓄的。不用您费心。"

103

海莉回到老家的那个小城里，开了一个中型的美容院，生意还不错，她的人缘也很好，后来嫁给了一个地质队家属，是一个电工，会维修家用电器，平时在一家私营企业里上班，下班后在海莉的美容院里帮忙，平时也给别人接个电什么的，帮别人维修家用电器再挣点零花钱。

没有人知道海莉这些年在外边的事情。不像以前了，闲言碎语的那么多，现在大家都没有这个心思，都要忙着生计。

104

老金的生意一直不错，房地产项目也做起来了，工作越来越多，让他操心的项目和员工也越来越多，但他还是没有忘记爱惜身体，注意饮食，起居有规律，定期打高尔夫球，每两个月甚至一个月就检查一次身体，在一次例行的身体检查中查出了患有淋巴癌。

这对老金的打击非常大，在积极配合医院专家治疗的过程当中，老金也成了半个肿瘤专家，对肿瘤的历史、现状以及未来的治疗发展情况有了极其深入的了解，同时形成了两个观点，一个观点是人类攻克肿瘤很有希望，另一个观点是比较暗淡。但对老金予以最沉重打击的现象是，他选择的著名的肿瘤医院的好几任院长都死于癌症。

辗转了很多医院，请了很多专家会诊治疗，中西医结合、手术、化疗、药物治疗、气功等等，都没能挽回老金的命。老金在医院去世，享年四十九岁，算是英年早逝。按照他的遗嘱，他的表妹成为他的企业最大的股东。

105

田园顶着一家人的压力和李梅香结婚了，开始感情还挺好，但渐渐地因为生活习惯、工作、经济等等原因，最终失和，协议离婚。由于田园的二嫂事先做了大量的工作，比如婚前财产公证，在田园和李梅香结婚前与律师一起做了一系列眼花缭乱的法人变更等等工作。这些工作田园都是同意了的，作为家里人同意他和李梅香结婚的条件。

婚后一年，田园和李梅香协议离婚。李梅香的母亲试图在这次离婚中多获得一些钱财。但由于二嫂的工作做得细致和到位，令对方未遂。

阿麦和大蔡在田园这里工作了不到两个月，就主动离职回了南方。他们在工作中主抓材料的供应，因为收受供应商的贿赂，抬高进价，被找到确凿证据而不得已离职。

事后很长时间，田园才在一个供应商那里无意中了解到，阿麦和大蔡接受供应商贿赂的事情是二嫂联合几个供应商一手操办的。赶走了阿麦和大蔡，二嫂将老家的弟弟妹妹一干人等接到北京，主抓材料供应和库房的管理。

田园定期去监狱看阿莲，但从来不带孩子，尽管阿莲想孩子都想疯了，但她还算能忍得住，因为田园告诉孩子，你妈妈在澳大利亚。

孩子去过澳大利亚，以为能见到妈妈，田园就说，妈妈在加拿大、在美国。妈妈过几年就会来看你，再也不跟你分开了。

孩子就耐心地等。

因为生意上以及种种不可分割的千丝万缕的关系，田园和老金的表妹关系暧昧。老金的表妹将大红门的批发生意交给了别的亲戚，一心帮老金做遗留下来的房地产生意。

有一天，一个朋友介绍说外地有一批房子被执行了，经过绝对有实力的中间人撮合，可以买下来，一倒手就可以小有收获。

田园和老金的表妹去外地看看房子，顺便去散散心。

车行至京津塘高速公路上忽然爆胎，翻车，中间人伤势最重，田园昏迷，司机毫发无损，老金的表妹胳膊骨折。

其实田园除了一些擦伤，没有大的问题，但昏迷了三天才苏醒过来，经检查，田园有心脏病。

田园昏迷的那三天里，一直是有意识的，他见了很多人，生母、老魏、老金、姐夫，还有那个已经出家的居士，还有那个捐资建庙的富豪，还有那个庙的大和尚。还见到了那个匾额"一切有为法，如梦幻泡影，如露亦如电，应作如是观"。

还有寺院墙上的几个大字"诸恶莫作，众善奉行"。

田园还见到了我。我们之间进行了一次深入心髓的谈话。

106

忘了说了，你一定要问我是谁。我不是别人，不是田园，也不是作者，我和你一样，此刻，我们都是田园头顶三尺的那个神灵，我们的心，如高悬的明镜。

2005年3月19日于天津一稿

2007年11月6日于北京二稿校对完稿

我爸这根草

刘小呆

（后记）

　　《草狗的青春》这部老爸出家前写下的二十多万字的小说，这是他出家前写的最长的一篇小说。

　　小说里的故事我闻所未闻，但是我确信是真实发生在身边的，发生在过去的那段历史中。

　　无数中国青年，从老家出来，从乡村，从小镇，从小城，走到大城市，寻找理想。

　　这个故事的主人翁也是，他来到北京，举目无亲，从底层开始干。

　　小说大量描述了江南一座小城里倒闭前的国有工厂里工人们的故事，那些看似平淡的故事，被我老爸写得那样幽默，常常让我笑到前仰后合。

　　然后就是悲伤，特别是写到主人翁因为负债以及痛失所爱，像一条草狗一样从小城里出走时的那段。

如果，人生是一个梦，那这该是多么悲伤的梦啊。

草狗，就是农村里散养的土狗子，生命力极其顽强，平时有剩饭就吃剩饭，没剩饭就吃屎。

草，应该是狗尾巴草吧，那种非常贱非常贱的草，但是生命力极其顽强。有一年，爸爸不知道为什么爱上了养花，常常去花卉市场买各种花回来，可是他总是种不活。后来，他的草根本性暴露了，竟然跑到公司楼下的绿地里揪了几根狗尾巴草，种在花盆里，放在办公室最醒目的地方。

只要给一点点水，那草就跟疯了一样地长，很快就老大一撮。后来，不给它们浇水，它们坚持着不死，最后终于扛不住了，全都枯黄了，死光光了。

我以为它们都死了，不小心洒进去一点点茶水，竟然就又长了出来，比以前还要旺盛。

我终于知道为什么这篇小说叫《草狗的青春》了。

在这段长达数十万字的描述里，记载了那个时代很多缩影，我想，我们这代人永远也看不到那样的场景了。整个国家刚刚开始发展经济，底层的民众内心涌动着对财富的渴望，年轻人第一次听说股票、下海、大哥大等词汇。

小说描述最深刻的是人与人之间的关系，群体和群体的关系，群体和个人的关系，个人与个人的关系，在一场又一场民间最原始的暴力冲突中，我们可以从文字中一缕缕地梳理人性中所有的善良和罪恶。

后半部分发生在北京，主人翁从最底层开始创业，从不名一文的穷人，成为一个有钱人。匪夷所思的人生经历。真的不敢想象，这个就是很多人曾经经历过的生活。

有一条很动人的主线，让我唏嘘不已，一想起来就忍不住伤心，男女主人翁在南方老家曾经相约将来去北京旅行结婚，要在天安门广场上照相，他们担心如果走散了怎么办，就约定在金水桥和人民大会堂第十三级楼梯上等对方，因为那个时候不像现在有手机。

后来，男主人翁真的到了北京，不是旅行结婚，而是独自来打工，很快，女主人翁也凭直觉来到北京。两个人竟然真的如当年的约定，去等对方，却阴差阳错，失之交臂。

后来，他们生活在一个城市里，却很多年没有见面，直到彼此都经历了很多很多，终于再见面。女主人翁痛哭流涕。

看到这里，我也跟着伤心不已。为什么，人活着要经历这么多悲伤呢。

在这篇小说中读到的那个时代的中国社会，虽然我并不了解。

但是，我相信文字中一直在传递一种内在的力量，无论我们经历过什么，正在经历什么，都要像草狗一样地坚强。即便活得多么底层，多么痛苦，都要坚强，良知不灭。

让生活中所有的泪水都成为坚强的印证，让每个卑微的生命都充满力量。

小说有一个惊心动魄的结尾。

愿每一个生命都能如草那样处处生长，无所畏惧，坚强，更加坚强，并且如小说的结尾一样，从迷梦中醒来。

爸爸2009年出家，那一年我12岁，如今都快要十个年头过去了。终于我也长大了，有能力去整理他为我们留下的这些作品。

至今我也不是很理解他的绝尘而去，也许从这些文字可以窥探到其中的一些秘密。

这部小说初稿是2005年在天津写成，2007年在北京修改，那一年，曾有一位老爸的朋友对我说，你爸爸这个人，就像一棵草。